ヘンリー・ジェイムズ
小説研究

甲斐 二六生

溪水社

ヘンリー・ジェイムズ小説研究
目　　次

第1章　『カサマシマ公爵夫人』
——ハイアシンス・ロビンソン：生と死のドラマ
1．父母の顔を求めて——ハイアシンスの自己像形成 …………3
2．ハイアシンスの選択 ……………………………………………9
　　——何故ホッフェンダールに命を預けるか
3．ハイアシンスの分裂と転向——死と生 ………………………14
4．ホッフェンダール——神，それとも？…………………………20
5．作品の二重性——リアリズムかロマンスか …………………24

第2章　『悲劇の美神』——人生と芸術
1．ジェイムズと人物研究——性格描写 …………………………31
2．『ロデリック・ハドソン』から『悲劇の美神』へ …33
　　——芸術家の闘い
3．選　　択——政治か芸術か ……………………………………37
4．ニックとジューリア——自由の問題 …………………………41
5．ミリアム——演技的人間 ………………………………………47
6．ピーター——世俗と芸術の狭間で ……………………………58

第3章　『メイジーの知ったこと』——夢と現実
1．意味の探究 ………………………………………………………61
2．経験とイニシエーション ………………………………………67
3．メイジーの意味 …………………………………………………72
4．現実と道徳原理 …………………………………………………77
5．メイジーの選択 …………………………………………………83

第4章　『鳩の翼』——霊的世界と肉体的世界

1．人物素描(1)　ケイト・クロイ——現世の人 …………91
2．人物素描(2)　ミリー・シール——漂泊の乙女 ………98
3．デンシャーの内省——その意識・視点と状況 ………117
4．贖罪，受苦，放棄——宗教的啓示 ……………………120
5．デンシャーの変容——二つの経験 ……………………124

第5章　『使者たち』——ストレザーのヨーロッパ

1．ストレザーとヨーロッパ ………………………………133
2．ストレザーの使命 ………………………………………144
3．探究のテーマ ……………………………………………151

第6章　『黄金の盃』(1)　上巻——アメリーゴとアダム

1．概　　観 …………………………………………………161
2．アメリーゴの存在——追い迫る過去 …………………163
3．審美主義者の不安——未決の現在 ……………………168
4．ヨーロッパとアメリカ——融和の試み ………………170
5．ア　ダ　ム——本来的自己を求めて …………………173
6．人間関係のドラマ——網に囚われた人々 ……………178
7．愛人たちとコロス——物語発展の端緒と解釈の枠組 …187
8．アメリーゴとシャーロット(1)——自由の喪失 ………188
9．アメリーゴとシャーロット(2)——自由の追求と共謀 …192
10．アメリーゴの不安——内的世界 ………………………200
11．アシンガム夫妻——コロスの二人 ……………………203
12．マギーの開花——ローマの妻・母 ……………………207
13．マギーの目覚め——生き始める ………………………209
14．シャーロットの意識——危機とナルシシズム ………217

第7章　『黄金の盃』(2)　下巻——マギーの思惟世界
　　1．変化への志向——意識の深化 …………………………221
　　2．生きる主題——行動へ …………………………………227
　　3．拮抗する力——マギーと愛人たち ……………………230
　　4．関係の組み直しと均衡——鬩ぎあう力 ………………235
　　5．父 と 子——誠実な人々 ………………………………241
　　6．運動のエネルギー——物理的な力への暗喩的転換 ………244
　　7．無明の闇から光明へ——悪の世界を知る ……………246
　　8．秩序と均衡へ——夫婦関係の建て直し ………………256
　　9．罪と罰と赦し——マギーの心の営み …………………263
　　10．盃の象徴——隠れた罅と修復 …………………………267

参考文献 ………………………………………………………273

あ と が き ……………………………………………………279

初出一覧 …………………………………………………281
索　　引 …………………………………………………283

ヘンリー・ジェイムズ小説研究

第1章
『カサマシマ公爵夫人』
――ハイアシンス・ロビンソン：生と死のドラマ――

1．父母の顔を求めて――ハイアシンスの自己像形成

　アメリカ生まれの小説家ヘンリー・ジェイムズ（Henry James, 1843-1916）は，処女作『ロデリック・ハドソン』（*Roderick Hudson*, 1876）に次いで，『アメリカ人』（*The American*, 1877），『ある貴婦人の肖像』（*The Portrait of a Lady*, 1881），『ボストンの人々』（*The Bostonians*, 1886）などの小説を上梓し，着実に作家としての地歩を築いていった。これらの作においてジェイムズは，新世界アメリカの若い群像を描いたが，その或る者は，悲運に見舞われ，或いは，進むべき道を見失って夭折した。しかし又，未経験な青春の蹉跌を契機として人生認識を深めていく者もいた。次の『カサマシマ公爵夫人』（*The Princess Casamassima*,[1] 1886）でも作者は，二十余歳にしてこの世を去るロンドンの青年製本工，ハイアシンス・ロビンソンを主人公とし，その薄幸な生涯を辿る。二人の女主人公を持つ小説とも見える『ボストンの人々』の主人公を今仮に，オリーヴではなくヴェリーナと想定した上で，主人公を中心に『肖像』から『ボストンの人々』を経て『公爵夫人』に至る三つの作を比べてみると，本章に考察するこの作は，先行の二作とかなり違った小説であることを認めないわけにはゆかない。それら二つの小説の，主人公たちの苦悩を描く後半部を今措

---

[1] テキストは，Henry James, *The Princess Casamassima* (Penguin Modern Classics, 1977) を使用した。この版は，『ニューヨーク版自選集』を底本としている。和訳をつけるに当たって，大津栄一郎訳『カサマシマ公爵夫人』（集英社「世界文学全集」）を参考にした。記して感謝したい。猶，引用はペンギン版の頁を，括弧に入れて示す。

いて，前半だけに目を向けてみれば，こちらの小説とは何と違った明るく開放的な雰囲気が支配していることであろう。それとは際立った対照をなしてここでは，全六部のうち第1部を成す冒頭の数章から既に，暗く，悲劇的な色調に塗り込められており，構成面から見ても先の二つの作と違っていることに気づく。即ち，冒頭の三章において主人公はまだ十歳の少年で，その一生に決定的な影響を及ぼすことになる或る事実がそこで語られるが，一転して第4章で，成人したあとのハイアシンスが登場するという，映画に似た手法が先ず読者を一驚させる。つまり書き出しの三つの章は，映画でタイトルの出る前に写され，のちのち重要な意味を持つことになる，短く印象的なシーンに相当し，それらの章の様々な場面は，そのあと，フラッシュ・バック的に，作中幾度か主人公やその幼年期に関わりを持つ人物たちの脳裡を横切ることになる。ここにも映画の方法が感じられるのである。それらは戯曲で言えば序幕に当り，第4章以降物語の本筋が展開してゆく。

さて先立つ二作の主人公たち——アメリカ東海岸出身の，いずれも自由な家庭環境に育った年若い女性たち——が小説の中で人生の第一歩を踏み出すに際して，その未来はまだ何も書き込まれていない空白の画布に喩えられ，若やいだ希望と自由の雰囲気の中で彼女らの前途に明るい将来が開けているのに比して，本篇の主人公の未来は何という陰惨な宿命の暗雲によって遮ぎられていることであろう。娼婦の母（フロレンチヌ・ヴィヴィエ）から生まれ，父（フレデリック卿）はその母の手にかかって斃(たお)れた貴族の道楽者となれば，これ以上痛ましく陰鬱な人生の十字架を捜すのに困窮する程であり，読者は，この哀れむべき主人公にどのような人生の進展が待っているのかという興味をかき立てられずにはいられない。しかしハイアシンスは，その呪われた宿命の網と戦いつつ，彼なりの人生認識に到達し，短いながら燦然と輝く勝利の瞬間を見，そして滅びてゆくのだ。本章では，ハイアシンスの人物像を彫むことに重点をおきながら考察を進めることになるであろう。

己が出生の上に鬱屈した思いを馳せながらロンドンの，或いはパリの

街を彷徨する主人公の姿はいつも清新な印象を与える。ハイアシンスにおいて素性は，彼の独特の運命観形成と自己同一性（人間的アイデンティティ）の追究という二つの面から重要な意味を持つ。英国の名門貴族を父とし，フランスの平民を母とする主人公の血の国民的，階級的複合性が彼の心をかき乱し，自己の正体についての果しない黙想へと誘なう。それは，この小説の筋組が要請する展開であり，言わば，この物語の表層における現象である。もう少し一般化して眺めてみる時，『肖像』のイザベル・アーチャーから，『ボストンの人々』のヴェリーナ・タラントへと受け継がれるジェイムズ的主人公の課題，即ち「自分とは何か」という，アメリカ人の主人公に相応しい問を一層突き詰めてゆく為の状況として，本篇のハイアシンスにとっての素性の問題があることに気づく。彼はアメリカとは縁もゆかりもない英国人であるが，その自己追究の姿勢は，この作家のほかの多くの作中人物たちのそれと同一のもので，このことはジェイムズが永年英国に住みながらアメリカ的精神を払拭し得なかったことの一証左でもある。主人公にとって父代り的な人物で，彼を幼少の頃よりよく観察し，熟知している音楽家のアナスタシアス・ヴェッチ氏は，ハイアシンスを奇妙な要素でできている（"a youth put together of such queer pieces," 139,「継ぎはぎだらけ」のヴェリーナを思い起こさせる[2]）と，又公爵夫人は，矛盾する衝動を奇妙に混ぜ合せた人（"a strange mixture of contradictory impulses," 417）であると評する。彼の幼馴染みで今はマネキン・ガールのミリセント・ヘニングは，更に鋭い性格批評によって主人公の問題の核心を洗い出す。「それだけ物を考えながら，あんたは自分が本当は何を考えているか分っていないのだわ。それがあんたの病気なのよ」（475）と。これは作中ではハイアシンスだけの特性，

---

[2] [S]he (Olive) was all of one piece, and Verena was of many pieces, which . . . had little capricious chinks, through which mocking inner lights seemed sometimes to gleam. (*The Bostonians*, Penguin Modern Classics, 1974, p.128) 継ぎはぎの間から覗く光は，ヴェリーナの制御しがたい生命のエネルギーであろう。ジェイムズは，それを怖れ，滅多に正面切っては描かなかったように思われる。

彼の悲劇の根源であり、彼以外の人物は、何はともあれ、この欠陥だけは免れている。自分が何を考えているのか分からないというのは、自分の求めるものが分からない、生きる指針が摑めない、自己の本然的なあり方を探り出していない、結局、アイデンティティが確立されていない、というふうに押し広げて解釈できる。こうして己の中に流れる血をめぐる主人公の反芻が始まるのだ。貴族の血をひくことで自己を理想化することを、又、貴族の落胤としていつしか貴族社会へ認められ、返り咲くに違いないという、好人物の養母、ミス・ピンセントのロマンチックな夢想を拒み、彼女を悲しませたハイアシンスであったが、自分のきわめて繊細な感受性を説明してくれるものとして我が血管の中に流れる貴族の血を秘やかに誇りにも思った。作者の方でもロンドンの貧民街に住むこの青年に際立って繊細優美な、又外国人らしい風貌と性格を与えているのだ（"the latent Gallicism of his nature," 90）。彼の生業は製本職人とされているが、その製本工としてのあり方は、明らかにリアリズム小説の風土の中にはなく、その発散する体臭はむしろ根無し草的ボヘミアン、ないし芸術家のそれであり、作者は主人公をロンドン下層賃金労働者階級の一標本としてではなしに、「芸術家」として観念的に扱っていることが見える。人から外国人と間違えられる状況に再三置かれたハイアシンスは思いめぐらす。

    He didn't really know if he were French or were English, or which of the two he should prefer to be. His mother's blood, her suffering in an alien land, the unspeakable, irremediable misery that consumed her in a place and among a people she must have execrated—all this made him French; yet he was conscious at the same time of qualities that didn't mix with it.... He had had a father too, and his father had suffered as well, and had fallen under a blow, and had paid with his life; and him also he felt in his spirit and his senses. (96)
  （自分がフランス人なのか、イギリス人なのか、又はそのどちらになりたいのか、実は自分にも分からなかったのだ。彼の母の血、異国での苦しみ、呪わしく思ったに違いない土地で、呪わしく思ったに違いない民族の間で彼女が力尽きていった、あの筆舌に尽しがたい、償うことのできぬ悲惨、

こういったものすべてが彼をフランス人にした。しかし又同時に彼は，フランスの血とそぐわぬ幾つかの性質をも意識していた。（中略）彼には父親もいた。そして彼の父も又苦しんだのだった。強打を受けて斃れ，生命という代価を支払ったのだった。そして彼は自分の精神と感覚の中に父をも感じたのだ。)

　ここにはロマンチックな感情に彩られた文がある。それは（物語的状況のしからしめるところとして），幾分大時代に響くことを免れず，又後期の文体と比較すると粗い肌触りを持つが，主人公の惑乱し，屈曲した青春の思い——主人公の心の叫び——を伝えるには相応しいものである。追憶とさえ呼び得ぬ——何故なら彼は生み落された直後にお針子のアマンダ・ピンセントに拾われ，獄に繋がれた母が死ぬ前に一度，母とは知らずに引き合わされたきりだったし，父は例の事件で落命した為会ったことがない——父母への思いは，しかし彼の心の疼きとこそなれ，彼に安心立命を与えるものではなかった。人殺しの母親，卑怯者の父という二つの姿は，美的，道徳的に鋭敏な感受性を持つハイアシンスの人間的尊厳にとって耐え難いものであったに違いない。彼はそれに反発し，それを呪いさえした。この二つの顔は，ハイアシンスが自分の姿を見定めようとする時，到底調和した心像を提供してくれるものではなく，むしろ国民的，階級的にも引き裂かれた自己認識を突きつけ，彼を苦しめるにすぎなかったのである。かく，主人公像を描くに当って作家は，出自に関わる二重性をその分裂の苦悩の根源としたのだ。
　しかし，ハイアシンスの想像裡の両親の像は，否定的な意味だけを持つのではない。職場で先輩のフランス人，プーパンの影響を受け社会主義思想に傾いていった時，母——革命の血にまみれ斃れたフランスの時計職人の娘——への思いは，彼の燃えるように激しい社会批判の情熱に対する精神的支柱となった。彼は高貴さに欠けた貴族，彼に終生に及ぶ恥辱を塗りつけた男として父を捨て，母をよしとした。この感情は，ハイドパークを馬車で乗り回している横柄面の貴族らへの嫌悪感と相俟って彼を貴族階級打倒の情念へ駆り立てもした。しかし「分裂した気質」

("divided nature") のもたらす必然に従って主人公が，世の中の繊細優美なものを慈しむ心を高じさせ，暴力による体制破壊への疑念を抱くにつれ——この過程は彼の製本芸術家としての成熟と，のちに述べる二大経験，公爵夫人との出会いとパリ遊学と歩調を合わせる——，彼は父の像に傾いてゆく。

> The thought of his mother had filled him with the vague clumsy fermentation of his first impulses towards social criticism; but since the problem had become more complex by the fact that many things in the world as it was constituted were to grow intensely dear to him he had tried more and more to construct some conceivable and human countenance for his father—some expression of honour, of tenderness and recognition, of unmerited suffering, or at least of adequate expiation. (429)
> （母への思いは，社会批判への彼の初期の衝動という漠然として，やり場のない，沸きたつような感情で彼を満したのだった。しかし現存の世の中の多くのものが彼にとって，この上なく大切なものになるという事実によって問題がもっと複雑化して以来，彼は父に対して，何か想像できる人間的な顔つき——名誉の表情，優しさと理解，いわれのない苦しみの，或いは少なくとも，十分に償ったという，表情を思いつこうと益々努力したのだった。）

ハイアシンスは狂信的テロリストの意見に同調することが紳士に相応しい振舞いかと問う父の諌めを耳にしたように思うのである。

こうして，反発するにしろ，共感するにしろ，主人公の心の中に生きている父と母が彼の自己像形成の上に運命的な力を及ぼしていることに気づく。父母の面影を捜すその限りない努力においてハイアシンスは，自分自身の顔を捜しているのだ。自分は一体何者で，どう生きるのが自己本然の姿なのかを彼は言わば父母のルーツの中に探り求めようとして青春の摸索を続ける。それは，上に引いたのと同じ個所に，「彼は一大野心を持っていた。真実を摑まえ，それを心に留めておきたかったのだ。」("He had a high ambition: he wanted ... to get hold of the truth and wear it in his heart." 429. ここで 'the truth' というのは，直接的には彼の真の自己像を指すのであろう）とあるとおり，より一般的なジェイムズ小説的文脈の中では，主人公の真理探究の姿勢の一部なのでもあろう。

　主人公にとって素性の持つ最も重要な意味は次の点にあると思われる。即ち，自己の正体を手探りする中でハイアシンスは，ある肯定的な人生の姿勢に到達しようとする。父母に対して好ましからぬ感情を抱いている時ですら，只一つの点で彼らと共感する。つまり，彼らはいずれも苦しみ抜いた，そしてそれによって償った（"expiate" した）のだという一事においてである。先の引用でも母から受けた血が自分をフランス人にする，と感じるのみならず，異国での母の苦しみが自分をフランス人にすると言っていることは注目に値する。ここでフランス人とは，根づくことのできる場所を持たず，自己同一性喪失の不安に悩む異邦人という程の象徴的な意味に取ることができる。つまり，より大きい文脈に据えて眺めた時それは，十字架を背負わされ，真にジェイムズの主人公たる資格を帯びつつある人物という意味に敷衍することができる。ハイアシンスは父への憤りを超克し，子としての父への赦しを見つけ出そうとする努力を始めたこと，又面影に立ち昇る父母のうち，一方に味方して他方を退けることを恥とするに至ったことが記される。こうして，二人が並んで自分を見つめている，その目は悲しんではいても恥じてはいず，自分たちはこの上なく不幸であったが，卑劣ではなかったのだと告げているように思う（430）瞬間を経験する時，主人公は精神的苦悩と惑乱の中で，憎しみから赦しへと苦渋に満ちた道程を歩んだのであり，より成熟した人生認識に辿り着こうとしている。この時彼は生れながらの十字架が背負わせた自己否定の重圧をはねのけて，自己肯定への第一歩を踏み出したのだ。

2．ハイアシンスの選択——何故ホッフェンダールに命を預けるか

小説研究への一つのアプローチとして，作中人物の性格や言動と物語の筋組みの解明を通じて，作家の精神に内側から光を当てる試みは，今でも完全に有効性を失ってはいないであろう。小説力学の究明に繋がるこの種の作業によって，何故人物たちがそのように行動し，筋の進展が現にある形を取らなければならないかが照し出されることが期待できる。

　先に問題とした二つの長篇小説と，中期に属する中篇，『ポイントン邸の蒐集品』(*The Spoils of Poynton*, 1897) を含む，中期ジェイムズ小説を読み，幾度か人物たちの如何にも不可解な言動に行き当たる時，それは，非英語圏の読者に理解しにくい英米人特有の行為なのか，それとも作家の特異性に属するものかと訝かることがある。いずれの作家の場合にも程度の差こそあれ，作中人物は作家に個有の人間観，世界観の中で論理的必然性によって動かされている。ジェイムズの人物たちについても，彼らの言動には，恰もある原理に従った結果そうなったというようにパターン化されたものが窺える。この原理は，私見によれば，アメリカ対ヨーロッパの対立を鋭く意識する精神の傾向や，人生を大いなる贖罪行為と見做す感受性を生み出すもととなった清教徒的精神文化の遺産という，二つの源流にまで遡ると思われる。新旧世界の対比意識は，初期作品の主人公らのヨーロッパによせるあくなき好奇心と綯い交ぜになって燃えあがるのだが，ここではそれは，下層階級出身の主人公の貴族文化への憧れへと変形させられている。もう一方の贖罪的原理については，本章の主だったテーマとして以下に論じることにする。

　第21章でハイアシンスは，作中に直接姿を見せない謎の革命家ホッフェンダールなる人物と或る盟約を結ぶ。それは「ただ単に」，恐らくハイアシンスがその為に命を落すことになるであろう，或る指令を「疑わず，ためらわず，無条件に」遂行することであるという。「今や僕は至聖所の最も奥深い所に踏み込んだのです。そう，神聖なるものの中でも最も神聖なるものを見てしまったのです。」("[N]ow I've been in the innermost sanctuary. I've seen the holy of holies." 290) と語り，この経験を「啓示」と見做す主人公の姿勢は，心酔，絶対服従，盲信，或いは自己抹殺的献

身等のレッテルを貼りつけることを許す体のものであり，やや唐突の感を与えなくもない。この事件は，ある夜秘密の集会で，声高な議論に耽るのみで，明日の住処も定かならぬ民衆を糾合し，飽食する者らの惰眠を醒ます為立ち上がろうとしない同志らの優柔不断に苛立つ主人公が衝動的に演説を始めたことに端を発するのだが，これを彼の若気の至り，精神的彷徨の中での衝動的言動とばかり解することが妥当でないのは，上に示した彼の言葉のあまりにも荘重な響きにも，そのあとの振舞いにも明らかである。(つまり，のちにもふれる通り，ハイアシンスは，この事件を集約する形で結ばれた例の契約に最後まで，そこから自分を解き放つ機会はあったかも知れないにも拘らず，自分を縛り続けるのだ。) 革命運動とのこの関わりを主人公が恰も神秘主義体験の如く感じ取っていることは興味深い。恐らくそれは，この段階の主人公にとって，人生経験の純化された窮極的な形，彼の存在そのものの根源的な意味に通じる何かとして写ったのではなかろうか。この神秘体験的性格は又，同じ第21章で主人公が例の革命家に会いに連れて行かれる件にも明確に読み取ることができる。「崇高なホッフェンダールと差し向いで立ち，その声を耳にし，［拷問により］変形したその手にふれたいという願い」(254) にしろ，「そうだ，君こそあの人の求める生贄の小羊なのだ」("Yes, you're the lamb of sacrifice he wants." 259) という，友人ポール・ミュニメントの科白にしろ，或いはこの友が首都の夜闇の街々を駆けてゆく馬車の道中ずっとハイアシンスを抱きかかえるようにしていることといい，何か儀式めいたものを感じさせずにはおかない。アメリカ小説の主人公を解釈する際よく引き合いに出される通過儀礼に相当するものとしてハイアシンスがこの経験を切望した，というふうに見ることもできる。

　しかしこのように見てきても猶，ハイアシンスが，逮捕と確実な処刑の危険に身を曝してまで任務を引き受けることの意外性はまだ十分に説明し尽くされるとは言い難い。この青年の性格の中には，やみくもに何かを，誰かを，信じ込もうとする宗教的願望に近いもの——イザベルにもヴェリーナにも見られるこの資質は，ジェイムズのニュー・イングラ

ンド的精神の遺産に由来すると思われる——が潜んでいて，それは彼の内部の自我忘却的欲求と裏合せになっていると思えてくるのだが，革命への情熱の冷えてしまった第35章の，ポールとのあの意味深い場面の最後で，ハイアシンスは友に向い，今や信条を同じくしないにしても君を信じると告白し，ポールへの全幅の信頼を熱烈な口調で表白する。ここで主人公の人間信頼の盲信的なことは，彼が神聖視し，感動をこめて口にする友情が殆ど一方的であることにこの時彼は気づかなかったという，章末の皮肉な文章で示される（400）。ハイアシンスが，「僕は実際あの任務に飛びついた。（中略）それにあれこそ正に僕の求めていたものだったのだ。」（同）と語るのも，彼のこのような性癖を弱点とのみ見る人には，もう一つの皮肉と写るかも知れない。にも拘らずこの場面に漂う気分が諷刺とも滑稽ともほど遠いのは，いずれの神を信仰する場合にも，ハイアシンスがこの上なく誠実で，真摯なことによるのであろう。彼のやみくもの信捧は，対象の如何を問わず，青春の精神的彷徨の，それぞれの段階で彼が到達した道標であったというのみならず，呪われた過去の桎梏を振り解く方便でもあった。前述した忌わしい素性にまつわる「自分は一体何者なのか」という問いかけの苦しさを振りきる為ハイアシンスは，自己滅却的に，彼が想定した崇高な対象と同一化しようとしたのだ。そこに彼の言動の宗教的，自己犠牲的な激しさの源流を探り当てる思いがする。ハイアシンスの中に流れる宗教的な情熱は，オリーヴ・チャンセラーの場合と同じく，大義の為に戦い，美しく死したいという若々しい欲求の表現であった。ハイアシンスの憧れる「青年らしい，いや殆ど少年らしいと言っていい献身」（246）という形での死は，無垢なる死への憧憬——死自体の美化——を語る。それは，作家ジェイムズが自分の人生において，夢見て果せなかった理想への苦しいまでの賛嘆が生み出した花である。　ジェイムズ小説において，女性解放運動や地下組織による社会転覆などは実は問題の核心ではない。この点を見落とすと，『ボストンの人々』が女性解放運動を諷刺した小説である，などと，幾分見当違いの批評が出てくることになる。しかしそれにしても，この第21章に

は，ロンドンの貧民階級の間に高まりつつある社会変革の希求が事実の積み重ねによってでなく，暗示的な文章の力によって感じられることも無視できない。ここにおいてジェイムズは，「社会小説」としてのリアリズム文学の一翼を確かに担っているのである。

　既に述べたとおりハイアシンスは，自分に生れながらの十字架を負わせた父母への憎しみと，彼らは既に罪を償ったのだという思いに根差す赦しの間を揺れ動く。心中に赦しを見出そうとする彼の足掻きは，精神的成長への努力を示す反面で，彼がまだ罪悪の感情に囚われていたこと，肉親の罪悪が清められずに我が身に受け継がれているという半ば無意識の感情に苦しめられていたことを暗示する。実際このことこそがこの小説の暗さの正体なのであり，ハイアシンスは彼の短い生涯のすべてを賭してこの呪縛と戦うのだと言えよう。

　こうして主人公が，愛撫を受けたことも，（父の場合のように）見たことさえない，親の運命のひそみにならって彼自身苦しみ，遂には命を落すであろうことが文章の端々に仄めかされる。彼の破滅は父母によって先例を与えられた大いなる「償い」（"expiation"）の一部であるように思われてくる。だから彼が地下革命組織に自ら志願し――強制されてそうしたのでないことは重要である――直接革命の為でなくとも，そのことが原因となって落命することは小説的構図の一部として始めから予定されていると見てよい。こう言うのは，ハイアシンスの罪悪感がフィリップ・ラーヴの指摘する，ジェイムズがニュー・イングランドのピューリタニズムより受け継いだ罪悪感[3]の同心円的な一部をなすことを仮定した上での話である。そうでなければ自分には何の責任もない罪を引き受けて主人公が滅んでゆくことは説明できないであろう。或いは，彼が「真の誓いを反故にする」（"back out of a real vow," 420）ような人間でないという，ハイアシンスをよく知るヴェッチ氏の弁護に示されるような，イザベル・アーチャー的性格もここで，有力な鍵となるであろう。それに

---

[3]　フィリップ・ラーヴ，犬飼和雄訳『文学と直観』（研究社，1972年），p.105

しても，死への願望に取り憑かれ，運命と早すぎる契約を結んでしまう青年ハイアシンスが，彼の人生経験を通して生への明るいヴィジョンを抱きかけた時既に，犯してもいない罪の償いの中へ抜き差しならず足を踏み入れていたことはあまりにも皮肉と言うほかない。しかしジェイムズは正にその点をめぐってこの作の悲劇を構築した。そして主人公を救い得たかも知れない経験の宝物さえ，運命が僥倖的に彼の手に握らせた玉であったことを思う時，ジェイムズその人の運命観のようなものに思いを馳せずにいられなくなる。

3．ハイアシンスの分裂と転向——死と生

　第35章のポールとの対話の中で，「僕は自分が何を信じているのか分らないのだ。」と告白するハイアシンスの顔を，「(人生に) 何を見るにしろ，それ以外にも非常に多くのものを見てしまうという，どうしようもない思いから生じる憂い」("a dolefulness begotten of the rather helpless sense that, whatever he saw, he saw...so many other things besides." 399) が掠める。ジェイムズの構想するハイアシンスの性格的悲劇の源は，人生に何を見るかによって人の行動が決定されると主張するポールの，「視野の健全な単一性」("the healthy singleness of vision." 400) と違って，彼が人生を様々な視点から眺めることに起因する。作中に強調される階級と国籍と二重に絡んだ彼の出生の不幸と血の複合性は，この悲劇の根源にほかならない。分裂した本性故に彼は人生の相矛盾する諸相のいずれにも共感を抱き，絶えず一つの見方から別の見方へと揺れ動く。この性向は庶民と貴族という二つの階級を前にしての彼のアンビヴァレントな感情を説明するものである。ハイアシンスは，「自分風情の者をしめ出してしまう高い人間の壁，伝統の深い亀裂，特権の険しい防壁と愚劣さの厚い層」("high human walls, the deep gulf of tradition, the steep embankments of privileges and dense layers of stupidity fencing the 'likes' of him," 133) を激しく憤

り嫌悪しながらも，目もあやな部屋々々に集う貴顕紳士の群が口元に頬笑みを湛えた叔女たちと芸術や文学や歴史を語り合うあの社交会の幻影——青春期の憧れと綯い交ぜになった夢——を捨てきれず，観念的に一般大衆と共感する一方で，巷に見る現実の庶民のジン臭さ，汚なさをうとましくも思うのである。そして貴族社会の花とも言うべき公爵夫人と出会い，パリやヴェニスの文化遺産を目にするに及んで，彼の社会主義の情熱は決定的に冷却してゆく。次の引用に描かれる，夜更けてセーヌ川の畔りを一人さまようハイアシンスの感慨は，彼の革命運動からの離反の転機を示す。

  [A] sudden sense overtook him, making his heart falter to anguish —a sense of everything that might hold one to the world, of the sweetness of not dying, the fascination of great cities, the charm of travel and discovery, the generosity of admiration. The tears rose to his eyes. (349)
（突然の感じが彼を襲い，その為彼の心臓は痛いまでにときめいた。それは，自分を世界に結びつけておくようなあらゆるものが存在するという感じ，死なずにいることの甘美さという感じ，大都会の魅惑，旅と発見の魅力，惜しみない感嘆の気持だった。涙が彼の目に湧いてきた。）

ここでは主人公が急に命を惜しむに至ったと平俗に考えてもあながち見当違いではないであろう。このことは，幼年期に出自にまつわるらしい恐ろしい出来事の漠たる不安に慄き，成人して素性の謎を解いたあとも，ずっと自己を否定する感情が働いていたハイアシンスの中に——因にこの感情は死の願望へと姿を変え，更にホッフェンダールへ命を預けるという形でクライマックスに達したのだが——，二大経験を通して，これまで抑圧されて眠っていた生への願望が目醒め始めた，と図式化できる。こうして前作『ボストンの人々』で，それぞれ生と死の原理を代表するヴェリーナとオリーヴが拮抗し，又その対立はのちにヴェリーナ自身の内面に沈んでゆくように，ここではハイアシンスその人の中に両本能が鬩ぎ合うと見ることができる。ヴェニスから公爵夫人に宛てた手紙の中

に見える「明らかに僕は串に刺され,あぶられる為に作られたのです。[南伊の天候の暑さにかけて,引用者注] そして,自分の体が暖かいと思っていた時でさえ,実際は冷えていたのだということを発見しているところなのです。」(350) という述懐は,ハイアシンスにおける生きる喜びの発見と確認を示している。アメリカの野放図な環境に生み落され,生気に満ち溢れるヴェリーナとは対照的に,人生の初期に死の影を見てしまった主人公にとってヨーロッパ体験は,かくも鮮烈な印象を与えずにはいなかった。同じ手紙の中でハイアシンスは,ヨーロッパで「至純なるものの啓示」("a revelation of the exquisite," 350) を受けて以来,自分の「意気喪失」("demoralization," 352, 革命的情熱の冷却を指す。) が進行していることを告げ,自分に起りつつある思想的変容を告白する。彼の達した認識の核心にあるのは,「欠乏と労苦と艱難が数知れず多くの人々の不変の運命であるという感じ」("the sense ... that want and toil and suffering are the constant lot of the immense majority," 352) であり,文明の遺産という「偉大な達成,目映いばかりの蓄積」の持つ価値だけでなく,幸せ薄い民衆も彼らなりにそれに貢献しているのだという思いが彼の胸を打つ。かくして彼は,「それらの物の為に僕は戦えそうな気がします。」(352) と誇らしげに書きつける。生と死の原理の葛藤が主人公の心中深く内向するのと,恰も並行関係を保つかのように,伝統的文化遺産の保守と,その破壊とが,彼の外の世界で拮抗すると言える。過去から受け継がれた文化遺産を破壊することに何のためらいも持たない革命組織への疑念は,ホッフェンダール批判へと繋ってゆく。

  [O]ur friend Hoffendahl seems to me to hold them too cheap and to wish to substitute for them something in which I can't somehow believe as I do in things with which the yearnings and the tears of generations have been mixed. (352)
  (僕らの同志ホッフェンダールは,それらのものをあまりに安っぽく考えているように僕には見えますし,幾世代の人々の憧れと涙が混じり合っている様々な物を信じるようには,何故か僕が信じることのできない或るもので,その代用にしようと望んでいるように見えるのです。)

この不信感は，心情的に，前作で女権拡張論に対して南部の孤独な男バジル・ランサムが投げつけた批判と通じ合う。「僕には何故か信じられない或るもの」というのは，人間を千篇一律に押しなべ，教条主義の枠の中に押し込めてしまう，組織化された集団の非人間性のようなものを指すと解釈できる。この二人の男たちがいずれも組織と対峙すること自体暗示的であるし，彼らの反応を描く作者の筆使いには，滅多に作中に貌(かお)をのぞかせることをしないジェイムズその人の，あらゆる組織的なものへの体質的な嫌悪を垣間見させる何かがあると思われる。

　ハイアシンスの思想的変遷について語るに当り誤解すべきでないのは，民衆と貴族の間に引き裂かれ，最初社会変革運動に組し，やがてそこから伝統主義の方へ転向してゆくハイアシンスは，自分の「混じり合った血」のなせるわざとして，一つの志向から別の志向へと浮薄に漂っていったのではないということである。主人公における血と希求の二重性について，作家は，『ニューヨーク版自選集』(*The Novels and Tales of Henry James,* the New York Edition, 26 vols.) の「序」（ペンギン版にも収録されている）の中で再三言及し，それがハイアシンスの人物造形において不可欠の要因であることを示している。

　　The complication most interesting then would be that he should fall in love with the beauty of the world, actual order and all, at the moment of his most feeling and most hating the famous "iniquity of its social arrangements"; so that his position as an irreconcilable pledged enemy to it, thus rendered false by something more personal than his opinions and his vows becomes the sharpest of his torments. To make it a torment that really matters, however, he must have got practically involved, specifically committed to the stand he has, under the pressure of more knowledge, found impossible; out of which has come for him the deep dilemma of the disillusioned and repentant conspirator. He has thrown himself into the more than "shady" underworld of militant socialism, he has undertaken to play a part—a part that with the drop of his exasperation and the growth, simply expressed, of his taste,

is out of tune with his passion, at any cost, for life itself, the life, whatever it be, that surrounds him. (18)
（してみると最も興味深い紛糾は，悪名高い「世界の社会制度の不公正」を彼が最も痛切に感じ，憎むその時に，世界の美と実際の秩序といったものに惚れこんでしまうことであろう。その結果として，不正に対して非妥協的な敵対者となることを誓った彼の立場は，こうして，彼の公的見解と誓約よりもっと人間的な何かによって偽りと化し，彼の苦悩の中で最も痛烈なものになる。しかしながらそれを真に意味のある苦悩にする為に，より多くの知識の重圧のもとで彼が不可能と解った立場へと彼は事実上関わり，深く没入しなければならなかったのだ。その中から迷妄を醒まされ，後悔する謀略家の，深いジレンマが彼に生じてきたのである。好戦的社会主義の，単に「影のような」と言って済まされない地下世界へと彼は身を投じた。彼は一つの役割を演じることを引き受けた。その役割は，彼の苛立ちが鎮まり，簡単に言えば，彼の趣味が成長を遂げるとともに，人生そのものへの，何であれ，彼を取り巻く人生への，如何なる犠牲をも惜しまない彼の情熱と調和しなくなるのである。）

この文は，内から外からと牽引する力の狭間に分裂する主人公の苦境を見事に自註するが，二つの価値の間を苦悩しつつ往復する中で彼は一つの統合を試み，少なくともある観念的な形ではそれを成し遂げたと私には思われる。それは彼における人生認識の深まりと不可分に結びついたものであった。（彼を最もよく理解していた筈の公爵夫人でさえ，彼のこの達成の意味——それは只作者によってのみ認められた——に気づかなかった。夫人が彼を愛しながら結局救えなかったのはその為にほかならない。）高雅な趣味に憧れることにさえ無縁の民衆の貧困と無知が人生の法則と思え，文化を生み出した少数者を賛美しながらも時としては，文化の遺産を破壊し尽すかも知れない時代の流れの中に自己を放下しつつ，死に先立つ短い期間に交錯する絶望と歓喜の中でハイアシンスが到達する心境は，以下の如きものである。

> The vision could deepen to ecstasy; make it indifferent if one's ultimate fate, in such a heaving sea, were not almost certainly to be submerged in bottomless depths or dashed to pieces on immovable rocks.

Hyacinth felt that, whether his personal sympathy should rest finally with the victors or the vanquished, the victorious force was potentially infinite and would require no testimony from the irresolute. (428)
　（その夢想は深まってゆき，歓喜に変ることができた。波高くうねるこの海の中での自分の窮極的な運命は，殆んど確実に，底知れぬ海の底に沈められること，或いは微動だにしない巌に叩きつけられて粉微塵に砕けてしまうことだろうとかまわない気になった。自分の個人的共感が最終的に，勝者の側に留まろうと，或いは敗者の側に留まろうと，勝利の力は潜在的に無限であり，心の決まらぬ人間からの証言など必要としないであろうとハイアシンスは感じたのだった。）

　ここでハイアシンスは，自分の個人的運命をも，又誰が勝者に，或いは敗者になるかをも越える力の勝利があることを確信している。それは畢竟，人類の文化的達成の中には無辜の民の汗と涙が沁み込んでいるという，彼の言葉に要約される一種の歴史的認識であった。「彼は人民の測り知れない悲惨を見た。しかし彼は又，その悲惨の中から，言わば，救い出され，取り戻されたすべてのものをも見たのだった。即ちこの世界の数々の宝物，数々の至福，数々の栄光，数々の成功といったものだった」(399)。
　ハイアシンスは，「分裂した本性」故に二つの価値の狭間で苦悩を舐めたが，ここに至ってその複合的視野の故にこそ，暴力と破壊を否定し，人間の全体的現実を見晴らそうとする統合された人間認識を得ることができたのである。こうして，公爵夫人の運動へののめり込みも，彼には一種の偏向と見えてくる。今ハイアシンスが彼のヴィジョンとして手中に収めたものは，計算づくで世の中を渡るポールにはもとより，破壊的地下活動に猛進してゆく公爵夫人にも知り及ばぬものであった。彼の社会変革の情熱が冷えるに反比例して夫人はその中へと没入し――夫人との今生の別れの場面でハイアシンスは，彼女が情熱の白い翼を羽撃き，天翔ける姿を目にする――，その為，今猶愛し賛美する夫人から疎外される悲哀を味わい，仲間たちからも「間違った神を崇拝する哀れな変節漢」として排斥されるハイアシンスは，内と外との色々な力に運命的に

翻弄され，破滅へ追い込まれてゆく哀れむべき男と見えるであろう。それでも彼は自分の心の複雑な欲求に誠実であり，皮肉屋（cynic）でないが故に誠実に苦悩し，自分を囚えた運命の網の目と戦いつつ滅んでゆく。そこにジェイムズは人間の尊厳を見ようとした。皮肉なことに，人々が批判する彼の分裂と転向の歩みこそが彼の人生認識を深めさせ，彼を成長させる。彼が生からの退行とも評すべきかつての生き方から脱却し，生の息吹にふれるに至った時，悲しい哉運命は彼を免れられぬまでに虜にしていた。しかし自決して果てる前に彼が，ほんの一時期にせよ，輝かしい人間的勝利を収めたのだと主張することは余りにハイアシンス贔屓であろうか。

4．ホッフェンダール——神，それとも？

　この奇妙な人物を設定した作者の意図は何であったろうか。かつ又，事件の背後に蠢く暗い影としてのホッフェンダールを作中に存在せしめている小説的パトスは何であろう。第43章で，情熱の冷却したあとも猶この革命運動の領袖へのかつての誓約に縛られ続けるハイアシンスを哀れみ，プーパン夫人は言う。

  'And pray who's Hoffendahl and what authority has he got?' demanded Madame Poupin, who had caught his meaning. 'Who has put him over us all, and is there nothing to do but to lie down in the dust before him? Let him attend to his little affairs himself and not put them off on innocent children, no matter whether the poor dears are with us or against us.' （498）
　（「どうか教えて下さい，ホッフェンダールって誰なの？　どんな権威を持っているの？」と，彼の言葉の意味を理解したプーパン夫人が尋ねた。「誰が彼を私たちみんなのかしらに据えたの？　そして彼の前では地にひれ伏すしかないのですか？　彼には彼の小さな問題に専心して貰うことにして，それを罪もない子らに押しつけないで貰いましょう。その不憫な子らが私たちの味方だろうと，敵だろうと。」）

同志の間で神に等しい存在として仰がれる人物への反抗の声が夫人の口を衝いて出るのは、ハイアシンスに対して慈母の立場に立とうとしている彼女の母性がこの人物の中に何か非人間的なものを嗅ぎ当てるからである。主人公の嘆かわしい変節にも拘らず、夫人は彼に向い、「あなたをいつも我が子と思ってきました、そして今こそ母親の出る幕なのです。」(496) と言う。"innocent children" とか "poor dears" という表現は、プーパン夫人がハイアシンスだけを頭においているのではないことを暗示しているし、その科白は主婦の吐くものとしてはあまりに芝居がかっていて象徴的である。この夫人を含む一、二の人物たちの心に朧ろげな不安を伴って浮んでくるホッフェンダールのイメージは、我が国に半世紀余り前まで存在した軍国主義社会のような、人間の尊厳と意味を問うことなく全体の利益という美名の下に個人を犠牲にして顧みなかった非情な体制を髣髴とさせる。「不憫な子ら」の身を案じるプーパン夫人に、組織的流血に我が子を奪われていった数知れない母たちの嘆きを重ねることさえできる。主人公やその友ポールの標榜する全体主義的思考は、プーパン夫人のこの母性、自然で生身の人間愛と顕著な対比をなす。しなければならないのは任務を果すことであって、その意味を問うことではない、自分に下る指令は自分などに計り知ることができない巨大な全体的計画のごく微細な一部にすぎない、という初期のハイアシンスが言明する全体主義的思想、又大きな機構の中の微細な歯車となって機能しようとする態度――E.フロムの思想に従えばこれらのいずれも、生からの退行であろう。――をジェイムズは、ハイアシンスの「宗教的」衝動の一環として描きながらも、その実批判しようとする意図を隠していたと思われる。
　ホッフェンダールが革命のテロリズムに投じ、捕えられ、獄中に辛酸を舐めたという、一度きり明かされる具体的閲歴（第21章）を無視すれば、作中人物たちの心眼に結ばれるホッフェンダール像は大方象徴的な霧に包まれていて読者を戸惑わせるのである。無論一つの読み方としては、この人物を設定した意図は、体制の打倒、既成秩序の刷新を目指す運動

の中から別の体制が芽生え、台頭し、多数の人々の心の中で、それ自身の意味を問うことを許さない力へと膨れ上がってゆき、遂には旧体制と同じように個人を圧迫するに至るという危険への遠くから投げられた警告を示すことにあったと考えられる。ホッフェンダールに賦与された神格は、現実の歴史的局面の中で、権力を掌握し、管理体制の確立と共に強大な権力機構を築くに至った共産主義国家の主脳部を象徴しているかのような感覚を抱かせる。

　破壊活動の首魁を中軸とする集団について受けるもう一つの印象を述べておきたい。ハイアシンスは、「秘かに現存の社会秩序に歯向っている諸々の力が普く浸透しているという感じ」("the sense . . . that the forces secretly arrayed against the present social order were pervasive and universal," 436)に怯え、「あり得ないような姿をとって潜んでいるのが正に彼らの強さなのだ。」("To lurk in improbable forms was precisely their strength," 436–437)と思いめぐらすのだが、私はここでふと『螺子の捻り』(*The Turn of the Screw*, 1898)の悪霊共を連想してしまう。というより、悪霊を登場させる作者の心性を想起する。作者の精神世界の中に確固として存在する、「幽霊を直感するヴィジョン」とでもいうべきものにぶつかる、とも言える。それは、この作家に数々の「幽霊もの」を書かせた表象複合体であろう[4]。ドイツ人の同志で実直な家具職人のシンケルは、この姿なき集団を評して言う。

> 'They know everything—everything. They're like the great God of the believers: they're searchers of hearts; and not only of hearts, but of all a man's life—his days, his nights, his spoken, his unspoken words. Oh they go deep and they go straight!' (506)

---

[4] ジェイムズの小説一般のゴシック・ロマンス的な特質は、「幽霊もの」の中・短編だけでなく、『過去の感覚』のような長編にも顕著である。この未完の大作の隅々にまで、物語的、構造的、精神的なゴシック性が浸透している。「ホレース・ウォルポール」("Horace Walpole," *The Sense of the Past*, the New York Edition, vol.26, p.296)や「ユドルフォの謎」("a mystery of Udolpho," *The Turn of the Screw*, NYE, vol.12, p.179)など、作中に見える古典的な作家や作品の言及も作者の関心を語るであろう。

（「彼らには何もかも，そう，何もかもお見通しなんですよ。彼らは信者たちの偉大な神のようなものなのです。彼らは心の底まで探るのです。いや心だけでなく，人の生活のすべて，つまり，人の昼も夜も，口にした言葉も，口にしない言葉も探り出すのです。ああ，ほんとに彼らは深く，真っすぐに進んでゆくのです」）

　この科白は，物語の舞台の裏面に姿を隠しているとは言え，小説中に存在する具体的な特定の集団を表示することだけを目的としているとは思えない。ここに至っては，体制批判といった解釈では間に合わず，ジェイムズが神や悪魔のような超自然的な力を信じる特異な感受性を持っていたことを認識する必要がありそうに思われる。シンケルの科白は，「彼ら」と『螺子の捻り』の二人の悪霊——女性家庭教師と，彼女によれば，子らにも，見える，物の化——の間の類縁性を暗示する。作者が何故にこのような感覚，或いは雰囲気を，リアリズム小説を目指したというこの作品に持ちこみ，こともあろうにそれを社会主義運動の首脳部と結びつけたのかという疑念が私の頭を去らない。只彼らが遂にハイアシンスに暗殺指令を下したことは意味深いと思われる。正に彼らは「信者たちの偉大な神」なのであろう。件の婦人家庭教師のようなヒステリックで盲信的情熱に少なくとも一時期本篇の主人公が支配されていたということこそ，この関連で重要なのかも知れない。幽霊小説ならぬこの作で，「彼ら」はまだはっきりと悪の本性をあらわにしてはいないが，そこに可能性としての悪を作者が見ていることは疑いない。主人公を絡め取る網としての運命を「悪」として漠然とイメージ化し，それを「彼ら」に被せようとする意図が作者の胸中にあった。マイルズやオーウェン（「オーウェン・ウィングレーヴ」"Owen Wingrave," 1893）ら年若い男児を早世させる家の重圧や集団の力などの破壊的な力への反撥という情動においてもジェイムズは，アメリカ的な作家であった。

5．作品の二重性——リアリズムかロマンスか

　ジェイムズ作品中の異色のもの，珍しく社会を描いた自然主義タッチの小説という大方に認められた評価にも拘らず，この作は，濃厚なロマンス的色彩を残していることも否めない。公爵夫人における類まれな知性と美の兼備，又その夫人との主人公の交わりも，小説世界においてさえ，というよりむしろ，それを奇跡に近い出来事と感じるハイアシンスの意識世界ではお伽噺（"fable"）として捉えられている。「公爵夫人との彼の関係は，ずっと前既に，お伽噺の世界に属するものとは，思えなくなっていた。」(432) という言表は，逆に根強く残存するロマンス性を語るであろう。下層階級出の青年と高貴な婦人とは，胸襟を開いて語り，或いは貶し合いさえするほどの仲になり，そこにリアリズム的日常性が頁の上に漂う。——ペンギン版の細字で五百頁を越す大作では，そのような細部は自ずと膨れ上がって小説的厚みを作らずにはいない。主人公の胸に去来する民主主義への懐疑も，社会的不平等の是正の闘いに投じる高貴な婦人という，ロマンチックな像と釣り合わせようとするかのように，リアリスティックな筆のひと塗りとなる。ハイアシンスは，民衆の，「より良いものを好む趣味を受けつけぬ俗悪さ」("a grossness proof against the taste of better things," 427) を骨身に沁みて知っているし，民主主義が書物の完璧な装丁も，より洗練された会話も好みはしないであろうと危惧する (428)。他方主人公の革命運動（最も現実性，具体性を帯びていなければならない筈のもの）への関わりも，本日東部ロンドンで四万人の失業者が出たというような統計的数字が挙げられる殆ど唯一の例 (247) を除けば，多くの場合平明な記述的文体よりはむしろ，高揚した比喩に富む言語を介して伝えられる。

　　　[W]hen the gathering at the 'Sun and Moon' was at its best and

its temper seemed really an earnest of what was the basis of all its calculations—that the people was only a sleeping lion, already breathing shorter and beginning to stretch its limbs and stiffen its claws—at these hours, some of them thrilling enough, Hyacinth waited for the voice that should allot him the particular part he was to play. His ambition was to play it with brilliancy, to offer an example—an example even that might survive him—of pure youthful, almost juvenile, consecration.（246）
（「日月亭」での集りが最高潮に達し，その気分が，彼らが計算したすべてのことの基礎，つまり，民衆は眠っている獅子であるが，今やその息づかいはせわしくなり，四肢を伸し，爪をこわばらせ始めているということを証明すると思われた時，こういった際には気持をわくわくさせるような瞬間もあったのだが，ハイアシンスは，彼の果さなければならない特別な役割を彼に割り当ててくれる声を待っていた。彼の野心は，それを華々しく演じること，手本を垂れること，――彼の死後も残るような手本――つまり，純粋に青年らしい，いや殆ど少年らしいと言ってもいい，献身の見本を示すことだったのだ。）

　このように，詩的雰囲気を漂わせる観念的夢想が若く純粋な主人公の心からあくがれ出るのを私たちは見る。内容を包む透明な袋のような記述的文体でなく，とかく比喩へと向いがちな浪漫性の濃い言語が好まれるのは，一つには，その言語が語り手たる作者の胸中に生きている主人公のイメージに影響されるから，今ひとつは，言語が貼りつく実社会的内容がその言語の奥に乏しいからである。このことは例えば，ゾラの『居酒屋』のような小説と，その作者や彼の言葉との関係を思えば明らかであろう。
　しかしながらこの作は，ロマンス臭を払拭したリアリスティックな描写を含むこともまた否定できない。それは，エミール・ゾラの影響下にロンドン下層階級を描こうとしたジェイムズの意識的努力の結果であった。煤けた主都の下町の叙景や，主人公の職場生活の短い描写，彼の幼な友ミリセント・ヘニングの人物造形等に主としてそれを見出すことができる。特にこの人物の性格描写は，公爵夫人や『肖像』のマール夫人のよ

うにあらゆる意味で洗練され，秀でた上流社交会人士とも，或いは本篇のグランドーニ伯爵夫人や，『肖像』のアメリカ人女性記者ヘンリエッタ・スタックポールの如き，絶えず奇警な言辞を弄し，時として中心人物の性格の重要な一面や，彼らの状況の特質に側光を投げる，やや類型化された脇役的人物とも違って，今様の言葉を使えば，「存在感に溢れる」人物として迫るものを持っている。ジェイムズ初・中期の幾つかの作品を読み，その精神的風土に馴れかけた目には，公爵夫人も，グランドーニ伯爵夫人も，或いは作中第三の貴婦人である慈善家のレイディ・オーロラ——公爵夫人とは別の意味で，鮮やかに，又魅力的に刻まれた人物——でさえ，既にどこかで会ったような気がして，読み手のジェイムズ経験の中に収まっていると極言できる。それと対照的に貧民窟出身のこの女性は，新しいタイプとして目を惹くのである。勿論「放縦なボヘミアン」，或いは「女冒険家」の公爵夫人に比して，足の地についたロンドン娘，「それが豊かに自然に流れ出す時，ハイアシンスが彼女を好きになる理由の一つである無器用さ」("a clumsiness that was ... in its rich spontaneity, one of the things he liked her for." 473) や，その「大きな俗っぽい両手」に象徴される俗悪さ，自惚れ，意地悪さ，がさつさ，競争心，ねたみ探さ，俗物根性，など数々の欠陥を持つミリーの，庶民の女としての情愛は，「しかし，彼女の中にある愛情の能力が高まって表面に現れてくると，それは安らぎの，いや，殆ど保護してくれるような感じと言っていいぬくもりを発散するのだった。」(479) と記される。このような記述は，それを読む楽しさは別としても，描写方法としては別に目新しいものとも映らないが，ミリセントを描き出す文体は，公爵夫人やイザベルやマール夫人を描いたのと同じ，人物を表面的，通俗的にでなく，その質を丸ごと捉えようとして苦心惨憺の末編み出された，あのいかにもジェイムズらしい，際限もなく曲折してゆく，しっとりとした落ち着きと完成された美を持つ文体と同じである。公爵夫人の描出に際してのような一種構え，気取った，寓話 (fable) 臭さを一切交えず，語り手の陶酔を思わせる高揚感の流露に身を任せることなしに数多い欠点を含めて，

庶民的特性の全てを魅力的人物像に彫り上げたのは，『肖像』と『ボストンの人々』，そして本篇の三つの長篇の中でも珍しいことであり，この作に標榜されたリアリズムの試みの成功として評価できる。そしてこのリアリズムの精神と手法により生み出された「写実的」要素と，地下活動や暗殺指令，貴族社会に反逆し，テロリスト集団に投じる貴婦人といった，主としてストーリーの展開を担う要素としてのロマンスとが辛うじて破綻を来さずに縒り合わされている点に作者の力量を認めるべきであろう。

　しかしそう述べたあとでも猶，この作の底の方に沈んだロマンスとリアリズムの背馳をも意識せずにはいられない。例えばロンドンの刑務所を実地に踏査したジェイムズのペンから生れたと言われる第3章の描写はどうであろうか。獄舎の陰鬱そのものの情景をリアルに写しながらも，その文体はどこかホーソーンを思わせて微かにロマンス臭を漂わせるのに気づくのは私だけではなかろう。これは恐らく作家の資質によるものであろう。がここに取り上げようとする問題の本質はそこにはない。私の意識する対立は文体上もさることながら，作中のロマンス的要素と作家のリアリズム的意図との間に内包された食い違いである。ここに言うロマンス的要素は，ハイアシンスに次いで重要な人物，即ちカサマシマ公爵夫人から放射されるのであり，小説のこの二面性は，実質的主人公がハイアシンスでありながら，この作があの標題を与えられたことに反映されている。夫人をハイアシンスに近づかせ，やがては彼をも乗り越えて既成社会打倒運動の深みに連れてゆくことになる，虚偽に満ち満ちた貴族社会への夫人の不満と反逆の情熱が，そのロマンス的性格において地面に足のつかぬ荒唐無稽な絵空事に堕す危険を作者は意識していたに違いなく，作中で数人の人物に彼女の生き方を訝らせているのみならず，夫人自身にも，「一見したところ，爵位を持ち，ダイヤモンドに身を飾り，馬車に乗り，召し使いを侍らせる地位ある婦人が，下の人たちの這い上がろうとする足掻きに共感するくらい，馬鹿気た話がありましょうか。」(165)と呟かせている。公爵夫人やマール夫人ら，上流社会人士

のアンニュイという，ジェイムズにして不得意ではなかった主題を，当時の英国の世情不安や社会転覆の動きという現実に結びつけるところに既に大いなる危険が孕まれていたに違いない。時代の波を敏感に吸収し，「私たちは愚者の天国に住んでいる，私たちの足元の地面は既に揺れ動いているのだと確信します。」(165) と公言する夫人の現状不満と打開の欲求，ロンドンの生きた庶民の息吹にふれたいという願望に，この本質的にはロマンス的な小説の枠の中で真実味を持たせることの困難が創作を進めてゆく過程で作家の胸に実感として迫ってきたであろうことは想像に難くない。結論的に作者は，公爵夫人をめぐるこの主題に一応の真実性を持たせることができたと言っていいと思う。しかしこの主題の成功の為には，ロマンス的小説構造を支えるものとして作者の精神自体の強靭なロマンス性を必要とした。このことを小説の現実に置き換えて言えば次のようになる。つまり，この真実性の獲得の為に，情熱の激しさにおいてフリーダ・ヴェッチやオリーヴ・チャンセラーの系譜にも連なるこの貴婦人は行き着くところまで行かなければならなかった，即ち夫人の通った軌跡には，彼女が愛し，結果として見捨てていったハイアシンスの冷たいむくろが女神の情熱への生贄として横たわらなければならなかったのだ，と。ロマンス的意図を窮極的に生かす為にジェイムズは彼の愛するハイアシンスを殺さなければならなかった。このような自虐的構図が，小説の題『カサマシマ公爵夫人』の背後に秘められていると思われる。

　つまり，作品の本質的な性格であるロマンス性をとことん突きつめてゆくことによってしか小説的真実性を作り出し得なかった点にジェイムズのこの小説の力と特色がある，と言えよう。当時の英国社会の現実を目のあたりにし，それを描くことを希求しながらもジェイムズは，遂に真の意味の写実的リアリストになることはできず，彼の文化的素養や卓抜な空想力やアメリカ的精神の遺産が公爵夫人という，理想美の化身と言える現実離れした人物を生み出さしめた。そして彼のリアリズム的な意図にも拘らず，この人物の存在のロマンス的本質をジェイムズは最後

まで超克できなかったのだが，逆に言えば，そのロマンス性に殉じる気迫こそこの作の想像文学（imaginative literature）としての濃厚な味わいの根源でもある。

　本編の真の主人公に話を戻せば，ゾラの自然主義に倣って作者は，遺伝と環境の力を描きこんだが，己の体質に染み込んだロマンス的資質と，この小説の創作に際して意識された意図との矛盾が見え隠れすることは否めない。美への憧れと現実との狭間を行き来する青年ハイアシンスの果てしない夢想は死の願望を底に宿している。この希求は美化され，作品を崩壊させかねない上述の矛盾の言わば解毒剤として使われているのではないか。作家の体質と時代的，思潮的要請——外的要因——とを際どく調和させたところに，この小説独自の面白さが生れた。この点に着目し，本編の積極的評価の一試論とすることができれば幸いと思う。後期のジェイムズは，政治性を孕んだ社会的現実から離れ，深みを増した心理解剖と人間関係のより精妙な解明を目指して，文体や比喩の冒険へと分け入って行った。そのことを念頭においてて眺めると，ジェイムズの作品系列における中期のこの作の特異性が改めて浮き彫りされてくる。

第2章
『悲劇の美神』
──人生と芸術──

1．ジェイムズと人物研究──性格描写

　『悲劇の美神』(*The Tragic Muse*,[5] 1890) 第6章で，ニック・ドーマーは，従妹のジューリア（ダロウ夫人）に会う。ジューリアの心は，その姿ほどに優雅でないのではなかろうかとの疑念がニックの心を掠めるが，疑わしきは罰せずと言うとおり，十分に確かめてからでなければ，この考えを受け容れることができないと反省もする。しかし彼は，この想念の真偽を明かそうと試みること（"trial," 裁判の意もある）を逡巡する。試せば「判断」（"sentence," 判決，"trial" の縁語）を下さなければならないし，ジューリアの美貌が与える喜びを減じるようなことが起ってほしくないと思うからだ。

　　If it be thought odd that he had not yet been able to read the character of a woman he had known since childhood, the answer is that that character had grown faster than Nick Dormer's observation. The growth was constant, whereas the observation was but occasional, though it had begun early. If he had attempted to phrase the matter to himself, as he probably had not, he might have said that the effect she produced upon him was too much a compulsion; not the coercion of design, of importunity, nor the vulgar pressure of family expectation, a suspected desire that he should like her enough to marry her, but something that was a mixture of diverse things, of the sense that she

---

[5] テキストは，Henry James, *The Tragic Muse* (Penguin Modern Classics, 1978) を使用した。この版は，初版（Macmilan, 1890）を底本としている。

was imperious and generous—but probably more the former than the latter—and of a certain prevision of doom, the influence of the idea that he should come to it, that he was predestined.

This had made him shrink from knowing the worst about her; the desire, not to get used to it in time, but what was more characteristic of him, to interpose a temporary illusion. Illusions and realities and hopes and fears, however, fell into confusion whenever he met her after a separation.（66）

（幼年時代以来知っている女性の性格を今猶読むことができないのは奇妙なことだと考えられるとしたら，その答えは，その人物［性格］がニック・ドーマーの観察より速く成長していったからである。成長は絶え間なく続いたが，他方観察の方は，早い時期に始められたとしても，時折に過ぎなかった。もし彼がこのことを言葉にして表そうと試みたとしたら，（実際には恐らくそうしなかったであろうが，）彼女が自分に対して生み出した効果は，余りに多くの強制だと言ったかも知れない。意図をしつこく押しつけるということではなく，家庭的な期待を押しつけるという低俗な圧迫，つまり，彼女と結婚するくらいに十分好きになってほしいという，彼が薄々かんぐっている願望でもなく，色々なものを混ぜ合わせた何か，彼女は高圧的であるとともに寛大でもある——後者より多分，前者である——といった感じ，宿命の或る予感，彼がその宿命に出会うに違いない，彼は予定されているのだという考えの残響，の圧迫であった。

このことが，彼女についての最悪のことを知ることから彼をしりごみさせた。つまり，何時しかそれと慣れっこになってしまいたくないという気持であった。そうではなく，もっと彼らしかったのは，暫定的に幻想を差し挟んでおこうという願望であった。幻想と現実と希望と怖れとは，しかし，別れていたあと，彼が彼女に会うごとに，混乱へと陥ってしまうのだった。）

『ある貴婦人の肖像』も，前章に論考した『カサマシマ公爵夫人』も，この『美神』も，性格劇，或いは人物研究の優れた小説である。人物の性格や心理を或る特定の視点を通して内面から描き出すところに活力が漲る。それこそが，これらの作の生命源である。

敢えて章の冒頭に長めの引用を置いたのは，性格探究の基本的な姿勢が端的な語句に現れているからである。曰く，「性格を読む」("read [a] character")，「観察」("observation")，「知る」("know," "knowing")。「幻

想」と「現実」,「希望」,「怖れ」或いは「不安」は,ジェイムズ小説の典型的な用語或いは観念である。形ある現実に,人間の思惟と情動から流れ出る観念としてのほかの三つが対置される。後者は時として現実をも侵犯する力を揮い,人間の精神を支配し,歪めかねない。こうして現実と観念との錯綜する世界で揺れ動く人物の典型をハイアシンス・ロビンソンや『螺子の捻り』の婦人家庭教師に見ることができる。

ニックがジューリアに惹かれる一方で,「強制」("compulsion," "coercion," "pressure")の観念と結びつけて彼女を恐れ,避けようとする傾向を示すのは,これまた,ジェイムズの多くの男性キャラクターに固定観念として見られる,家庭(女性の支配する領域)からの忌避を予告するが,これは後述することになろう。

2.『ロデリック・ハドソン』から『悲劇の美神』へ
――芸術家の闘い

中期の『悲劇の美神』は,パリの現代美術展覧会場の一角に席を占めた四人の英国人,ドーマー一家の人々の描写で始まる。作家の,そこはかとなくユーモアとアイロニーを湛えた筆は,「肉体的にも,精神的にも,[外国の空気に]晒されることは覚悟の上といった様子が,精神的安定と不撓不屈さを表す物静かな態度と奇妙に混り合っている」(7)というふうにこの人々を描出する。ここに早くも,中心人物の一人ニコラス(ニック)・ドーマーの前途が予示される。彼は,一時期人生の選択上の躓きから精神の安定を失うが,やがて肖像画家として身を立て,安心立命を得ようと不退転の意志をもって邁進する。ピーター・シェリンガムのミリアムへの求婚をめぐる事件の華々しい展開の蔭に隠されて見落されがちであるが,ニックのこの精神の軌跡こそ実は,小説を貫く強い芯となっているのである。

芸術家を主人公とするもう一つの小説,『ロデリック・ハドソン』で提起され,未解決に残された問題に作家は,『美神』の中で解答を与えよう

と試みているように思われる。しかし，二つを並べてみて始めて，『ロデリック』における問題の未解決性が明らかになり，一方から他方へのテーマを含めた作品世界の連続性と発展の過程が見えてくる。この発展は，ジェイムズの作家としての成長を反映しているように見える。その意味で，二作の比較を念頭に置きつつ論を進めることが必要である。

　主人公の人生の選択に芸術が関わってくることと共に，芸術自体の功罪の議論が小説の出発点に置かれていることも，両作に共通する。こちらでは反芸術の声が，ニックの母レイディ・アグネス（ドーマー夫人）のような脇役だけでなく，ニックと相愛の若い未亡人，ジューリア・ダロゥのように比較的重要な人物の口をも衝いて出る。展覧会場のレイディ・アグネスは，「いやらしい」とか「邪まな」という言葉を連発し，「腰に野獣の毛皮を巻いた男が，原始人式に求愛したり，捕囚しようと試みて，裸の女と絡み合っている」(10)大理石像に嫌悪感を露わにし，こんな所はニックの妹ブリジット（ビディ）の教育上宜しくないとこぼす。ニックは「美しいもののことばかり考え過ぎる。」(12)と，ドーマー家代々の伝統である政治に身の入らぬ嫡子への不満を洩らす夫人は，当のニックの説明によれば，審美派の徒が「英国の生活の健康な核を蝕んでいる。」と考えているのだという。ここには，英国世紀末の耽美主義と，人々のそれへの反感が映し出されていることは明らかであるが，夫人の感情は，単なる嫌悪に留らず，美を危険視し，恐れるところにまで進んでいる。ニックとジューリアの間に介在してくるのも，美の恐れとも称すべき彼女の感情である。

　このように，ジェイムズ作品中「芸術もの」に分類されるいずれの作にも，ヒステリックに繰り返される芸術呪詛の声が浸透している。このことは何を語るであろうか。『ロデリック』にましてジェイムズは，この小説で，芸術そのものの存立を先ず問題にしたのだと思われる。芸術の自立の不安といった気分が両者に共通して感じられる。前作においては，反芸術的な立場は，ニュー・イングランド人たちの頑迷固陋とも見える清教徒道徳の一部として，揶揄的に描かれただけという趣がなくはなか

ったが，ここでは，問題が正面切って取り上げられる。作品を文学的創造と思索の実験場として，その中で彼の心を捉えていた主題を，主人公たちを囲繞する状況や彼らの選択，言行，そしてプロットを通して追究していったジェイムズは，芸術というものが真に存在する価値を持つものか，就中(なかんずく)，人が芸術家として社会的に機能し得るのか，つまり社会にとって芸術家であることが意味を持ち得るかという問題をこの作の重要なテーマとした。社会に生きる人間としての葛藤を孕まずにはおかないこの主題を，作家の精神に最も近いところで体現してゆくのは，有利な結婚と莫大な遺産を擲って芸術の道を邁進するニックであるが，冒頭数章に描かれる，上目使いに人を見るようなおずおずとした小娘から身を起こし，遂にはロンドンの舞台で華やかな成功を収めるミリアム・ルースは，戯曲へのジェイムズの並々ならぬ関心を反映すると共に，上述の疑問に対して作家が突きつけた大胆な一つの解答だったと言えよう。

　『ロデリック』の主人公がヨーロッパで一旦は彫刻の傑作を生み出すものの，才能が枯渇し，遂には敗残者のようになり自滅てしまうことや，この作で芸術ないし，芸術家を脅かす要因として捉えられる様々の社会的な力，即ち金銭や地位や政治権力，或いは又，今日と異なり俳優の社会的地位が低かった時代，「役者風情」を客間に入れることさえ許さなかった偏見などを見ても，ジェイムズが芸術を，社会と人生と鋭く対立し，そこから排除されかねないものとして提示していることが肯ける。本編の「社会」小説としての側面は，芸術の社会的受容を正面切って問題にする，即ち，芸術と社会を対置することによって光を当てられる。それは，プロット的には，アトリエでニックがミリアムの肖像を描いているところへジューリアが来合わせ，動揺することから，婚約者たちの仲に亀裂が深まり，疎遠になってゆくあの第26章の展開に最も端的に示される。次の第27章に，「あれがあなたのお好きなこと，絵を描いて貰う為，服を脱いで，だらりと横になった女の人を相手に今朝なさっていたことが。」（294）と従兄をなじるジューリアを私たちは見る。それはジューリアの女性としての自然な感情であるとは言え，同時に芸術への浅薄な無

理解を表すが，ニックは，そのような無知から来る偏見の厚い壁と抜き差しならず向い合うことになる。

『ロデリック』において芸術は，社会にうち克つことも，大して人生を富ませることもできなかった。そこでは芸術家が社会的に敗北を喫したと言っても過言ではない。(ヨーロッパ文明と折り合うことができずに滅びるアメリカ人像という国際的主題がそこに重ね合わされていた。) 翻って『美神』のミリアムは，社会に押し潰されるどころか，演劇を芸術の域へと高め，芸術家として成功を収めてゆく。又ニックの頭を悩ませたのは，しがない肖像画家として，自分自身と，母や妹の口を糊することができるかという現実問題にもまして，芸術家としての意識を実人生の生活者としてのそれの中に破綻なく調和させることが可能であるかという懸念であった。その点にニックが，生活者としても失敗したロデリックを超えなければならない意味があった。彼が政界引退の決意を表明し (第33章, 358)，職業画家の生活に入るまでに，物語の大半が過ぎてしまうのだが，その道での小さな成功に伴う昂揚感と，それに踵を接して訪れる懐疑の繰り返しのうちにも彼は，地道に芸術家としての生き方を確立してゆく。つまり，もう一つの芸術小説で鋭く対立したままに終った芸術と人生，或いは社会の宥和をはかろうとする切実な欲求がニックのような人物を生み出したのだと思われる。『美神』が『ロデリック』の延長線上にあるのは，とりわけこの意味においてであろう。又ミリアムのジュリエット役初演の日，観客が彼女の演技に打たれ，芸術のもたらす喜びの中で友愛の絆に結ばれるようにニックが思う件は，芸術の社会的な存在証明と見ることができる。

本章では，芸術と人生をめぐる以上のような主題を三人の中心人物，ニックとミリアムとピーターの生き方の中に洗い出してみたい。又ミリアムとニックに見られるヨーロッパ文明への対応は，ジェイムズの初期国際状況的主題の残照とも言えるものであるが，これは経験の摂取とそれによる人生の深化という形に一般化することができる。この点も，『ロデリック』その他，初期小説から受け継がれた問題として後述すること

になるであろう。

3．選　　択——政治か芸術か

　主人公ニック・ドーマーの中で政治的世界と芸術世界が交差する境目のところにこの小説の出発点が置かれる。物語がすべり出すモメントとして作家は，政治的実体を措定した。ニックが体現する，政治的神聖という幻想との戦いは，権威の否定や自由の主張と表裏一体をなし，家の解体と並行する。物語の冒頭，パリの美術展の会場に場違いな感じで佇む英国人一家は，廉潔な政治家として令名を馳せたニコラス・ドーマー卿の喪に服しているのだったし，その子息のニックは，一旦は出馬，当選を果すが，国会議員としての責務を果さないうちに政界を去ってしまう。裕福な未亡人，ジューリアとの噂された結婚の解消も，政治家として父の衣鉢を継ぎ，ジューリアと結婚の暁に彼に遺される筈になっていたカータレット氏の遺産譲渡の取り止めも，ドーマー家の人々を経済的窮乏に陥れるし，ドーマー母娘がジューリアから借りていた家屋敷を返却するようにとニックがレイディ・アグネスに迫ることもあって，母娘は一家離散に近いような境遇に一時期追い込まれる。このような図柄の中に置いてみると，レイディ・アグネスやジューリアの美術嫌いは，気質的な嫌悪に留るものでなく，家庭の安寧——多く母性的，保守的な感情に支えられてきたもの——や，伝統や家系にまつわる威信への脅威として芸術が考えられている為であることが見えてくる。ロデリックを破滅させる得体の知れない旧世界の霊気——それはハドソン夫人の目には，ヨーロッパの芸術と混り合って見える——のように，芸術，というより，ニックの芸術狂い（作家に言わせれば，美神の憑依）が，家と伝統を危険に曝すものとレイディ・アグネスには映るのである。こうして，『美神』を書くに当ってジェイムズが，芸術を政治的権威や物質的充足，家という制度の安寧と明確に対置させたことをもう一度確認しておきたい。金銭

的に有利な結婚の見込みの解消と遺産相続の停止は，降ってわいたような後見人の経済的援助によりロデリックのヨーロッパ留学が実現すること，思いがけぬ伯父の遺産譲渡によるイザベルの自由の獲得などと逆方向への事態の進展として注目に値する。この作に至ってジェイムズが芸術を富とすっぱり切り離してしまったことは，この時期の彼の経済的窮乏と芸術によせる切羽詰まった思いを反映するものであろう。

　ジューリアの財政的支援のもと選挙に立候補するニックは，確かに父から託された政治的使命を受け継ぐという意識を持ち，彼の心の中で少くともこの時期政治は，偉大な父の追憶と家の伝統と結びつけられて神聖であり得た。選挙の勝利に暫時気分の高まりを覚え，第13章で母の元へ報告に帰還する彼の意識は，明るい英国の夏のそよ風の囁やきのような幸福感に溢れており，ジューリアの亡夫の部屋の描写や，白薔薇を手に息子の帰りを待つ母の様子には抒情が漂う。しかしそのような中ニックは，ふと政治への関心が薄れてゆくのを感じるし，母からそらされた彼の目は，「彼女には見えないある物の上にじっと注がれているように思えた」(163)。とは言え，ニックを猶も政治に繋ぎ留めておくものが皆無というわけではない。父の旧友であったカータレット氏のボー・クレア邸を訪れるニックは，数世代にわたって建てられかけては工事が中断され，未完成のままに残された寺院の静かな佇まいに惹かれ，そこに時の緩かな歩みを感じる。彼の心を打つのは，「半ば空想，半ば責任感」のような気持，彼がこの土地を愛すれば，土地も彼を愛し，彼から何かを期待するかも知れないという，一種の「壮大な互助の精神」であった。建物自体が「達成と忍耐の事実」に支えられていると思い，そこにニックは「人間的な意味」を感じ取る。この段階で彼が政治の愚劣極まる饒舌を嫌悪しながらも，「立法者としての彼の新たな名誉」を振り捨てられないのは，彼の心中この歴史感覚と密接に結びついた郷土愛――美しいイングランドの田園への愛着――の故である。もう一つ彼を引き留める想念は，大英博物館で往年の名画の間を徘徊する時胸に迫って来る感慨，即ち，これら全世界的に知られた傑作の，「人間の生活に対する関係は，

偶然的で僅かなものにすぎないかも知れない，それらは思想を表すにはあまりに不十分だ。そして競争に勝つのは結局思想なのだ。」(418) という言葉となる。しかし彼の友人のゲイブリエル・ナッシュは，大英博物館の只の一室にさえ，議会の全法規を合せたより多くの人間の生きる思想があると断言する。ニックの政治不信は募ってゆき，立候補に先立ってさえ彼は，選挙演説を全くの冗言としか考えず，「真理とも，真理の探究とも何の関係もなく，知性とも誠実とも名誉とも何の関係もない。」(75) と決めつける。つまり，良くも悪しくも，思想を喧伝する為の最も有効な手段と考えられてきた政治，伝統的にレトリックと手を結んできた政治がプロパガンダに堕し，言葉を無意味化した点にニックの批判の鋒先が向けられるのである。「この土地はジューリアのもので，あなたはそれを代表しているのです。」(165) という，レイディ・アグネスの，ジューリアとの結婚の勧めに対して，ニックは，「考えてみると，何ておかしなものを『代表（"represent"）して』いるのでしょう。それに，食事の臭いがして，奇妙に肥った顔の住民たちがいるこの気の毒な，不活発な小さな選挙区は，何を意味（"represent"）しているのでしょうか？」(同) と皮肉な感想を投げ返す。演壇上の彼を見上げていた人々の顔の固まりは，途方もなく大きい一つのソファに見えたという。一つ一つの顔（個性）を持たない集団としての人間を相手に一席ぶつことは，彼の繊細で芸術家肌の感覚にとって耐えられないのだ。こうして，人生の一大岐路に立たされたニックは，駆引きや争奪，裏切り，職業的陰語といったものに満ちた世界を最終的に去って，それの対蹠点にある芸術の清浄さと静謐へと逃げ込む。芸術が政界の喧騒と不潔と一過性に比して，純潔で永続性を持つものとして，相対的に捉えられていることは言うまでもないが，興味深いのは，ニックの精神の中で二つの営為は，一つを取れば他方がくっついてくるというふうに，一対の物（聖と俗）と感じられていて，彼はそれらを切り離すことに苦慮しているとも推測できることである。彼の政治からの離反が，かくも長い期間を要する理由の一つはそこに求められる。

ニックは，有限の現実から芸術の永遠性へ脱却を企てたのだ。「僕は表現したもの（"representation"）が好きだ——人生の表現がね。それが本物［の人生］よりも好きだと思う。」(58) という，ニックの従兄ピーターが戯曲について述べた言葉は，芸術に乗り換えるニックの行動原理ともなる。『ロデリック・ハドソン』では，新旧世界葛藤のテーマが一つに自然対文明という対立意識を通じて表現されている為，この作家に珍しく自然描写が多く見られる。ロデリックの渡欧にも，花の移植のイメージが援用された。別の植物的なキー・ワード，"vegetate" という語が，主人公の運命の衰微と並行するかのように，「生育する」から「植物同然（無為徒食）の生き方をする」という語義へと下降する[6]ことが観察された。それと逆に，本書に頻出する語 "represent (ation)" は，「（選挙区を）代表する」から「意味する」を経て，「表現・描写する」へ，即ち，具体から抽象，低次から高次の意味内容へ高まってゆく。もう一つの語が植物（自然）の縁語として終始するのに比して，こちらのキー・ワードは，ニックとミリアムの，俗世の煩いから芸術的創造への上昇運動を要約するのである。

　それでは，ニックの芸術への転向を促がす転機は，どのような形で訪れるであろうか。本当にしたいことは絵筆を執ることなのに，自分は政治家になろうとしていると，ニックが自分の置かれた「おかしな状況」をナッシュに訴える第9章で，二人の青年はパリの町を散策し，セーヌ川添の，或いは川中の小島に立つ寺院などの古い建築を眺める。今は夜闇に紛れているが，教会前の広場はかつて人々でひしめき合ったのだと思い，ニックは歴史の重みをそこに感じるのである。ここでも，歴史の中で生み出された美（壮大な建築物）は，遂に時間を越えて永遠性と崇高さに連なると彼は思いめぐらす。ここに使われた，高さ，明澄さ，永遠性，瑞々しさ，慈悲といった言葉はいずれも，芸術の属性として理解さ

---

[6] 甲斐二六生　ヘンリー・ジェイムズ研究（Ⅵ）『ロデリック・ハドソン』国際状況小説（2）鹿児島大学法文学部紀要『人文学科論集』第23号，1986年，50頁参照　又 *Roderick Hudson* (Penguin Modern Classics, 1981), p.306 参照

れている。ジェイムズ文学の中で歴史と古い文明の象徴として繰り返し現れるパリやローマの大建築や廃墟は，イザベルやメアリー・ガーランドやハイアシンス・ロビンソンら，人生の入口にいる若者たちに様々なことを語りかけてきたが，この作でパリの大寺院は，ニックを芸術創作へ向わせる誘因となる。そしてここでは，建築を意味する"structure"や"construction"という言葉そのものも芸術的連関を内包するに至る。「ああいった物を言葉で作る（"build"する）ことはできないよ。」というナッシュにニックは，「石材や木材，ステンド・グラスだけでなく，多くの物を使って偉大な構造物を築くことができるのだ。」(121) と応じる。ニックがノートルダム寺院界隈を喜びと慰めをもってそぞろ歩く時，彼の心に芸術への無限の憧憬が醸成される。この揺ぐことのない大構築物の中に彼は，移ろいやすい現実を超えるものを見て取るのである。ジェイムズの若く多感な人物たちを一度は捉える過去の感覚は，ニックを一時イギリスの田園へ惹きつけるが，最終的に彼は，古都パリの歴史的遺物との出会いに具現されるヨーロッパ体験を媒体として芸術を選ぶことになる。ニックとミリアムの物語がヨーロッパで幕開きを迎えることは偶然ではない。旧大陸文化にアメリカ人ならぬニックの人生の選択を左右する力を与えたことは，初期の国際間テーマを扱った小説以来一貫した作家の姿勢を示すものと言えよう。

4．ニックとジューリア——自由の問題

　自由と芸術という，本来範疇を異にする二つの概念は，芸術は権力や社会的抑圧からの自由（解放）をもたらすとか，或いは自由の産物である，従って，それが生れる条件として自由が不可欠であるというような形でしか結びつかないであろう。しかしそうであれば，『美神』の中で芸術の実践に向うニックにとって，自由の追求が不可避の課題として立ち現れてくることは，作の内面的要請となる。「お母様。私がこの世の中で，

ほかの何ものよりよく知っているように思われるのは，私が私の自由を愛するということなのです。私はそれを全ての上に置いているのです。」(167) とは，政治とジューリアとの結婚を逃れる為のニックの弁である。第43章で，クリケットの玉よろしくあちこちへころがされて，自由も安心もないとピーターがかこつ外交官の職務と引き比べて彼は，熟考のうちに過される自分たち兄妹の，自由と平穏を約束された職業を賛える。大切なのは，「美の側につくこと」であるとして，「利害を超越し，自立していることの美しさ，世界を自由大胆に，人間らしく捉えることの美しさ」(125) を提言するのは理論家のナッシュである。一方ジェイムズは，1889年マサチューセッツ州で開かれた小説についての夏期講習会に宛てて英国から書き送った「偉大な形態」と題する短い書翰の中で，「人生は無限に大きく，多様性に富み，包括的なのです。あらゆる種類の人々がその中に自らの求めるものを見出すでしょう。それによって小説は，真に多種多様で，[人生を]例証してくれるものになるのです。それが私の言う自由ということの意味です。」[7]と述べ，観察者の個性に裏打ちされた多彩な印象と観察の重要さを強調した。何の束縛も受けることなく世界（ここではヨーロッパ）を眺め，それと向き合おうとするイザベルやニューマンのようなアメリカ人たちにとって自由は，殆ど人生の目的の一つとさえなっている。自由への執着，ないし解放への希求は，彼らのアメリカ性の証であるとも言える。例えば芸術家の卵ロデリックが創造へと羽撃く為には，ニュー・イングランドの清教徒道徳とアメリカの荒野から解き放たれて旧世界に入る必要が生じたのである。英国人のニックも，芸術家になるに先立って先ず，自己の自由を確証する必要に迫られる。自分のまわりに自由の空間を作り出す為彼は，肉親とも，死の床にある老人とさえ争うことになる。ジューリアとの確執も，ニックの自由獲得の過程において不可避的に生じたのである。

---

[7] "The Great Form," *The Portable Henry James*, ed. by M.D. Zabel (Penguin, 1981), p.416

こうして，自由の達成の努力は，それを脅かし，妨げるものへの抵抗を含まずにはすまない。この作では二つの抑止力がニックに向って働く。一つは，レイディ・アグネスによって代表される金銭的・物質的欲望である。零落前の羽振りのよい生活を痛恨の思いを込めて振り返り，片づかない娘たちと我身の経済的安定を悲願する余りとは言え，彼女の物欲や打算的な人間観は，かろうじて戯画化を免れてはいるものの，浅ましいものと見られ，描かれていることは否めまい。ニックを創作から引き離そうとするもう一つの力，即ち恋愛を扱う上で作家は，遥かに微妙で，又類型的でない構想を用いた。つまり，彼の従妹ジューリアとの結婚話がそれである。しかし『ポイントン邸の蒐収品』（1897）に集約的に示されたように，人間の状況ということに異常なまでの関心を払い，その状況の中での人物たちの心理の綾，人物同士の心理戦を，これ以上はあり得ないと思える程の精緻さをもって描写してみせたジェイムズは，この作でも，第一にジューリアを富裕な未亡人にすること，第二に彼女に政治的野心を抱かせること，そして第三にニックが彼女を愛さずにいられなくすることによって，彼を取り巻く小説的状況を困難で錯綜したものにした。この女性が亡夫から受け継いだ遺産は，ニックの彼女との結婚を金目当てという不純なものに見せかねないし，ジューリアの政治熱と芸術嫌いは，二人の間に事実深い溝を作ってしまうのだが，それでもニックは，生得の生真面目さも手伝って，自分を誤解し，離れてゆく女性への思いを断ち切れないのだ。しかしながら，疎遠の一時期を経て持続する従兄妹たちの愛そのものの描写には無理が感じられず，それが美しい小説的自然を形作っているように思われる。

　ジューリアという女性，そしてそのニックとの関係について少し詳細に検討してみようとすると，性格や態度のみならず容姿についてさえも，時として微妙な書き方がなされていることが目につく。彼女の，決然として意志の堅さを示すような顔や，「美しく，有能そうな顔は混り気のない上品さを持ち，髪は暗闇のよう，目は早い春に，口元は珍しいピンクの花に似ていた。」（67，傍点引用者）という描写には，暗さのイメージが

仄めかされる。愛情の対象を孤立化・単一化させる専有的な愛と，意思疎通と接触を求めて広がる開放的な愛という二種類のものがあるとすれば，ジューリアのは前者に属すると書かれているし――序ながら，女優としての地歩を占めるにつれてミリアムに備ってくるあの「自由な交わり」の姿勢が後者の顕著な例であるという含みがここには当然ある――，政治に携わる「公人」として国家に仕えることをもって，人間として唯一至高の職務であるとの信念に凝り固まったジューリアは，ミリアムに目もくれず，ニックの得体の知れない友人ナッシュに嫌悪を隠そうとしない。ジューリアが「ニックに関心をもった原因は，部分的には，彼が自分を助けて，本当に求めていたあの特別な感情，つまり，偉大な公務と公的活動の［それを遂行しているという］感情へ自分を導いてくれることを心に思い描いたことにあった。彼にこのような大望をかけることは，彼に与えることができる最高の名誉だと彼女には思えた。」(103)，そして，「彼女の企ては，彼を別の方向へ引っ張ってゆく様々な力に対して彼女が感じるどんな侮蔑をも，塗りつぶして余りあるくらいに高潔なものだった。」(同)という叙述に行き当ると，ジューリアのニックに対する思いは，自分の人生計画にニックを嵌め込もうとする意図を秘めていること，そのような形の愛の不自然さを疑ってみる余裕もないくらいに彼女の野心と誇りは強いこと，そして，政界の名士を含む広い交際にも拘らず，彼女の知的世界がそれだけ狭いことが了解される。イザベルにしろ，フリーダにしろ，ジェイムズのヒロインたちに見られる，時として滑稽な程に生真面目で，それ故に或る意味で，事物の真相が見えなくなってしまうという一面をこの女性も免れていない。彼女の中には，ニックの個性と独立を侵犯し，抑圧する危険性が見え隠れして，「手に鞭を持ち，群衆をかきわけ，ニックを従えて，彼を凶運に導く女」(179) のイメージさえ示されるのだ。ジューリアに見られる富の重視や政治的抱負の中にニックは，自分たちの関係を支配と服従，保護と依存に変えてしまう危険を嗅ぎとり，その為，愛する女性から身を引くのである。他方ジューリアは，彼の求婚が財政的援助への返礼にすぎないのではない

かと気を回し，又，政界の知名士連との交際を億劫がるニックは，政治人として大成できるか疑わしいという懸念故に，結婚に踏み切れない。

しかしながら，このように（自由と抑圧というような）主題に即して類型的に片づけてしまえない面をも，この婦人は多々残している。「彼女は，彼にも何だか分らないあるものの中に，彼を包み込んでしまった――それは，ある愛嬌の良い感じ，一種の圧倒するような芳香であった。」(179)し，彼は，「彼女を，自分と別個の人として見ることができないくらいに，彼女は自分に近かったかのようであった。」(同)。このあとの方の記述は，双方の精神的一体感を暗示するであろうし，第15章で，従兄妹たちが湖水にボートを浮かべたり，小島の上の東屋で少時を過す美しい挿話においてジューリアは，この上なく優しく，女性らしい。その馥郁たる母性，香わしさと政治的大望とは，彼女の二面として描かれる。しかし彼女の，そういった社会的付加物とも言える属性は，作中人物としての彼女の自然の中に十分吸収され，消化されているであろうか。この点に関して多少の疑問を提出せざるを得ないような気がする。ジューリアの政治的観念は，彼女の存在に，肉体に，真に融け込むことなく，観念的な付焼刃として留るのみで，作家の直感的，創造的な女性知と繋がり，そこから栄養分を摂取することにより消化されて，小説中の人物として自然な女性像の中に混和することがないまま終わるように思われる。作中人物であるジューリアが政治的ディスクールとしては先細りになり――物語の進行につれて政治的言及がなくなってゆく――，終りかけで示す歩みより，ニックへの優しい感情の残存がそのことを証左すると見ることができる。これは，鞭を振う女などのいかついイメージにも拘らず，作家が基本的にはジューリアの女性としての善良さに信頼を置いていることと無縁でない。「もし僕があのご婦人たち［ジューリアとビディ］を限りなく尊敬するとしたら，その理由は，彼女らが女性の持つ最高の叡知に従って行動するだろうと思うからだよ。(中略)この世の中に，女性たちの魅力よりいいものが一つだけある。彼女らの良心がそれなのだ。」(508)というナッシュの述懐は，ジェイムズにおける女性原理のようなものを

示しているように思われる。作家が女性独特の善良さと怜悧さに惹かれるようにして——その際作家の脳裡にある女性像は無論,美的な憧憬と混り合い,理想化されているのだが——,女性の主人公を倫理的軸に据えつつ物語世界を展開してゆく幾つかの例を想起することはさして困難ではない。

しかし猶,作家の創造という有機的生成過程の中で十分に化合されて,自然のような生命を賦与されずに残留した人工物とも付き合うことが,小説を研究する者の課題であろう。政治の世界への不満が顕在化してゆくニックの,以下の慨嘆に対して,「またあなたの不機嫌が始まったのね。」としか答えることのできないジューリアを前に読者は,鼻白む思いをしなければならないことになる。

'I've imperilled my immortal soul, or at least I've bemuddled my intelligence, by all the things I don't care for that I've tried to do, and all the things I detest that I've tried to be, and all the things I never can be that I've tried to look as if I were—all the appearances and imitations, the pretences and hypocrisies in which I've steeped myself to the eyes; and at the end of it (it serves me right!) my reward is simply to learn that I'm still not half humbug enough!' (255)

(「僕は好きでもないことを色々やろうとし,嫌悪する色々なものになろうとし,又,なれもしない色々なものに,まるで僕がなったかのように見せかけようとしてきたこと,つまり,僕が首までどっぷり漬ってしまっている,あらゆる見せかけと真似ごと,虚偽と偽善によって,僕の不死の魂を危機に陥れ,或いは少なくとも,僕の知性を混乱させてしまったのです。そしてその挙句に,(いい面の皮ですよ!)僕の受ける報酬として,僕がまだ十分にペテン師になっていないということを知らされるのですからね。」)

しかしここでむしろ問題にしたいのは,ニックの危機意識を通して表現される,真の自己の確立というテーマの方である。ニックとミリアムは,二人ながらにそれぞれの芸術への関わりを通じてこの課題と取り組むのであり,それが俗人であるジューリアやその兄ピーターの理解し難いことである。自己確立は又,『ポイントン邸』のフリーダやこの作のニ

ックのようなストイックな人物たちにとって，誠実さの問題と関わる。彼らが，容易に手に入る人生の幸福と恵みをむざむざと放棄してしまうのは，人間的尊厳を守る為にほかならない。自由と共に誠実は，彼らにとって，人間的全一性（人間としての完全な姿）の証である。("integrity"という言葉が「誠実」と「完全な状態」という二つの意味を持つことは興味深い）。自己が，誰に対してよりも，自己自身に対して不誠実に見えることを彼らは極度に嫌う。不誠実は，彼らの人間としての存立を侵すと思うところに，彼ら独自の感受性が窺われる。しかし不運なことに，彼らの言動は，往々にしてひとの目には理解を超えるものと映るのであり，かくしてレイディ・アグネスは，「ああニック，あなたの片意地のせいで,あなたの勝利を台無しにしてしまわないでちょうだい。」(166)と叫ぶことになる。(『ポイントン邸』の場合はしかし，ヒロイン自身の目に誠実，或いは不誠実に見える姿が，客観的にもそのとおりなのかは，曖昧なままに残される。ひょっとしたら彼女は，自分に誠実に見えようとするあまり，どこかで不誠実に陥ってしまっているのかも知れない。そのことが，あの作の不幸な結末と関係がないであろうか）。しかし『美神』のニックには，知・情・意の均衡が取れ，成熟した精神が感じられ，彼が正しい方向感覚に導かれて自己確立の道を進んでゆくと見て差し支えないであろう。

5．ミリアム——演技的人間

　ニックの手になる肖像画のミリアムは，「地上高く揚げられ，知性の高みから芸術家の活動領域を広く見晴かしているといった偉容を呈していた。」(322)と叙述されている。このミリアム像は，芸術及び芸術家また伎芸を統率する女神ミューズである。父からユダヤ人の血を受け，母親のルース夫人に連れられてヨーロッパ各地を遍歴する中で，世間の荒波にもまれ，辛酸を舐めつつ成長したミリアムを主人公に設定したことには，特別な意図がありそうに思われる。庇護者として，全登場人物中，

最も密着してミリアムを観察する目となるピーターは，彼女を，当時フランスで言われた「ナチュール」（"nature,"自然，人間本来の姿）であると思う。しかしミリアムは，嬰児そのままに無垢，そして無力なアメリカの自然児，『ボストンの人々』のヴェリーナ・タラントと違い，逞しくしぶとい生活力と自立の精神を持っていて，世間の垢にまみれることを恐れず，天賦の才に目覚め，やがて演劇界に頭角を現してゆく。

　『ロデリック』との関連を問題にすれば，ピーターの面前でニックに気のあるふりをしてみせ，媚態を示すミリアムは，ロデリックに対する時のクリスティーナを思わせる。このアメリカ青年が，謎多き女性の魔力の虜となって破滅するという構想——そこには，何か固定観念的なものが働いているように思える——の根底に多大な小説的エネルギーが費やされた。こちらでもミリアムは，彼女を恋するピーターによって，迷宮に譬えられたりするが，この作の女主人公は，もはや単なる破壊的な男たらし（femme fatal）でも，欺く為に芝居をする女でもなく，演技を自己の存在の質と見做し，生存の足がかりとして開き直ることによって生きてゆく。クリスティーナの虚無と倦怠の底に沈澱した有毒の情熱は，ミリアムに移されると，目的を見つけることにより解毒されて，創造へと向う。傲慢不遜な性格の一面故に，「破滅の淵」とピーターになじられるミリアムはしかし，そのエネルギーの捌口を見出した為に，誰をも破滅させる必要がないのである。

　毒の意味について作品の内部からの照射を，第44章のピーターをめぐるニックとミリアムの対話の中に見出すことができる。ピーターがニックの妹ビディに多少の興味を示したのは，ミリアムへの求愛が拒絶されたからであり，「誰か，彼の毒への解毒剤となりそうな素敵な娘」を見つけたかったのだろうとのニックのコメントに対してミリアムは，「毒というのは，あの方が罹っている病気を表すには弱い名称です。ご自分の求めているものが何なのかをご存知ないのが，問題点の主なものです。」（448）と返す。神と富の両方に仕えようとしている（"serve God and Mammon"）とも批判する。ピーターが蒙りつつある害悪は，こうして，

ミリアムの性格に起因するというより，彼自身の存在の中から流れ出るものと見られている。彼のミリアムに，又ロデリックのクリスティーナに対する，愛欲が幾分病的な感情であることは，それぞれの小説の中で匂わされている。情熱や感情（"passion," "sentiment"）——それらを作者はしばしば知性と対置させ，劣位に置く——という言葉によって表されるこの男らの愛は，近代の病とも言える虚無感と生きる意味の喪失の沼沢から立ち昇る瘴気の中に融け合っているようにも見受けられる。クリスティーナ，即ちのちのカサマシマ公爵夫人の破壊性は，直情径行的なアメリカ青年ロデリック，そして，革命運動の熱誠とヨーロッパ文明への傾倒の狭間で懊悩するロンドンの青年ハイアシンスを惑わし，破滅させる，旧世界的邪悪，或いは意味と目的を喪失しつつある近代社会のニヒリズムという枠組の中で小説的意味を持ち得たが，そのような否定的枠組自体の撤廃に，この小説の，『ロデリック』の発展としての存在理由があったのであれば，ミリアムが単なる破壊者であってよいわけはなく，小説の標題に示される彼女の創造者としての意義が問題になってくる。そこで次に，ミリアムの創造性という点に論及してみたい。

　「私がどんなものになるか，私自身で解答を出してゆかなければならないでしょう。」(233) という第19章の一言がミリアムの生存のあり方を要約する。「解答を出す」こと（"work it out"）とは，演技者としての精進を意味する。つまり，演技による自己発見，ないし，自己形成が彼女の人生そのものであるということである。「すべては，そのことの為——自分が何物かを知る為なのです。」（"It's all for that—to know what one is." 138) という彼女の言葉は，演技と人間形成を統合しようとする姿勢を示している。ピーターの観察によれば，「演技者的性格を完璧なまでに持っていたので，彼女は常に演じていた。彼女の存在は，その時々に応じて帯びる役割の連続だった。」(130)，つまり，「間断なく役割を演じてゆくところにその存在証明を持つ女だった。」（同）という。彼女に向って，「あなたは，（中略）あなた自身の本性というものを持たないのです。」(145)，或いは，「キャンバスのない模様のようなものです。」(145)，「あなたが

感じているふりをしている感情があなたの唯一の感情であるという意味において，あなたがふりをするのは正直なのかも知れません。」(同) などの分析をしてみせる。つまり，本来画布（地）があり，その上に絵（模様）が描かれるのと同じように，基礎となる性格の上に芸術家といったような機能，職能が重ねられてゆく筈なのに，行住坐臥，途切れることなく演技し続けるミリアムは，地を持たない，彼女自身の顔と性格がない，言い換えれば，演技即性格になっていると指摘するのだ。人は皆演技者的性格を持つことは，"person"（人）という英語が "personam"（俳優の仮面，演じられた役柄）というラテン語に由来することと関連して指摘されることであり，ミリアムの場合も殊更に珍しい例ではない。彼女は，志す職業に相応しい素地に恵まれているというのみであって，彼女の芝居がかった処作は，舞台の上で直ちに劇になるというものではなく，「あなたがこつこつと努力を続ければ，色々なことを演じる技法はおのずから備わるでしょう。」(109) というピーターの忠告どおり，彼女の演技的な存在が芸術に純化されるには，技法（"the art,"ジェイムズの尊重する概念）の練磨を待たなければならないのだ。とすれば，ミリアムが師匠と仰ぐ往年の名女優，カレ夫人の，「芸術（the art）こそすべてで，個人は，芸術に仕える者として以外には無なのです。」(136) という考え方を洗礼として受け入れ，奥儀の伝授（"initiation"）と見做すことによって彼女は，将来の大成への契機を摑んだと考えてよいであろう。

　それではミリアムの演劇は，芸術小説としての枠組の中で，どのようにして芸術創造の本質を照し出すのであろうか。演技に開眼したミリアムの芝居を観るピーターは，その見事さに打たれ，「人生を表現するだと？　いやむしろ，それを創造し，啓示する。僕らに何か新しく，大きく，第一級のものを与えてくれるのだ。」(325) と独語する。「表現することこそが深遠な実質だった。」という認識の深まりにも，人生の再創造としての芸術という考え方が表白される。前に考えたように，ミリアムが彼女自身の人格と顔を持たないのではなく，彼女が芸術（同時に "the art," 技法でもある）の背後に隠れて，或いはむしろ芸術そのものと化して見え

なくなるということにピーターは想到する。この段階のミリアムは，師の教えを実践し得て，芸術の没個人性という域に達したのだ。かくして，芸術のもう一人の帰依者ニックが，芸術と人生の両立・宥和を企てたのに対してミリアムは，芸術が人生を吸引し，それを再創造する地点にまで，己が伎芸を高めていったと考えることができる。

　しかしミリアムが演技の極意に達する基盤として，真剣な人間観察があったことを，ジェイムズは書き忘れない。ルース氏に先立たれ経済的窮乏に追い込まれて，爪に火を灯すような生活を強いられる母娘の生活が第11章冒頭で述べられる。見知る人とてない町のカフェで長時間を消化することもあった。

　　　"[W]e have been in places! I have learned a great deal that way; sitting beside mamma and watching people, their faces, their types, their movements. There's a great deal goes on in cafés: people come to them to talk things over, their private affairs, their complications; they have important meetings. Oh, I've observed scenes, between men and women—very quiet, terribly quiet, but tragic! Once I saw a woman do something that I'm going to do some day, when I'm great—if I can get the situation. I'll tell you what it is some day; I'll do it for you. Oh, it is the book of life!"（138）
　　（「私たち色んな所へ行ったわ。私はそうやって沢山のことを学んだのよ。ママの傍に座って，人や，彼らの顔や，タイプや，動作を見守ったのよ。カフェでは色んなことが起こるの。人々は，そこへ様々なこと，個人的な問題とか，込み入った事情をじっくりと話しに来る。大切な出会いをするのです。ああ，私は色んな場面を見てきたわ。男と女の間の――とても，恐ろしいほど静かな，でも悲劇的な場面を。ある時，一人の女の人が，私がいつか，偉くなって，［役柄で］そんな状況を得ることができたら，演じてみたい或ることをするのを見た。それがどんなことかはいつか教えて上げる。あなたの為に演じて見せるわ。ああ，それこそ，人生の書物なのよ。」）

ミリアムのこの科白と状況自体，芝居がかっていなくもない。彼女のこの経験は，ニックにおける人生と芸術の調和の試みに相当するであろう。因みに娘が現実の一断面に「人生の書物」を見た前の頁で，母，ルース

夫人が食費を切り詰める為の方便として、カフェに長く居座って本当の書物——古い小説——に読み耽るのは、対比により幾分滑稽味を添える薬味の働きをしているように思われる。

　ジェイムズが身を以て味わったに違いない、実人生（生活臭のする現実）と芸術創造との鋭い背馳とその解決に、この小説において如何に深く関わったかを、今一つの例に見てみよう。女優業も緒につき、成功を収めつつあるミリアムは、第31章で、「今度は、ロンドン生活のコメディーを演じてみたくなった。世間をもっと見ることは様々なことを示唆してくれることが分って嬉しかった。それらのことは事実から、自然と呼んでよければ自然から、真直ぐに生じてきた。それで彼女は、これまでにもまして確信した、芸術家は生きなければならない、自分の仕事を続け、経験から思想を、光明を拾わなければならない、つまり、彼に光明を与えるどんな経験でも喜んで受け容れなければならない。」(335) と思索する。ここでのミリアムは、古典的悲劇から、コメディー（庶民生活の描写）へと目を転じている。観察、事実、思想、経験といった、ジェイムズの基本的な概念が勢揃いし、芸術を実人生、人々の生活、と混和させようとする意図が看取できる。

　第45章で、ミリアムの入神の演技と、それに打たれる観客の模様は次のように描写されている。

> She was beauty, she was music, she was truth; she was passion and persuasion and tenderness. She caught up the obstreperous play in soothing, entwining arms and carried it into the high places of poetry, of style. And she had such tones of nature, such concealments of art, such effusions of life, that the whole scene glowed with the colour she communicated, and the house, as if pervaded with rosy fire, glowed back at the scene. Nick looked round in the intervals; he felt excited and flushed—the night had turned into a feast of fraternity and he expected to see people embrace each other. (455)
> （ミリアムは、美であり、音楽であり、真理であった。彼女は、熱情と説得と優しさであった。この手に余る劇を、なだめるように腕に抱き、包み込み、それを詩と様式の高みへと運んでいった。そして彼女はまことに自

然な調子を出し，芸を極めて巧みに隠してしまい，かくも生命力に溢れていたので，場面全体が，彼女の伝える色彩に輝き，観客はあたかも，薔薇色の火が普く浸みわたったかのように，舞台に向って照り返した。ニックは幕間にあたりを見回した。彼は興奮し，上気していた。この一夜は同胞愛の宴に変ってしまった。そして彼は，人々が抱き合うところを見ることだろうと期待したのだった。)

ここで言う演劇における詩と文体（様式）の統一は，レオン・エデルが指摘するジェイムズの野心——劇作において，世俗的栄光と芸術的創造の両者を融合させ，手中に収めたいという野心[8]——を紙背に隠していたとしても，それを責められようか。たとえその野心を打ち砕かれ，ニックと同様，世俗の欲望に背を向け，孤独に突き落とされることになる，のちのジェイムズを私たちが仮に知らなかったとしても。劇に詩趣と様式美を与えるミリアムの芸は，ジェイムズの考えた演劇芸術の理想であったことは今更述べるまでもない。引用の文体的陶酔も昂揚も，又役者ミリアムの美も，人生そのものより，人生を描写したもの（"representation"）の方が好きだというピーターの（又作者の）芸術理念を小説の中に具現したものである。観客の中に高まってゆく共感は，芸術が創作者を超えるだけでなく，それを享受する者同士の垣根を取り払ってくれるという，芸術の普遍性，非個人性を例示している。

　ピーターとミリアムの激しい応酬によって占められた観を呈する第46章でミリアムは，女優業から足を洗って妻になってくれれば，外交官夫人としての栄耀栄華を約束しようというピーターの懇請を拒絶する。女優でなく，女性としてミリアムを我が物にしたいと願うピーターであるが，ミリアムは自分が自分である所以は，舞台女優をおいてないと思う。家庭の客間からも締め出され，挨っぽいステージの上で我が身を衆目に晒す役者稼業ではあれ，人生を表現する総合芸術としての演劇は，貴顕の集う社交会（"coterie"）の輝きにもまして人々の心を捉え，その中へ浸

---

[8] Leon Edel, *Henry James, The Middle Years: 1882-1895* (New York: Avon Books, 1978), p.262

透してゆく力を持つと信じて疑わないのだ。このことは，上流社会の権勢の上にあぐらをかく人々へのミリアムの勝利，芸術の勝利ではなかったか。

　演技的人間としてのミリアムは，純粋自我の理念に固執して旧世界で挫折する，『ある貴婦人の肖像』のアメリカ人女性，イザベル・アーチャーの反措定ではなかったかという仮説をここで提出しておきたい。ジェイムズは，ヨーロッパ文明の体質を演技性，或いは仮面性――マール夫人の老獪な対人関係を好個の例とする――にありとして，ミリアムに言わば敵の戦法を手中に収めさせることにより，イザベルの敗北を償わせたと考えられないであろうか。この仮説が成立する為には，二つの前提が必要である。第一に作家が，それぞれの女主人公に十分な愛情を抱いているかを問うてみなければならない。同国人としてイザベルの理想主義の迂遠さを批判しながらも，作家がヨーロッパの碾臼に碾かれるヒロインに同情を持ったことは疑う余地なく，他方ミリアムについては，人生を表現する芸術家として，又芸術論展開の媒体として，作家の精神に近いところにいると思われる。第二に，ミリアムが，イザベル同様，ヨーロッパと対立する人物として捉えられていることが確認されなければならない。彼女は，ヨーロッパで裏切られたり，社会的不適応に起因する神経症にかかったりもしない。しかしながらユダヤ系イギリス人のミリアムがヨーロッパ（パリ）の異邦人であることは，作中明確に意識されている。二人のうら若いヒロインたちは，旧世界のアウトサイダーである点で共通するのである。ピーターがミリアムの演技力を高く評価しながら，彼女を演劇界から足を洗わせようとするのは，一つには彼のヨーロッパ不信に基づいているし，ニックがパリの芸術的雰囲気に刺激され，古い由緒ある建物を前に歴史的感覚を深めてゆくことや，レイディ・アグネスの芸術やパリへの反感は，すべてジェイムズ初期小説のアメリカ人の旧世界反応そのままである。これらの人物たちのうち，旧文明にポジティヴな反応を示す人物の系譜に，『カサマシマ公爵夫人』のロンドン子，ハイアシンス・ロビンソンをも加えていいであろう。このよ

うに見てくるとヨーロッパは，真摯に経験を求める青春群像の前に立ちはだかる「世界」という性格を新たにする。こうして，ヨーロッパ社会の二人のアウトサイダー，しかも年若い女性たちによる果敢な旧世界攻略を作家が展開していったことが確認できる。

　第21章は，パリの女優，ヴォアザン嬢を楽屋に訪ね，その容貌や物腰，洗練の極致をゆく会話などに漂う完熟した都会的優雅さに魅了されてしまうミリアムを描く。「花のようなその輝きは，あまりにも完璧な為，マスクを被ったような無様さがまるきりない程に完成された一つの伎芸の結果であった。」(245) し，ミリアムの心は，「様式と洗練と，一つの伝統の持続に印象づけられ，一杯になる。」(246) のである。これは一面では，作家の都会趣味の反映であるとも言える。ミリアムが「自然の姿」("nature") と呼ばれることとも関連して，ここにも，『ロデリック』以来の自然と文明の相剋の主題が揺曳しているように思われる。というより，粗野な者たち（この作家の主人公らは物語の出発点において大抵その状態にある）の文化的洗練への憧れと，その中への浸透という，作家の文化的願望のパターンにそれは照応する。

　しかし旧世界の理想的な文明の姿と思われるものに対して，それでも作家が示す両面価値的な態度を見のがすわけにゆかない。同じヴォアザン嬢についてミリアムは，「不思議な，謎のような人なのね。あの方は，私たちに何も見せて下さらなかった。あの方の本当の自分を少しも見せなかったのです。」(248)，「私を遠ざけたのですわ。あの方の魅力的な態度そのものが，一種の軽蔑なのです。深淵のような，中国の万里の長城のようなものです。何か素晴しい陶器のように固くつやつやとした光沢と，真似もできないような表面を持っているのです。」(同) とも評する。（光沢のある壁，或いは，そのより抽象化された表象としての「表面」は，『黄金の盃』に至るまで，ジェイムズ文学に頻出するモチーフである）。これはロデリックの心に，苛立たせる謎，或いはヨーロッパの壁として意識されたクリスティーナを想起させる。ピーターがミリアムの為に良くないと思うものはこれである。彼は，「あなたも，あんなになりたいのですか？」

と問い，自分と結婚してくれるなら，「あなたを，あなたの好みのどんなものにもしてあげよう——あれだけは例外だけど。」(248) と言う。しかしミリアムは，彼女自身の比喩に言う「祝福された盃」を唇に当てんとしているのであり，「私は，あの人のようなものになりたいのです。」と言明する。ここでミリアムは，経験を盛った盃を毒ごと飲み乾そうとしているのだ。そして彼女がヨーロッパの毒に当てられないのは，俳優としてそれを熟視し，演技によって描いてみせる——対象化してしまう——からであろう。ここにおいて彼女の演技者の目は，作家ジェイムズの旧世界を凝視する目に連なってゆく。英国人のミリアムとピーターは旧世界の持つ演技者の顔——それと気づかせない程に精巧な仮面——に惑わされる。しかしミリアムは，魔女サイレンの美声に惹かれるオディッセイ（Homer, *The Odyssey*）のように，それに限りなく惹きつけられることを自分に許しながら，伝説の英雄の貪欲さ——部下たちの耳に蝋を詰め，自らは体をマストに縛りつけさせてサイレンの美声を聞く[9]あの合理精神——を以て，それを見極め，自分の演技に吸収する。これがミリアム自身のドラマである。このように見てくると，ミリアムのこの物語は，単に女優志願の美少女の成功物語に留るのでなく，人生のイニシエーション，危険を孕んだものとしてイメージされる世界への参入という主題を内包する小説であることが理解される。そしてこの際，世界は，経験の宝庫としてのヨーロッパという姿を取って先ず女主人公の前に立ち現れる。

　一つの疑問を提示することで，この節を締め括りたい。ピーターは，演技がそのままその人格になっているようなミリアムの存在のあり様に魅惑されながらも，彼女に舞台を降りて妻になってほしいと願う。一見すると，このことは矛盾と映る。それは，決して本当の顔を見せることのない（——或いは，もしかしたら，マスクの背後に本当の顔などないのかも知れない）ヴォアザン嬢への不信感だけで説明し尽くされるであろうか。

---

[9] Homer, *The Odyssey*, tr. by E.V. Riew (Penguin Classics, 1964), pp.193–194

彼はこのような女性を生み出すヨーロッパを怖れているのではないか。第37章でピーターは，ミリアムの顔を以下のように観察する。

> Familiarity had never yet cured him of a certain tremor of expectation and even of suspense in regard to her entrances; a flutter caused by the simple circumstance of her infinite variety. To say she was always acting suggests too much that she was often fatiguing; for her changing face affected this particular admirer at least not as a series of masks, but as a response to perceived differences, an intensity of sensibility, or still more as something cleverly constructive, like the shifting of the scene in a play or a room with many windows. (383)
> （ミリアムと馴れ親しむようになったからといっても，彼女が登場する際，期待と落ち着かない気分さえ感じて，或る種の胸の震えを覚えることが治りはしなかった。それは，彼女の無限の多様性という単純な事情によって生じた胸のはためきだったのだ。彼女が常に演技していると言うと，彼女はしばしば人を疲れさせると，あまり貶めかすことになる。というのも，彼女の変化する顔は，特にこの賛美者にとっては少なくとも，一組の仮面ではなく，彼女が認知した様々な相異への一つの反応，強烈な感受性，或いはそれよりも更に，巧妙な構築力を持つ何か，つまり，劇において場面が移り変ったり，部屋に多くの窓があるようなものと思われたのである。）

ここに言説化された強烈な感受性や優れた認識力，創造性は，作者によって，凡そ小説世界の中に提示される価値的要素として肯定的に捉えられていることは，明らかである。演技とも見えるようなミリアムの表情の動きは，幾つもの仮面――生命のない，無気味な人工物――ではなく，感受性の豊かさと，外界への活発な反応，つまり若々しい生命力の充溢として理解されている。それは，彼女の豪放磊落な性格や，ボヘミアン的な生き方，人々との自由な交わりと共に，イザベルの好奇心に富むアメリカ的性格の一面を，線を太くして再現したようなものであり，ヴォアザン嬢の，精妙なマスクをつけたような人工美と俊別されているように思われる。こうしてピーターの矛盾と見える態度は，作家自身の旧世界文明へのアンビヴァレントな心情を反映するもう一つの例であると同時に，他方で，ミリアムが海の向こうの仲間たち（新世界のイヴたち）と

共有する瑞々しい女性的活力への彼の（そして作者の）賞賛を表明していると言えよう。それ故ピーターにとって，ミリアムの顔や身体の豊かな表現力に表される女性の創造性を味わうには，彼女を舞台の上だけに置いておく必要はなかったのである。

6．ピーター——世俗と芸術の狭間で

　幾つかの面でニックと対照的な人物として描かれるピーター・シェリンガムの性格象と，作中での役割の考察が最後に残されている。美的，情動的刺激に反応しやすく，衝動に駆られて行動してしまう性格の一面が，内省的で思索型のニックとの対比という点でも，プロットの要請からも，作中人物としてのピーターに顕著な特質である。芸術は非個人的な企てであり，「仕事は感情（"sensibility"）を停止させることである。」(276) と考え，肖像画製作は，自分と，モデルになるミリアムとの個人的関係とは何の関連もないものと割り切ることのできる従弟と違ってピーターは，官能に支配されてしまい，ミリアムの前では，意志力が身体から抜け出してしまうのを覚える。物事をありのままに受け取らず，裏の裏まで考えて歪め，誤った解釈をしてしまうと，ミリアムに批判されるとおり，彼は，相反する感情に心を食い荒されては，唐突な行動へ飛び込んでゆくような分裂した一面を持っている。しかも，演劇芸術の本物の理解者を以て任じるにも拘らず，彼にはどこかに，芸術と対立してしまうようなところがあることは，ミリアムとの激しい応酬を活写する例の第46章で顕在化してくる。その個所でミリアムは，「あなたは芸術家が息を引き取ってしまうような箱の中に，私を押し込めようとなさっているのです。」(465) となじる。大当りを取った芝居がはねたあと，ミリアムを体ごと引っ攫ってゆかなかったことを後悔するピーターには，愛するヴェリーナを殆ど暴力的に拉致してゆく『ボストンの人々』のバジル・ランサムに似た衝動性がある。しかし，衝動的な言行は，ジェイム

ズ文学において貶められずにはいない。ミリアムの女性美と才能に魅せられながら，その職業を秘かに蔑むピーター，そして，あなたの方こそ，外交官をやめて私の夫になっては，とからかわれ，妻の体を見せ物にすることによって稼いだ金で生きてゆくことなどできないと反論する彼は，畢竟芸術のディレッタントに過ぎず，彼女やニックのように，身を挺して芸術の道へ進んでゆくことができない。そうするにしては彼は，あまりに世俗の欲望に囚われ過ぎているのである。

　身体を捻って見せ物とするサーカスの曲芸師にも我が身を譬えるミリアムにとって肉体とは，「思想の容れ物に過ぎず，思想が私たちを深く捉えれば捉える程私たちは，あの無様な肉体を意識しなくなるのです。」(474) というものである。「肉体を持たなかったら，多分，その方がことは簡単でしょう。しかし，(中略) それは思想にとって大変な不公平となるでしょう。」(同) と言うミリアムは，イデアの優位を認めながらも肉体を蔑視せず，窮められた伎芸によりミューズの霊感の宿る場となる肉体の尊厳に望みを繋ごうとする。第46章末でピーターは，ミリアムの体を張った芸術擁護論に論破された形である。彼が急に，「しめっぽい臭い」を嗅ぎとり，「慰めなき暗がり」を見つめるのは，彼の敗北を物語るであろう。「『芸術』のこの突然の執拗な攻撃は何を意味するのであろうか？」(475) と訝かり，芸術の嘲る声の中に，ミリアムとニックの声が混り，彫刻家を志すビディの優しい，甲高い声さえ加わっているのをピーターは聞き，「芸術など呪われてしまえ。」と思うのである。彼のこのような反応を，「面倒な原理というものへの，あの純粋に英国人らしい不信感」(476) という評語によって作家は締め括る。

　富も名も，愛する人との結婚さえ断念し，微温的なディレッタンティズムを払拭して，真の画家になってゆくニックと，女の細腕を頼りに演劇界を一路突き進むミリアムという，この二人の芸術家たちを浮き彫りする役割に加えてピーターは，末尾において，この作で展開されてきた作家の芸術至上主義の仕上げの役を担い，同時に，『ロデリック』を超えるものを示す為，かなめの石を投ずることになる。即ち，感性の支配か

ら抜け出すことができず，恋愛感情による自失の状態（"infatuation"）を克服できないまま自滅するロデリックと違ってピーターは，ミリアムが創造する真の芸術美にふれることにより，最後には迷妄を破られる。この点に，単なる感覚的惑溺と芸術との相異を示そうとする意図があったことは疑いない。中米の任地へ発つ前のピーターは，ミリアムの芝居を見つつ，「抵抗したい気持の止むことを意識したが，それは奇妙にも，解放と結びついていた」（457）。末尾第51章で，ミリアムのジュリエット初演のニュースを知り，地球の向こう側からはるばる駆けつけた彼を待つものは，彼女の結婚という衝激的な知らせであったが，ロンドンの街をあてどなく彷徨したのち，ミリアムのジュリエットを見るうち，「結局のところ，このひどい旅に対して自分は報われたのだ。」（528）と思う。「煩悶は鎮まり，そのあとには，かなり深く，純粋な何かが残った」（同）。この瞬間において，ミリアムの演技による劇的カタルシスと，ピーターの人生劇の完結とが一致する。彼が，「［ミリアムの演技による］人生描写の正にその完成によって幾分，現実へと呼び戻されたと感じ」た（同）のは，単なる感覚をも，個人をも超える芸術美により，彼が感性的迷妄から醒まされ，現実に引き戻されることを語っており，彼がこのあとビディを娶ることも順当な成り行きであろう。ジューリアも，ニックに肖像画を描いて貰うなど，歩み寄りを示し，両者の関係の修復が匂わされることでこの作は大団円を迎える。こうしてミリアムとそれを囲む人たちのこの物語は，ミリアム自身幾分滑稽めかして言う，「悲劇の女神」から「喜劇の女神」への変身（387）に示唆されるとおり，すべての関係が丸く収まり，ハッピー・エンドを迎える。『ロデリック』で提示された芸術家の敗北と，芸術と人生との関係の破綻という問題は，この作に至って一応の結着をみたのだと結論することができる。

第3章
『メイジーの知ったこと』
──夢と現実──

1. 意味の探究

　ジェイムズの中期の小説,『メイジーの知ったこと』(*What Maisie Knew*,[10] 1897) は, 第1章の前に置かれた, 序章のような数頁から始まる。事件の発端に至る顛末の報告といった性格を持つこの個所で, ファランジ夫妻の離婚訴訟後の, 児童の処遇をめぐる法的手続きと, 元夫婦のあさましい争いが皮肉な, 突き放したような筆致によって伝えられる。口さがない人々の噂話や, アイダとビールの, それぞれの容貌と性癖の紹介には, 殆ど揶揄的とも言える調子が支配的である。この導入部は, 幼い主人公のドラマの舞台となる世界の頽廃的な雰囲気を漂わせて効果的と言えよう。第1章に入ると, カメラのレンズに当る語り手の記述は, 幼女のメイジーとその周辺へと急にズーム・インしてゆくが, ここには早くも作品のモチーフとなるイメージが現れる。第1, 2章からそれらを, 二, 三拾ってみれば, 六歳の少女メイジーが, 別れた両親のかまびすしく口論する姿に,「幻燈機のスライドからスクリーンに映され, 移ってゆく像を眺めるように目を瞠っている姿」(21) や, 彼女の心の「抽出」の中にしまわれるイメージと音の響き, 就中(なかんずく), 両親の家を交互に行き来

---

[10] テキストは, Henry James, *What Maisie Knew* (Penguin Modern Classics, 1973) を使用した。この版は,『ニューヨーク版自選集』を底本とし, 作者による「序」を収めている。日本語訳をつけるに当って, 川西進訳『メイジーの知ったこと』(国書刊行会編「ヘンリー・ジェイムズ作品集」2所収) を参考にした。記して感謝の意を表したい。

するうちに、親同士が誹謗中傷を「恰も底なしの容器のように、彼女の小さな、真面目にじっと凝視している魂の中へ注ぎ込んだ。」(24) という文などが読者の注意を惹くであろう。しかし、「彼女の小さな世界は変幻極まりなかった——見慣れぬ影が白い幕の上で踊っていた。あたかも芝居のすべてが彼女の為に演じられたかのようであった——広大な薄暗い劇場の中で半ば怯えたちっちゃな子供のメイジーの為に。」(21) という記述から読者が予想してしまうほどに、彼女の世界は暗澹たるものではなく、またメイジーがこのあとも一方的に受け身の生き方を強いられるというわけでもない。最終的局面において少女は、プロットを決定する重大な決断を迫られ、それを下す。そこに到るメイジーの心の発達過程がこの小説の大方の内容である。抽出や容器のイメージは、何かを仕舞い込み、貯えるという意味から、外界に対して鋭敏な反応を示す、スポンジのように印象を吸収する、開かれた心へと反転し、ジェイムズ小説の主人公の身分証明となる。私たちがこの小説の中に見るメイジーは、両親の離婚に次いで、いずれの親からも疎まれ、たらい回しされる少女のなまなましい精神的衝撃(トラウマ)の記録者（薄幸の少女ジェーン・エア的なもの）ではなく、身辺に起こる理解力を越えた出来事に呆然と瞠目する幼児期を脱して、自分の置かれたこの特殊な状況を理解し、その中に自己の占める位置や意味を探り出し、創り出してゆく聡明な少女の像である。同時期に書かれた『ポイントン邸の蒐集品』(*The Spoils of Poynton*, 1897) のヒロイン、フリーダ・ヴェッチの幼少の姿とも言うべく、ジェイムズ的な生命力に溢れた魅力的なヒロインの少女版と考えられるが、父母それぞれの「定期的な重荷」(39)、「哀れな宿無し」("the wretched homeless child," 80; 192では、"Oh you incredible waif!" と呼ばれる。) などと蔑まれ、元夫婦と、そのそれぞれの愛人たち四人に操られながらも ("the subject of the manoeuvres of a quartette," 142)、『黄金の盃』のマギーを予見させる)、優れた「関係の感覚」("her sense of the relations of things," 48) によって、自己の存在の足がかりを築いてゆく。生成変動し続ける関係性の網目に囚われながらも、その相貌を見極めようと幼い頭を働かせるメイジーの

像は印象的である。この作や『黄金の盃』に見られる事物の関係と意味の追究のエトスこそ，両作に漲る光の発生源である。クリストファー・ニューマン（『アメリカ人』）やロデリックとロゥランド，メアリー・ガーランド（『ロデリック・ハドソン』），イザベル・アーチャー（『ある貴婦人の肖像』），ヴェリーナ・タラント（『ボストンの人々』），ハイアシンス・ロビンソン（『カサマシマ公爵夫人』），ミリアム・ルース（『悲劇の美神』），フリーダ・ヴェッチと，外界の印象を柔軟な，生気溢れる，柔らかい心に刻み込み，経験と認識を獲得してゆく青年男女の主人公たちの年齢をジェイムズは，この作で一挙に引き下げたのである。漸く物心のつく頃から，思春期か，その直前に亘る少女の物語を書くことは，若い精神の世界認識・受容という，すぐれてアメリカ的テーマに偏執的な愛着を示してきたジェイムズの更に徹底した実験であった。即ち，印象や記憶の断片が意味づけもされないまま心の容器に雑然と投げ込まれていた状態を抜け出て，その中にひそむ意味に気づき，それらを，幼児が積木の片を積み重ねて，意味のある物を組み立てるように，構成し始める過程（メイジー的世界の創造）は，心理小説家ジェイムズにとって魅力ある仕事であったことは想像にかたくない。メイジーの精神的成長の中で，それら心中にしまい込まれていた断片が「意味［づけされること］を待っていた」ことは，このような小説的脈絡を照らし出すであろう。「子供らしい闇，薄暗い物置，上の方の抽出の中に，彼女の為に取っておかれた様々のイメージと音の響き」(23)が，まだそれをできる年齢になっていないゲームに比較されるのは適切な比喩である。フロイドやユングの心理学書を読む趣さえなくはないこれらの個所自体，ジェイムズの，「心」そして「意味」というものに寄せる並々ならぬ関心を語ると見ることができる。メイジーが「もっと明敏になってきた頃に，自分の心の中に，様々な意味を付与することのできるイメージや音の響きの寄せ集めを見つけ出した。」(同)とあるとおりに，この小説は，幼いヒロインの「意味」の探究，或いは，そこへ辿り着く過程を辿る。

　メイジーにおける意味の開示は，畢竟，他者との関係の中での自己の

存在の意味と役割の認知ということにほかならない。主人公の存在と役割の特質は，彼女を包み込む人間関係と状況によって決定されることはフリーダの場合と同じである。また，メイジーの成長と共にその状況は，主体としての彼女の個性に応じて解釈されるわけであり，『ポイントン邸』において私たちが，フリーダ的な世界を示されるのと同じく，こちらでも，次第にメイジー的に彩られた世界が提示されてゆく。よく言われる「視点」ということの意味は，この点をも含むべきものであろう。(彼女らの解釈の継ぎ目や隙間を通して，「客観的」に見える部分を作者が所々に用意していることも留意しなければならない。このことは，読者を欺く作品の字面の意味と，隠された意図との矛盾となって，批評家たちの論争を惹き起こしてきた，作家のいわゆる先駆的側面でもある。中期以降顕在化してくるこの傾向は，この作ではまだそれほど表立って打ち出されてはいないのだが。)

　乳母から，「パパはね，[あなたのせいで]ひどく迷惑したってことを，あなたに絶対忘れてほしくないって仰有っているわ。」(22) と——大人の責任転嫁，論理のすり換えにすぎないと知る由もなく——聞かされて，事態のすべては自分のせいで変ってしまったのだと思う（それも一つの意味づけではある）メイジーであったが，この六歳の少女は，母方へ向う馬車の中で，「パパは，ママがいやらしい豚だって言いなさいって言ったわ。」と「報告」する (24) ところで第1章が幕切れとなる。ここでメイジーは，まだ物事を正確に判断すること，大人の気持を忖度することができず，只印象や記憶を心に蓄える段階にいるが，第2章で，離別した両親の家を幾度となく行き来する二，三年の経過のうちに早くも変化が兆し始める。この子に本当に為になることをしてやらなければと気遣う周囲の人々は，「極端なずる賢さからか，度外れの愚鈍のせいか，メイジーが物事をよく呑み込んでいないように見える」(25) ことに気づく。

　　　The theory of her stupidity, eventually embraced by her parents, corresponded with a great date in her small still life: the complete vision, private but final, of the strange office she filled. It was literally a moral revolution and accomplished in the depths of her nature. The

第 3 章 『メイジーの知ったこと』 65

stiff dolls on the dusky shelves began to move their arms and legs; old forms and phrases began to have a sense that frightened her. She had a new feeling, the feeling of danger; on which a new remedy rose to meet it, the idea of an inner self or, in other words, of concealment. She puzzled out with imperfect signs, but with a prodigious spirit, that she had been a centre of hatred and a messenger of insult, and that everything was bad because she had been employed to make it so. Her parted lips locked themselves with the determination to be employed no longer. She would forget everything, she would repeat nothing, and when, as a tribute to the successful application of her system, she began to be called a little idiot, she tasted a pleasure new and keen. When therefore, as she grew older, her parents in turn announced before her that she had grown shockingly dull, it was not from any real contraction of her little stream of life. She spoiled their fun, but she practically added to her own. She saw more and more; she saw too much.（25）
（彼女は馬鹿だという説は，遂に両親もそれを受け容れることになったが，彼女の小さな静かな生活の中のある重大な一日と一致していた。その日彼女は，自分の占めている奇妙な役割の全体を，ひそかに，しかし決定的に，心に思い描いたのである。それは文字どおり，精神的変革であり，彼女の本性の深みの中で成し就げられたのだ。薄暗い棚の上の，こわばった人形たちが手足を動かし始め，古くからの習慣や言葉が彼女を脅えさせるような意味を持ち始めた。彼女は新しい感じ，危機感を抱いた。それに応じる為新しい方途が生じてきた。つまり，内面の自我という考え，言い換えれば，隠すという考えであった。不十分な印しかなかったのに，驚くべき精神を以て，彼女は，自分が憎悪の中心点であり，侮辱の伝え手であること，すべてが悪いのは，自分がそうする為に使われたからであることにやっと思い当った。彼女の開かれていた唇は，もうこれ以上使うまいという決意を以て固く閉ざされた。自分はすべてを忘れよう，[ひとの言葉を] 繰り返すことはすまい。そして彼女の方針が首尾よく実行されたことへの讃辞として彼女が小さなお馬鹿さんと呼ばれ始めた時，新しい強烈な喜びを味わったのである。それ故，彼女がもっと成長するにつれて今度は彼女の両親が，本人の前で，お前は呆れるほど鈍感だねと言った時も，彼女の生命の小さな流れが実際に少しでも萎縮したのではなかった。彼女は親たちの楽しみを損なったけれども，自分自身の楽しみは事実増したのだ。彼女はますます多くのものが見えるようになった。見えすぎたのである。）

この個所は，少女の不安や危機感と，心中の思いを隠さなければならないとする自覚を伝え，幼い主人公の自我の萌芽を描き出す。「薄暗い棚の上の，こわばった人形たちが手足を動かし始め」たことと，「古くからの習慣や言葉が，脅えさせるような意味を持ち始めた」ことが原文ではセミ・コロンで繋がれ相前後していることが興味をそそる。少年少女期の自我の目醒めは，明徹な理性の確立によって導かれるのではなく，幻視や白昼夢を伴う精神的均衡の喪失と軌を一にすることは，アメリカ文学の中にその例少なしとしない。K. A. ポーターの「サーカス」("The Circus," 1945) やトルーマン・カポーティの『遠い声，遠い部屋』(*Other Voices, Other Rooms*, 1948)，「夜の木」("A Tree of Night," 1956) などの長短編を挙げることができる。メイジーについて不安神経症という言葉を当てることは，妥当でないであろう——むしろ彼女は，恐るべく鞏固な意志と，成長につれて，卓抜な分析力（ジェイムズの多くの作中人物の特性）を持つに至ると思われる——が，上述の経験は少なくとも，彼女の住む世界，或いは，中期頃から顕在化してくるジェイムズ独自の漠然とした状況，雰囲気（「賑やかな街角」，「私的生活」，等の短編小説にはそれが浸透している）の前奏曲と言えるであろう。メイジーはまた，「見る」，或いは「見えすぎる」という——彼女，または彼女に類するほかの主人公らが「見た」ものが客観的に正しいかどうかは措くとして——，この作家のヒロイン固有の資質を与えられている。「すべてが悪いのは，自分がそうする為に使われたからである。」という，罪の意識は，自己の存在の意味と，果たすべき役割の自覚が高まる契機であり，彼女の言行に影響を及ぼす心理的要因と考えることができる。後述するように，このような感情の克服は，メイジーが（始めは無意識のうちに）求めるものである。人々との関わりの中でメイジーは（語り手の影に隠れた作者に助けられて），自己の存在の意味を肯定的に建て直してゆく。そして作家の倫理的な問題意識，或いは中心人物の人間としての自己実現を希求するジェイムズの理想主義が，その過程を推進する力である。

2．経験とイニシエーション

　『メイジー』を，経験の探究という，この作家が執拗に追究してきたテーマに添って読むことができる。というのは，この作も，成長してゆく少女が大人の世界を眺めつつ経験を手探りする場面や，それを表す比喩に満ちているのである。しかし，第5章の終わりの方で，「人生は，両側に閉ざされたドアの続く長い，長い廊下に似ていた。メイジーは，これらのドアをノックしないほうが賢明だということを学んでいた——ノックすると，中から侮りの声が聞こえてくるように思われたのだ。」(36-37) とあるとおりに，少女にとって大人の世界は禁断の園という様相を呈している。父方で子供部屋にこもりきりのメイジーと家庭教師のウィックス夫人は，人々の「本当の生活」や様々な「複雑な楽しみ」から締め出されていると感じるし，彼女らの耳に，「あの大きな社交会の流れの立てる水音が聞こえてくる」(75)。とは言え，疎外される痛みと羨望があればこそ，主人公の自我は内面へ籠って鬱積したエネルギーを生み，それが粘り強い凝視の燃料となる。そのような凝視の内面風景を伝える高揚した文体や比喩の機会を得る為にだけ，ジェイムズは，四人の親（肉親と継父母）に囲まれながら，真に心休まる場所を持たぬいたいけな幼女，或いは愛する青年に心を頑なに閉ざすフリーダという女主人公たちの状況を用意したかのようにさえ見える。第9章で，再婚相手のクロード卿に対して，愛情と嫉妬の相半ばする感情に弄ばれる母アイダを観察するメイジーは，「人生の，素晴らしく立派なものの間を用心してそっと歩いてゆくような気がして，息をこらした。」(60) と描かれている。傍観を余儀なくされるヒーロー，ヒロインらの内面こそ，ジェイムズ文学に光芒をそえるのだ。

　So the sharpened sense of spectatorship was the child's main sup-

port, the long habit, from the first, of seeing herself in discussion and finding in the fury of it—she had had a glimpse of the game of football—a sort of compensation for the doom of a peculiar passivity. It gave her often an odd air of being present at her history in as separate a manner as if she could only get at experience by flattening her nose against a pane of glass. (83)
（こうして，観察者であることに伴う，研ぎ澄まされた意識が少女を支える主な力であった。最初から，自分が議論の話題になり，その激しく戦わされる中に自分を見出すという——フットボールの試合をのぞいて見たことがあったが——長い間の習慣の結果であり，独特の受動的な生き方を運命づけられたことに対する一種の補償であった。その為に彼女には，窓ガラスに鼻をぎゅっと押しつけるようにしてしか経験にふれることができないかのように，離れたところから，自分自身の［人生の］物語の場に臨んでいるといったような，奇妙な様子が屢そなわった。）

「観察者であること」（"spectatorship"）は，作家自身の姿勢でもある。つまり，この作家のヒーロー（ヒロイン）たちが静観（"contemplation"）する時，作家は彼（彼女）らに言わば乗り移る。作家の心が出てゆき，人物たちの心の一部となるのである。その時にジェイムズの文体は，叙述だけを目的とする平明体から脱皮して，比喩を生み出し，熱を帯びた文章空間を創り出す。

　上の引用の第二文に示されるように，手にふれることができず，隔てられたところから凝視することは，経験獲得のジェイムズ的な一つの方法である。中心人物の静観（傍観）は，かく言わば逆説的に，積極的な意味を持たされ，現実攻略の一形式となる。現実の目標を手に入れること——それが恰も俗悪な達成であるかのように彼らは，それを求めると同時に忌避するというアンビヴァレントな姿勢を屢取るように思われる——が，不可能であればあるほど，彼らの見るという行為はエネルギーを孕んでゆく。ただしこの作ではまだ，蓄積され，捌け口を失ったエネルギーによって，見る主体の目の捻れや歪みを招来するということは，比較的少ないように思われる。

イニシエーション・ストーリー的側面と主人公の成長に話を戻せば，第5章は，人生＝廊下の譬えの直後メイジーが，フランス人形のリゼットに，大人の世界を前に無知蒙昧な自分を投射すると同時に自分を，リゼットに向って，大人社会の秘儀に与かる，言わば母親のファランジ夫人にも見立てて，人形を相手に独語する小場面で締め括られている。この一人芝居の中でメイジーは，人形に対して世界を知る大人の側，大人たちに対しては無知の側にと，自己を二つに分割し，無知と知の橋渡しを試みているが，或る時，母が姿を消していた（恐らく男のところへ行っていたのであろう）理由を無分別にも訊いてしまい，「自分で見つけてごらんよ。」と剣突を食わせられたのを口真似して，人形に同じ言葉をぶつけることにも読み取れるように，メイジーとしては，大人の世界の知るべからざる神秘（"mysteries," "the unknowable"）の中に身を置きたいのである。早熟な少女のメイジーは，このエピソードにおいて，無意識の一人だけの通過儀礼を行なっていると考えられる。思春期へ成長してゆくメイジーの垣間見る世界が蠱惑的な様相を呈する――その世界は，アイダやビール，オーバモア嬢やクロード卿といった美男，美女らの棲む社交界で，この中でも特に別れた夫婦は，それぞれの新しい相手との色事に耽っていることが匂わされる――とすれば，イニシエーションの延長線上にあるべき目標としてのメイジーの成長は，そのような世界との関わり，又，或る意味で対決なしにはあり得ない。この関連で，男女間の情熱（快楽原理）と人倫との葛藤の渦の中心，或いは両者を釣合わせる秤の支点のところにメイジーが位置することは後述することになろう。

　作中幾個所かに見られる主人公の精神的発達を示す記述の一つとして，第12章冒頭で，「これらの日々がメイジーの直接的認識の急激な高まり，自分自身で物事を理解する自由を持っているという感じの高まりを招来した。それは，本質的に決して甘美だとはとても言えない感情，つまり，彼女の黙想につきまとってきた不安の増大によって助長された。」(78)とある。初・中期ジェイムズ小説の大半は，中心人物となる青年男女の精神の挫折と成長を描いたものであるが，彼（彼女）らの認識の深化は，

一，阻碍的経験，即ち彼らの個我の発達・伸長を妨げる，または個人的願望の達成を阻む要因との対決によるか，二，美の経験や過去（歴史）の感覚により多大な刺激を向け，目の前がさっと開けたような感じと共に，これまで囚われていた精神の古い殻を脱ぎ捨てることによる。この二番目の要因は，多く海外体験——大西洋，又は英仏海峡を西から東へ渡ること——の形を取る。現実には二つの要因の複合的な影響を受ける人物が殆どで，メアリー・ガーランドやイザベル・アーチャー，ハイアシンス・ロビンソンらは典型的な例である。『メイジー』のヒロインは，第一の阻碍的要因を次第に克服して，成長を遂げ，物語の場面がロンドンからフランスの寒村へ転じる（芝居の幕の変わり目に相当する）時，第二の要因へ遭遇してゆく。

年端もゆかない頃から既に，ファランジ夫人の所謂「小憎らしい批判的な考え方，黙っていて大人を裁く傾向」（第3章，27）を持っていたメイジーが知恵をつけてゆく道筋は，大人たちの偽瞞にふれ，それをそういうものとして認識する心的経験を辿るように思われる。具体的には，父の体面重視（第19章），母の短慮（第20章）を見抜き，或いはその為心を痛めるところに，メイジーの心の成熟の兆しが認められる。父娘の腹の読み合い，それを伝える精妙な対話は生彩を放つ。「父を捨てたがっているのは娘の方だという父の主張に同意すべきか，それとも，どこまでも彼についてゆくようなふりをして，父の不興を買うか，二者択一を迫られて一瞬当惑する」（134）メイジーは，ファランジ氏が真に望んでいることは，名誉を損なわずに，つまり，犠牲を払ったのは自分の方だと見せかけながら，娘が自分を放免してくれる，即ち，娘を引き取ろうという申し出を彼女が拒んで出て行ったのだという形にもってゆくことである（135）ことを洞察してしまう。自分たち二人の間に介在する父ファランジ氏の真意——胸の一物——を意識しつつ役割を演じる（父の求める仮面をつける）メイジーが二度も，「大人になった。」と叙述されていることはそれを証左する。観察する子供という資格において一面でアモラルな世界に住み，「様々の観念を持っていても，それを表すに足るほどの言葉

を持ち合わせていない」(145) メイジーは，ファランジ夫人の言うように，大人どもを裁くということは，少なくとも，公然と口に出しては，ないけれども，その成長過程において大人の醜悪な現実と対決してゆくという図柄が，作品の根底に潜んでいることは否めない。こうして，魅惑的な外観を呈した大人の社会の醜い裏面を知ることがメイジーの「教育」となるのだが，知る主体となるメイジーの，「完全に知識が浸透し，外交的なかけ引きに向けられた無垢」(132) に不思議なペーソスが漂うのは，父と子が意味あり気な視線を交える場面で，とうに父の底意を見極めながらも猶半面では，ファランジ氏に面目を失わせまいとする思いやり（無私の精神とも言えるもの）と，無力な幼子としての保身の術の微妙な混合物に，作家がけな気さを描き込むからであろう。

　第21章でビール夫人（今は，ビール・ファランジの妻となった，元の家庭教師，オーヴァモア嬢）の留守を見計らい，小間使いのスーザンと一緒にこっそり連れ出された主人公は，次の章で継父クロード卿（アイダの新しい夫）に伴われて海峡を渡り，フランスの寒村，ブーローニュへ上陸する。目が回るような大浪にもまれ，水しぶきを浴びたあとの入港後メイジーは，忽にして，「人生のより大きな印象」に包まれて陶然となり，訪欧の経験に全幅の情熱を以て没入し，「世界を見ること」が自分の天命であると確信する。彼女は「五分間でもっと大人になり」，「文字通り一時間のうちにイニシエーションを果たしてしまった」(163)。国際間テーマを扱うことを第一義としていないこの作品にも，「人生の印象」，「世界を見る」，「喜び」，「賞賛し，所有する」，「直接的な認識と受容」，「かくも素晴らしい冒険」，「かくも多くの経験」，「変えられた過去」等々，大西洋の向こうのアダム・イヴらの旧世界詣でのお題目がそろっていて，この作の主題を暗示している。ここでも，少女主人公の意識的，無意識的願望は，「大人になる」ことにほかならず，ロンドンを散歩する時彼女のうかつさをいつも笑っていたスーザンの，外国での無知と当惑と拒絶反応を，今度はメイジーが笑う番となり，彼女は「スーザンの上に聳え立った。」のである。かつてメイジーが自分の上に聳え立つ威丈高な母の姿に脅えた

(第21章) ことを考え合わせても，この「聳える」表象は，主人公の肉体的，精神的成長の願望，或いは可能性を象徴していることが了解できる。これまで「潔白と罪の間を不安定に揺れていた」メイジーに「もはや動揺がなかった。」(164) のは，罪悪感の超克の兆しであり，「過去が形作っていた円を踏み越える」(同) ことによって彼女は，自分を縛り続けてきた幼児的世界の殻を打ち破ってゆく。メイジーの目には今や，人も場所も一幅の絵巻物となり，海濱の佇まい，浴客や，フランス語の響き，天候のうららかさ，かつて味わったこともない状況の愉快が一千もの彩りを帯びて輝く。幼いヒロインの意識を領するこの絢爛たる叙景は，メアリー・ガーランドやイザベル・アーチャーと共通して，女性主人公群の精神の目醒めの一階梯を画することは確かである。

3．メイジーの意味

　ここまで，幼い主人公が感受性の発達と知力の増大に促されて，周辺の事象や大人たちの言行を意味づけてゆく過程に照明を当ててきた。印象や認識，判断を言説化するに十分な語彙を持たない子供の経験を描くことに伴う困難は，作家自らが「序」においてふれたところである。作家の「介入」が必要とされるのはこの点であり，彼は幼女の限られた語彙では及ばない比喩的言語を混じえつつ，主人公の意識内容を解釈し，説明する。つまり作者は，内と同時に外からも主人公を描出しなければならないのである。これは日記文学を含めた一人称体の散文以外の虚構が負わされた宿命と言えるかも知れない。即ち作中人物の背後に作者がいて，小説というものが作家の文章による叙述である——たとえ作家が「語り手」という名の仲介者に，自己の語りを仮託するとしても——その限りにおいて人物は，作者を越えて物を見ることはできないであろう。ごく大雑把に言って小説は，事件（人為的，偶発的な出来事，ロデリックの渡欧とか，彼がスイスのアルプス山中で崖から転落することといったもの）と，

作中人物の言動の記述（プロットの大部分はそれによって形作られる）と，作家（より直接的には書き手）又は特定の作中人物による注解（そこには注解者の判断や，価値判断さえ混入することがある）との混合物たるを免れないであろう。(小説とは，特定の名前を持ち，現実的な生活を営む具体的な個人の内部において，作家，語り手，書き手，注釈者，そして時には読者といった役割への分裂が起こり，一つ一つの役割が分離していると同時に統合されているといったような形において，その機能を果たしつつ成ってゆく言説的営み，或いは有機的総体である。）この作の場合，事件がメイジーの目を通して眺められるという，所謂「視点説」は，全面的に当て嵌まるとは言えないが，少なくともどの場面にもメイジーが立ち合っており，――よく指摘されるように，それがこの作に一種の可笑しみを添えている――，言行や出来事の少女へのインパクトに照準が合わせられる。刺激を受ける少女の心の分析や解釈の緻密さが心理小説としてのこの作の身上である。つまり，この小説は，少女的に眺められた事件の提示という性格を持つことになる。多くの場合メイジーは，目の当たりに生起することの意味や関係の理解を迫られるが，観念を言説化するに十分な語彙をまだ持たない少女の意識が捉える世界を，すべての論理を呑み込み包摂してしまう豊富な言葉を持つ作家が解釈する[11]という構造が成立する。ここに，このように特異な作品が生まれる過程(プロセス)があったことを確認しておきたい。

　ここでは，意味づける主体としてのメイジーから，客体としてメイジーを扱う観点へと転換し，メイジーをどのように意味づけるかという興味ある問題に論及することになろう。というのも，主人公の意味づけは，作品全体の意味づけと関わっているからである。この小説を読むこと自体がその作業であって，それなしには，作品を理解し，読者として再構成することは不可能である。

　肉親と継父母とに囲まれながら，みなし児同然の境遇に置かれ，居つ

---

[11] Donna Przybylowicz, *Desire and Repression: The Dialectic of Self and Other in the Late Works of Henry James* (Alabama: The University of Alabama Press, 1986), pp.31-32, 292

く家も定まらない，つまり社会的に確固とした位置づけを行なわれていないメイジーを，もつれた状況を打開する為の論理の積み重ねによって，肯定的に意味づけしようとする構築のプロセスこそ，この物語の世界である。主人公は，「取り決め」("arrangement")によって「定期的に根扱ぎにされ」("her periodical uprootings," 34)，終始，男女関係の中心に置かれる。絶え間なく居場所が変る彼女の状況は，場所取り遊戯や隅取り鬼ごっこの様相を呈する。メイジーは，「落ち着く暇もない変化の場に居合わせると感じた。」("She was in the presence, she felt, of restless change." 76)。かく，幼いヒロインの状況は，ジェイムズらしく，関係や位置，運動の抽象観念に翻訳されているが，その空間的比喩は，実は大人たちの愛欲と乱倫の図を表しているのだ。元の夫婦がののしり，貶め合う為の道具という負の意味から，メイジーはのちに，別れた夫妻のそれぞれの再婚相手同士を結びつけるという役目へ，つまり不和の手助けから，仲介者（キューピッド役）へと，新しい人間関係へ移る。しかしここに，クロード卿とビール夫人の関係を（それぞれが元のファランジ夫婦から離婚して自由の身になったあとも）罪と見做す，初老の未亡人家庭教師ウィックス夫人の道徳意識が介在してくる。（継父母同士の恋を作家自らも，不義と考えていることは，『創作ノート』中の記載[12]にも明らかである。）こうして，愛する男女を結び合わせるという，一見積極的な役割に転じつつあるメイジーは，猶も正当化され得ないのだ。換言すれば，社会的な機能を果たすことで幸せになろうとする主人公は猶，道徳的な品質保証に耐えなければならないことになる。社会的に受容されるだけでは満足せず，急速に形成されてゆく良心の是認を以て安んじるのでなければ，能事終りとしない主人公の姿こそ，ジェイムズらしい倫理性を発揮していると言えよう。

　主人公の社会的機能と倫理性は，かく分かち難く絡まり合っているが，

---

[12] F.O.Matthiessen and K.B.Murdock (eds.) *The Notebooks of Henry James* (Chicago: The University of Chicago Press, 1981), p.262

便宜上二つを切り離して，先ず道徳的側面から検討してみると，自分は父と母の仲を裂く為この世に生まれてきたという，幼児期罪悪感から作家は，メイジーを漸次解放し，継父と家庭教師をして主人公の中に善の源となる力を認めさせ，また少女に善根を施こさせることにより，虚偽や憎悪と争いに満ちた社会の中で，肯定的な役割を果たさせようと企図する。「あの子をつかまえなさい。あの子をあなたの義務とし，あなたのいのちとしなさい。あの子は，千倍にもあなたに報いてくれるでしょう。」(83) と，旧約聖書の預言者めいた口調でクロード卿にせまるウィックス夫人（事実，「尼僧院長」とか「預言者」という呼称が彼女に当て嵌められている。）は，そのことによって，邪まで不道徳な女と決めつけているビール夫人から，敬愛（愛慕さえ）する卿を，護ろうと考える。他方で，社会的には不義の烙印を押されかねない自分とビール夫人の関係が，メイジーを子として引き取り，養育する（つまり，社会的に親としての認可を得る）ことによって，「慎みある」（"decent"な）ものになるとクロード卿が考える時，少女ヒロインの社会的（人間関係的）要因が浮かび上がってくる。(「それこそ，君が僕らにとって動機づけとなるもう一つの気持のいいやり方だね。ああ，この子が僕らに施してくれる善根の素晴らしいことと言ったら。」(100) と彼は慨嘆する。) 当の主人公の思念は，次のようである。

　　The relation between her step-parents had then a mysterious residuum; this was the first time she really had reflected that except as regards herself it was not a relationship. To each other it was only what they might have happened to make it, and she gathered that this, in the event, had been something that led Sir Claude to keep away from her. Didn't he fear she would be compromised? The perception of such a scruple endeared him the more, and it flashed over her that she might simplify everything by showing him how little she made of such a danger. Hadn't she lived with her eyes on it from her third year? (123)
（継父母同士の関係は，この時何か不可思議な残り滓のようなものを底にひめていた。自分との関係なしでは，それは関係と言えるものではないと本当に思いめぐらしたのは，この時が最初だった。互いにとってそれは，彼らがたまたまそれを，成り行き上そんなものにしてしまったかも知れな

いものにすぎず，そのことが結局，クロード卿が彼女に近づかないようにしている理由なのだろうと推測した。[そのことによって]彼女の身が危なくなることをあの方は心配していらっしゃるのではないだろうか。そのようなためらいに気づくと，益々彼がいとしい人に思われ，自分はそんな危険など殆ど問題にしていないことを彼に示して万事をすっきりしてしまってもよいのだという考えが閃めいた。私は，三歳の頃からそれ[危険]を見つめつつ生きてきたではないか。)

離婚，再婚，そして再び離婚と目まぐるしく変転する状況の中で，肉親に荷厄介視され，捨てられ，彼らから心が離れてゆく中で，それぞれになついた義理の父と母を出会わせるきっかけになったことを再三口にするわが幼年の主人公にとって，これは当然の認識であろう。只，双方に対して等しく継子——子という社会的に位置づけられた存在——であるという，自分の楔としての意味がなければ，彼らの関係は，——まだアモラルな立場にいる彼女にとって，「不倫の」とは言えずとも——，そもそも関係ではないことに彼女は気づいたのみである。しかしながら作品のより深い層に沈んでいるものは，子として彼女が，相互に他人にすぎない二人を結びつけるという常識的な意味だけではあるまい。この小説は，そもそも彼らの（或いは，一般に人間の）「関係」とは何なのか，また，如何ようにしてそれを「正常な」（卿が気にする「不規則的，変則的なもの」("irregularities")でない）ものに——そんなものがあるのかも実存的には疑わしいのだが——することができるかという問の掘り下げを奥に隠しているのである。そしてこの問に答え得る為には，卿への恋に血道をあげるビール夫人が好むと好まざるとに拘らず，社会的，倫理的な問題の吟味を避けて通れないとするところに，この作家の道徳意識が働いている。勿論ビール夫人は，メイジーが肉親の不実な子捨ての犠牲者である時，この子の養育は親としての自分たちの責務であるという主張を盾にとって，クロード卿との結婚とメイジーの獲得という一石二鳥を目論むのだが，そこに道義的審判をひっさげたウィックス夫人が割って入ることで，又ある転機を境に継母から離反し始めるメイジーの反逆にあい，

手ひどい敗北を喫する。

　社会によって規定された人間の位置づけ，より一般的には，社会という枠組（パラダイム）の中で生かされる人間存在や関係のあやふやさ，その不安定なありよう――『ポイントン邸』やこの作に通底する不安――が随所に顔をのぞかせている。ブーローニュで模様眺めをする卿と継子に，渡仏してきた家庭教師の老夫人さえ加わったところへ更に，卿を追ってビール夫人が現れ，大団円へとなだれ込んでゆく直前の緊迫した空気の漲る第27章で，「数秒のうちに生徒は，別の関係の中で，娘に変えられてしまった」（204，傍点引用者）ことには，作者の皮肉な眼差しと同時に，作品の根底的アイロニーが影を落としている。「関係」に目を凝らし，それが人物たちに揮う力，その投げかける微妙な陰影を追究する姿勢には，早くも『黄金の盃』の主題が萌芽として予示されている。終盤は，継父母対家庭教師の，メイジー争奪戦というべき局面へと収斂し，メイジーの肩に一大選択の自由と責任がのしかかってくる。そして窮極的決断を主人公が下すところで小説は幕を閉じる。それは次節の考察対象となろう。

4．現実と道徳原理

　親子や夫婦，愛人という幾重にももつれた関係の真只中に置かれ，精緻な観察力と繊細な感受性に恵まれ（「序文」では，「小さな拡大してゆく意識」（"the small expanding consciousness"），「様々な印象の記録簿」（"a register of impressions," 6）などの名称が主人公を形容する），又プロットの推進にも関わるメイジー（同じく，「わが幼い，奇跡を実現する作動因」（"our little wonder-working agent," 7）は，直接，間接にそれらの関係の調整役を担う。少なくとも，そのような役割の中に彼女の存在の価値を見出そうとする心的傾向が作用しているのを感じる。主人公を視点や観察者としてのみ見て，その「作動因」としての力を看過することは片手落ちと言わ

なければならない。これら家庭制度を中心とした人間関係や愛欲といった現実と，もっと観念の方に属する道徳理念が，結末に近づくにつれ次第に摩擦を強めてゆく。この対立は，事実，主題として物語を発酵させる力となる。現実と理念は，主人公の継母ビール夫人と老教師ウィックス夫人にそれぞれ代表されており，両者の中間に，係争の焦点と言うべく主人公が位置する。二つの力の矛盾を最もよく表現するのは，ウィックス夫人の忠告とビール夫人への愛との板挟みとなって苦悩するクロード卿であり，この内的葛藤の中へと作者は，物語の進展に伴って，彼を追い込んでゆく。この関連で卿は，まだ十分な良心の発達を遂げていないヒロインの代理的良心のような役割を果すと言える。小説最終章に近く，二人がブーローニュの街を寄り添うようにして彷徨うあの印象的な姿は，そのことを暗示しているであろう。

　主人公らの渡航の序幕となる第20章で，卿は，或る日スーザンとメイジーを攫（さら）って，海峡に臨むフォークストンのホテルへ拉する。この大胆な措置の背後に老家庭教師の意図を察知したメイジーは，老夫人は「どこにでもいる。」と感じる。夫人のこの遍在性は，「彼女の熱誠の息吹が，断間なく吹き募って，卿を膨らまして，彼をこの逃走へと駆り立てたのだ。」(145) と表現されるように，風のイメージにも連なって，その宗教的，預言者的雰囲気を醸し出す。預言者に取り憑き，悩ます不合理で，偏執狂的な悪のヴィジョンは，既述したとおり，卿の愛人のビール夫人に具現され，老夫人の企みは，卿を愛人からも，正妻からも引き離し，継父子共々海外へ逃れることである。「卿の改宗」を目的としたこの挙は，――彼に愛する人との訣別という犠牲を強いるものであるが――，夫人の言うところによれば，「彼自身の美徳を護る」為であると同時に，「このいたいけな，運のない子の為を思ってのこと」にほかならない。夫人自身の経済的な身の保証という隠れた打算については，主人公の意識の中で主だって触れられてはいず，メイジーが直感的に情況を判断して，「彼が，感情的な利害をできる限り遠ざけておくことにより，たしなみに磨きをかけてゆくことになったあの特別な影響の美しさを［話の筋道を

繋ぎ合わせて］理解することができた。」(145) と記されている。「感情的な利害を遠ざけた」とは，ジェイムズ独自の迂遠な表現で，卿が克己的にビール夫人から身を引いたことを指す。倫理的問題の核心は，この段階で卿が，「幼い被扶養者に，自分らの甚しい不品行に汚された空気を吸わせることに対して，殆ど抑え難い嫌悪感を抱いたこと，一言で言えば，自分たち二人は不品行をやめるか，親であることから手を引くかのどちらかにすべきだと主張した」(同) こと，そしてビール夫人がこの考え方に与しなかったことに要約される。クロードは，恋と道義の板挟みになり，進退に窮しながらも，正邪を判断する眼を眩まされてはいない。メイジーはと言えば，「幼い被後見人として，分析するのも恐ろしくなるような雰囲気の中でも，精神的に落ち着くことができる。」(146) と考え，善悪を識別する自我の未発達さから，また，観察者――字義どおり，見手というに留まらず，書き手の心と半ば一体になった意識――からくるアモラルな姿勢の柔軟さと腰の強さによって，「卿と自分の間にある事態を，最もうまく切り抜けるような形で処理してゆくことにおいて，彼に先んじているという感じ」(147) さえ抱いたことが報告される。継父に働きかけてくる老若の婦人たちの動きや，その隠れた動機，意図について，およそ子供らしからぬ論理と洞察を発揮するメイジーを私たちはここに見る。

　「奥様［アイダ］は，娘の為に少なくとも一人は，品行の正しい人間がいなければいけないと思われ」て (147)，私をよこされたのですと言うウィックス夫人は確かに，ビール夫人の邪悪さという固定観念に支配されている。常識的に見れば，メイジーに対して家族制度的な繋がりを持たない老夫人の言行は――，事故死した一人娘クララ・マチルダへの胸に秘めた思いを生徒に分かち与えようとして，あなたはクララの妹よ，と言い聞かせる (31) のは，理由としては，薄弱と言わなければならない――，常軌を逸した思い上がりと干渉と批判されるかも知れない。「私には，お金も，服も，容姿も何も，自分のものと呼べるものはなく，只この小さな真実を摑んでいるだけであり，(中略) あなた方二人は私にとっ

て、ほかのすべてのものよりも大切です。あなた方を手助けし、救ってあげることを私にお許し下されば、（中略）私は、あなた方のお役に立つ為身を粉にして働くつもりです。」（第24章, 184）という時、夫人は大芝居を打っているのだという評家の見方もある。夫人は、「性的関係について歪んだ見方」をしており、夫人の「道徳的情熱」は恐らく、「性的願望の代理体験」であろうとの指摘[13]も、同じ人のものである。この最後の点は、憶測の域を出るものではなく、「性的関係」に関してはむしろ、卿とビール夫人の関係を予言し、それを一般化しつつ、男女の繋がりについて老婦人が鋭い洞察を示す第29章を思い起こすべきであろう。即ち、男は、早晩憎むようになる相手の女に縛られて一生を過し、女は男をみじめにし、罰する為放さない (216) という、泥濘に足を取られたような陰惨な関係が、男女の業として、ジェイムズの脳裏にイメージ化されているのではなかろうか。『ロデリック』や『カサマシマ』において、クリスティーナ・ライト、即ち、のちの公爵夫人と、公爵やロデリック、そしてハイアシンスらの男性たちとの関係にそれを認めることができる。ウィックス夫人の行為を「まやかし」（"make-believe"）と見做し、彼女が「真実と虚構を分離できない。」[14]と考えるのは、作品を外側から常識的に見つめれば、そのとおりであろう。しかし人物たちの常道を踏み越えた行動とプロットの非現実的進展は、ジェイムズの文学がロマンスの地盤に根差すことを示している。永年の辛苦の末集めた逸品ぞろいのコレクションの管理を、偶然知り合った娘に任せる話、ふとした機会から海を越えてやってきた、姪というアメリカ娘に巨万の富を譲渡する、また、婚姻の不履行を盾に訴訟を起こし、慰謝料を払わせた男の元へ、後年その女が戻って来て、尽くすなど、現実にありそうもないストーリーをこの作家に捜し出すことはかなりたやすい。ウィックス夫人における虚構

---

[13] Stuart Hutchinson, *Henry James: An American as Modernsit* (London: Vision Press Limited, 1982), p.66
[14] Loc. cit.

（観念）と現実の混同こそ，この物語の重要な転換点をなすとも言える。つまり，一，現実（社会的規範）の不確実さという作品のエトスがあり，従って，現実が虚構の中に取り込まれるような趣，虚構を前にして現実がそのもろさを露呈するという構図が暗示されること，二に，「虚構」を信じ，固定観念にのめり込む夫人の情熱は，物語を動かす力を持つに至ることを指摘したい。夫人は，今やある種の偉大さがそなわって，「殆ど崇高と言ってもよい域にまで昇った。」というメイジーの印象は，少女の迷妄とだけ言ってすまされるものではない。ジェイムズの女性キャラクターの中には，美しい迷妄（敢えて「自己偽瞞」と言ってもよい。）に憑かれた人を数え上げることができる。彼女らをアイロニーと共に愛情をこめて描くこともこの作家の常道である。イザベルも，フリーダやゲレス夫人も，この作の老家庭教師も，願望や偏執観念の上に築かれた世界にしがみつくような傾向を逸れていない。彼女らの白昼夢的な心象にリアリティを見るところにジェイムズの，カフカからに通じる二十世紀作家的一面が窺われる。しかし，メイジーが老夫人の計画を「夢」と称する（145）こと，「夫人は，彼女自身の見方では正しいのだ。」("She's right from her point of view." 229, 傍点引用者) と言う，その継父の留保によって作家は，ウィックス未亡人をも相対化し，ロマンスへの傾斜に対してバランスを取っていると考えられる。

　物語が終局へ近づくにつれ，神がかりの預言者のような風貌を帯び，力を揮うウィックス夫人にも，決裂の前ビール夫人に優しい言葉をかけられて軟化するなどの，人間的弱みを書き込むことを作者は忘れない。この作のどの主要人物も，ジョージ・エリオット（George Eliot, 1819-80）の小説『アダム・ビード』（*Adam Bede*, 1859）や『サイラス・マーナー』（*Silas Marner*, 1861）の作中人物のように，社会機構の中に存在を規定され，確固とした位置を与えられて生きている，或いは，その位置へと予定調和的に収まってゆくのでなく，状況に左右されてふらふらと漂うばかりで，定まった形を取らない傾向が認められる。それは個人としての性格の優柔不断さよりもむしろ，彼（彼女）らが生きる小説空間の性質

と，そこに働く力学の法則自体によるところが大きい。ジェイムズの作中人物たちは，恒星の生成に先立って，重力や電磁気力に影響されて宇宙空間を漂う素粒子やガス・チリの塊のようだと，奇妙な譬えが思い浮かぶ。空間の中に放り出され，浮遊する寂寞とした姿といった様相を呈するのである。登場人物たちの不安定なありようこそ，ジェイムズらしさの証であると見ることができる。

　「どうして四人で一緒に暮してはいけないの？」という問が，「勘当され，身一つになり」ながら，まだ「家庭の神聖な教訓」を忘れずにいる主人公の口を衝いて出る。四人のうち二人（つまり，自分たち師弟）は，品行の正しい人だからよ，とは老教師の答えである。夫人は，「あの二人と一緒に，彼らの罪にまみれながら暮らしたいと言うの？」(192) と難詰さえするのだ。ここにおいてメイジーは，まだ明確な判断を下すまでに道徳観念が育っていない，柔軟な心で物を見つめる子供の快楽原理に従って，自分に最も心地よい生活状況を夢想の中で築こうとしている。しかし，夫人の牢固とした理想の壁にぶつかるのである。また，小間使いのスーザンをロンドンへ送り帰すという口実で帰国し（そしてビール夫人と会ったことが推測される）クロード卿は，余すところ一章のみとなった第30章で，前に（第20章で）表明した考え方から一転し，ウィックス夫人を捨てて，ビール夫人と一緒になってくれるよう，諄々とメイジーを諭す。三人で南仏に小さな所帯を構え，静かに暮らそうという計画を洩らす。この件は，「誰の問題でもなく，僕たちの問題であ」り，ウィックス夫人の意図も分るけれども，現実というものがある，離婚（二度目の）が成立した今，ビール夫人は君の母，そして同じように僕は君の父である，僕たちはこの事実から逃れることはできない，と説く。こうして，「彼女自身の見方では正しい。」と卿が認め，終章の女同士の対決の中では，メイジーの「幼い心を，自分の邪悪さで一杯にしてしまった，この狂いまわる年老いた悪魔」(246) と，少女の継母によってなじられる老婦人の，独善的とも思われる道義心と卿の「現実」が正面切ってぶつかり合う。卑劣と思われようと，その計画を前進させようとして現実の側から反旗

を翻す卿が，最終的選択を主人公に任せるのは，章末近くの展開である。

「私たちの『関係』のことを話し，侮辱して下さるとは，あなたもお優しい人ですこと。私たちの関係というのは，私たちの義務であり，私たちのいのちであり，私たちを結びつけてくれるこの子を愛すること以外の何物でもないのです。」(245) というビール夫人の，老家庭教師への反論は，自然な論理の中で，少女の継父母として自分たちの絆の中にメイジーを位置づけ，その（夫人自身にとっての）価値と意味を浮かび上がらせている。この科白は，世間の常識として分りやすく，論理的に堅固な意味づけ，関係づけを示していることは明白である。しかし作家は，それに比べて不自然とも見えるウィックス先生の凝り固まったような道義感をして，少なくとも表面的には，世俗と現実に対して勝利を収めさせるのである。自分の行為と状況の倫理的正当性に固執するフリーダのような人物を脇に置いて考えてみると，このことは，ジェイムズがビール夫人を，道徳観念を持たず，メイジーを自分の目的に利用しただけと考え，或いはそのような人物として，描こうとしていたことを仄めかす。（このような書き方は無論，作中人物は，作者の意図によって生み出され，それに操られる側面を持つけれども，同時に，紙の上の活字の領分と作家の脳（構想だけでなく，感知・判断する部分）にまたがって「生きて」いるという考え方に立ってのことである。）

5．メイジーの選択

継子をかすがいとすることで自分たちの関係に社会的，家庭制度的妥当性を与えようとする，別の見地から言えば，メイジーを善の源として措定することにより，その関係の言わば純化を希求する継父母——もっとも卿は，罪の意識から解放されることができず，この試みの根本的不可能さに気づく——と，少女の心に道義心を注ぎ込み，現実に対して復讐を企む老婦人との確執に巻き込まれた幼いヒロインの，最終的判断に

至る心の軌跡を辿り本章の締め括りをしたい。結論を先取りして述べれば，メイジーの心が継母から急速に離れ，結末において少女が，猶愛していると明言する継父クロードをさえ断念して，老婦人と共にフランスを去るに至ったのは，ウィックスの道徳観念の影響だけでなく，作品に明示されてはいない，メイジー自身の，思春期特有の心的機構に起因する内面的な変化のなせるわざである。肉親のファランジ夫妻を始めとする大人たちの嘘や見栄，気紛れを敏感にそれと認めはしても，ジェイムズの作中人物に特徴的な判断停止の姿勢を保つ（幼年であることもこの傾向を助長している）メイジーにとって，世界は猶，善悪を越えたアモラルな場所に見えたように思われる。（但し彼女は，現実の子供と共通して，快不快の感じ，美醜，安心と不安や苦痛，なかでも，その孤独な境遇故，可愛がられること，自分の好きな人が良く言われ，好まれるのを見ることなど，快感には特に敏感に反応する。）このような少女が別れた肉親のそれぞれの再婚相手になついたとしても不思議はなく，再婚が再び破綻に頻し，あまつさえ，継父と継母が恋仲になるという「変則的な」出来事も，只自然な現象として彼女の目には映じたのである。（語り手，というより作者が仄めかす，大人の社会の頽廃を感じ取るのは従って，最初は，メイジーではなく，彼女のアモラルな，しかしニヒルではない意識を透視して事象を見る私たち読者の方である。）

　第26章で，「あの人（ビール夫人）に嫉妬しようという考えが浮かんだことはないの？」とウィックスに訊かれた主人公は，「そのう，ええ。先生がお訊きですから言いますけど。」(198) と告白する。又，もののはずみのように，「あの方が彼に優しくしていないと思ったら（中略）私，あの方を殺してやりますわ。」(199) と言うのだが，前の方の科白については，老婦人の問への答えとして，「そのようなことは全くなかった。」という地の文による保留があり，二番目に関しては同じく，「そう言うことで少なくとも，自分の道徳観念が保証されるのだろうと希望した。」(199) と，ウィックスを意識したことを暗示する説明がなされているけれども，現実には，思春期の入口にある主人公にとって，同性のライバルとなり

得る女性に嫉妬する素地は用意されていたと見ることもごく自然である。それだからこそ，老婦人の「言葉［問い］が発されるや，メイジーはそれに飛びついた。」(198) のである。道義心に依拠するウィックスが少女の心の中に眠っていた「現実」を覚醒させたとすれば，皮肉な成り行きと言わざるを得ない。もしこの推測が適中しているとすれば，前章の師弟の応酬の中で，継母を弁護して，「あの方は美しい。だから私，愛しているのです。」と強い口調で主張するメイジーから，継母をはっきりと拒絶する態度（第28章）への推移は，ここに予見されていると考えることができる。「メイジーの中にも相応に潜んでいたビール夫人への不安」がこの時目覚め，嫉妬という感情へ発達してゆくと思われる。「クロード卿を諦めて下されば，私はあなたのところへ参ります。」とメイジーが継母に何度か繰り返す（第31章）のは，一種のポーズ，拒絶の身振りにすぎず，主人公は，既に身にそなわり始めている成熟した女の直感から，夫人が卿を捨ててまで自分を取ることはできないと知っているのである。また，夫人がメイジーを手に入れようとするのは，卿を失わない為の策に相違ないことを見抜く家庭教師（第27章）の慧眼に助けられたことにも注意しなければならない。

　夫ビール・ファランジとの離婚の成立により，今や自由の身であることを宣言して第26章末尾を飾ったビール夫人は，次の章では，老婦人には高飛車な態度に出，メイジーを娘然と扱い始める。「あの方は今，私のお母さんというわけね。」という，主人公の無邪気に響く科白は，皮肉へと反転し，この局面の状況を要約する。夫人が母で，卿が父なら，二人は当然一緒に暮らすべきではないの？と，ここでも夢を口にしてみるメイジーは，又しても，老教師に一蹴されてしまう。「メイジーは，この頃には，『その方向に確かに狂気が横たわっている』[15]と，ある程度の容易さを以て実感することができた。」(205) という解説は，メイジーの先生の道徳観念の浸透を語ると考えるべきであろうか。「ほんとにあの方って美

---

[15] Wiliam Shakespeare, *King Lear*, Act. III, Sc.4, l.21

しくありません？」―「[殿方の]注意を惹くことでしょう。」という，この章末の生徒と師の対話には，明らかな皮肉の調子が響いていて，ここでの主人公は，継母の美貌に単純に魅せられていた以前の少女ではもはやない。果たして次の章は，継母の真の企みや動き，それと関連した自分の状況，またその状況の意味に起る変化を細心に読み，予測する少女の描写に活気づけられている。ロンドンで義理の父母――愛人たち――の間に起きたに違いない争いを空想し，夫人は卿を捨て，「文字どおり，犠牲に供した。」というメイジーの推量は，英国に一人残った彼を気遣うあまりの思い違いであるが，そこには夫人に対する不信感が胚胎している。この章の終りでメイジーは，夫人が「卿に優しくさえしてあげなかった。」と言い，夫人を受け容れることをきっぱりと断る態度を老婦人に表明する。彼一人か，そうでなければ，ほかの誰も受け容れない，先生だって駄目ですと，当の教師に言明するのだ。卿に対して主人公は，少女から女へと変わりつつあることが見てとれる。彼に「影響し」たウィックス夫人への変節である，卿の継子への例の提案（第30章）は，彼が再びビール夫人の魅力の虜になったことを暴露する。ともあれこの段階から，か細い少女の双肩に選択（物語の行方を左右する一大判断）がのしかかるのだ。考える時間を貰い，決める前に老先生と話すことも認めて貰った（第30章末）あと猶，決断を先へ先へ遅延し，試練から逃げ続ける（終章）。「自分たち[継父子]の探究と言い逃れを愈々鮮明に意識すること以外，何[の結果]も出て来はしなかった。」(233)し，「何かが片づけられるまで」は，「足場」を失っていると感じる二人であった。世界を幼い意識一杯に吸い込んでゆくメイジーのような少女や，因循姑息ながら，開かれた誠実な感受性を持つクロード卿のような人々が，現実と理念をそれぞれに代表するビール，ウィックス両夫人の間で牽引され，二つの価値の間に裂かれることはむしろ当然の帰結であろう。

　卿と共に，半ば衝動的にパリ行きの列車に飛び乗ることで，婦人たちから逃避しようとして，からくも思い止まった時（道徳原理と現実とのジレンマからのこの逃走願望は，主人公の精神的成熟に伴う苦しみをはっきりと

示す。)，メイジーは，「地上に再び落ちて来」て，「彼女の不安もまた叩きつけられ，破壊された」(236)。あなたがビール夫人のことを諦めて下されば，私はウィックス夫人と別れますと，卿に窮極的選択を突きつける。フォークストン行の船で帰る老婦人に別れも告げずに，城塞のところで黄金の聖処女像を見ていますと言うのだ。メイジーが婦人たちと袂を分かって，継父と二人だけで暮したいと言うことと，聖処女像との象徴的な関わりについてハッチンソンは，次の解釈を示す。

 It could be that what Maisie offers to Sir Claude is to become his virgin companion and thereby rescue him from passions whose powerful hold on him she has witnessed. Her offer could represent her determined, virginal aloofness to the threatening complications of sexual desire felt to be burgeoning even in herself. Maisie, like any virgin, does not know what meanings await her in sexual relationships with another person. At her time of life, it is not unnatural for her to feel and even hope that, with a Sir Claude restored to a shining presence, she can live insulated from this knowledge. A dream of this kind would be one sort of innocence about life with him. (Hutchinson, op. cit, 46)
 (メイジーがクロード卿に向って提案しているのは，彼の処女のままの友となり，それによって，彼を強力に支配するところを彼女が目の当たりにした情熱［情欲］から彼を救い出そうということであるとも言えよう。彼女の提案は，彼女自身の中にさえ芽ぶきつつあると感じられる，性的願望に伴う脅威にみちた複雑な状況に対する彼女のきっぱりとした，処女らしい冷淡さを意味しているかも知れない。メイジーは，処女の例にもれず，ほかの人との性的関係の中に，どのような意味が待ちかまえているのか知らない。生涯の彼女の年齢では，輝かしい存在にまで回復されたクロード卿のような人と一緒なら，このような知識［性的なことを知ること］から絶縁されたまま生きることができると感じ，或いは，そう期待することは不自然ではない。この種の夢というものは，彼と暮す生活に一種の純潔を夢想することであろう。)

「彼女自身の中にさえ芽ぶきつつある性的願望」について推測する根拠が作中にあまりに乏しいにも拘らず，少女の成長の普遍的な姿を示し，卓見と評すべきであろう。そう言えば，これらの章で，見知らぬ老女が

ロザリオを操る,聖母像の見える丘と,師弟,または継父子が散策する,浴客や海女のいる賑やかな濱とは,対比的に描かれているように見える。彼らの逍遥は,聖俗世界の間の往還を暗示する。「二人［師弟］は,砂浜の人ごみと一緒の気晴らし（"distraction,"錯乱の意もある）や半裸の浴客のいる海へ飛び込む代わりに,もう一度岡を昇って,城塞の方へそぞろ足を運んで行った」(198)。

約束を違えて卑怯にもメイジーを捨てて去ったとビール夫人が老家庭教師の非を暴いているところに,当のウィックスが戻って来て,「私はこの子を捨てたりはしません。」と大音声に呼ばわる場面から物語は,老若の婦人同士の,一時つかみ合いにならんばかりの争いが募って,いよいよ大詰へなだれ込んでゆく。（人物のこのように唐突な出現は,どの場面にもメイジーがいることと共に,戯曲的場面操作を暗示する。）「あなたにもう一度機会を与えるまでは,あなたを残して行きはしません。私と一緒に来ますか？」(241)と迫られた瞬間にメイジーの決心がついていた。その時彼女は,ウィックス夫人と自分の内なる道徳に捉えられたことを悟ったであろう。彼女（またクロード卿）が「自分を恐れる」のは,内なる道徳律——快楽原理に待ったをかけるもの——の故にほかならない。今や,「一マイルも遠くに」離れ去ってしまったように思われる卿に,自分と一緒に来るよう呼びかけるのは,「彼女の夢の最後の燃え上がり」であった。「私は,何もかも失ってしまったような感じです。」と弱々しく,夢の喪失を嘆く主人公に,「私たちが二日前,あんなに苦労して一緒に見つけ出したもの［道徳感 "moral sense"］をなくしてしまったという意味なの？」(242)と,老教師の罵声が浴びせられる。課業を復唱させられてできなかった子供部屋の思い出が少女の頭に去来する。道義の守護者の老教師はそのイメージの中で,呵責しない試験官である。「足場を踏み外して沈んでゆくように,メイジーの両腕が小さく,ぐいと動いた。この動きの意味したのは,彼女の中の,道徳感覚よりも更に深い或る物の痙攣であった」(242)。道義心——発生と進化と社会形成の過程で人類の心に付加されてきた人工的観念とも称すべきもの——より深いものとは,人間の原

始的な生命，根源的な欲望・感情であろう。従って，「あなたがそれを芽のうちに摘み取ってしまったのです。いのちを持ち始めたところを殺してしまったのです。」，—「僕は何も殺してはいない。それどころか，いのちを生み出したと思います。(中略) それが何であるにしろ，僕が出会った最も美しいものなのです——この上なく美しく，神聖なのです。」(242) という，ウィックス夫人，「高みにいる，偉大な夫人」(預言者，理念の信奉者) とクロードとの応酬は，孤高の理念，『ボストンの人々』の巫女的存在，オリーヴ・チャンセラーの白熱する想念と，卿が少女の中に見る，可能性に満ちた生命の萌芽を対置させる。しかしその生命は，オリーヴの朋友ヴェリーナが，自然児 (アメリカのイヴ) として創られながらも，自分を奪い合うオリーヴとバジル・ランサムの間で全く無力で，為すすべを知らないのに似て，ここでは自己の方向づけに迷う。こうしてメイジーは，拮抗する二つの力の間で分裂して ("divided")，「どちらへ向いていいか分らず」立ちすくむのだ。自由の獲得 (「君は自由なのだ——自由なのだよ。」) と引き換えに得たものは，このように方向喪失した無力の感覚であった。しかし，(恐らくその同じ獲得によって) メイジーが自分の求めるものを知る——というより，そのような態度を表明する——瞬間を作者は用意する。卿がメイジーよりもビール夫人を，つまり大人の愛欲の世界を選んだ時少女は，その反動のように，ウィックス夫人へ走った。老婦人は，「あなたはあの人たちと一緒だった——あの人たちの関係の中にいて。でも今あなたの目が開かれたのです。」(245) と言うことになる。ここに，大きな，もしかしたら取り返しのつかない犠牲の代償としてであるかも知れない，女主人公の意味の小説的完結が見られる。「僕たちはこの子を引き入れることはできない。本当なんだ。彼女は個性的なのだ。僕らは，[彼女に値するくらい] 十分に善良ではないのだ。」(246) という卿の科白は，メイジーの達成したものへのオマージュである。メイジーの中に育ちつつあるのは，フリーダ・ヴェッチ，あの倫理的妥当性を求めて内へ内へと際限なく巻き込んでゆく意識の，青白い繊細な花と言うべき姿，の前身であったと思われる。そしてここには，メイジ

ーをウィックス夫人へ引き渡した，或いはそうするしかなかった，作家の恨みのようなものが微かに糸を引いて，結末に凄みを添える。この恨みは，現実の世界で幸せになれない（蒐集品の焼失はその端的な象徴である）フリーダと，朋友をランサムに拉し去られ，ヴェリーナとの刎頸の交わりを断たれるオリーヴらを包み込むもの——彼女らのまとうオーラ——となる。

第4章
『鳩の翼』
――霊的世界と肉体的世界――

1．人物素描(1)　ケイト・クロイ――現世の人

　最初に，所謂後期三大傑作小説中の第一，『鳩の翼』(*The Wings of the Dove,*[16] 1902) の主だった登場人物の性格や願望，行動，生きる指針，又その状況について考察する。ケイト・クロイとマートン・デンシャー，ミリー・シールの人物像を洗い出す作業をとおして，自ずとこの作のテーマが浮かび上がってくると思われる。『鳩』は，同じ著者による他の幾つかの作とも共通する性格劇的，戯曲的特質を持つが，この作ではその上に更に上部構造とも言うべき，神話的要素が付け加えられて，初期の国際状況小説群より一層深みを増していることは，屡指摘されるところである。それについては，後述することになろう。
　ニューヨーク出身のミリーとロンドン子のケイトの間には，この作家を終生捉え続けた国際的状況の主題，即ち新旧の世界の対立が今一度物語化され，展開されるし，デンシャーは，ジェイムズの多くの作品の核心をなす倫理的葛藤を肉体化する。ミリー登場に先立ち，ケイトについて百頁近くを費やした第1，2部 (Book First, Book Second) は，悪魔的な企みを中心にこのあと進展してゆく筋組への導入部である。冒頭二部の内容は主として，自堕落な父と貧乏子沢山の姉との間に挟まれて精神

---

[16] テキストは，『ニューヨーク版自選集』第19 (Ⅰ)，20 (Ⅱ) 巻に拠った。原文の和訳の製作に当って，青木次生訳『鳩の翼』(「講談社世界文学全集」，1974年) を参照した。記して感謝の意を表したい。

的圧迫を受け，零落した家の名を興したくも，細腕に何ができようと，我が身の不如意を嘆くケイトの，ロマンス的彩りが増してゆく第3部に比べれば，リアリズムの灰色に閉ざされた世界と，そのようなロンドン娘としがない新聞記者デンシャーの恋——後日共謀関係へと深まる前の，一体感の契りと言うべきもの——である。ミリーの内部から滲み出て来る神話的な光に逆照射されるかのように，この男女の結びつきは，象徴的な様相を帯びることを指摘しておきたい。ケイトを恐ろしい企てへと駆り立てる遠因となる事情が開巻以後の頁で描かれ，それは大体において経済的な要因であるとしても，それだけが全てではない。またドロシア・クルックの言うような[17]，ケイトとデンシャーの求めて及ばない脱俗的で高雅な趣味の生活を叶える手段としての富への渇仰でも十分に説明し尽くせない。（ジェイムズの小説において，主要人物たちの多くが，生活の俗臭を離れた空間を生存の場としていることは，暗黙の前提であると思われる。）ジェイムズの，そしてアメリカ文学の多くのキャラクターたちを特徴づける自己実現の夢が，それぞれに境遇の異なる三人の心を摑んでいるのを読み取ることができる。しかしミリーとケイトの間には，富の有無（富は，独立や自由，美といった価値を保証する力として意味づけられている）という差異に加えて，二人を生み出した社会機構自体の相違が介在している。そこで，ミリーのロンドン社交界への登場と共に，英米（主としてロンドンとニューヨーク）の比較が客間を賑わす。観察者ミリーの意識をとおして，英国人や英国社会の性格に照明が当てられ，国際的主題が追究されてゆくのである。

　既に人生の門をくぐったとは言え，まだ若いデンシャーとケイトは，将来の展望も覚束なく，充足した人生の感触に飢えている。（因みに，ケイトより数歳若く幾分少女らしさを留めるミリーは，始めの方ではまだ人生の入口に佇んでいる。そのことがミリーのイニシエーションの主題をより効果的

---

[17] Dorothea Krook, *The Ordeal of Consciousness in Henry James* (London: Cambridge University Press, 1967), p.204

に導入するのである。厳しい現実の中での闘争が要求する実際的思考と，まだ実現されていない人生の可能性を前にしてのロマンチックな夢想も，英米のヒロインたちを分けるいま一つの相異点である。）「貧困の砂漠」(I,77) に住み，身ひとつ養うのが精一杯というデンシャーは，生まれてからこの方，行動の量より思考の量の方が多かったであろうと反省する思索型の人であるが，「思索は，それだけでは虚空をさ迷うばかりだから，それは，生活の空気にじかにふれて，そこから息を吸い込まなければならない。」(I,51)，自分は，「人生を何とか努力し獲得し，所有しなければならない。」（同）と思いめぐらす。頭の働きが機敏で，生活力に溢れるケイトが彼の心を惹くのは当然であろう。一方デンシャーはケイトの目に，「精神的なものとして十把一からげにして考えてきた，あの高尚な漠然たるもののすべて」(I,50) を持つ故に，豊かで，神秘的な青年と映る。富裕な伯母に気に入られていることがケイトの唯一の取柄，「価値」であるとあからさまに洩らして憚らないような父と姉によって，全一的な人格として扱われず，自分には，「個人的に幸せになる権利があるのだろうかと自問する」(I,71) ケイトと，その思い染めた青年にとって，冷厳な現実の中で唯一の拠り所はさし当たって，二人で思索と議論に耽ることである。「思索の領域だけは少なくとも，彼らにとって自由」で，「言いたいことを何でも，お互いの為に，お互いの為にだけ言えば，勿論楽しさが増した。」(I,65) のである。ここには思索を恰も実体であるかのように感じつつ生きるジェイムズのキャラクター（その最たる例は，『ポイントン邸の蒐集品』のフリーダ・ヴェッチである）らしいところが見えるが，この段階でのデンシャーとケイトにとって真に実体をもつのは，愛し合っているという一事であろう。ケイトは，自分の夢の実現には，そのことだけで十分であると考える。彼らは言わば，観念の実体化（人生の理想の実現）という，ジェイムズ的人物の原理に従って，相互補完的に求め合うことになる。彼らが「誓いや印を交換し，豊かな契約を結び，相手の，この相手のものだけにどこまでもなろうという同意を（中略）厳粛に取り交わした」(I,95) ことは，現実には，デンシャーの貧しさと無名故に，二人の交際にいい

顔をしないモード伯母に隠れて，事実上の婚約を取り結ぶことを指しているが，そのものものしく象徴的な筆使いからしても，作家は二人の結びつきに必然性を付与しようとしているように見える。人物たちとその言行が，象徴的，比喩的，抽象的な言語によってコード化され，比較される（例えば，思弁対行為，鳩と豹，精神と肉体，無垢と経験というように）ことも，この作品の特質として留意すべきである。ロンドンの恋人たちが想う，現実の荒海の中に漂っている「浮島」(I, 66) という比喩が暗示する流動的で，足場も危うく，欺瞞と危険に満ちた社会にあって，二人の愛は，水の上に咲いた一輪の美しい花に喩えられる。

　ミリーとその付添いのストリンガム夫人の所謂「深淵」(I, 186 その他に頻出）であるロンドン社交界——陰謀の舞台——を，この作の主題や色調との関連で考えてみると，生粋のニューヨーカーのミリーとニュー・イングランドはヴァーモント州出身のストリンガム夫人という，いずれも典型的なアメリカ人を迎え入れるこの社会は当然，ジェイムズの新旧世界対比のテーマを明確に示し，かつ深化させるのに役立つように眺められ，描かれ，創られてゆく。腐敗したこの社会は，ケイト・クロイを生んだ社会であり，その中で聡明にして行動力に富む美貌のケイトは生き生きと活動するのである。ライオネル・クロイ氏やケイトの姉のコンドリップ夫人に代表される貧困階層の汚濁，モード伯母の住むランカスター・ゲイト邸の虚飾等，ロンドン社会を悪の温床のように描きながらも，ジェイムズは，諷刺小説におけるような道徳的裁断をその上に加えず，それをアメリカ人たちの旧文明世界体験の場として鮮やかに描き出す。ミリーの感受性豊かな心がそこから印象を吸い取り，咀嚼して思考を織りなす対象としての，このどろどろとした社会は，ミリーの目によって眺められ，その意識の中に取り込まれることで言わば生きてくるという仕組が認められることも，ジェイムズ小説の常套を踏まえていると言えよう。

　この社会にあって人々は，人格を剥奪され，交換価値的，利用価値的な単なる機能へと矮小化されているように見える。そこで人々は，半ば

合意の上で利用し合い，敵味方の間にさえ取引的な関係が成り立つ。人はそのありのままの人格ではなく，（資産にしろ，地位，名誉，或いは将来の見込みにせよ）何を提供できるかによって値踏みされる。それは，唯一神による以外，何の干渉も本来受けることのない独立不可侵の人格と権利を認められた個人というアメリカ的な人間観の対極にあるものという含意を持つことは言うまでもなく，アメリカ娘のミリーは，宿痾を背負いながら，「私の状況は，このとおりのもので，それは私だけに関わることなのです。」，「本当に助けてくれることのできる人は誰もいません。」，「私はあなたにありのままの私を見て頂きたいのです。」(I,239) と，信頼するストレット医師に告げ，独立的な生き方を言わば宣言している。ケイトが羨やむとおりミリーは，「幾重にも，幾重にも層をなすほかの人々に対して，ひどく不快な関係を持つことはない。」(I,281) のだ。他方，「どのような機会であれ，その場の事情が要求するとおりのものになれる。」(I,212) のがケイトの生のあり方であり，「彼女は大きな社会的用途の為に作られている。」（同），いや，その社会的用途は「自分の友［ケイト］の為に存在するのだ。」(I,213) とミリーは，ケイトを観察しつつ思う。このような社会の特質と，その住人たちの生き方は，アウトサイダーである「巡礼者たち」に目新しく映るけれども，その中に住む者にとっては了解事項である。英国社会を怪物になぞらえ，その危険をミリーに警告するのはケイト自身であり，ランカスター・ゲイト邸の豪華な客間で女主人を待たされるデンシャーは，館が「おまえは何を提供するのか？」(II,32) と呟く声を耳にする。伯母に伴われ，一部の隙もなく正装して現れるケイトは，「ラウダー夫人によって付加された『価値』に背かないように行動している。」(I,34) と彼には思える。女優のように，与えられた役柄を芸術的に，柔軟に演じているようにさえ映るのである（同）。これは，『悲劇の美神』の中に描かれたマドモアゼル・ヴォアザンに通じる「演技する人間」の姿であろう。ケイトのパーソナリティは，随所に描かれた素早く変る表情や態度，事態を思いどおりに処理する機転と才覚に窺うことができる。これはまた，「私のミリーは，変ることなどでき

ません。いつも変りなく同じミリーなのです。」(II,45) とストリンガム夫人に評される質朴純真な性格と極めて対照的である。演技することはまた，幾つもの顔（仮面）を持つことにほかならず，ミリーは，やがてケイトの「全く測り知ることのできないもう一つの顔」(I,190) に気づくようになる。それは，デンシャーといる時，彼に対して見せているに違いない別の顔であろうという思いがミリーの脳裡に付き纒うのだ。

ケイトは，既述したとおり，英国社会を怪物に喩え，「英国ほどに発達していない社会制度の中に生まれた人々には，それが大きく無気味に迫って見えるかもしれません。それは，不用心の人を貪り食い，誇り高い人の鼻を折り，善良な人を憤慨させてやろうという下心を持った怪物であるかも知れません。」(I,277) と言う。英国における無垢かつ無防備なアメリカ人という状況を描いて作家が得意の主題に切り込むこの第5部，第VI章 (Book Fifth,VI) で，腹蔵なく胸中をさらけ出し，アメリカ精神の未成熟を徹底的に批判するケイトを前にミリーは，危険な牝豹と相対している (I,282) ような恐怖に襲われる。あなたを利用するだけの私たちと，今のうちに縁を切らなければ，ひどい目に遭いますよと警告さえする (I,281) 時のケイトには，獰悪なならず者に訪れる束の間の慈悲のようなものが感じられる。金の爪をした鷲や雌獅子に喩えられるラウダー夫人と豹のケイトが棲むランカスター・ゲイト邸は，ロンドン社交会の縮図であろう。その客間でひと時を過す英国人のデンシャーにとってさえ，それは，虜の館としてイメージされるのであり，更に，「その虜囚の絆はベールに包まれ，粉飾されているかも知れないが……」(II,18) という句は，虚飾の背後にひそむ陰険な力を暗示する。利用し合う雌獅子と豹は，欺瞞と野望の相貌を帯びずにはいないのだ。「ケイトにおけるうわべの飾りは，彼［デンシャー］にとって全く，途方もないものと思われた。」(II,33) のである。「彼女は，長い間デンシャーを抱いていた。その間に，視線を深く交えながら二人は，黙したまま，彼が回復し，分別を新たにするのを待った。彼は，自分たちの現在の状況についての認識が戻ってきたかのように顔を赤らめた。こうして彼女は，いつもと変らな

い勝利を再び手にしたのだ。」(II,95) とあるように，ミリーを犠牲にする邪悪な計画においてデンシャーの決意が挫けそうになる度に，ケイトは，明敏な論理と支配力によって彼を立ち直らせる。ケイトの理智や，揺るぎない首尾一貫した論理には，不思議な魔力が伴っていて，これらの場面には，邪まな催眠術師と，魅入られた被験者のような雰囲気がなくもない。第8部，第Ⅰ章 (Book Eighth, I) で，ニューヨークでの気さくなつき合いの思い出（ミリーと居る時，デンシャーの胸中常に基調音のように響いている心温まる感情）を新たにミリーと談笑したあと，ケイトに会うや否や，デンシャーは憂鬱に襲われ，そして，その理由は，「ケイトが僕の為に思い描いたことをしているが故の沈み込みだった。」(II,174) と思い当る。「彼が手をのけさえすれば，（中略）彼を囲い込んでいる不可思議な織物はたちまち落ちて，光が注ぎ込むだろう。」(II,175) という隠喩は，デンシャーのはまり込んだ困難で，微妙な状況を伝えると同時に，ケイトの揮う隠微な力を暗示する。ケイトの生活力を賞讃するあまり足を突っ込んだ目論見の中で抜き差しならず深みに埋没すればするほど，意志と決断力が麻痺して，いよいよケイトの意のままに操られるしかないデンシャーは，無力感と苛立ちに悩まされ，抑圧された胸の疼きを覚えるが，それでも魅入られるように，ケイトとの愛にのめり込む。内向的，思弁的で優柔不断な性格故に，彼がケイトの狡知に抵抗する術もなく屈してしまううちに悪魔的な計略は進められてゆく。「彼らの生命の本質的な豊かさの中で，彼らは再び向い合い，結びつけられ続けていた。『私（の力）を引き出して下さるのはあなたです。私はあなたの中に生きるのです。ほかの人ではありませんわ。』」(II,62) という圧縮された叙述と会話は，デンシャーとロンドンという砂漠に咲き出でた妖しくも美しい悪の華とも言うべきケイトとの共生関係を物語る。ここでは，この悪だくみの中に小説的な内的必然が働いているとさえ言えよう。ケイトが代表する邪悪の要素は，この物語の有機的世界の中で生きているのだ。この共犯関係は，後述するデンシャーの改心——というより，巻末の決裂——に至るまで命脈を保つ。この関係の中でのみ，ケイトは，巧

妙な謀りごと——貧しい彼女として精一杯の幸福追求であれ——において底知れぬ力を現しつつ輝きを増す。ケイトとミリーが，それぞれ現世と天上を代表するとすれば，悪と結びつくことによってケイトの生命力が燃え上がるこの社会は，ジェイムズの文学的象徴体系の中で天上と対立するものとしての汚濁の俗世を表していると見ることができる。この悪役を類型化することなく，丹精を込めて描き，生命を与えるのは，一つには作家の戯曲の精神であろう。この精神のみが，ジェイムズを，作家を招く危険な類型化，戯画化の陥穽から救い，それぞれの人物にあらん限りの物語的生命を与え得たのである。

2．人物素描 (2)　ミリー・シール——漂泊の乙女

「両親も，兄弟姉妹も，係累というほどの者を殆ど一人残らず失ってしまい」(I,105-106) 寄る辺なき身で，「一連のニューヨーク的可能性」(I,106)，「若さと知性」と「無限の自由，砂漠を渡る風のような自由」(I,110) を持ち，「孤立し，母親を奪われ，無防備な」(I,137) といった，ヒロインを包む詩的，象徴的な形容語句，スイス山中，目も眩むほど高く切り立った岩棚に一人座し，「この地上の諸王国を見おろし」(I,124)，「世界を目の前にした若い」(I,137) ミリーの姿にアメリカのイヴを認めることはいともたやすい。もう一人のアメリカ娘イザベル・アーチャーより更に原型的なアメリカ人として作者がこのヒロインを構想したことは，イザベルに増して精妙な意識の働きを見せつつ，典型としての性格を獲得していることに読み取れる。ミルドレッド（愛称ミリー）・シールの弱冠21歳の経歴は，「まだ混乱していたが，茫洋たる ("multitudinous") ニューヨークの歴史」(I,105, 傍点引用者) であり，「感動的で，ロマンチックな孤立というニューヨークの伝説」(I,106, 傍点同じ) であったというように，歴史化，伝説化されているのである。ヒロインにまつわるこの伝説化，物語化の動きは，「この類稀な人をその最後の花とするあの豊

かに溢れんばかりの一族［彼女の祖先たち］，自由な生き方をした祖先を持つ，計り知れず，度外れの，抑制されざる一房」(I,111) といった瑞々しく，奔放闊達な暗喩ともなる。ミリーの良き理解者であるストリンガム夫人は，「若き友が人としての啓示に富み，我知らずして際立っている，このことは，メーテルリンクやペイターにも増して精妙な調子を持った詩——歴史——でもある。」(同) と思うのだ。ミリーの個人的な要素としての性格に目を向けてみれば，「うわの空なところ，あけっぴろげで，焦点の定まらぬ情熱と，留まるところを知らぬ興味——すべては，彼女の風変わりな魅力の一部」(I,114)，「説明しようにも困窮するであろうような様々の技巧と特異性」(I,115)，例えば，「殆ど悲壮なまでに苛立ちながらも，それを空気のように軽くする術」，「まがう方なく陽気でありながら，それを黄昏のように柔らかにする術」(同) に気づく夫人は，「この上なく精妙で，類稀なアメリカ的強烈さ」(I,116) を目の当たりにしているのではないかと訝る。ミリーのこれら諸特性は，その崇拝者である中年婦人によって，宝物を掘り当てるような喜びと生気を以て，ページの上に開陳されてゆく。(夫人は，「恰も足の下に，何か貴重なものの鉱脈を踏みしめているようだった。」(I,126) のである。) 主として夫人の意識の中に捉えられるこのようなミリーの霊妙にして軽やかな，天使かと見える姿は，アメリカ人の原型質を核としつつジェイムズ的に限りなく洗練された新世界のイヴ——無垢なる新生児——の姿であることは，論を俟たないであろう。

　アメリカのアダム，イヴと言えば，彼らが希望に満ちて，或いは (『ボストンの人々』のヴェリーナ・タラントのように，) 無垢・無力な嬰児のように立つ無人の荒野が道具立てとして必要となる。ジェイムズの主人公らが目指すのは，ナッティ・バンポゥが向う西方ではなく，東の大海原と，その向こうの文明社会であったが，この作にも，比喩としての荒海への船出や，ロンドンを未知の荒野に見立てての彷徨が描かれる。ストレット医師の診察を受けたあと高揚した気分になる女主人公は，第5部，第IV章で，見知らぬロンドンの裏通りへ迷い込む。「幾マイルでも歩けそう

な気がし，只迷ってみたくなり」(I,249)，自分を「取り囲んでいる物をこうして個人的に我が物とすること」(同) こそ，医師に薦められたとおり，「選択によって，意欲的に生きる」(I,247) ことの実践だと思うのだ。未知の世界の奥へと踏み込んでゆき，見極めたものを「所有する」為には，象徴的に言っても，一切の人間的な関係から切り離されて完全に一人になることが肝要であろう。(「私がどこにいるのか知っている人は，世界中に一人もいないと感じると魔法にかけられたようだった」I,250)。これらの言葉使いが伝える孤独な，しかし自足し，自信に満ちた冒険者のイメージは，十九世紀も末，国運の隆盛に伴い，米国の知的・政治的文脈において喧伝されたアメリカのアダム・イヴの性格を証明して余りあると思う。リージェント公園の奥へ歩み入り，汚れた芝生の上に立ちながら，これこそ，「けばけばしい通りから離れた」「本物だ。」(同) という感懐に打たれるミリーの心性には，森や生き物をこよなく愛する無意識の自然詩人と言うべきナッティ・バンポゥ，あの神話的アウトローに通じるものがあると思われる。或いはまた，「我が身を守ってくれる岬を周回して，比較的無知であった清い湾をあとにして，波立つその海の見えるところへやって来たことを意識した。」(II,144) といった比喩には，身の危険を顧みず人間としての成長を求める気概が表出されている。

しかし，矯正してやらなければとケイトが思うアメリカ人の未成熟さ，「或る点に来ると破綻を来してしまう」(I,277) アメリカ精神の持ち主，「イノセンツ・アブロード」の一人としてのミリーに危険な罠がつきまとうことは必至である。ケイトがシニカルな気分で指摘する弱点とは，「物の見方の誤り，釣合いの感覚の誤謬，精神の未成熟さの残滓」(同) といったものであり，英国社会を理解させてやる為に，海の向こうからの新参者をこの怪物のところへ，手を取り導いて行ってやらなければならず，そうすれば，「大袈裟に有頂天になるか」，「不釣合いなほどにショックを受ける。」(同) という。しかしこの化け物と共に暮らしたいと望むならば，「怯気づいてばかりいず，その方法を学ばなければならない。」(同) と，英国娘はミリーに教訓する。「それは，我が若きアメリカ人にとって，

物事をありのままに見る技巧の教訓だったかも知れない。」(I,278) という，注釈の機能を果たす一文は，国際的主題を扱ったこの作家のコンテクストの例に洩れず，アメリカ人にとって，旧文明世界が教育の場であることを前提化してみせる。正確迅速な状況判断を下す為「物事をありのままに見る」能力と逞しい現実感覚において，イザベルも，ミリーも，マール夫人やケイトの足元にも及ばないことは明白である。

　このように，純心無垢にして無知なアメリカ人の世界（ヨーロッパ）探訪のモチーフが『鳩』にちり嵌められていることが了解できる。それは，多くの場合，深淵をのぞき込むという冒険的なイメージの形を取る。千尋の谷を渉猟し，或いは地下の漆黒の闇に迷い，そこにひそむ猛獣と戦うといった冒険は，C.B.ブラウンの『エドガー・ハントリー』(*Edgar Huntly, or, Memoirs of a Sleep-Walker*, 1899）に描かれたが，この作家は既に，『ロデリック・ハドソン』において，危険な崖に咲く花を摘む象徴的な挿話[18]を提供した。(『鳩』のミリーは，ケイトという牝豹と対決する。) ミリーの初登場を飾る第３部，第Ⅰ章で，十数頁に亘るストリンガム夫人の意識や思い出の中に，ミリーの境遇や人となり，魅力などが描き出される以外，ミリーの現実の，つまり，物語の進行の現在時における発話や挙動さえろくに紹介されず，この章の終り方で読者はいきなり，スイス山中の崖上に佇むヒロインに引き合される。開巻百頁余を経て，漸く女主人公の初登場を迎え，しかも，ヒロインが崖っぷちに置かれること自体，この作の象徴的，ロマンス的性格を決定づける。「岩棚の，目も眩むように夫人には見える端にのんびりと座る」(I,123) ミリー，「右手の虚空の淵の方へ鋭く突き出した短い岬，或いは異様な突出物の端の一枚岩」(同) に腰をおろしたミリーを見る付添いの夫人は，「只の小娘がこんなところにとまっている危険，一寸おかしな動きをするだけで，足をすべらし，ずり落ち，或いは飛んで，(中略) 何があるか分らない下の方へさかしまに落ちかねない」(同，傍点引用者) ことを思い，息も止まりそうになる。

---

[18] Henry James, *Roderick Hudson* (Penguin Modern Classics , 1981), Ch.23, p.312

ここでは，相当に精密でリアルな地形の記述にも拘らず，叙景は象徴性を秘めていて，天真爛漫で怖い物知らずの年若きアメリカ人女性がヨーロッパの深淵（"abyss,"或いはより具体的な言葉として"gorge"が使われている）に陥る危険を示していると考えるべきであろう。うら若いアメリカ婦人の無知が危なっかしく見えるというに留まらず，雄大な景観をなし，人を引きつける「その場所全体が急傾斜をなして切り立って見えた」（同）ことも，無垢なアメリカ人を誘い寄せ，呑み込む旧文明世界の陥穽の雄大な暗喩として読むことができる。

続く第II章で，ミリーが急遽予定を変更し，ロンドンへ直行したいと言い出すこと (I,133)，自分がヨーロッパに求めるものは「人々」で (I,134)，「風景には大賛成だけれども，人間的で，個人的な風景を見たい。」（同）と告げることも，スイス山中の自然が，この作の主題と関連してミリーの物語の象徴的な前奏曲として用いられた事情を明らかにしてくれる。婦人たちがロンドンのホテルに収まり，ランカスター・ゲイト邸との行き来を始めたあと，第4部，第III章の対話は，探究の主題をイメージ化する。「ねえ，あなた，私たちは迷路の中を歩いているのですよ。」「勿論そうだわ。それが面白いところじゃない？ 例えばこのことにしても，沢山の深淵が隠されていない筈はないのだわ。私は深淵を求めているのです。」(I,186) という対話，そして，「では，私たちで深海の底まで探ってみることにしましょ。私は，悲しみでも罪でも，最悪の事態に対して覚悟ができていますわ。」(I,187) というミリーの大胆不敵な科白は，本人自身に予測できない劇的アイロニーを醸しつつ，無垢な魂が危難に遭う（「フォール」する）ことによって成熟を遂げるというR.W.B.ルイスの所謂アイロニー派[19] (the party of irony) の考え方との一致を示している。「成人の列に加わる為に個人は，（いかに清く，汚れなき人であろうとも）「堕落し」，「邪悪」との対決によって，子供の状態を乗り越え，自己中心

---

[19] R.W.B. Lewis, *The American Adam Innocence, Tragedy, and Tradition in the Nineteeth Century* (Chicago: The University of Chicago Press, 1955), Ch. 3

性を打破することによって成熟しなければならなかった。」（ルイス，p.55）というのは，作家の父ジェイムズが掲げたアメリカ人の精神的冒険のパターンであった。そして自己中心性（ロマンチックで楽天的，時として無反省な自己信頼）こそ，「堕ちる」前のアダム・イヴら（ロデリックやイザベル，ミリー）の批判されるべき点である。

　アメリカ人のヒーローとヒロインが深淵を探ろうとするのは，その中に真実と知識を求めてのことであるが，その底にはまた危険が潜んでいるというのは，アメリカのロマンスの定式である。エドガー・ハントリー青年は，婚約者の兄の殺害についての真相を究明しようと執拗な試みを続けるうちに地底の穴に陥り，そこに彼の生命を狙う豹を見る。ミリーを不安にさせるのは，ケイトの態度にのぞく謎めいたふるまい，人々がデンシャー氏の話題を何故かさけようとしている為「全てのことの均衡が変ってしまったこと」（I,188）の不思議さである。またケイトが「例のこと」（"the thing," 同）にだけはふれないことや，前述した彼女のもう一つの顔や正体，つまり，「デンシャーさんに対して見せたであろう正体」（I,232）がミリーの意識にこびりつく。これらの場面でのミリーは，一歩誤れば，『彼岸過迄』の須永市蔵や，『行人』の長野一郎の疑心暗鬼と嫉妬，或いは，『心』の先生の猜疑心の地獄へ堕ちるであろう。けれどもここには，日本のあの作家の暗さはない。（ジェイムズの小説の中でもよくできた作の主人公たちは，リアリズム小説の人物の暗鬱さや陰惨な心理とは無縁であるように見える。怒りや苛立ちの生身の感情を露わにする例は，主題と題材的な処理の成熟を欠く『ロデリック・ハドソン』の主人公であろう）。利発なミリーは，人々が口をつぐんでいるそのこと（"the unspoken"）に拘泥する自分こそ「別の」顔を見せてしまっているかも知れないと思い，「ケイトは，悪意や二心故ではなく，言わば共通の用語を欠いている為に，自分のような者にも理解できるように嚙み砕いたり，或いは，自分の都合のよいように表現してはくれないのだろう。」（I,190-191）と反省するが，これはミリーの人の良さを語る。というのも，彼女のこの友こそ二心を隠しているのである。こうして，「私たちは遂に深い穴に勇敢にも立ち向

おうとしているのだわ。」(I,201) と公言し，無謀とも短慮とも見える勇気(ケイトが「首尾一貫した強がり」"her systematic bravado" (II,140) と評するもの)を示すミリーは，彼女を待つ罠へ吸い寄せられてゆくのである。このような彼女と，夢遊病にかかり（つまり，客観的に自己を見極められずに）地底に落ちるエドガー青年との間には類縁性が認められる。

　ミリーが罠にはまる外的要因は，ニューマンやイザベルと同様富である。しかし所有する莫大な資産に対して彼女は，無欲恬淡そのもので，例えばラウダー夫人が富に囲まれ，その真中に，それを土台として，悠然たる態度を持しているのと対照的にミリーは，富について全く何の態度も示してはいず，「その周辺の方にいるので，彼女の本性に辿り着く為に，言わば，彼女の財産の中を横切って行かなければならないというようなことはなかった。」(I,196) のだ。「彼女の財産の中を横切る」("traverse ... any of her property") という句において，'property' は，「地所」という意味とかけてあり，ミリーは漂泊の身で——それ自体アメリカ・ヒーローによく見られる状態である——，宏壮な邸宅の深窓に籠ってはいなかったので，近づきやすかったという含みをこの比喩は持っていると思われるが，このような実際的な解釈を一旦わきにおいて考えるとすれば，富や人格，或いは人格にふれるといった抽象的な名辞を，物理的，具体的な事物や運動に置き換えることにより，ユーモアの感覚さえ醸し出している。それは又ジェイムズにおける質の追究の多様性を傍証するものでもある。金銭についてのこのような無関心は，アメリカ人を陥れる計画へと旧文明人を誘引する遠因ともなるが，反面で，富を鎧として身を守ることを知らぬ彼女の無垢の一部でもあり，人間は所有物や衣装や環境という外皮ないし「殻」をつけている，そして殻と自我との相互浸透作用こそ人格であるというマール夫人[20]や，社会的な役割としての仮面が，仮面を被る人の顔，或いはその人そのものになるというマドモアゼル・ヴォアザンの生き方と対蹠的な，アメリカ的個人主義の理

---

[20] Henry James, *The Portrait of a Lady* (Penguin Modern Classics, 1978), Ch.19, p.201

念を示すものにほかならない。そしてここには，エマソン流の自由な個人の理念が響いているであろう。しかし旧世界の瘴気の中で，殻をつけないむき身の自我を晒しつつ生きるのが危険この上ないことは，当のアメリカ人以外の目には明らかなのである。「ミリーには，社会的な価値の自然な感覚というものがまるでなく，私たち［の社会］の色々な相違とか，身分関係といったことが理解できないのです。」(I,60) というケイトの批判も，ニューマンやロデリック以来持ち越されてきたヨーロッパのアメリカ人の典型的な問題と弱点を鋭く突いているとみることができる。

　ここまで，ミリーの，典型的なアメリカ人としての，旧文明人による批判に晒され易い未成熟な面に主として論及してきたが，にも拘らず，このヒロインが魅力を持ち，読者の胸を打つのは，人生の困難を直視し，不治の病に冒されて，余命幾許もないことを予感しながらも，生きようとする強靭な意志，とりわけ，その自己探究の真摯な姿勢——勿論，アメリカ人であることの意味の執拗な問いかけという，より大きい文脈に嵌めこまれているもの——の故である。自己についての真実の追究という，作品の主題に関わるこの態度は，人間の価値が他者との関係の中で決められ，人間が交換価値として取り引きされる相対的な社会のあり方と著しい対照をなしている。そのような意味でこれは，ミリーのアメリカ性（と同時に，アメリカ小説の主人公たる資格の一項目）を証左している。この自己探究の主題は，女主人公の病や迫り来る死，旧世界での危難や，その心を悩ます謎や，深淵のイメージ，また人生直視の姿勢などと絡められ，これらのイメージを引き締め，統一する核となっている。以下，ミリー・シールのアメリカ的特性を発掘する（ミリーという宝の発掘，或いは，アメリカの密林に棲む珍獣ミリーの発見 (II,36) などの比喩が作中に点在する）ような形でテクストを読み進めてみたい。そして，そこから，より象徴的，神話的なレベルでのミリー論を導き出す糸口を探りたいと思う。

　ヒロインの同伴者は，その口から人生の決意を直接に聞き出すわけではないが，「啓示の性格」(I,125) を持つ心像をとおして，ストリンガム

夫人がミリーの「タイプや状況や特徴，その歴史，その状況や，その美とその神秘」（同）を再確認するアルプス山中――ヨーロッパの自然の中心点――でのあのシーンは，旧世界の毒気にあてられてしぼみ，非業の死を遂げるアメリカ青年ロデリックを思い起こす時，極めて印象的な導入部となっていることを特記しておきたい。またここで，夫人の意識の中に直感的，象徴的に結ばれるミリーの像――それは夫人の卓越した意識が創り出すものであるというふうにも読まれることをジェイムズのテクストは許し，或いは求めてさえいるようだ――は，典型的な人間の美徳の領域にまで高められている。このような普遍化がこの作に，初・中期の同様の題材を扱った作を越える深みを与えているのである。

　生きる意志，或いは，死との戦いという，主人公の登場によって導入された主題――崖上のミリーが「糸を断ち切る」(I,125) ことを考えなかったとしても，その観察者の心を掠めた疑念は，ミリーにまつわりつく死を表象するであろう――の脈絡は，このあとも追究されてゆく。例えば二度目に，今度は同伴者なしで医師に会うミリーは，「先生がどんなこと［病名の告知などをさして］を仰有ろうとも，私がそれを正面から受け止めることができないとお考えになってはいけません。」(I,238) と言う（第5部，第III章）。そしてこの章は，「『生きる』ということこそ正に，あなたが努力するよう，私が説得しようとしていることではありませんか？」(I,246) という医師の忠告で締め括られるのである。

　ミリーがイタリアの画家アンジェロ・ブロンチーノ（1503-72）の筆になる貴婦人の肖像と対面する第5部，第II章で，案内役のマーク卿が，「今は只，彼女を，彼女自身から守ってやっていたのだ。」(I,221) と考えたのは，ロンドン社交界に初お目見えしたアメリカ婦人としてミリーが寵児となり，皆にちやほやされる中で，世馴れたイギリス貴族の社交的な辞令と考えて支障ないかも知れないが，ミリーは，そもそも彼女自身の何から守られなければならないのかと問うてみたい。「でも，あなた方［肖像に描かれた女性とミリー］は，好一対なのです。」(I,222) というマーク卿の評言に対する，「さあ，分りませんわ――自分のことは決して分

らないものなのです。」(同) との答えの中に微かに響いているように, 自我からであろうか。自我もまた深淵をなし, 口を開いていて, 用心を忘れればその中へ呑み込まれてしまうという観念を指定することは行き過ぎではなかろう。(自我の深淵に目を向けることは, 神対自我のピューリタン的な二元論 (デュアリズム) に淵源するアメリカ的テーマであり, C. B. ブラウンを嚆矢とし, ホーソーンやポゥを経て, ジェイムズやフォークナーに及ぶ系譜をなすと見ることができる。) つまり, 社会的に意味を規定されているケイトのような人物と異なり, アメリカ的原型質としてまだ固まっていないのがミリーであろう。それ故に, 彼女は自己探究し, 自己を意味づけようとするのだ。ジェイムズ小説は, 意識を意味模索の場として, 柔らかく瑞々しい感受性に恵まれた自我が自己の (肯定的な) 意味づけを求める過程を描出する創造的な物語世界を繰り広げる。

　第5部, 第III章のミリーは, ケイトにストレット医師による初診の感想を訊かれて, 「牧師さんの前に跪いたような感じとしか言いようがありませんわ。私は告白し, 罪の赦しを与えられたのです。心の荷が取り除かれたのです。」(I, 234) と返す。それは, ホーソーン流の罪の心理の解剖を思わせる。レオン・エデルが指摘する精神分析学的関連[21]は, 無意識の底に隠された真実を知ることによって治癒に至るとするフロイド的な考え方を示唆するように思える。再診の折, 医師の天才的洞察力によって, 自分の真相を知られてしまったこと ("the state of being found out about," I, 236) が厭でないのみか, そのことが, これまで自分に欠けていた堅固な足場を与えてくれたと思うのも, 自己発見・確立のテーマを裏書きする。しかし, 「或る形で宿命づけられていることを知ることによって, その堅固な足場を誇ることができ」(同), 「生命が秤にかけられているのを見ながらこうして座っていることで, 秩序ある生活の味わいを始めて知った」こと, そして「自分の生命が秤にかけられるというのがミリーのロマンチックな考え方だった」(同) ことは, 彼女の人生の皮肉で

---

[21] Leon Edel, *Henry James. The Master: 1901-1916* (New York: Avon Books, 1978), p.120

悲劇的な実相を表している。これらのパラグラフが暗鬱な気分を湛えていないのは、この若年のアメリカ婦人の恐るべき鞏固な意志を証拠立てる。恰も自己という不可思議な謎の核心に迫る喜びが、死の運命の恐怖を緩和したかのようだ。ジェイムズの作品をリアリズム小説でなく、心理的ロマンスの系譜に位置づけるのでなければ、このことは十分に説明できない。『鳩』に頻く繰り返されるロマンスとかロマンチックという語は、必ずしもジャンルを指すのではない（但し、ミリーの美と詩情を賞賛する同伴の婦人は、ロマンスの作家とされている。）が、やはりこの間の事情と無縁ではあるまい。こうして、医師と患者が「症例」のことも忘れてしまったかに、人間探究に没頭するこの文脈中で、診察室は、「彼らの茶色い、古びた真理の殿堂」(I,241) と呼ばれるに至る。

　既述したヒロインのロンドン散策のシーンは、ミリーの孤独癖と、人類への同胞愛との一見矛盾する結合を鮮やかに伝える。ミリーは、「自分の唯一の同伴者は、回りにいて、心を鼓舞するように非個人的な人類一般でなければならない。」(I,247) と感じる。生と死が均衡を保っている「灰色の莫たる空間」（同）の中で、保護と安全に取って代わる「一大冒険の空想、これまで以上の責任を以て手をそめる大きく、莫とした実験、或いは、奮闘の空想」(I,248) は、胸の飾りを外して、代わりにマスケット銃か、槍か、戦闘用の斧を身に帯びるといった戦いのイメージに高まってゆく。このことを以て、この若い身空のたおやめを、神話的なアメリカのアダムの屈強なナッティ・バンポゥと結びつけるのは牽強付会かも知れないが、強調される冒険や出陣のイメージ（"a soldier on a march," I,248; "announced herself as freshly on the war-path," I,249, 'war-path' は、北米インディアンの出征路である）は、ミリーの人生の通過儀式の明確な暗喩である。「ここには、彼女同様に不安で、疲れてさ迷う人たちがいた。（中略）彼らの苦境、彼らが共通して持っている不安は、（中略）人生の実際的な問題にほかならなかった。彼らは、生きようとすれば生きることができたのだ。」(I,250) という思いには、人類一般と苦悩を共にしようとする希求がのぞいており、ホイットマンの詩に表された同胞意識にも

通じるものが感じられる。歴史と文明を築く為血と汗を流してきた過去の民衆や現在の無名の民との繋がりを体感すること（ハイアシンス・ロビンソンの選択でもある）は，一般に高踏的な作家と考えられがちなジェイムズの多くの小説において，主人公たちの精神的成長を告げる指標となる。

　ミリーの性格の中には，「ごく僅かな力が加わっても，薄い鋼鉄の発条のようにはぜる，比較的大胆で，きびしい，主義としての誇り」(II,139)が潜んでいて，「もし彼女がそれほど誇り高くなかったら，彼女に同情してあげることも楽なのに。」(II,140)とケイトをかこたせる。彼女が洞察したところによれば，ミリーは，「胸のうちを率直に打ち明ければ，［死についての］様々な直感や，こもごもの感謝の思いや，自分の幸運と不安との間に感じられる矛盾を垣間見てしまったことを暴露することになる，そういったことは全て，彼女の一貫した強がり（"her systematic bravado"）に背くことになるでしょう。」(同)ということになる。「極く微かな息づかいによって引き起こされるかも知れない雪崩を警戒しながら生きる」(II,141)ミリーの張りつめた心理をケイトは見抜いてしまうのだ。真実を心の奥底に隠し，安易で感傷的な同情を拒む態度（「あなたは，私が苦しむのをご覧になることはないでしょう。(中略)私は，人前で厄介者になることは厭ですから。」(II,154)）は，イザベルにも共通する姿勢である。これは，一般的なアメリカ人の性格としては，他人の干渉を嫌う独立不羈の精神であり，ミリーの率直さや人なつこさと，言わばコインの両面をなす。「彼女の本性が常に必要とする孤独，特に，様々な物が心に沁み入る力を以て彼女に語りかけてくる時に必要な孤独の香わしい味わい」(II,135)を愛し，静寂を求めるミリーには，ソロー的な感受性が窺える。英国人のケイトが，人間同士の社会的関係の中で，透徹した論理的能力により人を支配する時持ち前の特質を最もよく顕すとすれば，アメリカのイヴのミリーは，静謐と孤独の中において，その詩情豊かな本領を生かすというふうに一般化できると思う。ミリーの孤独な性癖は，章を追うごとに，塔や高みに上がり，或いは貝殻に籠もるというイメージに凝

縮されて，彼女を現実離れした仙女の領分へ押し上げてしまう。女主人公がヴェニスのレポレリ宮殿（"Palazzo Leporelli"）で，求婚者のマーク卿に，「私はここを死に場所にしたいと思いますの。」(II,151) と告げるのは，我がヒロインの妖精化の過程（霊性を帯びること）の早い兆しの一つであろう。

かく空気の精のような様相を漂わせるヒロインに，「詩」とか「ロマンス」という言葉が当てられ，「空高く，神々しく汚れなき空気の中に留まる。」(II,353) といったイメージが使われるが，ミリーは，現実認識を全く欠いているわけではない。マーク卿の求婚を受け，「もしも自分と結婚することになる男性にとっては，私の値打ちは，正しく私の病気の破壊作用にあるのではなかろうか。『私』は生き残らないだろうけれども，私のお金は残るだろうから。」(II,149) という思いが心に閃めく。「極めて個人的な煩い，全く家庭的な紛糾した事情」(II,160) をかかえているという言い訳は，求婚をかわす為の，言わば世間的な仮面である。彼女の現実とは，脅かす死の不安との戦いであり，それは心中深く秘められている。この現実は，マーク卿と接する時抽象的な言葉の霧に包まれがちでもある。「ミリーの個人的な世界の深まりゆく夜闇は，彼女の見たところ，彼がその中で心安んじていられるようなふりをしても無駄な領域として，彼に示されたであろう。というのもそれは，陰鬱な気分と破滅の雰囲気，負け勝負の冷気で満たされていたからである。」(II,157) と，ミリーの意識が記述される時，この英国貴族の心の真実の欠除と論理的な弱さ，従って，ミリーの強烈な自我に彼が耐え得ないであろうことが行間に臭わされるのである。

頁を重ね，女主人公が言わば画面の外へ退いてしまったあと，ミリーの事情は，デンシャーの推測や，ランカスター・ゲート邸の婦人たちの風評という形でしか読者に伝えられない。第9部，第I章を最後にデンシャーは，一度，一目だけ，死期の迫ったミリーとの会見を除いては，彼女に会うこともなく，ヴェニスの下宿屋に一人残され，罪悪感と不安と焦燥の中で，ミリーの状況を思いめぐらす。病人の容態について情報

が与えられないだけでなく，沈黙のヴェールがすべてを包んでしまい，「画面に大きな死の汚点が横切り，苦痛と恐怖の影に被われ，そのどこを見ても，映し返すような心や言葉の鏡面は見当たらない。」(II,298-299) のだ。そして「肉体的な苦しみ，不治の苦痛という事実」(II,299) が俄かに強烈に，デンシャーの心の目に見えてくる。最終の第10部では，デンシャーの宗教的苦悶のような感情の中に埋め込まれ，或いは，彼女を神格化し始めた人々の口の端にのぼって，ミリーの死や死の苦しみや恐怖が伝説化されてゆく。デンシャーが「気づかないふりをしたいと願ったのは，拷問を受け，恐らくは，その苦痛によって十字架の苦しみを味わったであろう彼女の意識そのものであった。」(II,339) し，彼が思い描くフランス革命時の，獄舎から断頭台へ引き出される時，抵抗し何かを摑む高貴な若い女性 (II,342) の像は，生命にしがみつくミリーを象徴すると共に，聖女や殉教者の雰囲気を漂わせ，ミリーの厳かなヒロイックな死を印象づける。それは今や，小説の舞台の外へ押し出され，遠くて近いどこか（現実にはヴェニスのレポレリ宮殿）で起るような出来事であり，しかも概ねデンシャーの意識の膜を通して伝えられる。そして，その為一層神話的な帷に包まれてしまうのである。その事件と作品の中の現実を繋ぐ唯一の接点は，死の前の例の会見である。その時ミリーは，死の床ではなく，いつものソファにいつもの服装で彼を迎えたという。

　ミリーの死後，その思い出がデンシャーの「現実」となって，彼の心の中に生き続けることを別にしても，生存中のミリーの言行にも既に，死後の生（復活）を暗示するふしが見られる。「自分の最も素晴らしい時でさえ，外見について言えば，精々，立派な墓地より陽気な所へ行く資格もないような」(I,199) 人と自嘲的な自己像を刻むミリーは，「この年月をまるで死んだように生きてきたのですから，死ぬ時はきっと，まるで生きているようでしょう。」(同) と，ストリンガム夫人に洩らす。ミリーは，一寸刻みに（"by inches"）死ぬようなことも，薬品の臭いを撒きちらしながら死ぬようなこともないであろうとのケイトの言葉 (II,53) は，幾分皮肉を（或いは多分願望をも）こめつつ，ミリーの潔い死を予言

するが，腹心の婦人にミリーが打ち明ける，私があなたのお望みのように健康で丈夫に見えるようになったら，私は，あなたに優しく，永遠のお別れをするでしよう（I,199）という科白は再び，生と死を同一化しているように思われる。このあと間もなく第5部，第II章は，肖像との対面のシーンを映し出す。「微かにミケランジェロばりの，体が角ばった問題の婦人は，異なる時代の目を持ち，豊かな唇と長い首をした（中略）やんごとなき人であった。――只，しかしその姿には喜びが伴っていなかった。そしてその人は，死んで，死んで，死んでいた。」(I,221)というテクストは,多分にミリーの意識を反映しているであろう。そしてそれだけに，早晩訪れるミリーの死の予兆でもあろうと思われる。しかし，肖像画が生きのびているように，ミリーも死して猶生きのびる。画は，死の表象であるばかりでなく，自己永遠化願望の投射でもある。このような象徴的解釈の当否は，章中幾度かミリーと画の類似（或いは，交感）が明示され，章末でケイトと対話しながらミリーが，「肖像画に描かれた姉と視線を交え，殆どその目の暗示を受けたかのように，『でも私はまだ長い間生きられそうですわ。（中略）私は気づかれないように死ぬことができるように思います。』と言った」(I,228)ことでも判断できる。「気づかれないように死ぬ」ことの意味は明示されていないが，灯がかき消されて闇になるようなこと，或いは有から無へ至る断絶でないことを強調し，死のあとも残る何かを予感しての科白らしく思われる。ここでも死は，終焉ではなく，何物かの永続化を示しているのではなかろうか。つまり，人々から死んだと気づかれないような死は，存在の連鎖をぷつりと絶ち切られる死，消滅としての通常の暴力的な死と異なる何かを印象づける。

　『詩篇』から採られ，この物語の中で様々な意味の含蓄を持たされている「鳩」のイメージについて検討することにより，ヒロインについての考察の結びとしたい。深夜に元気づき語るケイトを前にミリーは，「豹のように歩き回る獣と向い合っている」(II,282)ような気分になる。ケイトは，「ああ，あなたは，そのうちに私をきらいになるかも知れませんわ。」（同）と洩らす。その理由を反問されてケイトは返す。

"Because you're a dove." With which she felt herself ever so delicately, so considerately, embraced; not with familiarity or as a liberty taken, but almost ceremonially and in the manner of an *accolade;* partly as if, though a dove who could perch on a finger, one were also a princess with whom forms were to be observed. It even came to her, through the touch of her companion's lips, that this form, this cool pressure, fairly sealed the sense of what Kate had just said. It was moreover, for the girl, like an inspiration: she found herself accepting as the right one, while she caught her breath with relief, the name so given her. She met it on the instant as she would have met revealed truth; it lighted up the strange dusk in which she lately had walked. *That* was what was the matter with her. She was a dove. Oh wasn't she? (I, 283)
(「それは、あなたが鳩だからです。」この言葉と共にミリーは、いともやさしく、思いやりを込めて、抱擁されるのを感じた。しかし、親しみをこめたり、なれなれしい感じではなく、殆ど儀式的で、爵位授与式のようなやり方であった。一つには恰も、指にとまることのできる鳩ではあっても、ミリーはまた、儀礼を守って扱わなければならない王女でもあるという具合であった。仲間の唇にふれられるのを感じながら、この儀礼、この冷やかな接吻は、ケイトが今しがた言ったことの意味を本当に封印するものだという考えさえ、心に浮かんできた。その上、それは、少女にとって、霊感のようなものであった。彼女は、安堵して息をつきながら、こうして自分に与えられた名前を適切なものとして受け容れている自分に気づいた。彼女は、恰も明かされた真実を受け容れるように、即座にその名前を受け容れた。それは、このごろ彼女が歩いていた不可思議な薄闇を照らし出した。それが自分の問題だったのだ。自分は鳩だったのだ。ああ、本当にそうだった。)

この儀式めいた荘重さは何を意味するであろうか。「あなたは鳩です。」という言葉を口づけを以て封印するケイトの側から見れば、又、背後で物語の脈絡を操る作者の立場から言えば、それは清く、たおやかな平和の鳥、鳩を悪魔に献げる供犠の式であろうか。繰返される殉教者ミリーのイメージは、その見方を支えるであろう。(「ミリーの不安な同伴者は座りながら見た——往時の競技場で、キリスト教の乙女がリングの中で、やさしく、愛撫するように、犠牲にされる奇妙な風景を眺めるのに似ていた」(II,42))。

他方ミリーにとってこの命名の式は，文面に現れたとおりのものを意味すると受け取るだけでは十分でない。「明かされた真実」として，それが，彼女を最近まで包んでいた「薄闇」を「照らし出した」というのは，具体的に何を指すであろう。「それが自分の問題だったのだ。自分は鳩だったのだ。」という思いは，ミリーの反省を表しているだろうか。旧世界の叡智にふれるアメリカ人の自己探究という意味の場では，この命名は，自己像を求めて暗中模索中のミリーに役立つものと感じられたかも知れない。この直後のミリーは，「鳩ならばどのように振舞うであろうかについて，私ははっきりさせなければならない。」(I,284) と思う。しかし上に抜き出したミリーの意識内容は，彼女の善良さと，与えられた印象を海綿のように吸収する素直さ，受動性を証明するものでもある。彼女について言わば一方的に押しつけられた「鳩」のイメージが次第に膨らみ，様々な陰翳を帯びて，全てを被ってしまうのは，命名者のケイトにとって皮肉である。或いはそれは，ケイトの密かな罪責感の投射として生み出されたのであろうか。この名辞——イメージ——は，ミリーを当惑させるケイトのもう一つの顔や，利用し合う伯母と姪，或いはケイトとデンシャーとの間で進められている謀議を照らし出してはくれないけれども，旧世界人の打算や裏切りをも包み込んでしまうのだ。富と力を象徴する翼と素晴らしい飛翔力をもった「鳩」は，ある時翼を広げて守ってくれる，殊に自分は，その翼の下に気持良くうずくまって，居心地良さが大いに増したとデンシャーは思う (II,218)。ミリーの及ぼしつつある善は，無償の，無意識のもの，「ひとを信じる様は神々し」く，「その慈悲は計り難い」(II,242) ような心から流れ出してくるものである。

　悪役による唐突とも見えるミリーの命名の行為，又それが，闇を照らし，真実を明らかにしてくれるという，それ自体が物語性を持った小さな図柄は，ミリーとケイトと（デンシャー）の，物語における典型的な善と悪としての宿命的な関係を創り出している。そこに，ジェイムズの神話的な物語創造の力業が示されるのである。

第 4 章　『鳩の翼』　115

　　He then fairly perceived that—even putting their purity of motive at its highest—it was neither Kate nor he who made his strange relation to Milly, who made her own, so far as it might be, innocent; it was neither of them who practically purged it—if practically purged it was. Milly herself did everything—so far at least as he was concerned—Milly herself, and Milly's house, and Milly's hospitality, and Milly's manner, and Milly's character, and, perhaps still more than anything else, Milly's imagination, Mrs. Stringham and Sir Luke indeed a little aiding: whereby he knew the blessing of a fair pretext to ask himself what more he had to do. Something incalculable wrought for them—for him and Kate; something outside, beyond, above themselves, and doubtless ever so much better than they: which wasn't a reason, however—its being so much better—for them not to profit by it.　(II, 239)
（自分たちの動機の純粋さをきわめて高く評価したとしても，彼のミリーに対する奇妙な関係を作り出したのは，ケイトでも自分でもないことを彼は十分に了解した。ミリーは，自分の［デンシャーとの］関係を，できる限り汚れないものにしたのだった。その関係を本当に清めたのは――それが本当に清められているとしての話だが――，自分たちのどちらでもなかった。少なくとも自分［デンシャー］のことに関する限り，すべてを行なったのはミリー自身であった。ミリー自身，そしてミリーの家，またミリーのもてなしのよさ，ミリーの態度とミリーの性格，それに多分何にもましてミリーの想像力のなせる業であった，実際，ストリンガム夫人とルーク卿も少しは，手助けしてはいたが。それによって彼は，自分にはこれ以上何もする必要はないと思う立派な口実を恵まれたことを知っていた。測りがたい何かが彼ら――自分とケイトの為に働いていた。自分たちの外に，自分たちを超えた，自分たちの上にある何かであり，自分たちより遥かに善なる何かであることは明らかであった。しかしながらそのことは，――それがそんなに自分たちより善いということは――，それを利用して得をしていけないという理由にはならなかった。）

　ここに描かれたミリーの力は，ふれるだけで罪の汚れを浄化する霊力，罪にまみれた者たちに惜しみなく無償の恵みを与える善性であろう。それは，ミリー自身の悟性をさえ越えているのではないかと思われる。事実，巻末のミリーは現実の人間を越え，精霊と化しているのである。十九世紀米国の文人たちの問題を，社会思潮の中に位置づけたルイスの名

著『アメリカのアダム』は，ヨーロッパで試練に遭い，破滅するアメリカ人の物語を見事に説明する。

> The matter of Adam: the ritualistic trials of the young innocent, liberated from family and social history or bereft of them; advancing hopefully into a complex world he knows not of; radically affecting that world and radically affected by it; defeated, perhaps even destroyed—in various versions of the recurring anecdote hanged, beaten, shot, betrayed, abandoned—but leaving his mark upon the world, and a sign in which conquest may later become possible for the survivors. (Lewis, op. cit., pp.127-128)
> (アダムの問題。年若き無垢な人の儀式的な試練。家族と社会的な繋がりから，解放されるか，それを奪われてしまう。自分の知らない複雑な世界に希望を抱きつつ進んでゆく。その世界に根本的な影響を与え，かつそれによって根本的な影響を受ける。敗北を喫し，或いは恐らく，繰り返し現れる様々な形の物語において絞首刑にされたり，打たれたり，射殺され，裏切られ，棄てられたりして，破滅させられることさえあろう。しかし，世界に自分の痕跡を残し，生き残った者たちにとって，のちの征服が可能になるような刻印を残すのだ。)

> He saw himself in relation to French, Russian, and English novelists; but the form which life assumed in James's fiction reflected the peculiar American rhythm of the Adamic experience: the birth of innocent, the foray into the unknown world, the collision with that world, "the fortunate fall," the wisdom and the maturity which suffering produced. (Ibid., p.153)
> (彼 [ジェイムズ] は自分を，フランスや，ロシアや英国の作家との関係において眺めていた。しかし，ジェイムズの小説の中で生が取った形は，アダム的経験のアメリカ独自のリズムを反映していた。つまり，無垢な個人の誕生，未知の世界への進出，その世界との衝突，「幸運なる堕落」，苦悩が生み出した叡知と成熟という形であった。)

ロデリック・ハドソンやデイジー・ミラーを始めとする幾人ものアメリカ人をヨーロッパの魔神に供犠することは，旧世界文明への渇仰と嫌

悪とのアンビヴァレントな感情，ジェイムズ自身の肉体に食い込む深く鬱屈した思いに対するナルシスティックにしてマゾヒスティックな解毒剤であったと思われるが，これらのアメリカン・ヒーローたちの度重なる敗北と犠牲の末に，換言すれば，永年に亘るヨーロッパとの格闘——実際のところは，内なるアメリカとヨーロッパとの戦い——の末に，ジェイムズは，漸くアメリカ人の勝利をイメージすることができた。依然として受苦や放棄という高い代価を払った上での，霊の肉体への勝利という観念的，詩的，ロマンチックな勝利であったが。

3．デンシャーの内省——その意識・視点と状況

　従来多くの研究者が副次的な人物と見做してきたデンシャーは，巻末二部において或る種の重厚さを帯びて迫ってくる。そこでは，二人のヒロインの一人が背景に押しやられてしまい，もう一人は相変らずデンシャーの称する「生活力」("her talent for life," II, 358 その他）と明敏な思考力を発揮する。しかしケイトの論理や言葉の欺瞞的な臭いは，デンシャーにも読者にも次第に覆い難いものとなってくる。その一方，デンシャーの内省の深まりに随伴して彼の罪悪感が影を濃くする。愛する人への忠誠と，罪の浄化の願望の板挟みとなって憂愁に身を沈めてゆく彼の思いつめたような姿には一種凄惨な，宗教的とも言える雰囲気が感じられ始めるのである。ごく大雑把に，二人の女性たちがそれぞれ堕落と純潔を表すとすれば，（邪悪な企らみに加担しながらも）マートン・デンシャーは両者との関わりにおいて，それぞれの世界の実相を浮び上がらせ，窮極的には，小説の標題が象徴する意味の解明に関わる役割を担うと言えるであろう。

　ここでは，最終二部を中心にデンシャーの状況を吟味し，その内省の跡をなぞりつつ，罪と赦しのテーマを考究し，受苦・放棄という，より一般的なジェイムズ的テーマへとそれを関連づけてみたい。更に，生と

死の対比といった文学的モチーフの中にそれを置いて眺めることも試みるつもりである。

この人物の意識と視点が重要な物語的役割を果たすことを念頭に置いて読むと,「彼の記録する意識にその時, 以下のようなことが浮んできた。」("It was present then to his recording consciousness that ..." II,373), 或いは,「一つの意識がこれほど完全になり, 又それ［意識］を充たしているものをそれほどじっと凝視していることはなかった。」("Never was a consciousness more rounded and fastened down over what filled it." 同) というような表現に行き当る。デンシャーの意識が文章を決定する（或いは彼の意識内容が文章化される）例は, 第9部, 第II章で,「マーク卿故に, 天候が変り, 醜い雨が降り, 邪悪な風が吹き, 海が荒れ狂うのだ。」(II,263) とか,「彼女の理由［ミリーが突然, 不可解にもデンシャーの訪問を断った理由］の冷やかな息吹が（中略）大気に満ちていた。」(II,267) といった表現に求められる。これらは書き手による客観的記述である筈はなく, 事の真相（彼とケイトの秘められた婚約をマーク卿がミリーに暴露したこと）に感づきかけているデンシャーの意識を写したものである。書き手（作者）と作中人物との間に明確な境界線が引かれ, 人物の意識が記述の対象となっていることが分る例をもう一つ引いてみよう。「不明瞭なことが彼にとって明らかになった。(中略) 彼には見えない何か, つまり重要なことがあったのだ。しかし彼はそれをまわりから眺め, そのすぐ近くまで行って眺めたので, これでもう十分だと言えるくらいだった」(II,264)。ここでデンシャーは, マーク卿のヴェニス訪問と, ミリーの例の拒絶との間に因果関係があることを推測している。作者は「肝心な点」をデンシャーに隠しているのである。作者と隠蔽された事実とほかの登場人物との関係においてデンシャーは,『ある貴婦人の肖像』のヒロインと同じ立場に置かれるわけである。この点はミリーについても同じで, よく比較される中期と後期のこの二つの長篇が富裕なアメリカ婦人をヒロイン（の一人）とする裏切りの物語であることが理解できる。

一人称小説 (I-novel) ならぬこの作においては, すべてが作中人物の

視点から眺められ，人物の意識で埋め尽くされている訳ではない。例えば，デンシャーが上述の臆測を行なうに先立って，「彼の目はふとカフェの中の一つの顔に留った。彼はガラスの向こうに知人を認めたのだ。（中略）『フィガロ』紙の見出しが目に映った——その人はじっと自分の前のロココ風の壁を見つめていた。」(II,262) といったような純粋に客観的な記述があることも無視できない。このあとカフェの内と外の二人は視線を交え，次いで歩み去ったデンシャーの意識へと叙述の筆が移行し，彼の意識が頁の上に暴き出される。おおまかに見てジェイムズ小説は（又意識に関わる程度の差こそあれ大半の小説は），無色な客観描写と，人物たちの意識に染められ，その意識の窓から観察された内容の記述との交錯するつづれ織りであると概括できる。

　デンシャーの視点人物的性格と併せて，ロゥランド・マレットやフリーダ・ヴェッチ，メイジー・ファランジ，クロード卿等，内向的な性格の人物群の一人としての彼を見舞う典型的な状況にふれておく必要がある。「待つ以外にどうしようもなかった。彼の主な支えとなったのは，彼の窮境が彼を沈め得るどん底まで沈むまで待つという，もとからあって頭を離れない考えであった。時間を与えてやりさえすれば運命は，そのおぞましいものを幾らかでも純化してくれるだろう。」(II,301) といった観察は，非行動的，低徊趣味的な人物が，孤立無援のままに，息をひそめた手負いの獣さながらに，ひたすら耐え，待つ状況をよく伝える。どん底まで落ちるイメージは，アメリカ小説の父と称されるC.B.ブラウン（例えば再三言及してきた『エドガー・ハントリー』）以来，アメリカ文学に繁く現れる，肉体（物理）的，精神的に落ちるモチーフにも遠く連なっていると考えられる。デンシャーの現実に即して言えば，表面上ミリーに優しく振舞いつつも，実は彼女を欺いている為に，誠実さを失ってゆくという自責に駆られる。論理の端っこにぶら下がり，或いは現実に目をつぶることによって自己正当化を企るが，うまくゆく筈もなく，口中に苦い味を残す未決状態に吊り下げられて懊悩するのである (II,339)。自由を拘束する嫌悪すべき立場にあって身動きできずにいるデンシャーの

意識を描写する筆に力が籠るのは、ジェイムズらしい。「自由の束縛」(II,294)、「彼のおぞましい立場」、「恰も暴君に税を課されたような」、「怖れが彼の人生において優位に立つ。」(以上すべてII,295) といった句を拾い出すまでもなく、ブラウンからポゥ、ホーソーン、メルヴィルを経てフォークナーやカポーティに至る恐怖小説の系列との連関が見えてくる。恐怖や疑心暗鬼、自責、アイデンティティの不安などに取り憑かれたキャラクター群の閉塞的状況には共通の根があるように見える。それは思うに、私は何者なのかというアメリカ的な問いかけに源を発し、ピューリタンの極度に緊張した自己検証（神と悪魔との間における自分の位置の確認）や、歴史と文化を剥奪された国民の、宇宙の中に自己の居場所を模索する絶望的な足掻きというコンテクストを背景に持つであろう。（これらの作家の作中人物たちの状況は、地底の穴や異端審問所の拷問室、棺に収められたあとも外すことのなかった黒いヴェールの奥の心の牢獄、大都市ニューヨークの法律事務所で頑なに筆耕の仕事を拒み続け、自分の世界に閉じ籠る青年、男色者の棲む館に幽閉された少年などの具体的イメージに翻訳される。）

　デンシャーの意識は、彼の陥っている出口なしの状況を捉え反芻し、写し出すだけでなく、それを創り出すという一面を持つ。この関係の中でその意識はいよいよ冴えわたるのだ。意識と状況とのこの相互浸透・形成作用によってジェイムズの文体は燃焼し、にぶい光を放つ。ジェイムズの人物の意識や視点は、透明なレンズのようなものでは決してない。『エドガー・ハントリー』の夢遊病者クライゼロゥが被害妄想などの幻覚を次々に抱き、自己破壊的な行為へ突っ走ってゆく（そのような趣は、理性的であろうと努めるハントリー青年にも共通する。これはポゥに先駆けて理性と狂気の相剋の物語である。）あの凄まじい狂気のエネルギーが物語を支えているという事情に響き合うところがジェイムズ小説にもある。

4. 贖罪，受苦，放棄——宗教的啓示

デンシャーが女主人ミリーの遺産を狙っていると勘ぐり，それをあからさまに態度に表すイタリア人の召使ユージェニオに，デンシャーが自分を重ねてみること（"they were more united than disjoined," II,259）に彼の罪悪感を垣間見る。（この狡猾なイタリア人に対するミリーと作者の態度には興味深いものがある。ミリーはこの人物に全幅の信頼をよせているように見えるし，作者が彼を類型的な悪漢にしてしまわないのは，この下男の邪推が或る意味で適中している為ばかりではあるまい。作者の目には余裕とユーモアが感じられ，ジェイムズは，この男を作家として彼の心中に蓄えられた典型の一つ——この場合，イタリア人の，そして召使という職業の——として描き出すことに楽しみを覚えているかのようにさえ見える）。しかし心の片隅に巣食う良心の呵責に対するデンシャーの反応は，始め極めて微温的にすぎず，例えばマーク卿と自分とを並べてみて，自分の方が比較的罪が軽いと考え，安堵感と放免感に浸る（II,265）という姑息なものでしかない。ミリーを診に海を渡ってくるロンドンの名医ルーク・ストレット卿との短いつき合いの中でデンシャーが解放感を味わい，「自分は赦されているのだ。」（II,304）と感じるのみか，「今や宮殿の貴婦人連［ミリーとその股肱の友，ストリンガム夫人］から完然に超越」できる（II,305）のは，偏に医師の，寡黙ながら，鷹揚で気さくな物腰，何が大事であるか，ないかを知り，「本質と外殻を区別できる」（同）人格のお蔭である。ロンドンでの診察でミリーに，告解師による罪の赦しを与えられたような気分にならせ，ミリーのかこつ天涯孤独を否認してみせ，只生きて，幸福になるようにと忠告する（I,242, 246）この不思議な人物は，魂の癒し手という風貌を持ち，ファースト・ネームや，彼を形容するに使われた「祝福」（"benediction," II,305）という語の暗示するキリスト教的関連に加えて，物事を自然な流れにまかせ，第一義と瑣末事を峻別し，デンシャーに無執着（"detachment"）をもたらす点では菩薩の功徳を施す人であると見える。しかしデンシャーは，医師の帰国と共に，「借物の安らぎが崩れてしまうことを認めなければならない。」（II,306）のである。この段階での彼の問題の核心は，虚偽の上に安住し，嘘をつき続けながら，その事実を

我と我が心に向ってはっきりと認めることを許されない点である。彼は言わば告白を許されない罪びとのようなものであろう。しかし、最終章冒頭より次第に顕在化してくる婚約者間の心のすれ違いと、デンシャーが最終的にケイトに突きつける富か愛かという二者択一とは、けだし必然的な成り行きと言わなければならない。それは後述するように、デンシャーがケイトの肉体的、現実論理的支配を次第に脱して、死したミリーの霊的支配下に置かれる過程と軌を一にする。

　魂の底にじわじわと浸透し、デンシャーを変容させるに至ったあの深い経験——ミリーとの今生最後の会見——の前既に彼は、一種の受苦の姿勢とも贖罪の意志とも取れる心の動きを見せている。彼がヴェニスを去ることを切望しているらしいミリーなりの理由が大気中に冷たい呼気のように感じられたが、デンシャーは猶滞留しようと思う。「苦痛故殆ど耐え難いような、何かの最終的な経験に拘らず」(II,267) ヴェニスに残ろうとするのだ。それは道義的な正しさを示す唯一の方法であり、「不愉快なことを受け容れることであろう。しかしその不愉快は、ケイトが言った例のもの——言わば快いもの——の為に彼が残ったのではない証拠となるであろう。」(同) と考える。又彼は、帰国後の逢瀬で、即刻結婚し、この「狂気の沙汰」と「悪夢」を過去のものにしようと迫る (II,348)。それが変則的な状況を正す道だと思う彼は、愛と道徳的純化を一致させようとするのだ。ケイトはしかし、デンシャーのように二者択一的に考えることはできず、ミリーの財産遺贈が決定的とならない限り結婚できないという立場を固持する故、二人の間の亀裂はいよいよ深刻化の一途を辿る。最終章で説得に努めるデンシャーには、以前の彼に見られなかった毅然として譲らない態度が窺われ、終局をほんの数頁先にひかえ、激しいやり取りにおいて、「恰かも空気中に、彼がまだ説明することができないような何物かが存在して、そこから彼に一種の落ち着きが生じていたようであった。」(II,399) と記される。巻尾数頁に亘るデンシャーから、宗教的霊感に憑かれたかのような雰囲気が立ち昇る。それは、徹底した現実主義者であるケイトにも伝わっているらしい。こうして二人の関係

の破局が訪れるのである。

　手の届くところにある愛と富を自ら放棄したデンシャーは，代償として何を，或いは何かを，手に入れたであろうか——ローマの夫との愛のない生活へ帰るイザベルが人生認識の深化を経験するように，或いは，フィアンセの心が離れてゆく中でメアリー・ガーランドがヨーロッパの文化を媒体として経験（それまで彼女の清教徒としての狭隘な生活が禁じた人生の喜びを肯定・受容する姿勢）を獲得したように——？　デンシャーが手にしたものは，受苦・贖罪と現世的幸福の放棄の結果としての赦しと祝福であったというのが一応の解答である。最終の二部は，デンシャーが自己の状況の本質的な意味に目醒めることによって，欺瞞の網（ケイトへの愛と共謀によって織りなしたもの）を徐々に突き破って，自己浄化を達成する過程として要約できる。

　　He himself for that matter took in the scene again at moments as from the page of a book. He saw a young man far off and in a relation inconceivable, saw him hushed, passive, staying his breath, but half understanding, yet dimly conscious of something immense and holding himself painfully together not to lose it. The young man at these moments so seen was too distant and too strange for the right identity; and yet, outside, afterwards, it was his own face Densher had known . . . . The essence was that something had happened to him too beautiful and too sacred to describe. He had been, to his recovered sense, forgiven, dedicated, blessed; but this he couldn't coherently express. (II, 342-343)
（そう言えば彼自身も時折，まるで書物の頁を読むように，あの［ミリーとの最後の会見の］場面に再びしみじみと見入っていた。遠く離れて，或る理解し難い関係に巻き込まれた一人の青年を見た。その人は静まり返って，身をまかせ，息を止め，しかし，或る測り知れず大きい何かを半ば理解しながらも，まだそれを漠然と意識しただけで，それを失うまいと苦労しつつ身を持ちこたえていた。このような瞬間にこうして見るその青年は，あまりに隔たりすぎて，見知らない人に見えたので，その正しい素性が分らなかった。しかし外へ出て，あとで考えると，それは自分自身の顔であったとデンシャーは分った。（中略）肝心な点は，言葉に表現するにはあま

りに美しく，神聖な何かが彼の身に起っていたということだった。正気に返ってみると，彼は赦され，献身を受け，祝福されていたのだ。しかしそれを道理立てて言い表すことは，彼にはできなかった。)

自分の姿が「あまりに隔たりすぎて，見知らない人に見えた」ことといい，多分没我状態から我に帰ること（"his recovered sense"）といい，デンシャーの特異な精神の状態と経験を暗示する。「正気に返ってみると，赦され，献身を受け，祝福されていた。」という表現法は，その認識と経験の啓示的性格を証左する。知らず知らずのうちに自己を突き離し，問題の本質に思いを潜めた結果得られた啓示ではなかろうか。デンシャーとミリーの最後の対話についての情報は，帰国後彼の僅かな言葉に伝えられるのみで，ほかの登場人物や読者や（そして多分作者）にとって霧の彼方に隠されているのだが，それが彼に大きな衝撃——ヴェニスの貸部屋でのケイトとの経験に劣らないほどの——を与えたことは疑いない。肉体的と霊的との二つの経験の器であることがデンシャーのこの物語の終局での役割である。彼は今や時間と空間を隔ててミリーとの経験の深遠な意味を汲み出しているのだ。

5．デンシャーの変容——二つの経験

つまり，同じヴェニスで起るデンシャーの肉体的経験と霊的経験とは対置されていて，最終二部の，作品全体のテーマに関わる意義は，次第に肉体（性愛）の領域を脱却して霊（ケイト流に言えば，ミリーの思い出への惑溺，或いは死者への愛）の世界へ移行し，その世界の意味を直観して，それに相応しく生きようとするデンシャーを描くことにある。二つの経験を対照する意図が働いていることは，ロンドンで久し振りに婚約者に会い，改めてその美貌に打たれるデンシャーが，しかし，その美貌は，「もしほかの或ること，それに劣らず鮮やかだが全く別個の或ることが，

更に深く彼を揺り動かしていなかったならば，彼を心の底まで揺ぶったであろう」(II,313, 傍点引用者) といった比較に明らかであり，ここでは，肉体の経験の鮮烈さが，仮定法の表現を通して言わば希薄化され，下位に置かれている。のみならず，二つの体験は，二つながらに，私室にしまいこまれた宝物を一人こっそりと取り出して眺めるように，デンシャーの心の奥に収められるという形にイメージ化される。つまりそれらは，同じ比喩の器を濾過するのである。秘密の婚約を交わした二人の愛は終局まで残存してゆくが，彼らが相互に，真実を語りすぎないよう哀願し合っているかの観を呈し (II,402)，「互いに相手を知り悉し，もう取り返しがつかないという思いを，互いの腕の中で，文目もつかぬ闇の中に埋めつくす必要」(II,392) に迫られた時，両者の間には如何ともし難い深淵が口を開けていると見るしかない。(因みに，ここには，ジェイムズ流に加工された，つまりこの作家の主題と手法によって表現された恋愛メロドラマがある)。

　デンシャーの経験は，肉体と霊魂の相剋のテーマと共に，生と死の対比のテーマをも物語る。彼とケイトが婚約していることを知らされ絶望したミリーが彼の訪問を拒絶したあと，彼の部屋へ相談に訪れるストリンガム夫人と彼の間に次のような対話がある。「あなた方は，僕のことなど口にされなかったと仰有るのですね？」—「あなたが亡くなってしまわれたみたいに〔あなたのことをお話ししませんでした〕。」—「じゃあ，僕は本当に死んでしまったのですよ。」—「では，私もそうですわ」(II,272)。夫人の口調は，「ケイトが残していった生気以外には何ら，それ自身の生気を持たないこの侘しい部屋で（中略）彼ら〔デンシャーと夫人〕の死滅の無力さそのものを表していた」(同)。デンシャーは夫人の言葉に反駁するすべを知らず，只もう一度，ミリーが死にかけているかと問うのである。ケイトがそこに残した生気（或いはいのち）とは，明言されていないが，情交への言及であり，彼女の強烈な生命力がミリーの宮殿やデンシャーの安貸間の生気のなさや荒れ狂う風雨など，ヴェニス

の死——迫り来るミリーの死を象徴するもの——と対比されていること
は言うまでもない。上に挙げた会話の端ばしに現れる死の言及や「彼ら
の死滅の無力さそのもの」("the very impotence of their extinction")の背後
に，ケイトの健康な肉体と旺勢な生活力や才覚，実行力が想定されてい
ることも明瞭に看取できる。ケイトの計略への忠誠と引き換えに，言わ
ば取引としてデンシャーが持ちかけた挙句の同衾であったが，あからさ
まな性的言及の極めて少ないこの作家におけるこの肉体の関係は，ジェ
イムズ的エトスの中で，あくまで，デンシャーにやがて訪れる霊的体験
に対峙する現実として構想されている点が注目に値する。

　第一の経験の思い出が第9部冒頭を飾るのは，デンシャーの理性が官
能により麻痺してしまうことを伝える為であろう。最初の数頁から関連
した記述を拾い出してみると，「彼の部屋の中で起きたことは，彼の感覚
の総てに執拗にまとわりつく固定観念となってそこに残存していた。そ
れは，刻一刻，又あらゆるものの中に蘇るひと群れの甘美な思い出と
して今も生きていた。それは，それ以外の総てのものを無意味な，味気な
いものにした」(II,235)。ケイトは，「その時一度だけ，世間の人々が言う
ように，一夜をすごしに来たのだった。そして彼女の［記憶の］生き残
った部分，思い出させ，執拗に主張する部分は，彼が追い払おうとして
も追い払えなかったであろう」(II,235-236)。デンシャーの方が，その経
験の価値を十分に所有するというより，「むしろ，その価値の方が彼を所
有し［或いは，彼に取り憑き，"possessed *him*"］，彼に断え間なくその
ことを考えさせ，それに侍らせ，その周りをぐるぐるまわっては，こち
らから，又あちらからと，それを確かめさせたのではなかったか？」
(II,236)。これは，デンシャーの経験の官能性と，それが鮮烈な印象を以
て彼の心に刻みつけられ，彼の存在の全幅がそれに奔弄されかけている
ことを語っている。そしてその直後に，比喩を使った次の段落が来る。

　　　It played for him—certainly in this prime after-glow—the part of a
　　treasure kept at home in safety and sanctity, something he was sure of

finding in its place when, with each return, he worked his heavy old key in the lock. The door had but to open for him to be with it again and for it to be all there; so intensely there that, as we say, no other act was possible to him than the renewed act, almost the hallucination, of intimacy. Wherever he looked or sat or stood, to whatever aspect he gave for the instant the advantage, it was in view as nothing of the moment, nothing begotten of time or of chance could be, or ever would. (II,236-237)
（それは彼にとって，この［追憶の］輝かしい残照の中で確かに，家の安全で神聖な場所に隠された宝物のような役割を果していた。彼が帰宅のたびに，重い古びた鍵をかぎ穴に入れてまわせば，それはいつもの所に必ず見つかったのだ。戸が開きさえすれば彼は再びそれと一緒になれたし，それはそこにそっくり残っていた。あまりに強烈に存在していたので，言わば，［性的に］親密な行為を殆ど幻覚に近い形で再び繰返す以外，彼にはなすすべもなかった。彼がどこを見ても，或いはどこに座り，或いは立っても，彼がその瞬間，どのような一面を優先させて眺めようと，それは，束の間のできごとらしくなく，時間や偶然の中から生まれた出来事がそんなふうに見えることはあり得なかったし，これからも，決してないであろうような姿で彼［の心の目］に見えていた。）

ここで注目すべきことは，肉体的経験そのものも，時間や偶然の産物であることを越えて，言わば永続化されかけているかに見えることである。しかしそれは，性の没我などというもののせいでは恐らくなく，デンシャーのような個性，「輝かしい観念が歴史的事実に変えられた。」(II,236)と思い，印象を心の奥底にしまい込んで，と見こう見しつつ暖めるような感受性の故であろう。経験のこのような伝え方は，例えばヘミングウェイの文体において，確かな観察者でもある語り手の目が対象にはりついて，見られたものが何の媒介物も間に容れず，そのまま読者の眼底に伝達されるのとは様相を異にしている。それはともあれ，肉体の経験と関連して，「幻覚」("hallucination") という言葉が使われていることも注意しておいたほうがいいであろう。生身の人間であるデンシャーが感覚的快楽に酔い痴れたことは，控え目な表現の中にも窺い知ることができるけれども，あとに来る霊的体験の前でそれは，「幻覚」，つまり実体の

ないものに変ってゆくというのが作者の構想ではないだろうか。
　第二の経験に関わる会話の一つの中で,「僕にとってそれが何だったのか,又何であるのかよくはあなたに言えないのです。」(II,317) とデンシャーが言う時,「それ」は,直接的には,迫り来る死を前にしたミリーの態度を指すであろう。しかしそれはもはや,彼の外で起きた何かではあり得ず,彼の肉体の一部となりかけて,その意味を解き明かすことを彼に強要する。であればこそ,「日に日に,事件後の感覚が彼の最大の現実となった。」(II,337) のであろう。こうしてデンシャーの第二の経験が結晶化する。それは巻末に向って頁を追うごとに彼を神がかりのような状態に変えてゆく。第一経験は第二経験の準備段階であったとさえ言えないであろうか。つまりデンシャーは,第一経験の「幻覚」を脱け出て,霊的体験の実体（上に引いた例で「現実」には "reality" という語が当てられている）に入ってゆくと思われる。
　ミリーに関わる追憶も,ケイトの場合と同様比喩化される。前述したとおり,両者の内容的な類似から,対比の意図が作者の胸中にあったと見て差し支えない。

　　　The thought was all his own, and his intimate companion was the last person he might have shared it with. He kept it back like a favourite pang; left it behind him, so to say, when he went out, but came home again the sooner for the certainty of finding it there. Then he took it out of its sacred corner and its soft wrappings; he undid them one by one, handling them, handling it, as a father, baffled and tender, might handle a maimed child . . . . The part of it missed for ever was the turn she would have given her act. This turn had possibilities that, somehow, by wondering about them, his imagination had extraordinarily filled out and refined. It had made of them a revelation the loss of which was like the sight of a priceless pearl cast before his eyes—his pledge given not to save it—into the fathomless sea, or rather even it was like the sacrifice of something sentient and throbbing, something that, for the spiritual ear, might have been audible as a faint far wail. This was the sound he cherished when alone in the stillness of his

rooms. He sought and guarded the stillness, so that it might prevail there till the inevitable sounds of life, once more, comparatively coarse and harsh, should smother and deaden it. （II,395-396）
（その思いは彼だけのもので，彼の親密な友［ケイト］とそれを分ち合うことを彼は絶対にしなかったであろう。彼はそれを，気に入った痛みとでもいうように胸にしまっておいた。外出する時に彼は，言わばそれを家に残していったが，それが家にあることを確かめたくて，それだけ大急ぎで帰宅したのだった。それからそれを神聖な片隅から取り出して柔らかい包みを解いた。その包みを一枚一枚はがしていった。その包みを，それを，扱う態度は，当惑した心やさしい父親が身体を傷つけられた子を扱うのにも似ていた。（中略）その永遠に失われた部分というのは，彼女［ミリー］が自分の行為［遺産譲渡］にどのような解釈を与えたであろうかという点であった。この解釈は様々な可能性を持っていた。それらについてあれこれと思い巡らすことによって，デンシャーの空想力は異常なほどにそれらを充たし，又美化していたのだった。それ［空想力］は，それら［様々な解釈の可能性］をある啓示に変えていた。それを失うということは，測り知れず高価な真珠を彼の目の前で——それを取り戻さないという誓約をした上で——底知れぬ海に投げ込むのを目にするのに似ていた。或いはむしろ，感覚を持っていて，脈動している何か，精神の耳に遠く微かな泣き声のように聞こえてくるかも知れないような何かを犠牲にするのに似ていた。これは彼が自分の部屋の静寂の中に一人きりでいる時大切にした音であった。比較的粗野で耳ざわりな，避けられない世間の雑音がもう一度それを，掻き消し，弱めるまで，それが彼の部屋を支配するようにと，彼はその静寂を求め，守った。）

この難解な段落をケイトとの経験の比喩（先行の英文引用）と比較してみると，こちらの方が遥かに精緻さの度を加えている。ここでは比喩が内面的な深みを獲得していると同時に，抽象性も増して，対象（譬えられる元のもの）から独立しかけている趣がある。（例えば，真珠を海中に投げる譬えは，ミリーのデンシャー宛の封書を開封しないままケイトが暖炉の火にくべてしまったことと関連すると思われるけれども，その関連は明示されてはいない。）又ここでは，第一経験に見えた感覚的興奮は影をひそめて，鎮魂歌を聞くような沈痛な調子，或いは祈りや悲歌の調べにも似た情緒が支配的である。デンシャーのこのような心境が，小説末尾の僅か十頁程前

に記されることも注目される。それは，彼が第二経験を潜ることによっ
て最終的に辿り着きつつある境地と見て差し支えないであろう。

　比喩の内容をなすイメージは，第一に，心の苦しみがデンシャーの精
神を領し，しかも祈りのような感情を以て心の個室（至聖所）の中で彼が
それと暮していること（"favourite pang"にはそういった含意があるであろ
う），第二に，何か毀れやすく繊細な物を秘かに隠しておき，恰も聖物崇
拝のようにそれを慈しむ姿，そして第三に，貴重な何かの喪失（或いは供
犠）のイメージである。「感覚を持っていて，脈動している何か」が発す
るかそけき泣き声を掻き消してしまう，より俗悪な世間の様々な雑音と
いう破壊的イメージもここに併存する。破壊や喪失のモチーフは，俗世
と，ミリーのヒロイックな死を遠くつつましやかに遠景の中におさめ，
この展望の更に奥まった向こうで，キリストの犠牲的な死にも繋がると
解釈することができる。多くの作品において展開され，作家の心の中に
言わば育ってきた受苦・放棄と聖俗対立の主題は，この文学的奔出の瞬
間に，またひとつ精妙極まる物語的表出を探り当てたと言うことができ
る。

　最終部，最終章の対話において，一度もミリーを恋したことはないと
弁解する婚約者にケイトは，「しかしあなたが変る時が来たのです。(中
略)あなたが最後にあの方に会った時でした。あの方は，あなたに理解
して貰うように，あなたの為に死んだのです。その時からあなたは，あ
の方を理解できたのです。」(II,403) と応酬し，又永遠の訣別を語る小説
最後の文の八，九行前で，「あの方の思い出があなたの愛するものです。
あなたはそれ以外のものを求めていないのです。」(II,405) と断じる。同
じく最終局面でケイトが認めるミリーの広げられた翼 (II,404) は，こう
してこの神話めいた乙女の霊的支配を完成させるのである。

　この小説は，爛熟した豊潤な文体と巧緻な比喩，深遠な人間洞察に支
えられているとしても，本質的には，倫理的，宗教的主題を核とするロ
マンス，ないしお伽噺と見做すべきであろうか。（例えば第4部，第I章に
は，「スージー［ストリンガム夫人］がこぎれいな小さい杖を振りさえすれば，

たちどころにお伽噺が始まるのだった。」(I,145) という文も見える)。ストリンガム夫人がロマンス作家として設定されていること自体，ジェイムズがこの作のロマンス的特質を意識していたことと無縁ではあり得ない。こういった問に答える為には，この作をジェイムズの作品群のみならず，アメリカ文学の流れの中におき，その特質に照らしてみて，そこに起る響き合いを検証してみる必要がある。『アメリカ小説における愛と死』(*Love and Death in the American Novel*, 1966) でL. A. フィードラーは，「ジェイムズは最も真実な，最も豊かなインスピレーションを死者から，死者や死自体への愛から得た。彼のミューズと彼のアメリカが共に，二十四歳で死した娘［彼の従妹，ミニー・テンプル］のイメージによって形象化されているのは偶然ではない」[22]と述べ，ジェイムズが，アメリカを象徴する無垢の乙女を，死んだ，或いは死に頻した女性と結びつけることにより，「死体愛好症的なくすぐり」("necrophiliac titillation") を行なっている[23]と指摘する。又，「実に奇妙なことにこれまで常にアメリカのロマンスの本質的な一部分であった死体愛好趣味」がこの作家にも取り憑いたとし，『デイジー・ミラー』(*Daisy Miller*, 1878) や「死者たちの祭壇」("The Altar of the Dead," 1895)，「モード・イーヴリン」("Maud-Evelyn," 1900)，『過去の感覚』(*The Sense of the Past*, 未完，1917) 等の作品を例示する。ポゥはもとより，ブラウンなどにもネクロフィリア的傾向を探し出すことができるだろう。(例えば『エドガー・ハントリー』の主人公が，満身創痍で血まみれになって昏倒しているのを人々が死んだと見做し遺棄していったあと，ハントリー青年が蘇生する凄絶なシーン[24]などには，ブラウンのネクロフィリアが感じられる)。W. C. ブライアントの長詩『タナトプシス』(*Thanatopsis*, 1817年*The North American Review*に掲載，1820年*Poems*(『詩集』)

---

[22] Leslie A. Fiedler, *Love and Death in the American Novel*. Revised edition (Penguin Books, 1984), p.303

[23] Loc. cit.

[24] C.B.Brown, *Edgar Huntly, or, the Memoirs of a Sleep-Walker*. Reprint of the 1799 edition printed by H. Maxwell (New York: AMS Press, 1976), vol.2, pp.215–217

収録)も,死者や死への強い偏向を示している。『鳩の翼』においては,フィードラーの指摘にあるとおり[25],無垢を表す白い肌の処女(Fair (or pale) Maiden)と,経験を表す黒髪の婦人(Dark Lady)との葛藤という,ホーソーン以来のロマンス的伝統を踏まえつつ,その上に,アメリカ的善良さを守る娘とヨーロッパ的シニシズムと道徳的堕落を来した女という「ジェイムズの個人的神話」[26]が重ね合わされたのだ。『アメリカ小説とその伝統』(The American Novel and Its Tradition)においてR.チェイスが唱えた米小説のマニ教的二元論(善悪の戦い)の脈絡もジェイムズの中に流れていると考えてよく,『鳩の翼』のアメリカ文学的性格は,このように各方面から検証されるのである。

『ヘンリー・ジェイムズ—大局面—』でマシーセンは,『鳩の翼』のお伽話的性格を指摘して,『ロデリック・ハドソン』のような最初期作品の寓話的性格からジェイムズは離れ,リアリズムの手法を習得していったが,後期に近づくにつれ,そのリアルな細部描写(デテール)は,決してリアリズム的とは言えない内容の外被にすぎなくなった[27]と記している。第3部に描かれるミリーの出自,人となり,無限の自由と巨万の富とを併せ持つことなど,題材的に見ても,到底リアリズムや自然主義小説の風土に属するとは解せない。やはりこれはアメリカ的善と旧世界的悪の抗争,或いは新世界のイヴの旧世界探訪(ヨーロッパの花婿探しを含む)のロマンスを骨格とし,それを緻密な心理描写や深みのある文体により肉付けしたものと見るべきであろう。只そのロマンスは,初期作品の素朴な型と寓話性から遥かに飛翔して,象徴的,神話的な膨らみを持つに至っている。

---

[25] Fiedler, op. cit., p.305
[26] Loc. cit.
[27] F.O. Matthiessen, *Henry James: The Major Phase* (New York: Oxford University Press, 1944), Henry James, *The Wings of the Dove*. A Norton Critical Edition (ed. by J.D.Crowley and R.A. Hocks)に抜粋で所収 p.498

第5章
『使者たち』
──ストレザーのヨーロッパ──

1．ストレザーとヨーロッパ

　後期三大長篇の第二,『使者たち』(*The Ambassadors*,[28] 1903) においてジェイムズは,前作『鳩の翼』同様,『ロデリック・ハドソン』,『アメリカ人』,『ヨーロッパの人々』(*The Europeans*, 1878),『デイジー・ミラー』(*Daisy Miller*, 1879) など初期の作品で先鞭をつけ,練り上げた国際的主題へ立ち帰り,ヨーロッパ(本作ではパリ)のアメリカ人たちを見舞う様々な印象と経験を描出し,主人公の繊細な心の鏡に映し出され,その中で見つめられることにより複雑化してゆくヨーロッパの相貌を窮めようとした。『鳩の翼』と『使者たち』を大摑みに比べてみると,前作は,旧世界の頽廃した社会で裏切りに遭い,病魔におかされて夭折するアメリカ人ヒロインを配置し,そのヒロインの神話的な浄化力を描きながらも,結果としてはヨーロッパの悪の印象を残しつつ終ったが,後者では,『鳩』のミリー・シールの自己犠牲と放棄に相当する行為が主人公に見られるものの,ヨーロッパはより肯定的に捉えられ,全篇が概ね明るい色調に彩られて,よく言われるようにコメディ・タッチの作品に仕上がっている。『使者たち』の世界は一言に評して,主人公ランバート・ストレザーのヨーロッパ受容の足跡を追ったものである。その創造にかかる多くの人物群中最も作者に近いと思われるこの中年のアメリカ人を通じてジェ

---

[28] テキストは,『ノートン・クリティカル版』(Henry James, *The Ambassadors*. A Norton Critical Edition, ed. by S.P. Rosenbaum, New York: W.W. Norton and Company, Inc., 1964) を使用した。この版は,『ニューヨーク版自選集』を底本としている。原文引用の和訳をつけるにあたって,大島仁訳『使者たち』(改訳新版,八潮出版社,1984) を参照した。感謝の意を表する。

イムズは，彼のヨーロッパ，彼の人格と感受性に働きかけ，その成熟を促進しつつ，文学的創造へと導いた土地としてのヨーロッパを自由闊達な筆によって描き出すことができた。ストレザーの旧世界での精神的開眼を，使者としての任務の遂行の過程で変質を余儀なくされる状況と意識（思惟）——相互形成的な二要素——の関わりの中に辿ろうというのが本章の目的である。

　筋の波瀾に乏しいという点でこの作は，エデルの指摘するとおり，単純な物語[29]である。家業を継がせるべく息子のチャドウィック（通称チャド）を連れ戻すようにとのニューサム未亡人の依頼を受けた「使者」のストレザーは，新婚旅行後三十年ほどして再訪したパリで，ヨーロッパの自由な空気に清新な解放感を覚え，又挙措も粗野な少年であったチャドの洗練された青年への変貌ぶりに驚く。ストレザーはやがてチャドが，夫と別居中の伯爵夫人，マダム・ド・ヴィオネと交際していることを知り，彼自身も夫人の知己を得，その美貌と，旧世界文化の精髄を香気のように身辺に漂わせる雅びやかな風姿に感じるうちに，使命への疑念を抱き始め，ふとした出来事から，夫人がチャドと不義の関係にある（この作家の忌避する露骨な表現を使えば，彼の情婦である）ことを知り，衝撃のあまり眠れぬ一夜を明かす。しかし結局ストレザーは，夫人を支持する態度を変えず，チャドにも彼女を捨てないように懇請してヨーロッパを離れようとする，その直前で物語は終る。凡そ以上のように要約してみると，使命放棄へ至る主人公の精神の里程がストーリーの骨格をなしていることが見えてくる。使命遂行の暁に報償として約束された，幼馴染みで相愛のニューサム未亡人との結婚と，遺産の少なからざる部分の相続，つまり，経済的に不如意な生活の将来の保障を彼は見す見す棒に振ったのである。これは無論，ジェイムズ小説によくある自己犠牲や物質的利益の放擲のモチーフをなすのだが，ストレザーの決断は，『鳩』のミリーが死の直前にとった行為程に自己犠牲的，献身的色彩を帯びては

---

[29] Leon Edel, *Henry James: The Master: 1901-1916* (New York: Avon Books, 1978), p.70

いず，この主人公が自己の論理への自信を得てゆく過程を示しながら，むしろ澄明な気分の中で物語が締め括られる。それは恰も，新旧世界往還の間に，両世界を天秤にかけ，自己の存在の根を模索し続けた作家自身の人生の総決算を示しているかのように読め，晩年のジェイムズその人が辿り着いた自足の境地を表しているという印象を与える。

　チャドとの関係の発覚後，ストレザーの前で取り乱すヴィオネ夫人を僅かに描いたほか作者は，妖婦型の女（所謂「ファム・ファタル」），クリスティーナ・ライトの魔力の囚となって創作力を枯渇させられる青年彫刻家ロデリック・ハドソンのどす黒い怨嗟，クリスティーナの夫となるカサマシマ公爵の繰り言といった俗な感情の流出する場面をこの作に加えなかった。メロドラマ的俗臭を徹底的に排除することによって作り出された小説空間は，ストレザーにとっての新世界であるヨーロッパで増殖してゆく夥しい印象，彼の使命と新しい経験との間の葛藤によって新局面を呈し始める状況，その状況の中での彼の意識と思惟の発酵・熟成といったものを写す精緻極まる文章へとそっくり譲り渡される。けだしこの小説が心理主義リアリズムの一大傑作と言われる所以である。

　ストレザーにとってヨーロッパとは何であったかという問を，改めてこの考察の主軸に据えてみたい。「あの［ヨーロッパの］調べは，彼がもう何年も感じたことのなかった個人としての自由の意識，かくも深い変化の味わいであった。」(17) という冒頭の言明は，主人公に起る解放感の瑞々しい予感を伝える。ストレザーをヨーロッパへ惹きつけるのは，旧世界の中華とも言えるパリの文化の爛熟と歴史（過去）の感覚である。大西洋をはるばる渡って英国はリヴァプールへ上陸するや，「より強烈な文化の楽しみ」(21) が約束された。香しいヨーロッパ文化の断層はジェイムズの場合屡，古い都の建造物や，そこの生活に根差した人々の私室の描写に瑞々しく表現される。大彫刻家グローリアニ（『ロデリック・ハドソン』からの再登場人物）の館でストレザーは，「空気中に様々な名前を，窓々に亡霊を，辺り一面に，即座に識別できない程に夥しい印や兆し，一連の表象を感じ取った」(120)。種々の名辞も亡霊も，古い過去を持つ

濃密な文化の息吹であり，堆積した肥沃な時間の層の中から咲き出す花々である。彫刻家の庭園の「高い境壁は，(中略) 残存と伝承と繋がりと，強力でそ知らぬ顔をした，永続する秩序を語っていた。」(109) のである。ジェイムズ晩年の円熟を示す一段と抽象化されたこのような表現は，彼が永年見つめ続けてきたヨーロッパという対象への肉迫の詩的な結晶であった。チャドとの密会が知られてしまったあと，ヴィオネ夫人とストレザーの最後の会見を描く第10部，第Ⅰ章（Book Tenth, I）では，夫人の清楚な白の装いとその私室の模様がストレザーの印象に寄り添いつつ記述される。故国で二度と目にすることはあるまいと彼が思う雅趣と優美を描くこの数頁（317-318）に，ジェイムズの国際的主題の大半は言い尽くされていると言えば極論であろうか。この作家の小説の多くは，文化と歴史に飢えた繊細なアメリカ人（或いは，若いイギリス人の製本工ハイアシンス・ロビンソンでもよい。）を登場させる。この作の主人公の旧文明への渇仰は宗教心に近いものを感じさせるのである。年下の男との情事に走り，早晩捨てられるかも知れない不運をかこつ女に浅ましさを見ようとはせず，静かな調子を湛えつつ，磨かれた床に姿を映しながら歩く夫人に，恐怖政治に散った歴史上の人物，マダム・ロランとの「悲劇的で気高い類比」(317) を見るストレザーの，恋愛感情を越えた思いは，歴史的，懐古的ロマンスという文脈の，この物語における重要さを示唆するであろう。プロットやテーマとして形を取る様々なアイデアの発芽と消長を詳さに記し，ジェイムズ小説の成り立ちを内側から眺める絶好の機会を与えてくれる，作者の『創作ノート』は，『使者たち』に関してもすぐれた注解を多く提供する。その一つとして，「彼が彼女と恋におちるとか，又，そうする可能性があるということでは全然ない。彼女の魅力は彼にとって，そういったこととは別個のものであり，彼の中の，或る，より明確な，私的感情を抜きにした美的，知的，社会的，そして歴史的とさえ言える感覚を満足させるのである。」(同書, 392) という，作家による決定的とも言える自注を捜し出すことができる。それは，この作の主題を語る上で，この婦人の存在が持つ意味の大きさをくっきりと

浮かび上がらせている。

　このような歴史意識，或いは過去の感覚が時間的遡及だけでなく，空間の中での振り返りという独特の関連を持つことが目を惹く。つとにストレザーがノートルダム寺院で，祈るヴィオネ夫人に出会う場面（第7部，第Ⅰ章）においても，夫人は「自分自身の領域に座っていて」，「そのうしろに広大で神秘な領分が遥かに延び広がっているようにストレザーの心には思われた。」(173-174) とあり，夫人の人格と存在の奥深さが空間的な奥行や外延との結びつきにおいて暗示される。（こういった空間は，「賑やかな街角」("The Jolly Corner," 1908) でもそうであるように，常にジェイムズの主人公たちが知的好奇心をかきたてられる場となる）。夫人との交際の日も浅い頃，その閑静な住居を訪れる主人公は，古さびた家具や調度類にまとわりつく古代のパリの感覚に打たれ，又その敷地に，「プライヴァシーの習慣，物と物との間のゆったりとした間隙 ("the peace of intervals")，威厳ある距離と接近 ("the dignity of distances and approaches")」(145) を看取する。このように独自の空間感覚をのぞかせると同時に作者は，ストレザーをして，古い屋敷の女主人の背景に伝説と神話をも感じ取らせるのである。夫人宅への別の訪問の折，三つ続きの部屋（「これらの冷やりとした過去の部屋」"these cold chambers of the past," 237）のうち，最初の二つが最後（一番奥）のものより小さく，その控えの間の役割を果し，奥の主室へと接近してゆく感覚を豊かにしてくれると言う ("enriched the sense of approach," 236)。そしてストレザーは，「立ち止り，振り返った。そういったものすべてが一つの通景 ("vista") を作っていたが，それが歴史的陰翳に満ちていると思った」(236)。この時主人公は，時間的な意味をもこめて「振り返って」いるのだ。過去の感覚が現れる時，空間的な奥まりが随伴することは，「街角」と同様の現象であり[30]，そこでは遠近

---

[30] この作の主人公は，自己の分身——彼が過去に異なった人生行路を歩んでいたらそうもなったであろう人物——を，望遠鏡の向こうに「先細りになった展望」("diminishing perspective") の中に見ることを夢想する。Henry James, "The Jolly Corner," the New York Edition, vol.17, p.466

法的奥行感が強調される。上述した夫人との別れの場面においてもストレザーは,「かつて身を以て触れた物の中でも,最も古い或る物の姿を振り返るように」(318),自分が今見ているこれらの美しい物をいつの日か振り返るに違いないと思う。ここでストレザーは,未来へと身を移しつつ現在を過去化して返り見ているわけである。つまり今夫人の私室において歴史的連想の中で,フランスの過去を幻視しているのと同じく,現在を既に過去と化しつつ眺めている。それと同時に彼の心は,文化的不毛の土地,ニュー・イングランドのウーレットに帰還していて,そこから文明の国を仰ぎ見てもいる。ストレザーにも,「街角」のスペンサー・ブライドンにも,振り返る人とでも称すべき一面があって,二人共,時間(過去)の中へ,又空間(通景,"vista"や"perspective")の奥へ目を凝すのである。

　以上に述べてきたことからも,ストレザーにとってのヨーロッパは,彼の出身地ウーレットと対比させられていることが分る。この対比は,故国での青春時代の挫折と失意からの,今回の訪欧における精神的な回復とそれに伴う若返りという意味を帯びてゆく。ウーレットは,ニューサム夫人の物故した夫の後釜に座ることによって,ニューサム氏の興した事業が生み出す莫大な利益の一部を入手するという金銭的機会を意味する一方で,「ウーレット原理」("the principles of Woollett," 328)という呼称で彼が括る禁欲と勤勉の倫理的規範を以て,ストレザーのモラルに組み込まれていたのだが,そのような象徴的な力さえ,物語の進行と共に漸次薄れてしまう。ニューサム夫人なる人物が遂に作品の表に姿を現さないこと,夫人を代弁する娘のセーラ(チャドの姉)の言行や論理も極めて通俗的で,彼女がヴィオネ夫人の美質への全くの無理解を露呈することから見ても,ウーレット原理とヨーロッパで主人公を最初捉える快楽原理との勝敗は,始めから目に見えている。「ウーレットで僕の年代の男共は,不思議な突発的発作に襲われ,風変わりな物や理想的な物に,遅ればせながら奇妙にもしがみつこうとする傾向がこれまで見られたのです。」(232)というストレザーの述懐,その現象の原因を,その地で生

涯を送ってきたことに求める説明には，故国アメリカに対する作者の姿勢が透けて見える。もう一人のアメリカ人ロデリックの出身地マサチューセッツ州ノーザンプトンと同じくウーレットは，文化的に貧困で，自由な空気が希薄であるのみならず，女性優位という男性にとって好ましからざる特色まで加わる土地柄と理解されている。第8部，第II章で妻のセーラに頭の上がらない実業家のジム・ポコック氏を作者は，リップ・ヴァン・ウィンクルに対するワシントン・アーヴィングのような辛辣さはさけながらも，風俗小説ふうのユーモアとアイロニーをこめてスケッチするのである。永年心を占めてきたニューサム夫人についても主人公は，二番手の使者セーラと交渉するうちに，故国で，夫人の道徳的，知的な圧迫を恰も「銃剣の先へつけて取らされていたも同然だった」(298) ことに思い至り，母娘の，先入主で固められ，想像力を欠いた頑迷固陋さが見えてきたと言う。彼の心に棲みつき，苛なみ，抑圧してきた夫人の亡霊を払拭することが主人公のヨーロッパでの精神的成長の一階梯を画するのである。主人公の遠慮がちな批判の対象は，動脈硬化を来した精神の非生産性だけでなく，一般的な問題としての女性優位である。嬶天下のポコック家は，ストレザーがニューサム未亡人の夫として収まった場合の，仮定的な未来の姿を，物語の奥の方に慎ましやかに描いてみせている。セーラとジムの描写がふり蒔く諧謔と皮肉は，実は，(一方は現実の，他方は仮想上の) 二つの夫婦関係が自ずと呼応し合う可笑しさを源としているのである。その意味でもストレザーは，ニューサム夫人から逃げなければならないのだ。この滑稽の裏面には，家庭と女性支配からの逃走という，ジェイムズの主題に関わる厳粛な顔が控えているのである。(もっとも，夫人のそのような「亡霊」は，例によってストレザーの視点と思念の産物であることに注意する必要がある。実際にはそのような展開になっていないが，夫人に再会する場面が物語に組み込まれれば，その紛れもなくニュー・イングランド的な特質の印象をストレザーが新たにし，再び数頁が主人公の意識のざわめきを写すテキストによって埋められるであろうことは，十分に考えられる。それこそ作者の人間性洞察の鋭さと性格造形力の深さ，のび

やかさの証にほかならない)。

　視点とは，客観性の仮面を被るかに見えて実は，思い込みや固執観念に曇らされ，歪められかねない目の儚なさにほかならず，作者自身もそれを先刻承知している。ストレザー，ニューサム夫人の関係の解明について，例の『創作ノート』で作者は有力な足がかりを与えてくれる。

　　What we have is his depicted, betrayed, communicated consciousness and picture of it. We see Mrs. Newsome, in fine, altogether in this reflected manner, as she figures in our hero's relation to her and in his virtual projection, for us, *of* her. I may as well say at once, that, lively elements as she is in the action, we deal with her presence and personality only as an affirmed influence, only in their deputed, represented form; and nothing, of course, can be more artistically interesting than such a little problem as to make her always out of it, yet always *of* it, always absent, yet always felt. But the realities, the circumstances as they are evoked by Strether first for Waymark—are not the less distinctly before us.（*The Notebooks of Henry James,* 381）
　（私たちに与えられるのは，彼が描き，暴き，伝えるその［ニューサム夫人の生活において，ストレザーが占める役割についての］意識とイメージである。要するに私たちは専ら，我が主人公の夫人に対する関係の中で夫人がそう見えるような，又この映し出された姿形において，彼が事実上，私たちの為に，彼女についての彼の主観を投射する中で，ニューサム夫人を見るのである。筋の進展において彼女は，活発な要素をなすけれども，私たちは，彼女の存在と個性を，影響力を及ぼすと認められたものとしてのみ，その代行され，代理された形においてのみ，扱うのだと今すぐ言ってよいであろう。そして勿論，彼女を常にその［筋の］外におきながらも，常にその一部分とし，常に不在でありながら，その存在がいつも感じられるようにするという，小さな問題ほど芸術的に興味深いものはあり得ない。しかしストレザーによって最初ウェイマーク［実作ではWaymarshに改められた。引用者注］の為に喚起される事実と状況とは，それが為に明瞭さを減じて私たちの前に現れるということはないのである。)

　構想（『創作ノート』で作者が，"project"と呼んでいるもの）と実作との間で入籠のような関係にあるこの精妙な自注は，この小説自体が意識の

ドラマであること，又その意識は，スペンサー・ブライドンが彼の精神の中に分身像をいともたやすく醸成させたように，妄念を生み出し，棲まわせる意識と遠く繋がっていることを語っている。ジェイムズのキャラクターたちの心の窓はかく，幽霊の跳梁する空間へと開かれているのである。幽霊はジェイムズの世界では，情緒的な力を帯びた心の中の或るしこりの形象と化した姿である。

　ストレザーは，貧窮と労苦のうちに空費してしまった青春をかこち，自分の生活を，「この回想において，荒ぶれた海辺の開拓地から内陸の方へ，漠然と，総てを包み込むように，遠く広がっているどこかの，地図にもない奥地のように延びている貧しさ」(63) と直喩化する。祖国を非文明，無知蒙昧の荒野と見る彼の，"the great desert of the years" (63) という表現には，報われることなく過ごした年月と不毛の地が結び合わされて，恰も一方が他方の原因ででもあるかのような口吻さえ感じられる。二つの大陸の比較は，光と闇の比喩にまで膨れ上がる。天才彫刻家グローリアニを主人公は太陽に譬え，「審美的篝火のきらきらする光」(121) に目を瞠るばかりか，「それ［芸術家の発する光］に向かって，彼の心の窓をすっかり開け放ち，彼の古い地図帳には記されていないこの国土の太陽をここぞとばかり，我が心のかなり薄暗い内部へ注ぎ込ませることを意識した。」(120) ともある。老芸術家の「深い人間的な熟達が彼の上に閃光の如く輝いて，彼の資質が試されるようであった。」(同)と，光のイメージが持続され，主人公のヨーロッパにおける遅蒔きながらの意識の陶冶が頁の上に華々しく開示されるのである。

　過去に妻と一人息子を相継いで失ったストレザーは，「希望と野心の残骸，失意と失敗のごみの山」(51) と自嘲的な比喩で己を語るが，ウーレットの沈滞した空気と生活の窮迫のあと，ヨーロッパのコスモポリタンな活気に得も言われぬ精神の昂揚を覚える。それは忽ち，テキストに映し出されるのである。「彼ら［ストレザーとアメリカ人の画学生ビルアム青年］は歩き，彷徨い，驚嘆し，そして少しばかり迷ったりもした。("They walked, wandered, wondered and, a little, lost themselves," 76，イタ

リック引用者，頭韻を踏む）。南北戦争終結直後——この作家には珍しく特定された歴史的時期——に新妻を伴って訪欧した折，彼が立てたという誓い，或いは計画が具体的に何であったのか，例によって省筆されているが，高度な文化に触発され，彼の心に漠とした願望が兆したのであろう。「彼が打ち建てることを夢みていた趣味の殿堂」(63) とは，何か美術書の著述のようなことを示していたろうか。昔の若やいだ望みの再燃は，「暗い片隅に永年埋められていたこれらの種子がパリでの四十八時間の帯在中に再び発芽したのだった。」(62) と，この小説家が頻用する植物の表象を呼び起こす。翼と羽撃きの詩的メタファも援用され，ストレザーは，「再構築する為そこにいた。（中略）青春の迷える魂の翼が頬にふれるのを感じる折もあろうかと思い，そこにいたのだ。事実，それを感じた。すぐ脇にあった。彼の内的感覚が耳をすます時，本当にその古いアーケードが，恰も遠くから聞こえてくるような，翼の荒々しい羽撃きを発していた。それらは今，埋もれた数十年の歳月の胸の上に畳まれていたが，微かなはためきの一つ二つが生き返ったのだ。」(67-68) とある。ここでストレザーは，チャドの現在の青春に，自分の失われた往時のときめきを重ねてみているのだ。「再構築」とは，パリでストレザーの知らない経験を重ねることによって不可思議な面貌を見せるに至ったチャドという謎を解き明かすことであると同時に，彼自身の過去の夢の再現とも関わる。

　ホーソーンのロマンスの伝統を汲むジェイムズの小説は，人物たちの関係の中から生まれた状況が物語を推進する力となるという点で状況中心的である。ストレザーの意識の若返りと精妙化を促進するのは，使命の対象であるチャドと，程なくその背後から姿を現すヴィオネ夫人である。旧世界で活発化する印象の器と言うべきストレザーの意識に向って，チャドの顔の奥からのぞいている「経験」，「その量と質という深遠な事実によって，ストレザーに覗きかける経験」(98) があることに主人公は気づく。（もっともその経験の新奇さは，ウーレットで噂されていたように，チャドに女がいるらしいという卑俗な事実を包むジェイムズらしい宇遠な表現

の衣であるのだが)。チャドの経験は，年齢不相応に白いものの混る髪に象徴的に示され，ストレザーが自分自身を若く，チャドを老けていると感じたことにおいて，作品のテーマとの繋がりを持ち始める。「潜んでいて近づき難い何か，不吉で多分羨むべき或るもの」(99) を青年に嗅ぎ取り，どんなに彼を見つめてもまだ欠けた部分（つまり，埋まらない断片）があると思い，不明確なチャド像の解明（「構築」とは一つにはそのことを指す）にのめり込む過程は，ストレザーのヨーロッパ探究という，より大きな文脈と同心円的に重なっている。若い頃得られなかったものの埋め合わせを遅ればせながら行なっている (197) とストレザーは，言い開きするのだが，それは，チャドとヴィオネ夫人（「僕の二人」"my pair"）に共感し，彼らと精神的に言わば一体化することによってなされるのである。それは，「青春への［彼の］降服と賛辞」(197) であると言う。もっとあと（第2部，第I章）で，「ストレザーが自己を維持したのは，自分個人の生活を，青年自身の生活に対する副次的な機能へと落すことによってであった。（中略）こうして彼は，チャドの流れの支流（"the feeder of his stream"）になったのだ。」(282) と説明される。ストレザーがチャドやビルアムに愛着するのは，彼らが，彼を生きることに目醒めさせたからである。しかし，時既に遅い初老の男は，チャドの支流となり，ビルアムには精一杯生きることを説く（"Live all you can; it's a mistake not to." 132) という形でしか生きることができないのである。生き遅れた人生の，代理的な生による高まりは，ジェイムズ独自の傍観者的な生き方，沸き立ち，溢れかえる印象の中に身を浸し，おのが意識のありようを確かめつつ，状況の形を見定めることに悦楽を見出す特異な感受性の産物として見るのでなければ，水っぽく，荒唐無稽な世迷いごとに堕ちてしまうであろう。ジェイムズの人物たちの極めて非現実的な生存は，見極め，思惟し，そして書くことに密着しているのであり，それによってリアリティを獲得する。高度の虚構性とテキストとしての自律性の緊密な絡まり合いにより，ジェイムズ小説の世界が形成されるのである。

2．ストレザーの使命

　ヨーロッパの文化に魅了され変容し始める主人公に照明を当ててみたが，猶，彼を旧世界へもたらす直接の原因となった使命にふれ，それが彼の意識と思索と行動をどう左右したかについて今少し考察を加える必要がある。旧都パリで鬱勃と生起してくる様々な心的表象に没入してゆくにつれ，故国を出る時負わされた外面的な任務を次第に内面化し，自分が真に求めるものとの関連の中で見直し，遂には形骸化してしまった使命の殻を脱ぎ捨て，己が心の真実に合致すると信じる道を探り出すに至る主人公の精神の軌跡こそ，この物語の内発的な展開であると考える。このことに関連して，『ヘンリー・ジェイムズとプラグマティズム思考』[31]でリチャード・A・ホックスは，「ストレザーがニューサム夫人とウーレットの，先入観で固まった道徳的絶対主義を捨て，彼の新しい，発展してゆくヨーロッパ経験を選ぶこと，自明のことと見做され，遠く［海の向こう］から押しつけられたものから，チャドとヴィオネ夫人とパリという環境の中にあって，直接的な『感覚の海』から生み出されるものへと，忠節の対象を移すことを，この小説は，その中心的なテーマとしている。」と述べている。又，同じことをレオン・エデルは，「初老の主人公がフランスの主都で，ニュー・イングランド的良心の殻を打ち破る。」[32]と解説する。

　任務の要であるチャドの素行や，彼に関する事実を見窮めることが差当ってストレザーの課題であるが，上述したとおりそもそもの始めから彼はチャド像の曖昧さに悩まされる。この不確かさは，パリそのものの

---

[31] Richard A. Hocks, *Henry James and Pragmatic Thought   A Study in the Relationship between the Philosophy of William James and the Literary Art of Henry James* (Chapel Hill: The University of North Carolina Press, 1974), p.156

[32] Leon Edel, *The Master: 1901-1916* (New York: Avon Books, 1978), p.70

複雑な顔と重なるかのようである。若かりし頃の夢の残り香に刺激されて再燃するパリへの偏愛が，今回の渡欧の本来の目的と背反し始めていると思う時，パリ——背徳の都バビロン——は妖し気な光を放つ。「この壮大な光り輝くバビロンは，虹色に光る何か巨大な物体のように，燦然と輝く堅い宝石のように，今朝彼の前にかかり，（中略）或る一瞬只の表面と見えて，次の瞬間には，底知れぬ深さを湛えて見えるのであった」(64)。パリの生活の魅力にはまり込みながらもストレザーは，物事の背後にチャドの堕落という核が隠されていると思う。「彼はそれを，蛇が這った跡のように，或いはヨーロッパの堕落と言うほうが適切かも知れないが，そういったものとして感じた」(83)。物事をありのままに見る能力を失ってはならないと思う一方で，「底知れぬ流体が自分たちを支えていた。チャドの態度こそその液体だったのだ。」(108)と状況把握するストレザーは，この段階では未だウーレット原理の要請に引き摺られていると見るべきである。しかしこの時ですら彼は，チャドがパリで会った第一印象どおりのいい奴だという気持も新たにするのである。知れば知る程この青年は，故郷から持ち来った先入観を裏切り，結局我が中年の使者は，「彼をもっと見窮めてみたい。」と願い，「僕が手先となったあの計画は（中略），彼から僕が受けつつある印象をちっとも説明してはくれないのです。」(192)とぼやくことになる。このように主人公は，ウーレットの偏狭で硬直化した物の見方から脱皮し続ける。彼が最終的にニューサム夫人の亡霊 ("this ghost of the lady of Woollett," 195) の支配を払いのけるに至ったことは，既述のとおりである。

　ストレザーが状況打開の努力の中で求める真実は，ヴィオネ夫人の登場と共に，謎という語と互換性を帯びてくる。「ただあの方［情報を待つニューサム夫人］に真実を伝えてやって下さいませ。」—「で，あなたは，何を以て真実と称されるのですか？」—「つまり，あなたが私たちについてご覧になるどんな真実でも宜しいのです。」(150)，又，「あの方は，事実と立ち向うようにあなたを送り出されたのですわ。」—「しかし，何が事実であるかを知るまで僕は，どうやって事実と立ち向うことができ

ましょう？」(151) というような応酬は，ストレザーが真実はおろか，事実の把握にさえ至っていないことを暴露する。夫人が真相の核心を巧妙に回避している感があり，ストレザーは表面的には，真実の探究を任ねられているかに見えてその実，真実を捏造することしかできない。かく真実はここで，雲散霧消の危機に曝される。客観性の消失と真実のありよう——言わば，真実の真実——の不明確さがジェイムズの後期小説のエトスであり，それが技法として視点描写を呼び込むことを再認識しておきたい。チャドという，ヴィオネ夫人という，そしてヨーロッパという謎が，「彼が冒険の為鼻をぶつけるに至った不可思議な空白の壁」(146) として主人公の前に立ちはだかる。ここには，アメリカの小説によく現れる壁のイメージ（例えばポウの「穴と振子」("The Pit and the Pendulum," 1843), メルヴィルの『モウビー・ディック』(*Moby-Dick, or the Whale*, 1851) や「書記バートルビー」("Bartleby, the Scrivener," 1856), など）とのテーマ的な接点が見出せる。ヴィオネ夫人の言行の，ヨーロッパの土壌で培われた巧智については，「手をひと振りすることによって夫人は，彼らの出会いを一つの関係に変えてしまった。その関係は，（中略）周りの物，座っている二人を包む空気により，天井の高い冷やりとする優美な部屋によって，助長されたのだ。」(148) と作者は解説する。「要するに」という前置きを冠せることにより要約され，通俗化される前の段階にジェイムズのテキストと論理は位置し，その位置を特権的に要求することを承知の上で言えばそれは，両人の関係が様々な物，室内の骨董品や窓外の泉水の音，膝に手を組んだ夫人の姿態などによって良くなったこと，夫人が物や雰囲気を支配する落ち着きを持っていたことを表している。程なくストレザーは，「自分たちの関係を受け容れてしまったということを，彼女に分らせる以外のどんなことを自分は，この時までに行なったというのか。彼らの関係とは，何物にもせよ彼女がそれをしかじかのものにしようと意図する，その物にすぎないのではないか。」(150) との内省に至るのである。彼は完全に夫人の術中にはまった形であり，「もし僕にできましたら，あなたをお救いしましょう。」(152) と約束さ

せられてしまう。第6部，第Ⅰ章のテクスト末尾をなすこの科白は，ストレザーが，思考や行動の方向づけも得られないままに，早くもヨーロッパという大網の中へ搦め捕られたことを語るであろう。

　目もあやな旧文明を前に立ちさわぐ意識の快楽に酔い痴れるストレザーの胸中からニューサム夫人の姿が去らなかったことは，留意しておくべきである。海の向こうからの音信が途絶えたあと却って彼は，夫人の存在を一層心に浮かべる。「聖なる沈黙」の中で夫人は，「純粋で，通俗的な評価によれば『冷淡』ではあれ，深く献身的で，繊細で，感受性豊かで，高貴である（"*deep devoted delicate sensitive noble*" とカンマなしで畳みかけ，かつ頭韻を踏む。イタリック引用者）と彼は感じた。彼女の鮮明な姿が彼にとって殆ど強迫観念となった。」（195）のである。パリ社交会を構成する人々のうわ辺の人当たりの良さや物腰の雅びと対照的な新世界的純朴さ（この作では，魅力ある脇役の一人，ジムの妹メイミー・ポコックに人物造形されている）は，本来，ニュー・イングランドに生れ育ったストレザーに訴える力を持っていた筈である。しかしそれにもまして，ニューサム夫人の信用を失ったらしいこと，パリ生活の楽しみに溺れて，物事の本質を見失いかけているのかも知れないという罪障感が，この幻影を惹起したと考えられる。ずっとあとのほう，第10部，第Ⅲ章でも主人公は，夫人の道徳的圧迫を感じ，彼女が「魂の腕を差し延して彼に届こうとしているのだ。」（276）と思う。（海を越えて迫ってくるこのような力を，「この要素」とか「魂の腕」と表現しているあたり，生霊・死霊を含め，人間精神へのこの作家らしい感受性を語っていて興味深いものがある）。しかしひと度パリの空気を吸い，精神的愉悦の味を知った中年の使者と，ニュー・イングランドの禁欲的でやみくもに剛直な気質の間の離齬は覆い難く，ストレザーは，自分が見てきたもの（旧文明の相）をニューサム夫人に分ってもらおうとしても，それをウーレット人は，「片意地な主張」（"the perversity of my insistence," 297）とばかり見て，理解しようとはしないことに失望したと告白する。そのような想像力の硬化した精神も，開眼してゆく彼を夫人から離反させる大きな要因となる。夫人が使者を信頼し

なくなったのは，チャドがつかまっていると思われた女について様々嫌悪すべき事実を発見すべきであったのに，そのような予測——筋書き——をストレザーが裏切ってしまった（と夫人には思われた）からである。その筋書きどおりに行動することは，ヴィオネ夫人の「美」と「調和」と「多様性」(330) を賞賛し，彼女とチャドとの交際を一貫して助成することへと使命を変質させてきたストレザーの方向に背反するものであり，この点でも彼の「ウーレット原理」の超剋は必至だった。この転換は，彼の審美的，倫理的欲求が主人公を目標へと導く過程で生じたのである。換言すれば，ヨーロッパで発現した審美的欲求を彼は，使命との関わりとヴィオネ夫人との接触を通じて，倫理的欲求と摺り合わせ，統合を図ったと言うことができる。真善美の感覚を旧世界で錬磨すると共にストレザーは，問題の本質を捉え直し，最終的にはその刷新された感覚に問題解決を任ねるのである。

　清教徒的な峻厳なモラルの声は，終始ストレザーの耳底に響き続けるが，彼の倫理は，ニューサム夫人の存在に脅えるような，言わば他律的な力から内在化した声へと変ってゆく。彼の心は，頽廃の都の逸楽へ傾きながらも，罪の臭いを嗅ぎとる禁欲的な囁きを聞き続ける。チャドとヴィオネ夫人の真の関係を知ってしまい，美しい夢の真中にぽっかり開いた卑俗な現実の穴を見せられ，事実の側からの手ひどい反逆を受けたお人好しの夢想家は，夫人から釈明の為のような会見の依頼を受け，諾として応じる一方で，彼女に何らかの不利と罰を蒙らせてもいいのではないか，夫人の部屋でなく，猶セーラの訪問の冷気が漂う，喜びの色合の希薄な自分の部屋を指定していいのではないかと思う。ここでのストレザーは，花の都パリの快楽と背倫に対して明確な否を突きつけかねない程に身についたピューリタン的感覚を示している。「彼の本能は，何か規律の形はないものかと求め捜した。それは（中略），誰かが何かの代価を支払っているのであり，少なくとも，自分たちは罰を免れて白銀の流れの上に一緒に浮かんでいるのでないことを思い知らせたであろう」

(315)。他人の快楽の代償を払うという形にせよ，罰を受けるのはストレザーであり，ここにこの作家独自の自己犠牲のテーマも尾を引いているのである。(婦人連れのチャドがボートで川を昇って来るところをストレザーが目撃する，あの劇的転換点をなすシーンに先立つ日ストレザーは，「僕が責任を引き受ける以上の良い方策はないのだよ。」(283) とチャドに言い，又背中に荷を載せやすいよう前脚を折る駱駝に自分を擬する)。

ヴィオネ夫人の不義の発覚を機に(しかも，チャドは巻末近く，ニューサム家の会社の製品の宣伝に一役買えそうだと洩らし，帰国の意がなくもないことを仄めかすのであれば猶のこと)，チャドを引き離し帰国させて，事態を有利に導くことは可能であったろうにも拘らず，ストレザーがそのことを思いもつかないのは，例の自己犠牲や現世利益の放棄の主題を示すものであるが，この行為は，真に自己の心の求めるものに彼が忠実であったが故の決断である。それは，ヴィオネ夫人への最終的な態度に象徴される彼のヨーロッパ受容へと収斂する。

  She might intend what she would, but this was beyond anything she could intend, with things from far back—tyrannies of history, facts of type, values, as the painters said, of expression—all working for her and giving her the supreme chance, the chance of the happy, the really luxurious few, the chance, on a great occasion, to be natural and simple. She had never, with him, been more so; or if it was the perfection of art it would never—and that came to the same thing—be proved against her. (318)
 (彼女が望むままにどんなことを意図したとしても，このことは，彼女の意図し得ることを越えていた。遠い昔から来るもの——歴史の暴虐，典型の事実，画家が言うところの表現のヴァリュー——これらすべてが彼女の為に作用し，彼女に至高の機会を，幸せな人の，本当に贅沢なほどに恵まれた少数者の機会，或る重大な場面において，自然で純朴である機会を与えたのだった。彼女は彼に対して，この時ほど自然で純朴であったことはなかった。或いはそれが技巧の完成された姿であったとしても，それは決して——同じことになるのだから——，彼女の不利になることの証明にはならないであろう。)

これは，ヴィオネ夫人という，ヨーロッパ文化の精華と言うべき存在を，その個人的な意図を越えてヨーロッパの過去が生み出したとする見方であり，歴史の連続体としての旧世界文明の中に夫人を自然なものとして位置づけようとする試みである。"natural and simple"とは，恐らく最高の賛辞であり，そのような人としてストレザーは（又作者は），夫人を受容できたのである。『ロデリック・ハドソン』と『カサマシマ公爵夫人』のクリスティーナ・ライト，『悲劇の美神』のマドモアゼル・ヴォアザンの「技巧」には，どこか胡散臭さがつきまとったし，私は幸せになろうとして人から奪っても猶幸せになれない，自分を欺き，黙らせる為に奪うのですと嘯（うそぶ）くマリー・ド・ヴィオネにも，他人ばかりでなく自己をも不幸にする破壊的自我——西洋文学の永続的な主題となるもの——をかかえたファム・ファタル（運命の女）の影が揺曳するけれども，ストレザーは上掲の諸作品でネガティヴに捉えられた「技巧」を否定し去ろうとはしない。旧世界の苛酷な歴史の中で生き残る為の"art"としてそれをストレザーは容認したのであり，作者の胸中この語は，あざとい世渡りの術策から伎芸，芸術（文化の根幹をなすもの）へと意味を推移させていったに相違ない。

　今彼の「故郷」はどこにあるのか，それはどうなってしまったのかとのヴィオネ夫人の問（321）に暗示されるとおり，故郷喪失者となりかけたストレザーはそれと引き換えに，ポコック夫妻に体現されたリップ・ヴァン・ウィンクル的女性支配の危機を回避しただけでなく，名利に曇らされることのない判断を下すことができた。結末の第12部，第V章で彼は，「正しくある為に，私は帰国しなければならない。」と言明するのである。この一連の事件において，利得を目当てに行動しなかった，何ひとつ手に入れはしなかった，というのが彼がこだわるロジックである。ヨーロッパに留るよう求め暗に求婚の意を匂わせるガステリー嬢に，「僕を悪くするのはあなたでしょう。」（345）と応じるのは，彼女の求めに従えば，自分はもはや正しくはなくなるという意味である。正邪についての恐ろしい程の鋭い目を持つとマライア・ガステリーが評するとおり彼

は，厳しい倫理的な生来の感覚の持ち主なのである。ジェイムズは，物質的利益と善との間，又男女の関係に内在する矛盾を認識していた。それがストレザーそのほか，この作家の主要人物たちの放棄の哲学の基盤であると思われる。ヨーロッパで得る無形の富（経験による解脱）の代価としての，この中年アメリカ人の放棄と諦念にはどこか，宗教的な悟りに似た清澄な空気が漂っているのである。ストレザーを単なる独善的な審美主義者と見て，彼の隠されたストイシズムと自己規律を見落すとすれば，この作の真意を誤解することになるであろう。

3．探究のテーマ

　チャド，ヴィオネの二極関係にストレザーが加わることにより，状況が変容し始めるところから物語が一層の進展を見る中で，使者として当初主人公の帯びた任務は，ヨーロッパ文化との接触，彼を包み込む環境との関わりによってストレザーの意識の中で，その単純な現実性を剥奪され，新しい意味を付加されてゆく。任務の本質に突き当ろうとする時主人公は，必然的に状況の意味の探究を迫られるのである。ジェイムズ文学の生命源のような「探究」とは，「見窮めること」と要約できる。ところが見窮めると言っても，誰が見るのか（主体），何が見えるのか（客体），どう見えるのか（様態），見えるものは正確なのか（客観性），又，見えるものが客観的である規準，或いは場は何なのか（規準や枠組み，パラダイム）といった問題が絡んでくる。この節では，よく言及される視点の問題や，見かけと本質，幻想と事実との関わりなどについて考えてみる。それは，この小説の大方の主題を成すヨーロッパの意味とか，主人公の使命を稍異なる角度から眺め返しつつ，ジェイムズ小説の主題や技法の原理一般へと測鉛を降ろしてみようとの試みでもある。

　ヨーロッパがストレザーに対して開いた新しい地平は，豊かに流れ出る印象を味わい尽くし（「彼は印象の盃が真に溢れ出すように思える一時を過

した。」59），知覚を十分に開放するなど（「無制限の知覚に身を任せた。」42），心的活動の昂揚の機会であった。印象や知覚は，主として五感のうち最重要な視覚に発し，逆に，見るという行為は，ジェイムズの場合，新鮮な印象（知覚から生まれる意識の内容）を受け容れ，味わい，分析することを意味する。「人が何かについて言葉を語り，情容赦なく分析できるということをどうお考えですか。あなたや私のような［明敏なという含意が籠められる］人間はそう多くはいないのです。」(40) という，ガステリー嬢の観察には，漫然と見流すのでなく，熟視できることが自分の作品の主要人物の条件であるという作者の自負がのぞく。只見るのでなく，見ることを意識し，それをテキスト化することとジェイムズは深く関わるのである。この作家における，見る行為の複雑さの些細な一例は，第１部，第III章の，ヨーロッパに馴染めない男ウェイマーシュ（ストレザーの旧知の友，ニュー・イングランドはミルローズ出身の実業家）を観察する主人公とガステリーの三人を描く段落で，ストレザーの眼（心）に映るウェイマーシュ，そしてそのウェイマーシュの心に映って（見えて）いるとストレザーが心に思い浮かべる彼自身の姿というふうに，幾重にも視線が張り廻らされていることにも看取できる。

　主体の眺める対象（客体）は，見手の願望に応じた様相を呈する（通俗に言えば，人は見たいように見る）傾向があると一般に言われるが，ジェイムズ小説はそういう心理を先取りしているところがある。『使者たち』でも，そのような傾向の一つは，複雑な状況との直面（作家の側からはその創造）の欲求と結びつく。

> It was on the cards that the child might be tremulously in love, and this conviction now flickered up not a bit the less for his disliking to think of it, for its being, in a complicated situation, a complication the more, and for something indescribable in Mamie, something at all events straightway lent her by his own mind, something that gave her value, gave her intensity and purpose, as the symbol of an opposition. Little Jeanne wasn't really at all in question—how *could* she be?—yet from the moment Miss Pocock had shaken her skirts on the platform,

touched up the immense bows of her hat and settled properly over her shoulder the strap of her morocco-and-gilt travelling-satchel, from that moment little Jeanne was opposed. (210)
（その娘が恋に身をふるわせていることは，ありそうなことだった。そしてこの確信は，彼がそれを考えるのを好まず，それが，複雑な状況において益々事態を紛糾させるにも拘らず，少しも勢いをそがれることなく燃え上がった。そして又，メイミーの中の，言葉で表現し難い或るもの，結局は彼自身の心によってすぐさま彼女に付加された或るもの，対抗者の象徴として彼女に価値を与え，強烈さと目的を与えた或るものによって燃え上がったのであった。ジャンヌ嬢は実際のところ全く問題にならなかった——どうして問題になり得よう？——が，ポコック嬢が駅のプラットホームでスカートの裾を払い，帽子の並外れて大きいリボンを手でなおし，モロッコ革・金メッキ塗の旅行鞄の紐を肩にきちんとかけ直した瞬間，その瞬間から，ジャンヌ嬢が対抗させられたのだった。）

　この第8部，第II章でストレザーは，兄夫妻に伴われて渡航してきたメイミーに花嫁，蜜月旅行中の新婦のイメージを想起し，併せて，ふと，グローリアニの庭園でジャンヌ・ド・ヴィオネ（夫人の娘）がチャドと一緒にいるところを見かけたことを思い浮べる。ジャンヌがチャドに恋しているとの「確信」（実際は想念にすぎない）は，対抗者としての象徴的意味を持つメイミーの出現故に，就中(なかんずく)，事態がこの成り行きによって複雑化するが故に，強まる。可能な限り錯綜した抜き差しならぬ事態の中に閉じ籠もり，沈黙と非行動の中に身をひそめて，状況を静観し，何がどうなっているのか，問題の本質は奈辺にあるのかを考え抜こうとする人物の典型をジェイムズは，中期の『ポイントン邸の蒐集品』（1897）のヒロイン，フリーダ・ヴェッチに造形した。「彼自身の心によって付加された或るもの」という表現法は又，作中人物が，物語の通俗的力学に従って決められる役割に加えて，視点人物の状況解釈に符合する，或いはそれによって創り出されさえする機能を帯びることを示している。視点人物の意識に取り込まれる種々の出来事や人物の印象と意味の網目の中で，人物はその物語機能と生命を獲得する。つまり，中心人物の精神の投射（"projection"）が行なわれることになる。「それは疑いもなく半ばは，

彼の心の投射であった。しかし彼の心こそ（中略）彼が常に心して取り組む（計算に入れる）必要のあるものだった」(236)。ジェイムズ小説においては，視点人物の解釈（「ストレザーのあまりに解釈的な無垢 ("Strether's too interpretative innocence," 315, 'innocence' はここでは「無知」をも意味する。) は，想像を経て創造へと接近してゆく。「彼の印象がより豊かな形を取ったのはその時であった。彼ら［チャドとマリー・ド・ヴィオネ］は，何か取り繕わなければならないものを隠しているのだという，深化し，自己完結する運命にある印象であった」(310)。「彼はその有利な地点において，十分に［状況を］所有しており，それを自分の望むどんなものにでも［解釈］することができた。」(311) といった叙述は，伝統的な小説の作者の全知全能の立場にストレザーを置くのでは決してなく，一人物として，客観性というものの消失した世界で，関係の網目の中を這い回り，或いはジグソー・パズルの片を拾い集めるような形で，どうやら真理らしきものを繋ぎ合せようとしている主人公の姿を描き出すと解することができる。

　ここで，見かけ（見える姿）と本質——そのようなものがあれば——，又幻想と事実との関係を問題にしなければならない。「僕らのうち最も賢明な者でも，虚しい見かけ以上の何を知るというのだろう？」(124) とビルアム青年に問わせた同じ頁で作者は，「それには，耳に聞こえる以上のものがあると，我が友［ストレザー］は理解した。」("There was more in it, our friend made out, than met the ear." 同) と記述する。(それより20頁程前に，"There's more in it than meets the eye" (105) という主人公の科白も見える)。パリでは人々が目（つまり，見えるもの）に頼りすぎる，パリの光に当たると，「どんな物でも，どんな人でも見え［現れ］てしまう。」("Everything, every one shows.") というバラス嬢の観察に対して，「でも，真にあるがままの姿を現すのですか？」("But for what they really are ? " 126) とストレザーが問いかける時，見かけと真相とが突き合わされているであろう。見かけ，見せかけ，幻想に真実，真理を対置させる想像力は，北米大陸移住当初の清教徒たちに発し，マザー父子やジョナサン・

エドワーヅを経て, C. B. ブラウン, ポゥ, ホーソーン, メルヴィルら米国ロマン派作家たちにおいて文学的に精錬されるに至った豊かな文学的水脈であるが, この両極対立は, 二つの要素が截然と区別されるのでなく, その境界線が時折ぼやけ, いずれがいずれか分らなくなるという悪魔的な幻惑性を始めから内包することを新大陸の住人たちが知っていた為, 一層人間的苦悩に密着した深みのある文学的表現を探り当てることができた。ジェイムズ後期のこの作に至っては, 本質或いは真実("more than meets the eye"や"what they really are")が確固とした形で示されているようにはどうも思えず, むしろそういったものの不在こそが小説の支配的な気分となり, 問題にされ始めている。不在という核を廻って玉葱の皮を剝いてゆくような趣をこの小説は奥に秘めていると思うのは私だけではあるまい。

　事実や常識, 健全さと, 思い込み・幻想とのずれについて考える時, 次のような段落にぶつかる。

　　　Was he, on this question of Chad's improvement, fantastic and away from the truth? Did he live in a false world, a world that had grown simply to suit him, and was his present slight irritation—in the face now of Jim's silence in particular—but the alarm of the vain thing menaced by the touch of the real? Was this contribution of the real possibly the mission of the Pococks?—had they come to make the work of observation, as he had practised observation, crack and crumble, and to reduce Chad to the plain terms in which honest minds could deal with him? Had they come in short to be sane where Strether was destined to feel that he himself had only been silly? (212)
　(チャドの向上というこの問題について彼は, 奇想に耽り, 真実から離れてしまったのであろうか？ まやかしの世界, 只彼に都合よくなっただけの世界に住んでいるのであろうか？ そして彼の現在の微かな苛立ち――特に, 口をつぐんでいるジムを前にした苛立ち――は, 一人よがりの空虚なものが現実的なものの一触りによって脅かされる驚きにすぎないのであろうか？ 現実的なものをこのように貢献することがポコック夫妻の任務であろうか？ 彼が行なってきたような観察の仕事が毀れ, 砕けるようにし, チャドを, 真正直な心の人が彼を扱うことのできる平明な言葉に還元

する為に，彼らは来たのであろうか？ つまるところ，彼らがやって来たのは，自分たちが正気であることを示す為で，他方ストレザーは，自分だけが愚かであったと思い知らされる運命にあったというわけなのだろうか？）

興味深いことにストレザーは，ポコック夫妻と共に健全であるより，ガステリーやビルアム，ヴィオネ夫人，ランバート・ストレザー（視点人物である言わばもう一人のストレザーに観察されている彼自身），とりわけチャドと共に愚かである方が，真実（"reality"）に寄与することになるのではないかと再反省する。第二波の使者たちと対置させられたグループ（ヴィオネ夫人を除いては，国籍離脱者を含むパリ在住のアメリカ人）は，ビルアムが提示した「虚しい見せかけ以上のもの」を人は一体知ることが可能なのか——見かけ以上のものが存在するのかという問に帰着する——という懐疑の洗礼を受けた人々であろう。そのような洗礼の場として，「或る一瞬只の表面と見えて，次の瞬間には，底知れぬ深さを湛えて見える」宝石（64）に譬えられる幻妖性を秘めた街，パリがある。他方セーラとニューサム夫人らウーレット勢は，見かけとその背後の真実，真偽，善悪が峻別できると安易に信じ込むことができる人々である。ストレザーの言う「真実」は，或る客観的な真偽の基準に照らし出された，相対的な，つまりその反対物を前提にしたものではなく，一つの虚構とも言うべく，彼の心が求める理念のようなものであろう。彼の真実の基準を強いて求めるとすれば，ヴィオネ夫人を通じて具現されるヨーロッパの歴史の遺産としての美，そしてその上に彼が築こうとする反俗的で高尚な理想の境地であろう。引用に示された反省を経ることによってストレザーは，真実と虚偽を厳しく突き合わせる場，客観性の亡霊が支配し，美しく高雅な夢（彼にとって真にリアルなもの）が「現実の一触りによって脅かされる」ような世界から脱却しつつあると考えられる。より一般的に言えば，彼は旧世界で審美主義へ大きく傾いていったのである。

セーラ一行がスイスへ向けて発ったあと，緊張の弛緩を味わうストレザーは，フランスの田園の散策へ出かける。その折彼が心中ヴィオネ夫

人に語りかける，「只単に，チャドとの僕の厄介な関係をとおして知るようになった人であることをやめて下さい。」(304)との訴えは，事実というものの泥臭さ——チャドの女の動勢を探りにはるばる海を渡って来たといった卑俗さ——から逃れ，機略縦横の知性と変幻自在の性格的魅力の持ち主である夫人を相手に始めて可能な俗塵を離れた世界に遊びたいという，ストレザーの脱俗願望にほかならない。この直後彼は皮肉にもチャドと夫人の関係を知らされる。それは『ある貴婦人の肖像』のヒロインが自分に隠されていた真相を知る瞬間，物語的に言えば，限定された視界だけを与えられていたが故に，現実認識の甘さを知らされ，苦渋を舐める瞬間に照応する。イザベル・アーチャーの「深夜の黙想」(『肖像』第42章) に相当する眠れぬ夜にストレザーは，「幼い女の子が人形に洋服を着せるように，その可能性［例の二人の男女関係］を曖昧さで包み隠していた自分に顔を赤らめた。」(313) のである。既に使命放棄を決意していたストレザーは，この成り行きによって物質的に失うものは何もなかったとしても，生硬な事実の世界を超脱し（たと思いこみ），懐古趣味と観念的な歴史主義の礎の上に古雅な審美的空間を築きつつあった彼にとってこの事件は，一つの試練であったに違いない。「曖昧さの包みの中からその可能性を我にもあらず一瞬引き出すようにさせたのは，ストレザー自身であり，従って彼は（中略）彼らがそれを与えるままに，受け取らざるを得ないのではないか？」(313) という主人公の苦渋に満ちた認識には，しかし事実というものの持つ露骨な力を乗り越えつつある人の一種の潔さがにじみ出ていると見ることができる。

　ストレザーは，ヴィオネ夫人への内心の呼びかけを続けて，「お願いですから僕の為に，どのような人であれ，あなたの驚嘆すべき機転と信頼を以て，あなたがしかじかの人であると思うことが僕にとって喜びであると知って頂いてもいいような，そういう人（"whatever I may show you it's a present pleasure to me to think you."）であって下さい。」(305) と願う。日本語のシンタックスの許容度に挑戦するようなこの言葉の運び方には，人にしろ，物にしろ，「客観的に」知る，或いは存在する，場などあり得

ず，自己——観察者，思惟者——の主観が描く像でしかあり得ないという前提がのぞいている。ストレザーのニュー・イングランド脱出は，この文脈の中では従って，想像力を古い規範の桎梏から解き放ち，自由に羽撃かせる機会を意味したのである。主人公の言う幻想（"delusion"）は，想像力の別名であり，この作でも「賑やかな街角」に先立って，幻想と事実の価値的転換が行なわれる。『使者たち』でジェイムズは，生涯に亘る彼自身の問題であった，アメリカかヨーロッパかの国際的テーマに帰り，彼の文学の総決算と言うべく，ニュー・イングランドの徳義・禁欲対ヨーロッパの頽廃・快楽，中・老年と青春，本質と表層，事実と幻想，土着と洗練，荒野と文明，蒙昧と知性といった二項対立を止揚した。その止揚のモメントになったのは，第一に，歴史と過去を持つ文明を確認し，肯定したことである。『ロデリック・ハドソン』や『アメリカ人』に見られたネガティヴなヨーロッパ観の残滓が払われて，ヨーロッパがその腐敗の可能性も包摂しつつ受容される。一つには，アメリカ青年の情婦になるという卑俗な現実を背負ったヴィオネ夫人というキャラクターを，俗臭を脱ぎすて，おかしがたい品位をそなえた都雅な人物の典型として造形し得たことがその要因であった。彼女は，女の性といったメロドラマ的要素をすっかり洗い落とされ，ロマンス世界の住人のような，ひと皮むけた女性像となっている。第二は，ストレザーの任務中断と現世利得放棄による自律的モラルの確立で，これにより彼は，アメリカかヨーロッパかの狭隘な未決状態を超剋した。二要因の背景にあったのは，ヘンリーが父ジェイムズに受けた思想の影響である。その思想は，「新エデン（新世界アメリカ）の無垢のアダム」つまり，歴史（過去）や社会の重みから開放され，旧世界との絆を断ち切った新人類としてのアメリカ人像という，当時喧伝された楽天的な観念を批判するものであった。経験（特に罪の経験）と苦悩（堕ちること）によってのみ人間は，楽天的，幼児的な自己中心主義（egotism）を乗り超え，精神的に成熟し，社会的存在として再生すると，父ヘンリー・ジェイムズは考えた。上述の要因を有機的に構築することによりこの小説は，作者の分身と覚しき初老の

米国人の仄かなユーモアとペーソスの漂う旧世界探訪を一読忘れ難い経験にしている。

第6章
『黄金の盃』(1) 上巻
——アメリーゴとアダム——

1. 概　　観

　三大長篇小説の最後を飾る『黄金の盃』(*The Golden Bowl*,[33] 1904) は，上・下（『ニュー・ヨーク版自選集』，第23，24巻）に分れ，それぞれは共に三部ずつ（上下を通して，Book First から Book Sixth まで），各部は更に，ローマ数字を付した幾つかの章から成り立ち，均整のとれた構成をなす。両巻を合せて七百頁を超え，質的にも，主題，手法，文体等において後期の円熟味を示し，高い完成度を誇る作品である。物語の完結を目指して小説の要素のすべてが有機的に働き，組織立てられてゆくその緻密な結構は瞠目に値し，壮大であると同時にコンパクトであるという印象を与えずにはいない。この印象の背後に感じられるのは，創作の工房に立ち働く作家の横溢する精神の豊潤さである。人間関係や状況の分析の精緻さ，意識内容の描写の哲学的とも言える深遠，比喩の詩的な美等，この作の長所は多々数え上げることができる中で，作品を俯瞰する時見えてくる構成上のこの特質を先ず強調しておきたい。

　『黄金の盃』は，新旧両大陸の比較，両方の世界を代表する人物たちの出会いの場に生じる葛藤や人間模様を扱ってきたこの作家の所謂国際的主題を集大成した作品として重きを持つ小説である。上巻を「公爵」(The Prince, イタリアの名門貴族の末裔，アメリーゴ公爵)，下巻を「公爵夫

---

[33] テキストは，『ニユヨーク版自選集』第23巻によった。引用原文の和訳をつけるに当って，工藤好美監修訳『黄金の盃』（「ヘンリー・ジェイムズ作品集」5，国書刊行会）を参照した。記して感謝の意を表する。

人」(The Princess, 公爵の妻となる, アメリカの億万長者アダム・ヴァーヴァーの一人娘, マギーを指す)と銘打ったことにも, 作者のこの主題に注ぐ意気込みと集約的な意図が窺われる。

本章では先ず, 上巻第2部までを中心に, 公爵の人格と生き方, アダムの芸術的生活への目醒め, そしてヴァーヴァー父娘の関係が, あるべき夫婦間の調和の阻碍を来すに至る過程という三点について主に考察を加えてみることとする。この小説は, 国際間主題の傑作であるばかりでなく, 僅かに主役四名に, ギリシア劇のコロスに相当する脇役二名を配しながら, アメリーゴとマギーの人間関係を核とする緊密なドラマを織りなしている。それがこの小説を冗長に堕すことから救うまとまりの良さの主因である。複雑精妙な人物関係と言っても, 例えば英国の作家フィールディング (Henry Fielding, 1707-54) の小説『トム・ジョーンズ』(*Tom Jones*, 1749) に見られるように夥しい人物が登場し, 筋の錯綜を極める関係という意味でなく, むしろ主要人物たちの, 高い美意識と強靭な道徳感覚故の微妙な対人意識と困難な人間的状況——語る側から言えば, 彼らの言行の意味の解釈学的な複雑さとでも言えよう——のことであり, その創出を目指し, 生涯に亘って書き続けてきた作家の窮め尽した境地がここにあると言っても過言ではない。これは小説芸術的に完成された世界であり, ドロシア・クルックがこの作を古典ギリシア劇に譬えた[34]ことも首肯できるところである。

三大作中先行の二つ, 『鳩の翼』と『使者たち』では共に, 旧世界へ乗り込んで来るアメリカ人を中心に物語が形成されるのと対照的にこの作では, イタリア人を前半部の主要人物に据えるという, いささか意表をつく設定がなされている。このことの意味は奈辺にあるのかという疑問を念頭に置きつつ, 本章を起こしてみたい。

---

[34] Krook, op. cit., p.232

2．アメリーゴの存在——追い迫る過去

　男性の主役を新大陸に名を与えることになった歴史上の人物，イタリアの航海者アメリーゴ・ヴェスプッチ（Amerigo Vespucci, 1454-1512）の子孫にするという歴史ロマンスめいた設定は，作者の意図を雄弁に語る。上巻の主な内容の一部は，公爵アメリーゴの出自と自己像の模索，つまり，マギーの婿として，富豪のヴァーヴァー氏に文字通り，買い取られるアメリーゴが，己にどのような本質的価値があるのかと訝しい思いに囚われ，自分に詮索の目を注ぐアメリカ人たち（ヴァーヴァー父娘）を逆に見据え，彼らの本質を理解しようとして首尾を得ず，当惑するというものである。彼は新世界の人たちの心を鏡とし，そこに映る自己を見定め，それによって自分を値踏みしているとも言える。作家の立場から見れば，この時故国を離れて英国に暮すこと三十年に手の届く長きに亘った身にとって，アメリカ人としての目に見えるヨーロッパもさることながら，彼自身が半ばヨーロッパ化した今，ヨーロッパ人の心眼に映るアメリカという形で，アメリカ性を問い直す欲求が働いたであろうことは想像に難くない。「彼［アメリーゴ・ヴェスプッチ］がアメリカを発見したとしたら（中略）時が来てアメリカ人を発見することが彼の後継者たちの使命になったのですわね。」(vol. 23, p. 80, 以下テキストからの引用は上巻の頁のみ示す）という新妻マギーの科白は，公爵の小説中の役割を端的に示す。アメリカ人父子の目で見たイタリア人貴族，後者の目に映った彼ら，そして彼らの心に結ばれていると公爵が思う自己の像が三つながら並置され，突合わされる。このように上巻では，国際間主題とジェイムズの主人公たちを生動させる内省と自己探究（文学史的脈絡では，アメリカ文学の特色の一つとしての人間探究のテーマに繋がるもの）とが縒り合わされているのである。上巻の標題は，下巻のそれと対になることによって，上巻において公爵が視点として機能するに留まらず，彼の人間と

してのあり方が問われていること，彼の自我に内在する問題が下巻へと受け継がれてゆくことを暗示している。

冒頭の章，結婚を間近に控えた二人の対話でアメリーゴは，自分を作っている二つの要素として，ヨーロッパの歴史と，マギーの知らない個人としての過去（"the unknown, . . . personal quantity," 9）に言及する。マギーは婚約者の個人的既往などに興味はなく，歴史のほうに惹かれると言う。これは，初期の短篇小説「ヴァレリオ家の最後の者」（"The Last of the Valerii," 1874）で，アメリカ娘のマーサが，イタリア人伯爵マルコ・ヴァレリオに対するのと似通った態度[35]である。（この二作については，テーマや筋立ての上で興味深い並行関係が見られる）。公爵自ら，「人は，歴史によって，つまり，他の人々［祖先たち］の行為，結婚，犯罪，愚かさ，際限のない愚行によって作られている」(9) ことを認め，マギーは，「あなたの背後に数多くの世代の数々の愚かしい所業と犯罪，略奪と浪費があったのですね。」（同）と諾いながらも，「あなた方の古文書や年代記や恥辱［の記録］がなかったら，一体あなたはどうなっていたでしょう？」(10) と，ジェイムズ小説のアメリカ人たち特有の歴史コンプレックス，或いはヨーロッパ歴史へのロマンチックな憧憬を吐露する。というよりマギーは，夫となるべき人を個人的過去の所産として捉えるより，ヨーロッパ（もう一人のアメリカの花嫁，マーサの認識では，歴史的な意味と価値を持つ数多くの遺物が埋もれた夫伯爵の地所）の歴史の中に位置づけることのほうに抗しがたい魅力を感じてしまうのである。しかしながらマギーがこの現実感覚の欠落を遠因として夫となる人の裏切りに遭い，その個人的な過去との対決を迫られる下巻の発展は皮肉である。公的な，記録された過去と，私的で記録されざる過去という，二つの顔を持つ人物として上巻の主人公が位置づけられていることに留意する必要があろう。

「最も幸せな王朝は，歴史を持たない王朝なのだよ。」(9) という公爵

---

[35] Henry James, "The Last of the Valerii," in *Selected Short Stories,* ed. by Michael Swan (Penguin Modern Classics, 1963), pp. 14, 17

の言葉は，人間を不幸にする悪徳と愚行の累積という歴史把握であり，歴史解体の密かな希求を孕んでいるかのようである。アメリーゴの「種族は，それら［悪徳］をたっぷりと経験しており，彼は自分の種族の血を受けてい」て (16)，それが消し去ることのできない臭気のように彼の身体に染みついていた，と記される。「ヴァレリオ家の最後の者」のヒロインは，夫マルコの歴史的な部分（原始的欲求への先祖帰り的退行や抑圧された本能・衝動の発動という形を取る）と対決し，一応の勝利を収める[36]が，こちらのヒロインは，直接的には，むしろ，夫アメリーゴのもう一つの部分，つまり知られざる過去と下巻において闘うことになるのである。こうして二人のアメリカ人ヒロイン，マギーとマーサの前に，彼女らの人生開眼と幸福獲得の為過去との対決が恰も通過儀礼のような関門として立ちはだかる。過去は，「種族」や「血」に象徴される旧世界の歴史であったり，又アメリーゴの場合のように秘められた個人的経験であったり，短篇「賑やかな街角」の主人公スペンサー・ブライドンのように，異なった人生の軌跡を辿っていたらこうもなっていたであろうという仮想的過去（その仮象が分身を生む）であったりする。過去へのこだわりは，ジェイムズの場合これ程深い意味を持つのであり，焦点を合わされた望遠鏡の先に見える自己の分身の姿といったように，空間的，遠近法的なイメージによって表現される[37]ことさえある。総じてジェイムズの小説では，過去と向い合う場面は深遠な意味を持たされずにはいない。過去――歴史的，公的な（記録された，表の）過去，或いは個人的な（屢隠された，裏の）それ――は，ジェイムズ小説のキャラクターたちにとって，パンドラの筐のように，悔恨や満たされざる願望と，已むに已まれぬ憧憬の疼きのような情動や犯罪等の事実を宿しており，様々な意味を以て迫って来るのである。その過去は作家にとっては逆に，種々のストーリー

---

[36] Fumuo Kai, Studies in Henry James (XIII) On "The Last of the Valerii" — The Meaning of Europe, *Cultural Science Reports of Kagoshima University,* no.41, 1995, pp.116-120

[37] "The Jolly Corner," the New York Edition, vol. 17, p.466

やテーマ，モチーフ，イメージを蔵する宝箱であり，そして過去が一杯につまった土地としてヨーロッパが作家の前にあった。もう少し限定して言えば，ヴァレリオ家にしろ，新大陸と遠い昔から繋がりのあったアメリーゴ家にしろ，悪辣なベルギャルド家にもせよ，ヨーロッパ貴族の古い血筋が蠱惑的な眼差しを以て屢作家に訴えかけたのである。

　この作でジェイムズが切り拓いた新生面は，歴史の産物であることを自認しながらも，過去と断絶することにより，人生の再出発をはかろうと試みる生粋のイタリア人を主要人物の一人に設定したことである。しかしかつて彼の愛人であったもう一人のアメリカ人，シャーロット・スタントがヴァーヴァー氏の妻となり，そのあと微妙な論理的，感情的変化の過程を経て，二人が接近し，昔の関係が再燃するに及んで，アメリーゴの折角の決意もなし崩しにされてゆき，加えて二組の結婚生活の破綻の危機が露呈してしまう。

　第1部，第III章（Book First, III，以下日本語表記のみ）のシャーロットの描写は，官能的な匂いを漂わせる（46-47）。その容姿や腕，手と指と爪，腰など身体の特徴（「開いた花の茎のような，彼女のしなやかな腰の驚くべき細さ」）の記述が重ねられてゆく。そしてこれらのものは，（彼［公爵］は）「再び理解した」とか，「知っていた」という述語動詞の目的語になっていて，これらの表象の映る意識のスクリーンが公爵のものであることが分る。それだけに，「彼は（中略）展示し，賞を取る為意図して作られた物，何か素晴しい完成された道具のような物の完全な動きを知っていた。」（47）という，シャーロットに関する描写は，両者の間に深い関係があったことを婉曲な文体の背後から暗示する。フィレンツェの彫刻家が愛したような，彼女の腕の，公爵が知る完全な丸み，磨かれた細さ（46）は無論，作品全体に浸透する美術的，審美的なエトスと呼応しているが，ここではそれに道具性，器具性が添加されるのである。道具や器具が「所有する」，「使用する」という述語的概念との自然な連想を喚起することは，「奇妙なことに，シャーロット・スタントのこういったもの［容姿・目鼻立ち］は今や彼に，彼自身の一群の所有物のように思われた

のだ。」(46) という,露骨とも思える,印象の記述を俟つまでもない。ジェイムズにはむしろ珍しい肉体性の強調に加えて,「かくも密接に,取り消しようもなく彼の存在と同時的な彼女の存在,彼の結婚という事実より鋭い事実」(45) という書き方は（ここも公爵の意識を地にしていることを認めた上でも），両者の結びつきに必然性があると言わんばかりであり,情事と結婚を同列に並べてみせ,かつ後者を未だひ弱な姿で示すことにより,今後の波瀾を予測させる。マギーへの結婚祝いの品を捜す手伝いをしてほしいとの理由で,シャーロットが結婚直前のアメリーゴと二人きりロンドンの街へ出かける第1部,第VI章にも,独り身のシャーロットが猶昔の恋人に執着し,依存していることが読み取れる。公爵がこの外出についてマギーに報告しないのは,昔の愛人らによるマギーへの裏切りの始まりと見做すことができる。無論この時点で彼がシャーロットとの間に縒りを戻そうなどというつもりのないことは,彼の抵抗を語る幾つかの記述により明白である。「彼の婚礼の正にその前日のこのような訴えには,正直言って,少しばかり不安にさせるものがあった。」(94) し,「彼は,過去と全く関係を断っていた。そうすることしか望み得なかった」(同)。「彼の現実の立場の強み,見事さは,それが全く新しい出発であるという,その点にあった。」(95) からだ。しかしこのような再出発の願いも,シャーロットの接近と,彼が俗っぽく騒ぎ立てることをきらう性格——高尚で審美的な生き方を示す一方で,『鳩の翼』のマートン・デンシャーの日和見主義に通じるもの——のせいで歪められ,頓挫してしまう。この関連でシャーロットは,誘惑者・裏切者（『鳩の翼』のケイト・クロイに相当する）の役割を帯びざるを得ない状況にいる。汚濁の俗世界（この作では殆ど背景へ押しやられ,僅に,ヴァーヴァー氏の妻の座を狙う,辛うじて名のみ記されるあざとい女たちと,マッチャム・パーティの場面や人間関係に暗示されるに留るもの）で一頭地を抜く作中人物たる証としての審美主義が正しく公爵の罠となる[38]のである。

---

[38] Dorothea Krook の上掲書,249, 269頁よりヒントを得た。

3．審美主義者の不安——未決の現在

　自分は,「不可欠の性質と価値」(23) を持つと見做され,今では使用されていない純金の古い硬貨のような貴重な所有物として,換金されることも,分解されることもないと思い,自ら慰める公爵であったが,既に見たように,アメリカ人としてのヴァーヴァー父子の不可解な性格にぶつかり,一介の没落貴族にすぎぬ自分を結婚相手にまで選んだ彼らは,自分に何を求めているのであろうか,彼らの無気味に見える探究心と底知れぬ空想力に晒された時,一体自分の何が暴かれようとしているのかと,うしろめたく,居心地悪い思いに囚われる。ここではポウ (Edgar Allan Poe, 1809-49) の『ゴードン・ピムの物語』(*The Narrative of Arthur Gordon Pym, of Nantucket*, 1838) が引き合いに出されて,極南の海で白い霧のカーテンに行き当るピム[39]に擬らえられるアメリーゴは,あの父娘によって「様々な属性を付与され,真面目に受け取られている。」(23) と思う。彼らのこの真面目さこそ,彼を戸惑わせるのだ。あの白いヴェールのうしろに何があるのかと訊くことは,彼がどうすることを父娘は期待しているのかと訊くのと同じであろうし,その問への答えは,結婚のお膳立てをしたアシンガム夫人の,「まあ,お分りでしょう。私どもがあなたにどんな人になってほしいと期待しているかということですわ。」("Oh, you know, it's what we expect you to be!" 24) であろう。こうしてアメリーゴのアイデンティティは,彼とアメリカ人たちとの間で,言わばボールの投げ合いのようにやり取りされ,確立されないまま宙吊りにされているのである。ポウの小説の掉尾では,恰も観念としての闇と光が鬩ぎ合う感を呈するが,ハリー・レヴィンは,「黒と白は,旧世界的経験

---

[39] Edgar Allan Poe, *The Narrative of Arthur Gordon Pym, of Nantucket* (Penguin Classics, 1999), pp.215–217.

と新世界的無垢の間でのいつものジェイムズ的弁証法に適合する。しかし，それにもまして，光は新規なものの挑戦，未経験のもの（"the unattempted"）の様々な危険を意味する。」と記している[40]。これまでのジェイムズの国際主題小説と趣を異にして，旧世界人の前にアメリカが不気味に見えるというのは，興味深い現象と言わなければならない。未経験の領域で暗中模索するのは，今度はヨーロッパの没落華族である。アメリーゴの不安は，一つにはシャーロットとの隠された過去に起因するが，妻と舅を喜ばすことに汲々とし，只に審美的，低徊趣味的であることに終始するかに見える彼の生き方は，内面の空洞を疑わしめる。彼の自我は内発的ではなく，ひとにどう見られるか（つまり，他者によりどのような属性を賦与されるか）によって作られてゆくところに彼の心を圧迫する漠たる不安の淵源――言わば，小説という実験室の中で化学合成し，解決されるべき問題――があると思われる。

　アメリカ人親子との接触を契機に，精神的再生を遂げ，安心立命の境地へ到ろうとする彼はしかし，自認するとおり道徳感に欠除しており，それは更に，この物語が向う理想的到達点としての人間関係の調和を損なう。父娘の一体性に災いされ，夫の座からはじき出され（「夫」性を希薄にされ）シャーロットとの関係の深みにはまり込んでゆく彼の人生の立て直しはこうして，下巻末のマギーの開眼と努力――アメリーゴを夫として真に所有しようとする闘い――に俟つしかない。この一見ネガティヴな人物を上巻の中心人物に据えたのは，人生の指標の一つとしての審美主義にジェイムズが重きを置いていたことの証左であったが，同時に公爵のこのような状況の提示は，虚無的な快楽の海を漂うアメリーゴ（上巻第３部，第Ⅰ章，マッチャム邸の大宴会での彼とシャーロットの描写に利那的快楽の雰囲気がよく伝えられる。）に救いを与える下巻への伏線であると考えられる。即ち，円満にして真に幸福な生にとって，審美主義（繊細な美意識と洗練された趣味の充足）では十分でなく，それが善や真実

---

[40] Harry Levin, *The Power of Blackness* (Athens: Ohio University Press, 1980), p.124

と結びつく必要があることを，ジェイムズは，後半部におけるマギー・ヴァーヴァーという超人的ヒロインの堅忍不抜の実践により示そうとし，彼女にその力業の成就の場を与えたのである。アメリーゴが単なる不徳義漢でないことは言うまでもなく，その明敏な知性にも助けられて最終的に幸せな贖いを受けるのである。

4．ヨーロッパとアメリカ──融和の試み

　旧世界の歴史が生み出した人物としての公爵像にマギーが一方的に惹かれ，価値を認めることは上述したとおりである。ヴァーヴァー父子は，アメリカの新しい文明の子であり，ヨーロッパ文化の精華を購う富力を持つ者としてこの関連では位置づけられている。中年に達するか達しないうちに故国で巨万の富を築き，渡欧，金にあかせず骨董美術を買い漁る父の生活を娘は，「私たちは二人組の海賊みたいだったのですわ。」(13) とおどけて評する。アメリカ人の世界領有，或いはヨーロッパ支配のイメージは，『鳩の翼』第3部，第Ⅰ章で目も眩む岩棚の端に一人佇むミリー・シールの姿[41]に象徴されたが，本作ではキーツ（John Keats, 1795-1821）のソネット，「はじめてチャプマン訳のホーマーをのぞいて」("On First Looking into Chapman's Homer," 1817) に歌われた，太平洋を望見するスペインの征服者コルテスが物語的コードとして導入される。「彼［ヴァーヴァー氏］が征服する為に一つの世界が残されていること，試みれば彼はそれを征服するかも知れないことを認識した。」(141)，そしてその時が彼の人生を変貌させてしまった，と記される。人生の書物の頁をめくると，「黄金の島々の息吹が額に吹きつけてきた。黄金の島々を捜し略奪することが即座に彼の将来の仕事となった」(同)。これは，氏の，蓄財の営みから「趣味」("taste," 141) の生活への脱皮を告げ，彼を新し

---

[41] Henry James, *The Wings of the Dove,* the New York Edition, vol.19, p.124

い知的次元へ導くものでもあった。今や彼は，美を予見し，呼び醒し，奨励する美の司祭の位置へ昇る。比喩的，実際的両義においてヨーロッパの宝物捜しを余生の仕事とし，高名な美術品鑑定家・ディーラーへの道を邁進することになるヴァーヴァー氏は，ジェイムズ文学の中に絶えず見え隠れしていた富への二律背反的な態度を止揚して，富という卑俗な観念をヨーロッパの美の精髄の獲得——抽象的には，審美的な生き方の規範——へと昇華させたのである。(この作には至る所に所有や獲得の観念が張り廻らされ，それが大小様々のイメージを醸成する。アメリーゴやシャーロットのような人間さえ，物（美術品）と化し，ヴァーヴァー氏に具現された所有という欲望・行為の餌食・対象となってしまうのである。ヴァーヴァー氏自身さえ，一時「売り物」の性格を持たされる。後述)。ここにはもはや，ヨーロッパ文化を前に苛立つロデリック・ハドソンとも，古い因襲の陋劣な心性によって敗退するクリストファ・ニューマンとも，狡猾な裏切りに遭い夭折するミルドレッド・シールとも異なり，旧文明を併呑せんとする大らかにして雄渾な力と，新旧両社会の融和の試みを看て取ることができる。総じてこの作では，新興国の若々しい力が肯定的に捉えられている印象が強い。「おくれている」("backward" な) のは，もはや「マサチューセッツ州ノーザンプトン」(ロデリックの出身地) ではなく旧世界ローマである。旧新世界，優位，劣位，上位，下位の間で，逆転が起きる。と言うより，両世界を見極めた作家の意識の深化によって，視座が百八十度転換することも，この作の斬新さの無視できない要因の一つである。

　開巻後すぐアシンガム夫人との対話において，あなたに欠けているという感覚とは何なのか知りたいと求められ，アメリーゴは，「道徳的感覚です。(中略) 勿論僕らの哀れな懐かしい，遅れた古いローマでは，十分に道徳感覚として通用するものは持っています。でもそれは，あなた方〔アメリカ人〕のものとは似ても似つかないのです。丁度僕らの国の，十四世紀の城の曲りくねって，おまけに半分崩れかかった石の階段が，ヴァーヴァー氏の，十五階建てのビルディングの一つにある『電光石火の

エレベータ』と似つかないように。」(31) と応じるしかない。両世界の道徳感覚をヨーロッパの廃墟とニューヨークの摩天楼を昇降する新式の文明の機器との対照に置き換えた奇矯な直喩にも、「賑やかな街角」で長いヨーロッパ暮しのあと帰国した主人公に嫌悪を催させる、ニューヨークの電車とそれに争い乗る群集の図とは異なるポジティヴな光が当てられている。「蒸気機関で動き、火矢のように人を上昇させる」(同) アメリカ的道徳感覚、つまり科学精神によりバック・アップされていると公爵の思う直截簡明な道義感と対比させられるのは、歴史の重い沈殿物の中に停滞する悪徳や迷信であるとの自覚が彼の胸に蟠る。歴史の桎梏に搦め捕られたこの状況を打開し、刷新する手段として、舅となる人の富を、アメリカの科学を、利用したいと思うのである。「彼は科学と同盟関係を結んでいた。というのは、科学とは、金銭によって支えられて、偏見が存在しないことにほかならないではないか。彼の生活は機械で一杯になることだろう。機械は迷信に対する解毒剤で、迷信は (中略)、古記録の結果であり、その発散物である」(17)。一族歴代の記録文書によって知る祖先たちの傲慢と貪欲、冷酷等の悪徳を反省する知性と謙虚さを持つと自負する公爵であるが、猶種族の匂いが消し去り難い悪臭のように服にも身体にも手にも染みついていると思う。しかし血によって繋がる父祖たちの所業の醜悪を認識することこそ、古い歴史を否定し、新しい歴史を希求する第一歩であるとの、冒頭近く散策途次の思いに、彼の人生再出発の祈願が表明される。ここには、無垢のアメリカン・アダムの神話とも違って、旧弊なヨーロッパの過去の垢にまみれた外皮を脱ぎ捨てて再生しようと試みる人間の姿が寓意性をこめて造形されていると言うことができる。汚辱からのこの回心と再生の契機としてアメリカの力——財や機械はその記号にすぎない——を措定することができたジェイムズはこの段階で、彼を悩ましてきた両世界分裂の意識を乗り越えようとしている。公爵とヴァーヴァー氏の名としてそれぞれ、アメリーゴとアダムが与えられたのは正に象徴的であった。文学史的に見て、ジェイムズの作風は一般にリアリズムの範疇に括られているが、この人物た

ちは，それぞれの名に歴史的，文学的に付着する典型性，寓意性，ロマンス性を彼らの顔の奥に秘めているのである。

5．ア ダ ム——本来的自己を求めて

　上巻の中心人物アメリーゴ公爵の，過去と袂を分かつことによる新たな人生の旅発ちの決意について考えてみたあと，もう一人の男性登場人物の精神的成長に目を向けてみたい。アダム・ヴァーヴァーの人生の転機を画する二つの出来事は，美術愛好家への転身と再婚である。第2部，第III章で，ヴァーヴァー氏が雌伏の期を脱して成功を摑む経緯が要約され（144），高みへの上昇後の輝きが語られる（145）。百四十四頁は，出世譚，即ちアメリカン・ドリーム達成の物語とも読める程に平俗でさえある。資本主義国アメリカで社会の階梯を攀じ登ろうと奮闘する人の姿が，具体的事実を抜き去り，一般的公理として示された観がある。汗水を垂して働き，どす黒い俗事（"the livid vulgarity"）にまみれることが抽象的な言葉で述べられる。ここにも，抽象性と共にジェイムズのエクリチュールを特徴づける要素としての比喩——この場合，武具を鍛え，磨く譬えや，光と闇，土壌と発芽，開花の暗喩——が混入してくる。「光の年月を可能にする為に闇の年月が必要だったのであり」（同），「比較的目が曇っていた［即ち，状況を明敏に判断できなかった］ことが［却って］強い信念を生み，それが今度は，至高の観念の花の為，幸先よい土壌となった」（同）。「至高の理念はその間に，暖かく肥沃な土の中で成長し，深く根を張っていった。彼は自分でも知らずに，それが埋っている所に立ち，歩き，働いていた。」（"he had *w*alked and *w*orked where it was buried,"144, 頭韻を踏む。イタリック引用者）とあるように，至上の理念（明言されないが，蒐集家として立つ決意であろう。）に目覚めるアダムの，蒙昧（闇）から開眼（光）に至る成長を作者は，人間性への信頼をこめて描出する。氏の人生設計は，出身地「アメリカン・シティ」（"American City,"

149, 個有名詞として意図されながら一般性の強い命名で, ジェイムズの具体名, 具体物忌避の一例である。）に彼の蒐集になる逸品を収めた美術館を創設する企図として具体化する。「それは紛れもなく, 凝縮された, 具体的な, 至上の文明［教化の意を含んでいる］であり（"it was positively civilisation *condensed*, *concrete*, *consummate*," やはり頭韻, イタリック同じ), 彼の手で岩の上の家として創設された。」のである。この館は, 生地の人々への贈物として企図されたのだが,「その人々を醜悪さのしがらみから解放するの急務たることを彼は理解できた」(149)。この辺りの荘重で高揚した文体は, 宗教的な音調さえ伴っているように見える。「ギリシアの寺院」("a Greek temple") に見立てられる「美術の殿堂」("a palace of art"), 或いは,「彼が伝え広めたいと希う宗教の記念碑」(146) と, ヴァーヴァー氏の美術館が形容されて, アメリカの荒野に, 新約聖書（「マタイ伝」第5章, 第14-15節）に倣った理想境として全世界が仰ぎ見るべく「岡の上の町」(a city upon a hill)[42]を作ろうと志した清教徒指導者ジョン・ウィンスロップが思い合わされる。

　数頁先にも, 彼が「美術の庇護者」("the patron of Art," 150) としての自負に到達した過程を回想する件が来る。「ほかならぬ彼の真の友は（中略), 彼自身の心でなければならなかったが, 誰も引き合せてくれる人はいなかった。彼はあの本質的に個人的な(プライヴェート)家のドアを叩いたが, 本当は彼の呼び声は直ちに答えては貰えなかった。（中略）漸く中へ入った時, 帽子をいじくり回しているよそ者か, あれこれの鍵を合せようと試みている夜盗のようだった。時と共に漸く自信を得たが, この場所を本当に自分のものにしてみると, 二度とそこから出ることはなかった」(149)。自分の心の友となり, 心という家に入ることの困難を語るこの奇妙な空間的な比喩は, ジェイムズの比喩の多くがそうであるように, それ自体物語的な面白さを持つコードの役割を果しているが, その示すところは,

---

[42] John Winthrop, *A Model of Christian Charity,* in *The Norton Anthology of American Literature* 1. Second edition, ed. by Nina Maym et al., p.49

真の自己，或いは自己の才能の発見，それを真に自分のものとして認知し，それと調和的関係を結び，それを通して新しい自己の発達段階へ到達するという精神的成長の仕組みであろう。このような心の発達の捉え方は，ユングの心理学に言う自己実現の考えに符合する。

　個性化とは何を意味するか。個別的な存在になることであり，個性というものをわれわれの最も内奥の，最後の，何ものにも比肩できない独自性と解するかぎり，自分自身の本来的自己（ゼルプスト）になることである。したがって，「個性化」のことを「自己化」とも「自己実現化」とも翻訳できるかもしれない。（C. G. ユング，野田悼訳『自我と無意識の関係』人文書院，1982年，85頁）

　本来的自己は内面と外面とのあいだの葛藤の一種の代償作用としても特徴づけられるかもしれない。このような定式化は，本来的自己が，一つの結果，一つの到達された目標であるという何物か，また除々にしかその状態にならなかった，そして苦労を重ねた末に体験された何物かという性格を持っている限りにおいては，決して的はずれではあるまい。このように本来的自己は，人生の目標でもある。なぜなら，それは個人と名付けられている運命結合体の完璧きわまりない表現だからである。しかも，個々の人間のではなく，一人が他者を補って完全なイメージとするグループ全体の表現となっているからである。（同書，193頁）

　ユングの提示した人間の成長（個性化）のモデルの全貌は，上の抜萃で到底窺い知ることができない浩瀚なものであるが，基本的に『黄金の盃』が描出するイメージと通じ合うように思われる。ヴァーヴァー氏の努力に伴う困苦（例えば彼は，本来好きでない骨折仕事を好きだと思い込み，汗水を流さねばならない——つまり，「内面と外面とのあいだの葛藤の」一時期があった，144）と，彼の成功の段階性——ユングの言う，「除々にしかその状態にならなかった，そして苦労を重ねた末に体験された何物か」に相当する——，そして彼の達成した成果が「アメリカン・シティ」の住民を利したことなど，ユングの個性化の定式に一致する。上掲書に，「個性の独自性というものは，決して個性の主体や構成要素の異質性と解してはならない。むしろ，もともと普遍的なもろもろの機能や能力が独自に混

じり合っている一状態（中略）と考えるべきである。」(ユング，86) とあるのは，ヴァーヴァー氏の，普遍的な人間の営みへの参加を理論づける有力な根拠である。つまり，だから，彼の努力の結果は，個人のレベルを越えて社会的に環元されるのである。「彼の困難は，謙虚さ故自己の才能を信じきれない点にあった。」(149) が，それを解決し地歩を固めることができた，という解説的記述と，それに続く簡素な直喩（「桃色と銀色の日の出のように，彼の自由が暁のように齢けつつあった。」(150))も，この論点を裏書きする。古い自我の殻を脱皮して新しく生れ出づる為の自由は，二人の中年のアメリカ人，アダム・ヴァーヴァーと『使者たち』のランバート・ストレザーの無意識裡に求めるところであった。そのことが両作を瑞々しい色調に彩っている。中年であるに拘らず，特徴的な若さを持つことも両人物の共通点である[43]。

アダムとランバートは又共に，若妻との死別という悲しむべき経験を過去に持ち，後者は更に，一人息子まで病死させたことが今猶痛恨の一事として心底に焼きついている（それがチャドウィック・ニューサム青年への彼の愛着へと投射される）が，ヴァーヴァー氏はマギーという愛娘を得たばかりか，初孫にも恵まれ，自らも若く美貌の女性との再婚に踏み切ることになる。彼の人生のこの第二の転機を綴る筆も，例によって朧化的，抽象的，比喩的言辞を紡ぎ出してゆく。「彼はどっちつかずの考えを持っていたが，それが不安のままに，夜の広大な瑞々しさの中に潜んでいる或る観念へと手を差し伸ばさせたのである。その息吹に当たると種々の食違いも影をひそめ，融合へ達することであろう。」(205) と，彼の意識に則して叙述される。ヴァーヴァー氏の意識の様相を描出する個所には，ジェイムズが偏愛する空間の観念が横溢する。「迷路の一つの角を曲がると出口が見えた。それは，広々と口をあけていたので，彼は驚きのあまり息を止めた」(207)。闇と光との矛盾語法（オクシモロン）的に奇抜な混淆が見

---

[43] Henry James, *The Ambassadors*. A Norton Critical Edition, p.49. *The Golden Bowl*, the New York Edition, vol.23, Book Third, VI, p.324では，肩幅も狭く，顔色冴えず，頭頂の髪もなくなっているが，少年王（"an infant king"）の相貌を以てテーブルにつくヴァーヴァー氏が叙せられている。そのほか，206, 218頁など参照。

られ（"the whole place ... lay there as under some strange midnight sun."同），既述した空間的イメージと新しい世界のモチーフが再現される（"a vast expanse of *discovery*, a world that looked, so lighted, extraordinarily new ..."同）。

　蒙昧から啓発への推移を伝えたイメジャリーの筆が次に掘り起こすのは，論理的，倫理的文脈である。「彼の光明のすべてが収斂する鋭い一点は次のことであった。つまり，これから先父として彼に要求されているのは，マギーが彼を見捨てたというふうに彼女自身に見えないように，処理することにあったのだ」(207-208)。これには，「マギーの心を安んじてやる方途は，結婚によって，彼の将来――というのは彼女の将来ということでもある――に対してそなえることである。」(208) という平易な説明が添えられる。かくしてヴァーヴァー氏はシャーロットへの求婚を決意し，結婚するが，人生のこの一大選択が氏に及ぼしたに違いない精神的影響については，このあと殆ど書かれていず，アダムとシャーロットの結婚生活は，テキストの外の領分へ押し出されてしまう。彼が程なく生じたと思われる新妻の離反に気づいていたか否かさえ明らかでない。妻の浮気について，彼の無知と，聖者のような全知と寛容とに評家の説が分れる始末である。才能の開発と夢の実現の為自己の世界を切り拓いたヴァーヴァー氏は，こと結婚に関しては，娘の不安の解消という（父性愛の深さに発するとは言え）外発的な動因しか持ち得なかった。それ以降の氏は，受動的という点でアメリーゴと選ぶところなく，只状況まかせに生きている観を呈する。少なくとも表面的には，拱手傍観するのみの人物になり終るのだ。視点人物として重要な役割を演じるフリーダ・ヴェッチとも異なり，背景の中へ押しこめられてしまう。アメリカン・ドリームの達成（富と名声の獲得）と自己実現（真の才能の開発）を二つながら手にした時，ドラマの中での彼の一応の役割は終ったと考えたくなる。しかしマギーの目と心が映し出す漠とした思惟世界の中で，朧ろな像を描き出される対象として，又，四主要人物の関係の様相を決定する一要素として，氏は猶，機能することを見落とすべきでない。ここに

ジェイムズの戦略が働いていて，閉塞的な状況の中に身動きできず呪縛されたような三人を救うマギーの下巻での精神的努力の深遠さを一層効果的に演出する意図があったと見ることができる。

ジェイムズは絵画性の濃厚な作家であると言われ，この小説においても，四人のキャラクターたちの，字義どおり（狭義）の肖像画が描かれる（アメリーゴ，4, 42等；シャーロット，46-47, 既述；アダム，169-170；マギー，187-188, ここでは古美術の真価に心の拓けたヴァーヴァー氏の目に彼女は，古代の塑像或いは，「貴重な甕をぐるぐると取り巻く擦り切れた浮き彫りの中の姿」, 187, として映る）。これらと並行・交錯しつつ，性格や心身の習性，言行の特性の叙述，又書き手の描写空間の中で比喩化された表象——広義の肖像——が描かれるが，上に述べた成長の段階に達したのちのヴァーヴァー氏は，下巻の劇的人物点描或いはマギーの広義の肖像画において，背景の中に溶け込み，『鳩の翼』でミリーの温かい助言者となるストレット医師（Dr. Luke Strett）にも似た温顔と，全てを理解し救す者の優しい眼差しを以て娘を見守る役に徹するように思われる。

6．人間関係のドラマ——網に囚われた人々

下巻の殆どをとおして視点人物となるマギーの論考をあとに回すことにして，ここではその父親の求婚以前に小説の時間を遡り，マギーの結婚が父娘の関係に及ぼした変化を考えてみることにする。第1部，第IV章でアシンガム夫人は，「あの人たち［アメリーゴとシャーロットとマギー］も私のものです。（中略）私たちの関係は，すべての人々をめぐって（"all round" に）存在するのです。（中略）私たちは言わば一連托生で，それを変えるにはもう遅すぎるのです。私たちはその［関係の］中に，それと共に生きなければならないのですわ。」(86) と，いつもの伝で夫君のアシンガム大佐を相手に昂然と言いきる。これに直続する科白で，「だからシャーロットが良い夫を得るように計らうことが（中略）私の生き

る道の一つとなりましょう。」(同) と補足されていることから察せられるとおり, それは, 夫人の, 主要人物たちに対するのっぴきならぬ責任の表明であるが, そのような現実的な意味のレベルから切り離して, ジェイムズの物語作りの定理を示唆していると見ることもできる。即ち, 人物たちの性格づけ (characterization) に劣らず, 関係 (relation) を重視したこと, 特にこの作では, 人物関係を統合する一つの理念がすべてを決定する力を持ち, それによって話が組立てられ, その中で人物が動かされてゆくという小説力学を示している。視点人物 (ここではアシンガム夫人) の意識の中に摂取され, 分析と解釈を受けて, 作中に機能する人物像や状況像へと組織立てられてゆく関係の分脈が重視されるのである。そして逆に, この関係が規定する個有の状況の中で思考・行動し, 感じる人物たちの意識内容が作品の血肉となる。夫人の言う「私たち」を作者と置換することは行き過ぎであるとしても,「その関係の中に, それと共に生きる」ことが, 取りも直さず, ジェイムズにとって『黄金の盃』の構築の過程であった。

　第2部, 第I章には, マギーの結婚により, つまり, アメリーゴが父娘の生活圏に入って来ることによって生じる新しい人間関係と状況を空間的, 建築的イメージに置換して表現した段落が現れる。これは同じ章の冒頭頁で, ヴァーヴァー氏が或る日曜日の午さがり一人すごすフォーンズ荘 ("Fawns House") の叙景と共に, 雄大な空間感覚を打ち出している個所の一例である。『鳩の翼』の空間意識が概ね閉塞的 (L.フィードラー流に言えば死体嗜好症的(ネクロフィーリアック)) であるとすれば (ミリーの寵る塔の比喩[44]など), こちらのそれは, 開放的で明るく, 時に微かなユーモアさえ湛え, 生の輝きに満ちていると言えよう。

　　　It was as if his son-in-law's presence, even from before his becoming his son-in-law, had somehow filled the scene and blocked the future —very richly and handsomely, when all was said, not at all inconve-

---

[44] Henry James, *The Wings of the Dove*, 第7部, 第III, IV章に頻出。

niently or in ways not to have been desired: inasmuch as though the Prince, his measure now practically taken, was still pretty much the same "big fact," the sky had lifted, the horizon receded, the very foreground itself expanded, quite to match him, quite to keep everything in comfortable scale. At first, certainly, their decent little old-time union, Maggie's and his own, had resembled a good deal some pleasant public square, in the heart of an old city, into which a great Palladian church, say — something with a grand architectural front — had suddenly been dropped; so that the rest of the place, the space in front, the way round, outside, to the east end, the margin of street and passage, the quantity of overarching heaven, had been temporarily compromised. (134-135)

（恰も彼の娘婿の存在が，婿になる以前から既に，幾分この場を満し，未来を遮ったかのようであった。と言っても，結局，大変豊かで立派なやり方であり，それで不便が生じるというのでは全然なく，望ましくない方法を取った訳でもなかった。その結果として，実際身の丈を測定された［人物・度量を見定められた］公爵は，依然として殆ど変らぬ「大きな事実」であったけれども，全く，彼に寸法を合わせ，すべてを［彼にとって］快適な規模に保てるようにと，空は高くなり，地平線は後退し，前景そのものが拡大してしまったかのようだった。確かに，最初は，彼らの，つまりマギーと彼自身の，つつましやかな，昔からの結びつきは，古い町の中心の或る楽しい公共の広場に大変似ていたが，その中へと，言ってみれば，大きなパラディオ式建築の教会——壮麗な正面の建築を持つ建物——が突然降って来たのだ。その結果残りの場所，前面の余地や，回りや外の，東端へ通じる道や，通りと通路の余白，上にかかる蒼穹の量までもが，一時的に，危機に陥ったのだった。）

引用個所を含む段落の終りに，「要は，何かこのような過程によって公爵は，舅にとって，しっかりと一つの特色［を備えた人物］として留まる一方で，不吉な障害物でなくなったのだ。」（136）と解説的に締括られる以外は，人間関係の直接的な記述がなされず，空間や位置を表す言語に終始する。調和した（実は過度に密な）父娘関係の中に闖入した第三者の趣をアメリーゴに——遠慮がちながら——付与する行文であるが，その問題の人物が元からの関係を乱すことなく収ってゆくことは，「その現象

は(中略),非常にゆっくりと静かに,穏やかに生じたので(中略)目に見える程の移行も,無理な調整も生じはしなかった。パラディオ式教会は常にそこにあったが,広場は自分のことを自分で処理した。("took care of itself.")」(135)と解釈的に記される。教会と広場が,新郎の公爵と,アメリカ人父娘をそれぞれ指す暗喩であることは自明で,前者の参加のあと,新しい空間的秩序ができ上がったとは言え,何となく不調和な――何処か無理をしたような――感覚が残存することを暗示する語りである。

　緊密な親子関係の中,ヴァーヴァー氏の個人的領域の前面に確固とした位置を占めていたマギーが嫁ぎ,抜け出た跡に空白が生じ,そこにほかの人々(ヴァーヴァー氏の妻の座を狙う,或いは妻となる可能性を持つ女たち)が入る余地ができた(第2部,第II章,154)というのは,先の引用に見られたような物理的空間ではなく,社会的,心理的空白である。マギーが嫌うランス夫人とラッチ姉妹(キティとドッティ――名のみ挙げられ,風姿・容貌の描写が一言もない女性たち)のフォーンズ荘滞在は当然彼女の心配の種になる。ヴァーヴァー氏は,「いつもそうであったように,彼女の心と生活の中に,言わば引剝すことも,対比したり,対立させたりすることもできないくらいに深く存在した状態から,別個の人として彼女の心にかかり,或る意味で,彼女の手がかかるようになった。」(154)というように,父娘関係の変質が示される。これは一見して,アダムとマギーの,母親と幼児のような一体性が破られ,俗に言う親(子)離れが行なわれたというふうに見えるが,実際には密接な心理的繋がりが温存される。父は娘の中に「引き剝がす」こともできない程に埋め込まれ,娘の肉体の一部と化している。そこには,母と幼児の間におけるような,「対比」することが不可能なまでの個別性の欠如が見られる。(一歩を進めれば,マギーは,子であるが女である為に,ヴァーヴァー氏の母であると言えよう。後述するマギーにまつわる母のイメージやヴァーヴァー氏の醸し出す幼年王の表象はそれと繋がりを持つかも知れない)。このような密着した関係が程なく二組の夫婦生活にどこかしっくりしないものを生み出す要因と

なるのは見やすい道理であろう。

　問題のこの根は，第2部，第VI章でヴァーヴァー氏の求婚にも影響し，そのあとまで尾を引く。求婚の理由として氏は，「マギーは，彼女自身の結婚によって生じた変化──つまり，私にとって生じた変化を感じているのです。断え間なくそのことを考え，気の安まる時がないのです。だから，彼女の心を安んじてやろうというのが，私があなたと一緒にしようと思っていることなのです。」(223)，「マギーが私を見放してしまったのだと私が思っているという，彼女の考えを，あなたは彼女の心からうまく取り除いて下さるでしょう。」(同) と言う。「でもあなたは，本当にそう［見放されたと］感じていらっしゃいますの？」(同) との問いに対する，「いいえ，そうは思っていません。けれど娘がそう思っているのでしたら──」という応答の直後に，「つまるところ，それが彼女の思っていることであったら，それで十分だという訳であった。」(同) と，書き手による皮肉ともとれる注解がつく。(こういった個所に，『源氏物語』の作者が時折草子地に洩らすのと似通ったアイロニーとユーモアが漂う。) これでは理由として薄弱だと感じたヴァーヴァー氏が突嗟に，「私がそう思うのなら，と言っても同じです。私はたまたま自分の考えを気に入っているのですよ。」(223) と取繕っても，問題の本質は大して変わらないであろう。慧敏なシャーロットならずとも，この求婚の奇妙さは自明である。それでは私が結婚の申し出を受けるのは，マギーの為なのですか (224) と切り返し，「あなたがそうだ［私を必要とする］とご自分に思い込ませていらっしゃるのはもう分っております。」(" 'I've already seen,' said Charlotte, 'how you've persuaded yourself you do.' " 266) と応酬するのである。この答えは，我が国の『伊勢物語』，『源氏物語』などの古典に見られる被求愛者の常套的はぐらかし ("you've persuaded yourself" がその意味機能を担う) めいてもいるが，それと共にジェイムズ小説，或いは，西欧の散文の物語では，ラファイエット夫人 (Madame de Lafayette, 1634-93) の『クレーヴの奥方』(*La Princesse de Clèves*, 1678) を草分けとする西欧文学一般の恋愛に混入してくる論理性 (要求や立場の正当化，妥当性の証明の

問題）との連関を窺い知ることができて興味深いものがある。ともあれ，父娘の頬笑ましい愛着というメダルの反面である情動的固着は，「それ［結婚の件］を単に［ヴァーヴァー氏］自身の為に考えることは（中略）その状況を余すところなく正当に理解しても猶，不可能であっただろう。」(208-209) という，第2部，第V章末を括る文に示される。アダム・シャーロットの結婚後を語る第3部，第I章で，今猶マギーがヴァーヴァー夫妻のイートン・スクェア邸に入り浸っていることを示す，「このような不意に摑んだ幸せ［父子の対話の機会］や一寸したパーティ，長いお喋り程あの人たちがこの世で好きなものはないのですわ。（中略）あの可愛い人たちは時々本当に，訪問ごっこをしている子供みたいでした。」(252) というシャーロットのぼやきめいた評言にもそれが如実に表されている。

　哲学的と称される作風を持つジェイムズの小説では，同じ主題が横から斜めからと角度を変えつつ眺められ，洗い出される。ここまで人物を，関係とその変化という観点から見てきたが，質とその変化という視点も併せて考える必要がある。

　　"Should you really," he now asked, "like me to marry?" He spoke as if, coming from his daughter herself, it might be an idea; which for that matter he would be ready to carry right straight out should she definitely say so.
　　Definite, however, just yet, she was not prepared to be, though it seemed to come to her with force, as she thought, that there was a truth in the connexion to utter. "What I feel is that there's somehow something that used to be right and that I've made wrong. It used to be right that you hadn't married and that you didn't seem to want to. It used also," she continued to make out— "to seem easy for the question not to come up. That's what I've made different. It does come up. It will come up."（171）
　　（「お前は本当に，私に結婚して貰いたいのかね」と彼は今尋ねた。娘の口から聞くと，それは一つの発案であるかも知れないという話し振りだったし，その点では，もし彼女がはっきりとそう言ったら，進んでそれをすぐ

にも実行に移したであろう。
　しかし今のところ, 彼女にはまだはっきりとしたことを言う心構えができていなかった。もっとも, 考えてみると, このことと関連して話しておくべき真実があるという思いが彼女の心に強く浮かんでくるようであった。「私が感じているのは, 以前には正しかったのに, 私が正しくなくしてしまったことがどうもあるようだということなのです。お父様が結婚なさらなかったこと, 結婚したいともお見えにならなかったことは, 以前はそれで正しかったのです。それに又」と彼女は論じ続けた。「以前には, その問題が表面に出て来ないのも容易なことに思えました。その点を私が変えてしまったのです。それは必ず出て来ます。きっと出て来ることでしょう。」)

　ここでマギーが問題にしているのは, 自分の結婚がヴァーヴァー氏の立場に齎した質的変化である。清教徒の子孫らしく, 正しくあることにこだわるマギーは, 父親を正しくなくしてしまったと思い, 気に病む。(引用の第１パラグラフで, 或る一つの考えにこだわるヴァーヴァー氏の心性は, アメリカ小説(C.B.ブラウン, フォークナー等)の作中人物固有の偏執狂的な(モノマニアック), つまり, 観念に呪縛される, 傾向を示している。先に見た求婚において氏がマギーの考えに拘泥することも, あながち求婚の相手の人格を無視するつもりはなく, そういった傾向の一部であるかも知れない)。状況・関係の変化・変質→新しい局面の出現→新たな対応, という発展が, 実人生におけると同様, 作中人物を動かしてゆく要因である。マギーは, 父ヴァーヴァー氏が失ったものの代替物("some alternative," 172) を提供しなければならないと言い, 次のように状況を分析する。「お父様が私と結婚していらした時は, お父様は売り物にはなれなかったのです("you couldn't be in the market")。というより, 私の方が, お父様と結婚することによって無邪気に人を寄せつけなかったのです。今私はお父様以外の人と結婚しているので, お父様は, その結果, 誰とも結婚していらっしゃらない。だからお父様は誰とでも結婚して宜しいというわけです。人々は, 何故お父様が自分と結婚していけないか分からないのですわ」(同)。この真剣で無邪気な, 巧まずしてコミカルな, 三段論法による状況判断を通して, 作者の仕組んだ皮肉と諧謔が透けて見える。ここにも, マギーの天衣無

縫の娘らしさと，父子の幼児的未分化状態が見られる。(それと同時に，マギーの科白の終り方に顕在化してくる社会的分脈，即ち，ヴァーヴァー氏が市場経済的価値を帯びるに至ったことも見落せない。人物の質的変化とはこのように，親子関係的，家庭的分脈から対社会的，経済的分脈へ，或いは又その逆への推移を意味する。）上巻のマギーは，テキストの局面から言っても，妻になりきらないまま娘に留っているように見える。それを妨げているのは，言うまでもなく再三指摘してきたエレクトラ・コンプレックス的な関係の密度である。しかし一方で，関係という指標に焦点をあててこの小説を読む時，関係の正常化という，作の志向する方向性が見えて来る。その正常化は，マギーが娘から，父親固着により今空虚になっている妻の位置へ移行すること（制度としての家族の中での空間移動），換言すればアメリーゴの妻として真に夫を愛し，成熟した関係を持つこと（心理的変化・成長）による以外には不可能であろう。娘としての父親固着（幼児的退行）と，母としてと同じく妻として，真に幸せになる為マギーに課せられる努力という，二つの力の拮抗をジェイムズはこの作において実体化した。この小説は，国際間比較の主題の底に，普遍的な人間の問題としての，家庭劇の枠組を持つのである。しかしジェイムズは，家庭劇を書こうという意図を以てこの小説の創作にかかったのではない。その点は，ジェイン・オースティン（Jane Austen, 1775-1817）の『高慢と偏見』(Pride and Prejudice, 1813) のような小説と事情が違っていたように思える。彼の創作的想像力を常にくすぐって止まなかった人間の状況と関係へのあくなき関心が，彼の側聞したという或る父娘の結婚話[45]に触発され，このような物語を生むことになった。その際，家庭，或いは夫婦という社会的に認可され，人間の集合体の最小単位として一つの規範とされた結びつきが，理念化された枠組として作品世界の諸要素の一つとして，機能したと言うことができる。人間の状況と関係を純粋なエ

---

[45] *The Notebooks of Henry James*, ed. by F.O.Matthiessen and K.B.Murdock (Chicago: The University of Chicago Press, 1981), p.130

キスにまで煮つめ，夫婦（或いは人と人と）の関係の最も普遍的な雛型――
――精巧極まるモデル――をジェイムズはこの作の中に結晶させることに
成功したのである。
　マギーは，論理的な状況分析を行なうが，この段階では，自分たち
（親子）の現状をどう維持し，正当化できるかという関心に留る。第3部，
第III章の父子散策の場で「彼らが優しく目と目を見交しながら黄昏の空
気の中へ吐き出したものは，至福の中での一種の無力さと言って良かっ
たかも知れない。」（167）と，人類の始祖の堕落と楽園追放以前のエデン
の園的調和が謳われるが，父子の未分化が問題を孕んでいるとしても，
上に続いて，「自分たちは正しいということ，すべてのものの正当化の可
能性――その脈動を彼らは感じた――が彼らと共にあった。」ともある
（同）。又，「しかし彼らは，このように完全無欠なものを，これ以上何の
役に立てることができるのかと，少しぼんやりして自問していたのかも
知れない。」（同）というのは，物語世界に潜在する矛盾を打開し，新し
い倫理的局面への展開を求める小説のモメントが発動させる言説であろ
う。「この瞬間は彼らにとって――或いは少なくとも，自分たちの運命を
眼前に控えた彼らを見守る私たち［読者］にとって――，正しいという
ことだけでは，あらゆる偶発事に当るのにいつも十分であるとは限らな
いということの発見の黎明としての意味を持つのではないだろうか？」
（同）という書き手の評言が挿まれる。正しさのみが人生のすべてでなく，
悪を認知し，それと対決することが精神の成長の必須要件であるという，
ホーソーンやヘンリー・ジェイムズ・シーニアら，超絶主義の楽観的人
間観にあきたらなかった文人たちのテーゼが導入される時を迎える。上
巻は実にこの導入の為の基礎工事であると言うことができるのである。
三大作中『黄金の盃』は特に，人間の関係に焦点を絞り，戯曲的性格が
濃厚であるが，作者は，数少ない人物の性格，言動，その互いの関係と，
それらのものすべてが作り出す状況を，その相互作用の中に，悠揚迫ら
ぬ文体によって不足なく描き取り，文学史上稀に見る重厚な心理的人生
絵図を創り出したのである。

7．愛人たちとコロス——物語発展の端緒と解釈の枠組

　『黄金の盃』第3部では，第2部末から，ヴァーヴァー氏とシャーロットの結婚後に時間が飛んでいる。その間に，主題に関わる状況が進展し，深刻な問題が顕在化しかけているところで，第3部が幕開きを迎える。つまり，小説の語られない間隙にも，話が進んでいるわけであり，そこに小説というものの包含する空間的な広がりが看取される。

　物語が始まる以前，愛し合っていたシャーロットとアメリーゴは，それぞれの配偶者が父と娘であるという特殊な事情に助けられて接近する機会を持ち，縒りを戻しかけている。ヴァーヴァー氏（シャーロットの夫）の娘マギー（アメリーゴの妻）は，事態に勘づき始め，その改善に身を乗り出してゆく気配を見せると，およそこのように外面的な筋組を要約することができる。愛人たちの関係と，マギーの開眼に加えて，第3部で着目したいのは，ファニー・アシンガム夫人とその夫君ボブ・アシンガム大佐のコロス的な役割である。夫人は，知覚した印象を映し出す意識の画布ないし銀幕となるだけでなく，印象を発散する出来事や人物の言行の動機と，性格的，内的要因を解釈し，説明する機能の少なくとも一部を，伝統的な小説の全知・全能の作者に代わって果たすが，それらの解釈や説明がこの小説の血肉となり，骨格を支えて，ストーリーの形姿と筋組を形成する以上，この夫人の役割には，ジェイムズ作品の多くの視点的人物（一例としては，『鳩の翼』のストリンガム夫人）以上に重要なものが見られる。

　温存する肉親の関係，ヒロインの覚醒，視点人物の役割という，如上の三つの問題のほかに，真善美の追求（価値の創造）的な性格の濃厚な本篇にあって人物たちは，三つの価値のいずれかに関わること（その過程で彼らの人間的なあり方に歪みが生じることもある。），そして言行の，又対他的に提示される自己の状況の，倫理的，論理的整合性を希求すること が

認められる。アメリーゴに関してそれは，損なわれざる全一的自己の再建と保持という努力に繋がる。追ってそういった価値的側面にも照明を当ててみることとする。

8．アメリーゴとシャーロット(1)——自由の喪失

　貴顕紳士淑女の群れの中にアメリーゴと並び立ち，燦然と耀く一対となるシャーロットではあるが，「自分の夫の義息［アメリーゴ］が保つ個人的な価値から霊感と支えを引出し」(248)，アメリーゴの輝きを借りて光る（"the lustre she reflected," 249）依存的なあり方は既に，彼女の存在の危機を予示すると見てよいであろう。

　第3部，第Ⅰ章，シャーロットの意識の叙述に続く部分の大半は，不例でパーティに出席しなかったヴァーヴァー氏をマギーに任せきりにして，シャーロットがアメリーゴと共にパーティに残ることの当否をめぐる，アシンガム夫人の苦言と彼女の釈明によって占められる。後者は，父娘の今尚続く異常な親密さをあげつらい，娘が父の家（ヴァーヴァー氏夫妻のイートン・スクエア邸，つまりシャーロットの居所）に入り浸っている為，身動きできず，縛りつけられていると弁解する。ここには既に，年長の夫婦間の亀裂が表面化しかけている。父娘の関係が問題の根源であるとの，シャーロットの側からの観察は正しく，是正されるべき局面を言い当てている。再三述べたようにこの小説は倫理的，情緒的に適切で，調和した関係の構築へ向って動いてゆくのであり，その力学的モメンタムがこの作の原動力となる。

　続く第Ⅱ章で，アシンガム夫人の疑念の矛先はアメリーゴへ向けられる。彼は，「僕たちは同じ立場に立っているのです。」（"We're in the same boat." 267）と奇妙な発言をし，「僕たち，シャーロットと僕は，二人を一緒にする共通の恩人を持つみたいではないでしょうか?」，「僕はよく，あの人［ヴァーヴァー氏］は彼女の義父でもあると感じることがあるのです。あ

の人が僕ら二人を救ってくれたような具合ですよ。」(269) と言う。イタリア貴族の釈明を夫人が「一種の不吉な告知」(同) と呼ぶのは、公爵のこの場の言動から、ヴァーヴァー氏がシャーロットの夫であるという事実が欠落し、その背後から、金銭的な不如意に沈倫していた為に愛情を遂げられなかったという、恋人たちの本音が吟きのように響いて来ると思うからだ。「彼の目の中に、何か名状し難い或る物が彼女に向って現れて来（中略）、奇妙で隠微な、彼の言葉とは裏腹の、その言葉を裏切る何かが、彼女のより繊細な理解力に訴えようとして、深いところにきらめいていた。」(271) と、夫人の意識の現象が言語化される。「シャーロットは、どのような形で人々に披露されるにせよ、何をさしおいても、彼女の夫［ヴァーヴァー氏］の妻として知られることが肝要と私には思われるのです。」(267) との、幾分辛辣な当てこすりに対してアメリーゴは、シャーロットがヴァーヴァー氏夫人として知られるには何かが欠けている、氏は彼の妻の夫として知られる努力をすべきなのに、独自の癖とやり方に固執している (272) と、珍しく義父を批判するに留まらず、彼は、あの恵まれた境遇で、どうして結婚を望んだのか僕には分りかねます (273) と言い出すに及んで、夫人は絶句してしまうのである。

　ヴァーヴァー氏から与えられる共通の恩恵に浴し、それによってシャーロットと繋がり、彼女と同じ立場にいるとアメリーゴが仄めかすのは又、経済的な関連を頭においてのことである。彼は、「金銭的に浮かぶことができる要素で身を包む為、義父の莫大な資産を要した。」(268) が、金銭的に沈み込まない為にその舟は、「埠頭にしっかりと繋ぎ止められているか、流れの中に錨を降ろしているのです。手足を伸ばす為僕は、時折水に飛び込まずにはいられません。」(270) という仕儀になる。シャーロットとて同じことで、今夜彼らがパーティに一緒に残ったことも、埠頭からの罪のない一寸したダイヴィングだと思って下さい (同) と、アメリーゴは申し開きする。こうして公爵は、繋がれたボートから時折離れる自由というを暗喩(メタファ)に使い、シャーロットと会う言い訳にするのだが、読者として敢えて行間を読むとすれば、単純素朴に見えるそれぞれの配

偶者との——しかもその人々に金銭的に深く依存し，恩義を感じながら暮らすしかない——生活の息苦しさが耐え難くなる時があったであろうし，又アメリーゴ自身がヴァーヴァー氏の蒐集品に見立てられたことや，アメリーゴの換金のイメージ（325）には金銭的支配が寓されていることは自明で，そのような屈従への代償としての自由が論理の発展の道筋として生じることも無理からぬところであろう。しかしこの自由は，愛欲の再燃を誘発する危険を孕むのであり，一般的文脈ではポジティヴな価値と見做される自由がここでは，ネガティヴな負荷を帯びる。この弁証法的過程は，もう少し先（第IV章）で，過去（アメリーゴとシャーロットが愛人関係にあった時期）が甦り，未来と絡み，その為現在が実体を失う（298）という観念や，彼らが労することもなく，魔法の網が織られ，理想的で完璧な自由の中で二人が向い合うことになった（同）といったイメージにも表現されることになる。

　アメリーゴとマギーの結婚を取り持った手前，事態を憂慮するアシンガム夫人は，夫君との対話の中で，「道徳的な慎みの命じるところに従ってシャーロットはアメリーゴをそっとしておいてやらなければならないのです。」（283）と断案する。このように恩義と義務が行為を規定する。下世話に言えば，今女は，昔の男に手出しすることは許されないというのがアシンガム夫人の言い分である。戯曲性の濃いこの小説では，人物間に働く関係の原理が強調され，そこに，信義と報恩といった東洋的，儒教的理念さえ働く。しかしながら，「道徳的な慎み」に基づく義務の観念にも拘らず，シャーロットとアメリーゴの間に，一旦は抑えられた情念が現実的な力として発動して来るのである。

　他方アダム・マギー父娘間には，幼児退行的な固着とも言える親密な情愛が猶持続し，それがマギー・アメリーゴ間の夫婦としての親和力を希薄化している。シャーロット・アダムというもう一組の夫婦の関係についても，感情的な調和を読者は知らされることがない。こうして，四主要人物間にいびつな関係が瀰漫するのが見られる。小説の内的要因によって，夫又は妻としてあることを要請される人物たちの配偶者的関係

性に亀裂が入り，弱体化して，今では不義の愛と，父と娘の幼児的密着という別の関係性が蔓延(はびこ)ってしまうのである。

　先行作，『使者たち』では，ストーリーの局面が，当初に志向された関係——期待された使命遂行を条件とし，そののちに起こるべきストレザーのニューサム未亡人との結婚，帰国し家業を継ぐことによるチャドウィックとニューサム夫人間の望ましい母子関係の回復——の破綻へ向うのとは対照的に，本篇では，諸関係の正常化，シンメトリーの修復への動きが一つのパースペクティヴとして見通される。調和と秩序のある世界の構築を目指して作家は孜々として筆を進めている趣が，重いテーマを背負いながらも，この小説をコメディ風な彩りに染め上げていると言えよう。前作が喪失や諦念を主題にしているとすれば，これは達成や獲得，回復の劇であると概括することができる。ここには言葉の点でも，イメージ・比喩の点でも，「獲得」のモチーフが溢れている。ヴァーヴァー氏が古美術の蒐集家であることから既に「獲得」の暗喩である。親子が諧謔を込めて海賊に見立てられ（第1部，13），征服者コルテスに凝せられる（第2部，141）ことは，旧世界を前に敗退する『アメリカ人』のクリストファ・ニューマン，『使者たち』のランバート・ストレザー，『鳩の翼』のミリー・シールと違って，氏のヨーロッパ征服，旧世界の宝物の収奪を寓していることは明白である。アメリーゴとシャーロットさえも，氏の財力により，買い取られた蒐集品の一部であり，彼らが「縛られた」と感じる所以も，本源的にそこにある。従ってアメリーゴにとって，「物」から「人」——就中，マギーの主人——への転身が精神的努力の指標となる。これも又関係修復の過程の一部である。関係の変化は，それに関わる人物の質的変化を伴立する。「公爵」，「公爵夫人」という標題をジェイムズが上下巻それぞれに冠したことは，アメリーゴとマギーの夫婦関係の改善と，彼らの人間としての再生や成長が本篇の中心的課題であること，更に，彼らの「教育」の場として，歴史と伝統が深く浸透したヨーロッパが選び採られたことと密接に関わっている。

9．アメリーゴとシャーロット(2)——自由の追求と共謀

　それぞれに配偶者を持つ身では，社会的にも，人倫の声に照らしても，今認められざる間柄となった二人であるが，およそあらゆる関係の例に洩れず，彼らの関係にも，それを育み，持続させようとする自動的な力が働く。二人は今再燃する愛欲から養分を得，肥え太りつつある関係を維持する為，どこか痛ましい糊塗的な努力を余儀なくされるのである。
　さてシャーロットとアメリーゴが，自分と同じ列車でロンドンへの帰還を勧めるアシンガム夫人の誘いを断って，マッチャム邸に留まり，果ては二人だけの馬車の遠乗りに出かけようと計画することへの言及で終わる第3部，第IX章は，ことさらに，愛人たちの一致・調和を示す言葉とイメージに沸き返る。即ち，「その美しい一日が，大輪の香しい花のように咲きほこって，彼はただそれを摘むしかなかった。」(355) という直喩（シミリー），「彼らは同じ衝動を持っていた。」，「同じ時に同じ欲求を意識した。」といった記述，又なみなみと注がれた盃を飲み干すイメージ（いずれも356）等と，恋愛ロマンスと見まがう言葉が連ねられる。作者は，今不義密通の烙印を押される瀬戸際へ向いつつある情念をも，二人の意識と心理に寄り添いつつ，自然な発展として描くことを自ら課題とするかのようである。(そもそも，心理小説，意識の文学にとって，姦通に勝る題材がまたとあろうか？　そのことは，『源氏物語』の昔に証明済みである。) 作中最も明るく，豊かで，溌剌として，生気張る第VII章のマッチャム大パーティを叙する言句の数々，「陽光注ぎ，風強く，力強い英国の四月の気前のよい気分」("the generous mood of the sunny gusty lusty English April," 332, 押韻している。イタリック引用者)，「青春と美の大胆さ，かくも浸透した幸運と欲望の傲慢さ」，「すべて声という声は，快楽の真率さと免罪性（"the ingenu*ities* and impun*ities* of pleasure"）へと呼びかけていた。」(同，イタリック同じ) は，愛人たちの意識に与えられた額縁（枠組）として眺めれば，

道ならぬ快楽の肯定であろうかと思われるばかりまぶしい光を放つのである。

　ともあれここでも，ジェイムズ作品の主要人物たちに幾つかの要請が課されていることを認識する必要がある。それは大別して，(1)状況解釈と行為の意味づけ，方向づけ，(2)美（或いは趣味）の追求，そして(3)義務と権利の遂行という三つであろう。順々に検討してゆくこととする。

　第3部，第Ⅳ章には，アメリーゴと自分の特異な状況を分析し，適切な方向を探り出そうとするシャーロットがいる。「彼らが自分たちの立場を正しく理解したその瞬間から，彼ら，二人の友は，一緒に，並外れた自由を楽しんでよいように見えた。」(288)と，この章は書き起こされ，「彼らの進路は，様々な印についての，極めて細心な検討と，独創的ではないまでも，極めて自主的な解釈を彼らに要求するであろう。」(同)と，シャーロットの思惟に添いながら述べられる。彼らの行く道は，曲りくねっていて，藪と茨の中を辿らなければならず，又その状況は，先例のないもので，彼らの天には星も見えないと，困難な行路のモチーフが示される。おそらく『ポイントン邸の収集品』(1897)辺りから強まるこの作家の傾向として，キャラクターたちは，己の状況を道徳的，趣味的規範に合致するように——つまり，理非曲直の尺度に合うことは勿論，慎み深さを心にかけ，見苦しい言動に陥らない為に——，どのように解釈すればよいのかという，解釈学のアポリアに突き当ったようだ。ジェイムズの世界は，例えばジョージ・エリオットの『アダム・ビード』(1859)や『サイラス・マーナー』(1861)のように，中心人物が揺るぎない規範として掲げられた倫理と理想的な生き方を目指すのと趣を異にして，最初に，流動的な状況が与えられ，如何にそれを意味づけ，秩序づけ，又でき得ることならそこから価値を創造するかという，課題解決の過程を経て形造られるという側面を持つ。つまり，ジェイムズの物語世界の住人たちは，所与の社会的条件によって形成された，堅固な既成秩序の中に最終的に収まってゆくことを要求されるのとは違って，自分たちで言わば暗中模索しながら，棲む世界を創造することを求められる。ジェイ

ムズの，特に後期の作品において屢，磐石な地盤としての棲息圏を彼らは当初から拒絶されているように見える。不安定に揺らぎ，安息を峻拒する世界の様相は，ブラウンからホーソーンやポゥを経て，当今の作家では，ポール・オースター（Paul Auster, 1947-）にまで及んでいると思われる。

　言行の方向づけと言えば，何か活発な行動を起こすことと思われかねないが，同じ第IV章の始めのほうで，「私たちの立場の途方もない，本当に比類のない見事さは，私たちが人生において全く何も『する』必要がないということではありませんか？（中略）これまで沢山の『行為』がありましたし，又これからも確かにあることでしょう。でもそれは，一つ残らず，あの人たち［ヴァーヴァー父娘］の行為なのです。みな，あの人たちが私たちに対して何をしたかの問題なのですわ。」(289) と言うシャーロットの評言のとおり，実はむしろ何もしないことでもあり得る。無為のうちに静観するのも又行為であり，それは『ポイントン邸の蒐集品』のヒロインにより演じられた典型的な役割であった。この行動忌避と言うべき性癖は，死体嗜好（ネクロフィリア）がポゥのテーマである[46]（「アッシャー家の崩壊」("The Fall of the House of Usher")，「ライジーア」("Ligeia") 共に，1839）ように，この作家の重要なモチーフの一つである。或る特異なシチュエーションについて，とかく反芻し，適切な解釈をたぐり出そうとして延々と思惟の糸を紡ぎ出す姿は如何にもこの作家のキャラクターに相応しく，それが行為の等価物になっていると見做すことができる。つまり，行為と無為（或いは非行動）が同一平面に貼りつけられる，或いは後者が前者の一部となるのは，ジェイムズ小説が状況中心的であることから来ている。無為をも包含する行為の軸に状況の軸と意識の軸が加わることにより，立体化された言説の空間が築かれる。

---

[46] Leslie A. Fiedller, *Love and Death in the American Novel*. Revised edition (Penguin Books, 1984), Ch. 12, "the lust for a union with death which is Poe's ruling passion" などの表現が見える。フィードラーは，『鳩の翼』についても死体嗜好症的傾向を指摘している。（上掲書，305頁）

シャーロットの上の科白にすぐ続く地の文は、「そして彼女は、従って問題は、彼らがすべてを唯起きるままに受け取ることにほかならないことを示した。」（同）となっているが、この受動性、非行動性こそ、ジェイムズ小説の言わば特異な相貌であり、初期のロゥランド・マレットから中期のフリーダ・ヴェッチを経て後期のマートン・デンシャーとランバート・ストレザーにまで引き継がれ、内省と自己探究の坩堝の中で精錬されるに至った文学的質なのである。

　第3部終り近く第X章で、あの人たちはヴァーヴァー父娘の為に、自分たちの立場に内包される危険な要素を惧れてもいる（369）という、アシンガム夫人のジェイムズ流に婉曲な解説を考えてみると、作者がアメリーゴとシャーロットを単なる背倫の徒として通俗的に扱おうとしないことが頷ける。通俗的な意図は常にこの作家の真意から遠い。この一風変わって微妙な、危険を孕む状況に置かれた男女も又、事実や状況の観察と分析・解釈に参与してゆく——つまり彼ら自身も作品の中に配置されている幾対かの目と意識のうちの二つと化している——という、ジェイムズ小説を特徴づける事情があるのだ。作中人物として彼らも、小説世界の倫理的、論理的、審美的、社会的等の骨格の構築に与るとともに、彼らを通しても、世界が眺められる窓として機能するのである。ジェイムズの登場人物は従って、現実の人間のように、内的、人間的、社会的等の動因と文脈に従いつつ生きてゆくだけでなく、半身を言わば作家の創作工房の中に人質として囚われていて、作家がストーリーを組み立て、想念や表象を選び取り、彫琢する過程において、小説的機能を担わされる。ジェイムズが作家としての権能を人物たちと分っており、彼の作は、著者と作中人物との共同作業の結果であるという観を呈する。

　同じ章のもう少し先で夫人の言う、「問題は、公爵とシャーロットを導く確信に関わっているのです。あの人たちは、私よりも、判断の為の良い機会に恵まれているのですもの。」、「私はあの人たちの立場が理解できます（"I see the boat they're in."）。でも私はその中にはいないのです。」（370）という判断は、ジェイムズの小説が静観と思惟の文学であること

を雄弁に語る。より精緻に見，より深く分析することは，恰もこの作者のキャラクターたちにとって，それ自体価値であるかのようで，それを求めて心と心，意識と意識とがぶつかり合い，切り結ぶ場がここにある。只，これ又よく指摘されるように，それらの分析や判断——確信さえも——が，客観的に正しく，有効であるかどうかは別問題である。後期作品へ進むほどに，視点人物の主観がのさばり出て，十九世紀小説のような，「客観性」を持つ確固とした小説の地平，或いは「地」をこの作家は取り払ってしまう。その行き着く果ては，『聖なる泉』(*The Sacred Fount*, 1901) のような甚だ曖昧な小説であった。このような動向は，世界を把握する伝統的な枠組みが揺らぎ，パラダイムの変換を迫られた二十世紀後半の情勢を先取りするものであった。

　既成の物の見方が無効化する時，尚人が拠り所とするものの一つは，美の追求（趣味的，審美的領域への耽溺），或いは，少なくとも，あまり愚かしくならないことと慎み深さ（"delicacy," "decency," ジェイムズが偏愛するもう一つの徳目），浅ましさへ堕さないことであろう。審美主義への傾倒にはウォルター・ペイターの影響が認められると言われ，我が国の夏目漱石の求めた脱俗的な雅の境地（『虞美人草』，『草枕』等）と通じるものがあろう。

　既にふれた第VIII章，マッチャム・パーティの終りで，それぞれの連れ合いを家に残したまま公爵とシャーロットが二人だけの自由行動に出ようとする時，「共通の情熱という翼を得た時，推測がなんとぴったり一致することか。」(345)，或いはより具体的に，「彼らは，口に出さないが，互いに相手を必要とする気持が深まった。」(同) とあり，両人が一層親密さを増しつつあることが示される。昔の仲に復しかけている男女の以心伝心の通い合いが強調されたのち，公爵の意識を叙する次の文が来る。

>　　His whole consciousness had by this time begun almost to ache with a truth of an exquisite order, at the glow of which she too had so unmistakeably then been warming herself—the truth that the occasion constituted by the last few days couldn't possibly, save by some poverty

of their own, refuse them some still other and still greater beauty. It had already told them, with an hourly voice, that it had a meaning—a meaning that their associated sense was to drain even as thirsty lips, after the plough through the sands and the sight, afar, of the palm-cluster, might drink in at last the promised well in the desert. There had been beauty day after day, and there had been for the spiritual lips something of the pervasive taste of it; yet it was all nevertheless as if their response had remained below their fortune. How to bring it by some brave free lift up to the same height was the idea with which, behind and beneath everything, he was restlessly occupied, and in the exploration of which, as in that of the sun-chequered greenwood of romance, his spirit thus, at the opening of a vista, met hers. (346-347)
（彼の全意識は，この時には，精妙な種類の一つの真実によって殆ど疼き始めていた。その輝きを受けて彼女も又かく，紛れもなく自分を暖めていたのであった。その真実というのは，過去数日によって作られた機会は，彼ら自身の或る貧しさによる場合は別として，彼らに何か更に別の，更に大きい美を与えることを拒む筈はないということであった。それ［その真実］は，時間毎に声をあげて，一つの意味を持つことを既に彼らに告げていた——渇いた唇が，砂の中を骨折って歩いたあと，遠くに椰子の林を見て，砂漠の，約束された泉の水を終に飲むように，彼らの結び合わされた感覚が飲み干すべき意味であった。来る日も，来る日も美があった。そして精神の唇にとってその遍く浸透する味わいのようなものがあったのだ。が，にも拘らず彼らの反応は，彼らの幸運の高さに達していないかのようであった。如何にして，何か大胆な自由な高揚によって，それを同じ高さにまで上げるかが，すべてのものの背後で，又奥で，彼が休みなくかかずりあっていた考えであり，その考えの探究において，陽光が市松模様を描いて落ちるロマンスの森の探検におけるように，彼の魂がこうして，その通景の入口において，彼女の魂と出会ったのである。）

　愛欲が昂進してきた男女の，状況に対する半ば無意識の反応をこの文は伝える。彼らの意識の延長線上にあるものは情欲の充足であると思われるが，テキスト自体は，比喩的言辞によってそれを遠巻きに見つつ迂回し，それ自身の美的イメージの完成を目指す。情欲という事実と，それに対応するテキストは微妙に乖離しているのだ。ジェイムズの人物たち

を衝き動かす美的衝動がここでも働いていると，お上品を装って言うのが関の山であろう。今蘇る愛欲の中で昔の愛人たちは，道徳的汚点を官能の海に溺れさせようとしているという読み方は，この際通俗に流れるものであろうか。

把捉しがたい状況が力を揮い，行動よりも観念（310頁には，"conception," "his own vision," "the luminous idea" 等の語がひしめく）と抽象的な質により，作品世界が独自の性格を帯びてゆく傾向は，ジェイムズの文学に顕著である。抽象名辞は，「勇気」，「想像力」，「知性」（301），「気高さ」，「誠実」（309），「優美」，「絶対の美」，「栄光」（310）などが見られ，それらは「価値」（同）という一語に要約され，その追求が——正面切ってであれ，曲折した形においてであれ——，作中人物たちを動かしてゆく。「あまり目立ち過ぎる愚か者にならない為」一致行動しなければならない（同）と言うシャーロットの方針は，首尾一貫して，論理の道筋に従いたいとの気持から来るが，慧敏な分析と能弁へ主要人物たちを駆り立てるこの論理的整合性の追求は，しばしば自己合理化願望や免責の欲求の中に，その源を隠していることに注意しなければならない。

シャーロットが夫とその娘を守ってやろうとする（ポーズを取る，と皮肉に見ることもできる）根拠は，表向きには，彼らが子供のように単純で無知である（と彼女が思っている）ことにある。（「私はマギーの身になる（"put myself into Maggie's skin"）ことはできません。（中略）でも私はそれ［Maggie's skin，マギーの身］が擦り切れないように守る為なら，なんだってするだろうと感じることができます。（中略）あの人［ヴァーヴァー氏］といったら，本当に可愛らしく単純なのです」（311））。親子の世話をする為に自分たちは信頼し合わなければならないとの彼女の言を，それは神聖なことであると公爵が諾い，直後に，第Ⅴ章末を飾る激しい抱擁の場面となる。もう少し先に，「彼らの間の絶妙な共謀の感覚の成長」（335）という句で結ばれる第Ⅶ章末からそれに次ぐ章にかけては，両人の一致・協力の本性を暴く為とでも言うかのように，「共謀」の観念が立ち現れる。それは心の底に蟠る危機感やうしろめたさと無縁ではないであろう。「紳士たる

ものが，ヴァーヴァー夫人のような人と，『交際する』（"go about,"かなり俗っぽい響きを持ちかねない句）ことに，顔を赤らめる以外のことができはしまいし」(334)，「ほかの女［シャーロット］を押しつけられること，（中略）は，尊厳を損なわない為に，慎重に扱わなければならない窮状であった。」(335) と，アメリーゴの内面が暴かれる。「私たちに望み得ることは唯あの人たちに，望みどおりの生活をさせてやり，平和と静穏，そしてとりわけ，その生活に最も相応しい安心感であの人たちを包んでやることだけだと［アシンガム夫人は］分っているのです。」(338) と，アメリーゴは，事態を分析している。ここにも，子供のような父娘を守るという観念が再現する。それは愛人たちの「共謀関係」の基盤であり，自己正当化・免責の為の巧みな隠れ蓑であろう。共犯の意識は，密会（パーティの合間の僅かな逢瀬）の一瞬一瞬に浸透する。「彼らは，至福の直感としての価値を持つ引き伸ばされた瞬間瞬間を得た。彼らは，幾度もの長い愛撫に数えることができるゆっくりとした接近を経験した」(339)。原文は，"They had prolongations of instants that counted as visions of bliss; they had slow approximations that counted as long caresses."とあり，セミコロンを挟んで，T(t)hey had（形容詞）無冠詞複数名詞 that counted as（形容詞）無冠詞複数名詞と，基本的に同型のセンテンスがシンメトリーをなして反復される。ジェイムズの散文に時折現れるこの詩的技法は，物語の局面の高揚した気分を表す仕掛けである。因みに種々の語句や観念の対置や並列，文や主題の布置上の均衡は，この作に目立つ特質である。それは大きくは，四主要人物の配置や，社会的，人間的関係（彼らが，二組の夫婦であり，又互いに親子や愛人の関係にあること）から，小説の構造にまで及び，精巧に仕上げられた工芸品，或いは又大伽藍の威容を望むような美しく，重厚な味わいと様相を作品に賦与しているのである。

　ともあれ，「僕たちも幸せ，あの人たちも幸せ。ファニー・アシンガムはこれ以上何を望もうというのかい？」(341) と，夫人の疑惑にふれて，アメーゴは相方を慰める。夫人の猜疑や危惧と何の関わりもなく，「趣味

のよさから毛筋一つそれたことはない。」(342-3) と自覚するシャーロットは更に，有り体に言えば，「あの人たちが安全だからこそ，私たちは安全なのです。」，「私たちは基本的に一致協力しているのです。」(343) と論理の筋道をつける。この最後の科白の「私たち」は，愛人たちだけではなく，その関係の装置として，無邪気な（とシャーロットが決めつける）父と娘をも一蓮託生的に巻き込みながら，四主要人物全体を意味すると考えられる。かくして，登場人物のこの段階での戯曲的布置は，愛人たち（主としてシャーロット）の視点を通して眺められ，設定されており，「高度な論理展開」によりその組み立てと性格づけがなされたのである。この構造或いは，関係図式は，いつもの粘り強い筆使いと深遠な心理解剖により，隙間のない緻密な絵図に練り上げられているが，愛人たちの仲が，二組の配偶者関係の破綻を来しかけており，ドロシア・クルックの指摘[47]のとおり，彼らの「幸福」も，黄金の鉢の罅に象徴される欠陥を持つことは明らかで，やがてマギーが真実を知ることにより，関係の組み直しの精神的な作業が開始され，目指す方向が暗黙のうちに展望される中で物語が次第に形作られてゆく。それに言及するに先立ち，次にアメリーゴの立場から問題の所在を探ってみたい。

10. アメリーゴの不安——内的世界

既述した大パーティの，漲る歓楽の雰囲気——その核と言うべき「罰を免れる快楽」のパトスは，愛人たちの意識という模様に対する地となる——の中でも公爵は，名状し難い苛立ちを覚え，妻が，「何らの変則的事態をも意識して心乱されることがない。」(334) のが日々の接触の中で，神経に障ることを自覚する。「彼の為に巧妙に育まれた代理的な良心に似た精神状態」(333) を妻の心の中に想定（仮託）してしまうのは，単に疚

---

[47] Dorothea Krook, op. cit., p.293

しさ故でなく，伴侶との精神的な一体化を求める心的機制が働く為である。ヒロインに対する裏切りの罪を犯すもう一人の視点人物，『鳩の翼』のマートン・デンシャーと同じく，アメリーゴの精神の一部は，作者の倫理感の水脈に繋がっている。「自分たち［ヴァーヴァー父娘］は，［社交と世知に］熟達した仲間たち［それぞれの配偶者たるシャーロットとアメリーゴ］がやっていることは立派に分っていると信じ，安心しきっていた。あの人たちは絶対に何も分ってはいないのだ。」（同）という判断は，地の文の皮を被ってはいるが実は，客観的叙述ではなく，アメリーゴの意識を写したと見る方が適切である。彼を苛立たせるアメリカ人親子の想像力の貧困と自己満足は従って，彼の推測にすぎないかも知れないとしても，小説の倫理的主題発展の推進力として，アメリーゴの行為——舅の妻との交際——への裁断と共に，ヴァーヴァー父子（少なくともマギー）の無知への裁断がテキストを慎ましやかに染めていることは否定し難い。そのような倫理的視点をアメリーゴが内に抱え込むことは，少し先で，「我が青年の中に喚起された不安の核心深く，（中略）この立場の欺瞞性の懐深く，より高く果敢な妥当性の，消し難い意識の赤い閃光が燃えていた。」(334) という，視点人物の意識の記述と客観的であろうとする地との境界線上に位置する文に読み取ることができる。

　ジェイムズ小説における比喩とイメジャリーの重要性に改めて注意を向けてみよう。人や物の性格が比喩を使って表現されるというより，比喩（或いはイメージ）自体が自立して人物のあり方をはじめ，ストーリー（少なくともその一分節又は単位）に影響するという，逆転した現象が認められる。日常的な意味から剥離した言葉が，それ自体の奇矯な論理の筋道を誇示し，真面目ともふざけともつかぬ言辞を弄しつつ，戯れる言葉遊び（その極まるところは，ルイス・キャロル（Lewis Carroll，本名Charles Lutwidge Dodgson, 1832-98）の『鏡の国のアリス』（*Through the Looking-Glass*, 1871) であろう）に遠くで繋がる言語の働きをジェイムズの作は見せる時がある。そのことはジェイムズが現実を写す透明な媒体としての言語観でなく，言語の自律的な生命を本能的に信じた作家であることと

関連する。

　第VII章のアメリーゴは、英国社交界の異邦人として、「このような滞在の間に、かつてなかったほどに、或る種の超越した生活の技術を、或る種の内的、批判的な生活の悦びを持ち、一見したところ、［社交生活に］全面的に参加しながらも、自分自身へと帰り、音もなく退き、深く入ってゆき、そこで言わば、彼の心の、前面［の活動］に関わりのないあの部分に再会することの決定的な必要性を感じた。」(327) と描出されている。これはヴァーヴァー氏が自己の心という部屋に入ることを許される、即ち真の自己に行き当たるあの段階に相当するであろう。身体のレベルで営まれる「前面」の生活は、英国人の好きな狩猟や乗馬、ゴルフ等の活動と共に、社交を意味する。社交界はともすれば、ジェイムズの小説において、顔を持たない多数者の集合として、非人間的、抽象的に扱われる（社交上手なシャーロットの意識にさえ、「乾燥した社交の砂漠」(317) という表象が現れる）。社交の場を描くジェイムズの筆致は、例えば生粋の英国人作家オールダス・ハクスリー (Aldous Huxley, 1894-1963) の『クローム・イェロゥ』(*Crome Yellow*, 1921) のような小説で、五、六人の人物の言動が並行的、立体的に、活気を帯びて再現されるのとは趣を異にする。「彼が首尾一貫した全体として動き、話し、聞き、感じるのは、一人だけの時か、身内と一緒の時、又例えば、余人を交えずにヴァーヴァー夫人といる時であった。」(328, 傍点引用者) という書き方は、外国人たち（英語国民）の間でのアメリーゴの分裂した自我の意識と、ひいては、本来の、損なわれざる全一的自我の希求を指し示すであろう。「英国社会が自分を真っ二つに切り裂いた。」（同）と思う彼も、決して詳述されない昼間の社会生活においてと、街角の古屋敷の中を夜な夜な彷徨する時とで、別の顔をしているに違いないスペンサー・ブライドンも、分裂した自我を身体内に抱え込んでいるのだ。それなしでは本然的自己 (identity) が完全と言えないものは、アメリーゴにとって、彼の「個人的［密やか］な繊細な感覚」("his private subtlety," 328) であり、具体的には、「記憶の休むことのない働きと、思索の細やかな装飾」("a restless play of memory and a fine embroidery of thought," 同，不定冠詞 形容詞 名詞 of 名詞で成る句の反復) とされている。外的世界の喧噪により惑乱されることのない，奥まった世界の自己充足と調和，閑雅な趣に満たされた清澄な心の状態は，この落魄のイタリア貴族を真正のジェイムズ的キャラクターに格づけする印である。それは，別の所で，「彼が心中に，何か極めて美しく，左右されることがなく，調和したもの，完全に彼自身のものである何かを持つという事実」(353) と，理解しやすい言葉で言い直されている。夫の不在中，年下の青年ブリント氏に熱をあげるキャッスルディーン夫人のように，軽くスケッチされる俗な人物たちの世界を超越する精神的資質に生来恵まれた公爵には，新興国の商業文明の卑俗さにも，旧世界の頽廃にも背を向け，脱俗的な境涯を理想として追求し続けた作家自身の影が色濃く落ちている。

11．アシンガム夫妻──コロスの二人

　退役軍人ボブ・アシンガム大佐の妻ファニーは，語りの機能の側面から眺めれば，視点人物，解釈する人であり，戯曲的構成や劇中の役割に関しては，狂言回し，又，夫君と一対になって，古典劇のコロスに相当する人物と言える。第3部，第II章，夫人とアメリーゴの対面の場に，彼女は，「彼の雄弁が貴重であると思った。将来に備え保存しておく為，滴り落ちるのを即座に壜につめようと，彼女が受け止めない一滴とてなかった。彼女の内奥の注意という水晶の壜[48]は，本当にそれをその場で受け容れた。そして彼女の追想の心地良い実験室で，それを化学的に分析で

---

[48] 『ニューヨーク版自選集』には "flash" とあるが，『オックスフォード・ワールド・クラシックス・シリーズ』版 (Henry James, *The Golden Bowl*, ed. by L.L. Smith. The World's Classics, Oxford, 1983, 英国初版本を底本とする。) の198頁には "flask" となっており，この方が意味を取りやすい。本書においても，この個所については，オックスフォード版テキストに従った。

きるところを既に，思い描いていた。」(271) とある。実験室の科学者という，ホーソーンのロマンスばりの雰囲気を湛えた姿は，印象と，記憶に再現された思惟内容の反芻により，事実の関係や状況の意味へ辿り着こうとする人物としての夫人のあり方を浮き彫りする。卓抜な理解力を身上とするファニー・アシンガムの「解釈」は，『螺子の捻り』の女性家庭教師や『聖なる泉』の語り手のそれほどに読者を惑わすことがなく，客観的な地に限りなく近づき，その局面，局面で物語を説明する役割を果たすことも又否めない。ジェイムズの小説は，例えばスティーヴン・クレイン（Stephen Crane, 1871-1900）の，『赤の武勲章』（*The Red Badge of Courage*, 1895）のように，（少なくとも作者の脳裏に存在する）確固とした事実の想定の上に書き述べるのではなく，印象や知覚内容の解釈によって多く成り立つのである。つまり，この作家において題材は，解釈されることにより始めて小説の身となる。

　見る行為が強調され，更にその行為が読者を含む別の目によって見られるように仕組まれたジェイムズの小説においてアシンガム夫人は，正に見る役割を担うのであるが，夫人の眼はカメラのレンズの無機質的な機能に終始するのではない。上巻末尾を飾る第3部，第XI章の夫人は，大佐を相手の会話で，「他人の人生が，その人たち自身が見ているよりも，もっとよく見えてしまうと思うなんて私は，お節介焼きのお馬鹿さんなんですわ。でも，言い訳めきますが，この人たち［ヴァーヴァー父子］は，自分ではそれがはっきりと見えてはいなかったのです。（中略）このように魅力のある材料をあの人たちが目茶々々にしている，それを浪費し，投げ捨てていると思うと心が痛みました。あの人たちは，いかに生きるかを知らなかったのです。」(388-389) と慨嘆する。ここでの夫人は，視点として種々の物の像を網膜上に結ぶ人に留るのではなく，又只の解説者でもなく，人生の観照者の資質を帯びていると言うことができる。

　マギーとアメリーゴの結婚——歴史的，社会的には，当時のヨーロッパで多くの例を見た富裕なアメリカ人と欧州の没落貴族との結びつきの一つ——を媒した張本人たる国籍離脱者のファニーは，娘に嫁がれた，

鰥夫（やもめ）の父親の後妻の座に群がる女共を追っ払うには，シャーロットに如くはないと思い，「自分の計画の見事な均衡に惚れ込んでしまい」(399)，マギーがシャーロットを受け容れてくれるものと独り決めしてしまったと反省する。この独断にも事態のもつれの原因があるが，それを一旦考慮の外に置けば，「見事な均衡」こそ，作者がこの作で追い求めた芸術的構築の極まる姿であったことを思うと，実験室の科学者に見立てられる夫人は，紙背に隠れた作家が頁上に投射された語り部と見えてくる。慧眼のこの中年夫人は，見手であるだけでなく，創り手の性格を持つ。大家 (Master) の組み立てた一大構造の脇に据える時，夫人の営為はパロディ化され，入り組んだジグソー・パズルに興じる人か，積み木に熱中する子供のように見えてしまうかも知れないが，築く人として夫人が外からも作の形成に参与する側面を持つことを認めなければならない。

　ウィリアム・フォークナーやマルセル・プルーストなど，二十世紀の物語の巨人たちの作品においては，事実の細叙に留まるのでなく，作中人物や語り手の知覚，思惟の，テキストを濾過して提示される解釈が，事象や人間存在自体の質や深い意味を抉り出し，光を当てる。一般に心理描写と呼ばれるこれらの言説に，特に近代以降の小説芸術の面白味がある。アシンガム夫人の小説中の機能の一部もそこに寄与している。

　二人だけでいる時の大佐と夫人は，それぞれ，現実主義的な常識家と，頭の切れる分析者の役割を演じ，両者の徹底した対話を通じて物事の実相が洗い出され，認識が深められる点は，プラトンの対話篇におけるアテネ市民とソクラテスを想起させる。「葡萄畑で紫色に熟した葡萄を摘むように，マッチャムで集めた印象」(365) を咀嚼した直後，夫君を相手にファニーが語る対話であらかた占められる第3部，第X章はその最たる例である。

　大宴会の終り，気掛かりな男女が二人きりの単独行動に出，何をするか知れたものではないと心を痛め，嗚咽する夫人と宥める大佐を，この作家にしては平明な文体に描く第3部，第X章の末尾にかけて，夫婦の心の通い合いが急激に深まり，それを介して彼らは，朧ろに真実を望見し

かけている。その為か，この個所に暖かみが感じられる。読みづらい文で悪名高いジェイムズであるが，ここでは晦渋さは影を潜め，アングロ・サクソン系の軟らかい言葉を多用し，得意の比喩を交えながら語りを進める。比喩は大別して，(1)部屋，ないし部屋に入る表象，(2)湖を漕ぎ進む，又湖底へ沈むというものである。「彼らは暫く，人間の苦悩一般の世界に向って開かれた薄暗い窓越しにそれを眺めていた。窓は又，鍍金や水晶や色彩，ファニーの客間の薄暗く，ぼんやりと見えている様々の華やかな物の姿の上，そこここに，漠とした明かりを戯れさせていた。」(377)とある，その窓は，アシンガム家の具体的な窓であると同時に，主要人物たちの心に夫人が読み取る苦悩——，少なくとも，彼らの精神に芽吹きつつある苦境——，又，人間の不幸の普遍的な相に対して開かれた共感の暗喩である。窓のこの象徴性は，ファニーの部屋の模様を描く完全な具体性と対比されることにより引き立つのである。

　湖水の比喩は，同じ章の十頁ほど前に現れたものの続きであるが，そこでは，湖面（"deep waters," "the mystic lake," "the centre of her sheet of dark water," 等，366，と表現される。）を漕ぎ回る夫人と，目をそらすことなく，いつでも服を脱いで飛び込めるよう身構えている大佐の姿が可笑しみを籠めつつ描かれた。水や，漕ぐ，泳ぐ，或いは沈むイメージは，ジェイムズによくある真相探究のシンボルである。ここでは，夫婦の沈黙が，今度は二人揃って湖底へ沈んでゆくイメージへ結ばれる。その意味内容は，夫人の一時的感情の激発を経て，夫婦の心の隔てが外され，心と心が接近し，真相に触れやすくなったこと，具体的には，夫人の心を苦しめるあの二人についての行動方針の基礎が得られかけていること，又それに劣らず大切なのは，夫人がマギーについての真実をも摑んだことである。それを表現する「彼らが水底から拾い上げてきたもの」(379)という比喩的イメージは，次の第XI章で引き続き夫婦間に交わされるマギーを巡る対話へのさそい水となっている。

　『黄金の盃』に古典劇的な構造の純一性を与える上で少なからず役立ったのは，コロスとして機能する，あまり風采の上がらない一組の中年

夫婦の巧みな使用である。ジェイムズのストーリー・テリングの重圧を支えたのは，象徴性を帯び，陰影に富む比喩的言語の精妙極まる文体的装置であること，又ジェイムズ小説という大船が如何に言葉という帆によって浮かび，推進されるかをファニー・アシンガムの駆使する比喩的言語の奔放さは，認識させてくれる。

12．マギーの開花──ローマの妻・母

　上（第23）巻掉尾を飾る第3部，第XI章において，アシンガム夫人によるマギーの観察から導き出された明晰卓抜な解釈が示され，下巻の中心的な視点となる公爵夫人マギーについて，これまで読者に見えなかった真実が少しずつ明かされ始めて，物語の新たな一局面が開かれる。これは無論下巻におけるマギーの活躍──と言ってもこのヒロインは，目立って積極的な行動に走る訳ではなく，むしろ静観することが多い（"but I am, for every one, quiet," vol. 24, p. 217）──への序曲（交響曲でやがて滔々と奏でられ始める主題の予示）に相当するが，ここで，序曲のその又序曲とも言うべく，公爵の目を通して描かれるマギーの像に漂う花と妻・母のイメージ（第3巻，第VI章）へ遡って論じてみたい。そこではヴァーヴァー氏主催の晩餐会の模様が叙述される（321-323）。
　若い欲望の暴虐を匂わせたマッチャムの大パーティ（第VII章）と打って変わり無秩序な人間集団の酷薄さは影をひそめ，この度の饗宴は，もの静かな中高年の客たちを主体とし（"murmulus mild-eyed middle-aged dinner," 321, 頭韻と中間韻を踏む。イタリック引用者），温柔な雰囲気が漂うことを伝えている。盛会を期してふんだんに金も使われたとおぼしきことが例によって婉曲に示唆される（"both had supremely revelled ... in Mr. Verver's solvency." 'solvency' は「支払い能力」であり，そっけない経済的な意味の外皮をつけてはいるが，全編に鳴り響いている黄金のモチーフの，その表面的無味乾燥故却って面白い一変奏である。又，'revelled in' の語感の陽気

さと，この語の事務的冷淡さが効果的に引き立て合う）。

　シャーロットとの対比において，マギー自身の一見ささいな存在（"her own little character," 322 参照）が言い起こされる。それが，父の催しを成功させようと一意専心努める姿へと単純化されることに公爵が驚くというのは，却って，マギーの性格の奥深い寛さを暗示する。花の，急激に匂い立つ薫りのように，機が熟した折に現れるヴァーヴァー氏との似通い，ベンチで興奮の冷めやらぬ，或いは胸ときめかして出番を待つあえかな踊り子への比喩を経て，アメリーゴの思念に結ばれるマギー像は終に，彼の連綿たる家系に繋がる妻の像，母の像へ辿り着き，ローマの賢母コーネリアに収斂する。主催者の妻たるシャーロットのこの場への関わりが，「説明のつかぬ，測り知れぬ」ものと述べられ，その「定められた状態」（"placed" は別の所で "fixed" と言い換えられている。これら同義語の示す観念は「固定」や「束縛」である。）や，マギーより「強烈な存在」がマギーの熱意の炎に掻き消され無と化すのは，いまだに超克されず残る父と子の，「それぞれの結婚によって引き離されることのない」固着の排他的強さ故である。従って父娘の今猶親密な一体的関係は，家にいても所在なく，マッチャム・パーティのようなところで公爵と美しい一対となり，衆人の眼差しを浴び，ナルシシズム的自己意識に浸るしかない状態にまでシャーロットを追い込む疎外要因となっていると考えられる。

　アメリーゴを苛立たせる娘と父（妻と舅）の無邪気さ（無知）は次の第 VII 章にまで持ち越され，「彼らは善良なる友だちであった。彼らの心に恵みあれ。」という「アメリカの子ら」への祝福のあと，三人（親子孫）のうちで，ヨーロッパ人の血が混じった小公子が最も成熟して見えたと，公爵の皮肉な意識が記される（334）。この局面でのヴァーヴァー父娘の問題は，無知の安逸，知ろうとせず，又尚悪いことに，知らないのに知っていると思い込んでいる状態と規定される。このことは，マギーの今後の精神的成長が，「知」——今公爵が彼らは，「知識」を体質的に受けつけない（"they were ... constitutionally inaccessible to it," 334）と，辛辣な気

持を籠めて思うもの——を契機として達成されなければならないことを論理的発展として要請する。父（アダム）と子（マギー）の楽園のイメージに託される結びつきは——彼らが無垢なアメリカ人であるという，まさにその理由から，とジェイムズは言いたいであろう——，強い自足的空間を創出しており，それ故，二つの結婚生活が破綻を来すのだが，「血の呼び声」に基づくこの空間の破砕こそマギーが，生ま木を裂く思いをしても耐えなければならない試練である。それは楽園追放にも似て彼女の知識の獲得（知恵の実を食らうこと）への代償である。

　公爵がアメリカ人の新妻の中に，彼の由緒ある家系に連なるローマ人の妻や母の姿を見て取る件は，最初期の『アメリカ人』や『デイジー・ミラー』に登場するアメリカ人らの，ヨーロッパの風習への，水と油の如き不適応を振り返る時，隔世の感を禁じ難い。細やかな踊り子から，対照的にでっぷりとしたイタリアの中年女（それぞれ，マギーの現在像と未来像）へのイメージ的連接は，この小説が主題とする，新旧世界の文化的融合を語る。アメリカ人によるヨーロッパの支配が空間のみならず，時間の相にまで及んでいることをそれは暗示している。ジェイムズの作品に遍在する，過去（過ぎ去った時間）への哀惜と，その所有・奪還の，固定観念（オブセッション）と化したかにさえ見える願望を彼は，このコメディ風の作において，そのヒロインに果たさせることを夢見たのである。

13．マギーの目覚め——生き始める

　以上，マギーの状況について概括したあとに，前述したところに続いて，アシンガム夫妻の対話を辿りつつ，作者がマギーの状況の核心へ一気に切り込む手際を見てみよう。そうすれば，上巻末に当たる第3部，第XI章が主たる考察対象となるであろう。「神秘の湖水」の底から二人して持ち帰った真実が今いよいよ開陳される時を迎えたのである。

　神秘の湖底——心的世界と人間的関係と状況の暗喩——を浚って真理

を引き上げてきたファニー・アシンガムは，愛人たちからマギーへ話頭を転じ，彼女にどこか不自然なところが感じられるとし，マギーは，「疑い始めたのです。自分の素晴らしい小さな世界についての自分の素晴らしい小さな判断を。」(380) と解釈してみせる。更に，マギーは誰のせいにもせず，すべてを一身に引き受けるでしょうとの夫人の予測が述べられて，女主人公の努力と受苦の姿勢が予示され，下巻のテーマと内容が方向づけられる。第XI章の殆どを占める夫妻の談話のうち，「私はあの人たち[アメリーゴとシャーロット]をずっと，自分でも気づかないままに彼女[マギー]に任せてしまっていたのです。」，「しかし彼女に（中略）何が起こったというのかね？ 何が彼女の目を開かせたのだ？」「本当は，目は閉じられてはいなかったのです。あの人は彼[アメリーゴ]を恋しがっているのですわ。」，「以前にも恋しがっていたのです。でも，自分ではそれを知ろうとしなかったのです。」(382) といったやり取りは，ヒロインを巻き込む裏切りの構図への夫人自身の責任感と，マギーの問題の本質が夫アメリーゴとの関わりをおいてはあり得ないことを示す。夫人の言うとおり，「今や遂にマギーの状況は究極的段階に達した。」("Now at last her situation has come to a head." 382)。あの娘が「私共の重荷のすべてを背負ってくれるでしょう。」(381) というファニーの予言と共に，今後のマギーの物語的役割が打ち出される。マギーのこの受苦の形は，『ある貴婦人の肖像』のイザベルの場合のように，諦念と受動へ向わず，行動，と言って語弊があれば少なくとも状況打開の志向——会話や心理描写の中に籠められる闘い，時として，思念による人間関係の造り直し，組み直しの，驚異的な粘り強いヴィジョン——へと進むのである。イェイゼル (Ruth Bernard Yeazell) は，マギーの積極的な生き方を強調して言う。

> But once she has discovered that betrayal, the heroine of *The Golden Bowl* differs from almost all her Jamesian predecessors by refusing the innocence of renunciation. Unlike Lambert Strether, for example, who preserves his superiority over the world he confronts by vowing "not, out of the whole affair, to have got anything for myself,"

and unlike Milly Theale, who "turns her face to the wall" and dies, Maggie Verver chooses to fight for the husband she desires. The very intensity with which she does desire her husband, the fact that this heroine moves toward rather than away from sexual fulfillment, marks the novel's departure from its predecessors and James's own coming to terms, personally and imaginatively, with physical passion. Mastering the actress's art, learning willfully to manipulate and deceive, Maggie finally triumphs over Charlotte Stant—her husband's lover and her father's wife—by out-maneuvering and out-"humbugging" her rival.
(Ruth Bernard Yeazell, "Henry James," pp.687-688, *Columbia Literary History of the United States*, ed. by Emory Elliott, New York: Columbia University Press, 1988に所収)
(しかしひと度その裏切りを発見すると,『黄金の盃』の女主人公は,放棄の無邪気さを拒絶することにより,ジェイムズ作品の先だつ人物たちの殆どすべてと異なる。例えば,「この一切の出来事から,僕自身の為に,何一つ得はしなかった」と誓うことにより,彼が対決する世界への優位を維持するランバート・ストレザーとも,「壁に背を向け」て死ぬミリー・シールとも違ってマギー・ヴァーヴァーは,彼女が強く求める夫を得ようと闘うことを選ぶ。夫を求める欲求のまさにその強烈さ,この女主人公が性的達成から逃げるのでなくむしろ,それに向って前進するという事実は,この小説が先行作品からの新機軸を打ち出していること,又ジェイムズ自身が,肉体的情熱と,個人的にも,想像裡にも,折り合ったことを示すのである。演技する女の技巧を習得し,意図的に操り,欺くことを学んだマギーは,恋敵の上を行く策略と騙しにより,最終的にシャーロット・スタント——夫の愛人で父の妻——に勝利するのである。)

マギーの受苦は,イザベルやクリストファ・ニューマンのように自己抑制的な断念の中に留まるのではなく,無知から知への覚醒(特に悪の認知)を契機として,再生或いは生き始め,生き直しの起点となる。「今彼女は生き始めたのです。」,「私には彼女が生きるだろうと思われます。彼女は勝利するだろうと思われます。」(383) とアシンガム夫人は言う。『使者たち』の中年の主人公の心の叫びである「生きる」主題の残響がここに聞き取れることは言うまでもない。もう少し先の方で,マギーは,生

きることを決意する為に，二，三不快なことを体験しなければなりますまいとの夫人の言に，「生きることを決意する，ああ，子供［アメリーゴとの間に生まれた小公子］の為にね。」(386) と，賢さ ("teachability") を示そうとした大佐の科白は，夫人の言う生の意味を彼が理解していないことを露呈するが，それにより，"to live" の意味が逆照射される。大佐のワトソン博士的役割の発揮される所以である。

　それではマギーにとって，真に生きることは如何なる意味を持つのであろうか。私共は，「或る見事なもの」に直面しているのですと言う夫人に大佐は，「彼女が公爵を取り戻すだろうという意味かね？」(384) と実際家らしく応じる。「取り戻す」という以上，かつて所有していなければならなかった筈だが，マギーはアメリーゴを一度も所有したことはなく，今その事実に目覚め始めたのだとの，理詰めの解釈を夫人は投げ返す。こうして，この作の至る所にばら撒かれている所有，獲得，奪回のモチーフが主要テーマの磁場を作り出す。つまりマギーの生きる意志は爾後，夫公爵との間に人間対人間の，又妻対夫の関係を築き上げることにかかって来るのである。夫を取り戻すことは，必然的に，アメリーゴとシャーロットとの関係を巻き込み，それを改変することなしにはあり得ないので，引き続いて大佐夫人の言う，「彼女の想像力は，それ［不正，"a wrong"］に対して鎖され，感覚は封印されていたのです。（中略）従って彼女の感覚は開かれなければなりません。」(384) ということになる。「大文字で書かれた『邪悪』と呼ばれるものに対して，生まれて始めて，その発見に，その知識に，そのつらい経験に対して」(385) 向き合ったマギーという芝居がかった像が示される。ここで夫人が一般論めかして言う不正や邪悪は，小説の図柄の中に嵌め込まれたアメリーゴとシャーロットの不実な関係を指すことは明らかであり，早晩マギーはそれと何らかの方法で対決しなければならなくなることが匂わされる。マギーを中心に関係と関係とが撚り合わされ，彼女の状況が浮かび出て来ることと並行して，物語自体も次第に明確な姿を顕してくるのである。

　女主人公の受苦と再生は又，父ヴァーヴァー氏との関係に関わる。「あ

の娘は，［子供の為に尽くすという，平均的な母の仕事より］もっと独創的な動機を持つことでしょう。(中略) あの娘は彼を救わなければならないでしょう」(386)。「自分の察知した秘密を父に悟らせないこと，それこそ，彼女に定められた仕事でしょう。」("That ... will be work cut out！"同）と言うのだ。何故にマギーがこのことにかくも拘り，心を砕くのかについて，彼女の心理と状況の機構（メカニズム）は，やがて同じくアシンガム夫人により解明されるのを待つとして，娘と父それぞれの結婚（再婚）という，世間になくはない話を，ありきたりの物語に終わらせることを作者はよしとしなかった。人物関係の複雑精妙化，心理や性格，資質，志向，動機といったもののロマンス的（非日常的）な美と純粋さと勁さの創出という一大要請が働いていたことは，疑いない。

　心理小説家ジェイムズの作品のロマンス性は，一つには本篇のマギー・ヴァーヴァーや，『鳩の翼』のミリー・シールのような人物たちの非現実的な純粋さ（一途さ）に表現される。大佐の言う「おかしな出発」("a rum start," 388) も，夫人の指摘する「悪循環」も，ヴァーヴァー父子，特にマギーの善良さが惹起した事態である。「もともとあの娘の仕出かしたことだったのよ。——あの娘が悪循環を始めたのです。(中略)底無しの淵にしてしまったのは，あの人たちの全面的な，お互いへの思い遣りだったのです。あの人たちが抜き差しならず巻き込まれてしまったのは，偏に，彼らなりの形で，信じられないほどに善良だったからです」(394)。他者への気遣いやひたむきな内省，自責，又正義の観念により人が陥る無間地獄は，夏目漱石の小説『心』(1914)の中で読者の魂を揺さぶる力を以て描かれた。ジェイムズは，そのような心の迷路や闇から救いのない陰鬱さと絶望を捨象して，その代わりに，緻密な論理により秩序づけられ，微妙な諧謔が漂う独特の小説世界を創出し，その中に破綻なくマギー像を造形したのである。

　上巻もいよいよ数頁を残すに至って，地の文と区別されたアシンガム夫人の解釈（夫君への説明）の形を取りつつ，マギーを車輪の幅が集まる轂（こしき）のようにして生じた状況が示される (394-395)。ファニーの読みに拠

って考えてみると、マギーの心理と動機を貫くものは「償い」の精神であることが知られる。マギーの行動は、（そのような日本的な言葉と観念こそ使われていないが）周りの人々に迷惑をかけたことに対してすまなく思う気持、そこから生じる償いの必要や義務感、又父親に対する孝心に発している点で儒教的であるとさえ言うことができる。無論これは、ヴァーヴァー氏を神、全ての重荷を背負う自己犠牲的なマギーを神の子キリストと見る見解[49]を頭においた上での私見にすぎない。その当否はともあれ、解釈者であるファニーを夢中にさせ（「ファニーは、自分の作り出したイメージに心を奪われて」"captivated with the image she had thrown off," 396, とある、'throw off' は「即席に作り上げる」ニュアンスを持つ口語表現である。）、又物語の創り手ジェイムズを面白がらせるのは、マギーの償いの意図に起因し、又逆に、それを深刻化させる連鎖的な事態（心理）の縺れである。ジェイムズが精妙な人間的状況作りに腐心する作家であることのこれは好個の例である。

　マギーの心中に思い描かれる償いの構造を辿ってみると、先ず、アメリーゴとの結婚生活に没頭してしまったことに対してマギーは、父ヴァーヴァー氏に償わなければならない。（そこには、父娘のやや常軌を逸して親密な一体感が前提としてある）。次には、夫と共に過ごすべきであった時間の多くをこの償いの為、費やしてしまったことで、夫アメリーゴに償わなければならない。その方法としてマギーは（アメリーゴとシャーロットの関係を知らないまま）、夫にシャーロットとの交際を楽しむことを許した、とアシンガム夫人は推測する。ここで夫人の長広舌は、濃淡と波長が微妙に変化するジェイムズの地の文と異なって、多分に物語の解説にありがちな、一直線の時間軸を追い、言葉の配列の形が単純な、奥行きに乏しい言語であることが見える。（複雑な言語構造レベルの中で、このことは無論、夫人をコロスとして機能させる操作である）。愛人たちの関係には夫人の平面的、要約的ディスクールによって掬い上げられぬ複雑な感情

---

[49] Dorothea Krook, op. cit., p.280

的, 論理的, 審美的な過程と内容があることを承知の上で, ジェイムズはファニー・アシンガムに解説させる。夫人の説明は続けて言う。シャーロットをこうしてその夫ヴァーヴァー氏から引き離せば引き離すほど, マギーとしては又しても, 父への負い目を感じることになる。今父に対する責任は二重になってマギーに帰って来る。従って, 夫との結婚生活の幸福の牽引が如何に強いものであろうとも, 父の結婚が, 父を見捨て, なおざりにする口実になり得ないことを示したいと思う。つまり, 昔に変らぬ親思いの娘のままでいたいという, 抜き難く, 本能的とも言える願望に負かされて——マギー自身そのことに気づいてはいないように思われるが——, 夫をなおざりにすることもやむを得ないというように自己正当化する。このように, 渦状に, 際限なく, 内へ内へと, 巻き込んでゆく心の動き（それが, 取りも直さずマギーの状況である。）が入念に象(かた)どられる。マギーの「小さな聡明さ——言ってみれば, 彼女の情熱溢れる小さな正義感——が他の二人［アメリーゴとシャーロット］を, 皮肉にも, 彼女の最もおぞましい不行跡でもできなかったであろうほどに, くっつけてしまった。」(396)のであり, そして, 水よりも濃い「血の呼び声」に惹かれてマギーは,「父を救う」努力にのめり込んでしまうのである。愛人たちをして父と娘の関係をときに揶揄的に語ることを許すジェイムズであるが, 血や本能への不合理な拘りと畏怖がこの作家の奥深くに蠢いていた。父娘の過度に親密な関係を超克されるべきものとして, 全体的な主題の青写真の中に示すジェイムズの作家的姿勢——先に引用したイェイゼルは,「無垢な犠牲者たちの有罪性」("the culpability of the "innocent" victims," イェイゼル上掲書687頁)と断じている——, と行間に見え隠れする彼の, 親思いなマギーへの姿勢との間には, 説明しにくい亀裂がのぞく。この点について, フレッド・キャプランは,『ヘンリー・ジェイムズ—天才の想像力』の中で, 警抜な指摘を行なっている。「この偶発性に富む世界においては, ジェイムズ自身の経験におけると同様, 娘たちは父たちから, 若きジェイムズは家庭から, 又アメリカから, 切り離されなければならなかった。」という彼の見解は, 作品に作家の生を

読み取る評伝的解釈[50]の成功した典型的な一例であろう。

『黄金の盃』は,「愛」を主題として,真正面から取り組んだ小説であるが,同じく愛を主題とする『鳩の翼』と違って,ここでは愛の諸相と言おうか,種類の異なる愛,即ち,肉親間の愛と夫婦愛,不義の愛が突き合わせられ,相剋する過程が提示される。(昔クラスメートであったマギーとシャーロットの友情は,物語が始まったとき既に遠景へ退きかけている。小説の終盤へ近づくほどに顕わになってくる二人の女の確執が,過去の友愛に発していることは皮肉である)。その意味でこの小説は,幾つかの愛の間に働く反発力を語るという性格を持つ。ここでは無論,マギーのヴァーヴァー氏への愛と,アメリーゴへの愛が天秤に乗せられるのであるが,この作を,国際間主題的な,つまり新旧世界の対立を描く小説として見る時,一方は,アメリカン・アダム,イヴの無垢の世界,他方は肉体的愛をも含む成熟した大人の愛の世界を,それぞれ表現すると見做すことができる。露骨な性の表現に拠るのではないにしろ,公爵夫妻の対話の場面に数回現れるアメリーゴの濃厚な抱擁は,マギーを肉体的に支配しようとする意図を隠すとの従来行なわれてきた指摘は猶有効であろう。無論ジェイムズは,米欧対立の主題を扱った小説の集大成的な意味を持つこの作において,アメリカ人のヒロインが,一方の世界を突き破ってもう一方の世界へ到達することを構想していたことを,確認しておきたい。

ヒロインは,かく次々と,労苦を我が身に背負い込む。娘は父に,「彼らの状況は独特のものであるけれども,そこに何ら不愉快なもの,道徳的に微塵も異常な ("morally ... out of the way." 文字通り,「道に外れた」) ものはないと意識させなければならないのです。彼女はそれを毎日,毎月,彼にとって自然で正常に見えるよう,手直しをしなければならないのです。」(396,傍点引用者) というようにマギーの苦境が説明される。夫人は更に,絵の具の上に絵の具を塗り重ねてゆく老画家の譬えを引き,又,マギーが「物事を糊塗するすべを学んでいる。」と素気なく叙する。

---

[50] Fred Kaplan, *Henry James The Imagination of Genius A Biography* (New York: William Morrow and Company, Inc., 1992), pp.470–471

興味深いことに,「彼にとって自然で正常に見えるように」するという句は,はしなくもジェイムズ小説の一面を反映しているように思える。「見える」ことは,広く,「見る」ことの一部であろう。「見る」ことに深く関わるジェイムズの物語において,或る様態に「見える」ことは,「そうである」ことの等価物であることがある。「である」世界は捨象されて,「……に見える」世界が支配することさえある。その行き着く先は,幻想が幻想を増殖するような『聖なる泉』の世界であるが,「賑やかな街角」の古館の,薄明の支配する領分とは対照的に,光と理性と秩序をエトスとする本編にあって,真相と仮象は峻別されずにはいない。だからマギーが健気な孝心故とは言え,父の目に,両者を錯綜させ,真相を上塗りしなければならないのは,彼女の受ける罰(受苦の一部)であろう。開眼の代償としてこの先彼女は,女性(娘)が本能的,運命的に,愛する男性――血によって繋がる異性たる父――を欺くという形で,無垢を失ってゆかなければならないのである。

14. シャーロットの意識――危機とナルシシズム

ここでは第3部末尾から冒頭に翻って,もう一人の女性キャラクターで,下巻においてマギーが対決することになるシャーロット・スタントの状況の一断面を覗いてみることとする。この試みは,前述したマギーに関する解説的提示と,次に紹介するシャーロットの存在様態の言説(ディスクール)を比較し,意識の文学としてのジェイムズ小説のあり方を探ってみるところにその主眼がある。第3部末でアシンガム夫人のよく回る舌により,これまで背景の中に沈んでいたかに見えたヒロインの状況と心理に突如光が当てられ,プロットが大きな揺れを見せ始めるあの印象的な幕切れを支えた文体(或いは提示の方法)と,これから抜粋してみる文体とは何と隔たっていることであろう。

For a crisis she was ready to take it, and this ease it was, doubtless, that helped her, while she waited, to the right assurance, to the right indifference, to the right expression, and above all, as she felt, to the right view of her opportunity for happiness — unless indeed the opportunity itself, rather, were, in its mere strange amplitude, the producing, the precipitating cause. The ordered revellers, rustling and shining, with sweep of train and glitter of star and clink of sword, and yet for all this but so imperfectly articulate, so vaguely vocal — the double stream of the coming and the going, flowing together where she stood, passed her, brushed her, treated her to much crude contemplation and now and then to a spasm of speech, an offered hand, even in some cases to an unencouraged pause; but she missed no countenance and invited no protection: she fairly liked to be, so long as she might, just as she was — exposed a little to the public, no doubt, in her unaccompanied state, but, even if it were a bit brazen, careless of queer reflexions on the dull polish of London faces, and exposed, since it was a question of exposure, to much more competent recognitions of her own.（246-247）

（彼女はすすんでそれを危機［的局面］と考えていたし，待っている間彼女を，正しい自信，正しい冷静さ，正しい表情，そしてとりわけ，彼女は感じたが，幸福への機会についての正しい見方へと，助け，導いてくれたのは，この気楽さであった——もっとも，実際，その機会そのものが，むしろ，単にその奇妙な十分さ故に，［幸福を］産み出し，促進する原因であれば話は別であったが。威儀を正した酒宴の客たちは，裳裾を引き，星を煌めかせ，剣を鳴らして，ざわめき輝いていたが，それにも拘らず，言葉は明瞭には聞き取れず，漠たる声ねの響きのみで——入る人と出る人の二つの流れが，彼女の立っている所で合流し，彼女を通り過ぎ，すり抜け，無作法に彼女をじっと眺めたり，時折衝動的に話しかけたり，手を差し伸べたり，又時には招かれもしないのに立ち止まったりした。しかし彼女は落ち着きを失うこともなければ，保護してほしいと誘いもしなかった。つまり彼女は，本当にできる限り今のままの自分でいたかった——確かに連れのいない状態で少し衆目に晒されてはいたが，しかし，少しばかり鉄面皮な言い方であるかも知れないが，ロンドンの人々の艶やかに磨かれた鈍感な顔々に浮かぶ奇妙な表情に無頓着だったし，晒されるという問題になると，彼女自身のもっと遥かに有能な認識に晒されていたのである。）

アシンガム夫人の言説の背後には、彼女ほどの明敏と想像力に恵まれていない大佐に、嚙んでふくめる必要上そうならざるを得ないというポーズが隠されていて、そこに、作者は皮肉と諧謔を見ているのだが、それは解説的、説明的であり、事物の形状・性質を叙する模写のように、被写体——といっても、それ自体が夫人の心の幕に捉えられた表象に違いないが——を幾何学的な相似を以て（つまり、物の各部分の間の比率を変えずに）描き出す。言葉の産み出す観念や表象は、対象に本来属している性質や特徴に対して等間隔に並べられてゆくのである。それがアシンガム夫人の雄弁であった。それは、記述したように、夫大佐とこみでコロスを形成する為の整理と解説の比較的透明な言語であると言えよう。
　一方この度の引用は、解説的とは到底言えず、絵画で言えば、モネの印象画風であり、シャーロットの意識とそれを通して眺められる物象の描出であることは察しがつくものの、晦渋に朧化され、引き歪められた言語である。アシンガム夫人の解説とは違って、言語の背後にある対象そのものは大して問題ではなく、ジェイムズは、物語の現在の局面と人物関係により規定された特定の状況にいる一婦人の意識を、彼の想像力と言語の駆使能力により創り出したかのようである。意識と言語とのこの融解は、マルセル・プルーストやウィリアム・フォークナー等、二十世紀の巨匠たちに踏襲されているのを私たちは文学史的脈絡の中に辿ることができる。
　この個所で視点人物の意識の画布の上に映される内容は、宝石類を身に纏ったシャーロット自身の輝かしい姿とそれへの自信、貴顕紳士ら、パーティへ出席した人々の流れ、その人々から我が身に浴びせられる注視、そのように晒されることから来る自意識、そして最も重要なものとして、彼女の「危機」を悠揚迫らぬ態度で支配し、楽しもうとする刹那的な気分といったものであろう。シャーロットの、この場の全意識の核となる危機的感情は、二頁先のほうで、「漂い、警告する内心の声々にも拘らず」("in spite of hovering and warning inward voices," 249) という語句に形を変えている。第3部冒頭に現れるシャーロットの意識の、華やい

だ記述は, ナルシシズム的な自己陶酔に変貌した危機感情と, その背後に見え隠れする自己正当化願望を秘めているのである。彼女の「自信」も「無頓着」も, そのような奥深い感情の隠蔽に外ならないことは, シャーロットが存在の拠り所を偏に, 今彼女の情人となったアメリーゴとの親密な関係に求めることでも明らかであろう。シャーロットは,「夫の義息[アメリーゴ]が衆目に対して持っている個人的価値から支えを引き出し」(248), 彼の放つ光を反射したにすぎなかった (249) とある。つまり, アメリーゴの場合と同じく, 彼女にも, 内発的自己の欠如と精神の空洞が窺える。より顕著な論証は, このあとに続き, 第3部冒頭章の内容の最重要部分を占めるアシンガム夫人との対話である。そこでは, 夫を家に残してアメリーゴとパーティに出席していることの当否について詰問する夫人に答えるヴァーヴァー夫人 (シャーロット) の論理の胡乱さは被うべくもないであろう。既述したとおり, 過去を持つ人たちの免責願望は, 奇妙な共謀関係の中で, 独特の美意識 (唯美主義) の隠れ蓑に仮託され, 子供のような父娘の保護という倫理的仮面を被ることになるのである。

第7章
『黄金の盃』(2) 下巻
──マギーの思惟世界──

1．変化への志向──意識の深化

　『黄金の盃』の，緩やかに展開してゆく物語世界において，各局面は，可能な限りの自律性とバランスを保とうとする力を内在させる。一つ一つの出来事や状況は，特定の局面において，この内在的な力によって，言わば，内側から生かされているのである。第2部から第3部へ移る境目に生起する父娘のエデンの園的一体化（166-167）も，アメリーゴとシャーロットの美的，官能的調和さえ，それはそれで一つの存在理由（レゾンデトル）を持し，或る真実性を帯びているのであるが，やがて物語の進展はそれらに包摂された矛盾を露呈するに至る。即ち，一見無垢そのものと見える父子関係も，いま一つの関係（不義）と不可避的に絡まり合うことにより，その妥当性を奪われ，二つの関係が二つながらに超克されるべきものとしての相貌を自ずと顕かにする。この点に関しては，以下，下巻第4部以降を読み解くことにより考究したいと思う。
　下巻では，これまで主として外から眺められ，記述されてきたマギー・ヴァーヴァーの内面に目が向けられる。書き手による語り（地の文）と作中人物の対話により，物語が進められるが，事象や状況を受け止めるヒロインの思惟にそって記述されることになる。上巻を置き，新たな巻を手にすることは，さながらマギーの意識と思惟の小宇宙へ，その心が紡ぎ出す言葉とイメージの神韻縹渺たる大伽藍へ足を踏み入れる趣を呈するのである。本章1-5では，下巻（『ニューヨーク版自選集』第24巻），冒頭数章（第4部，第I-V章，Book Fourth, I-V）を中心に考察を進めたいと

思う。

　それら数章で主人公の意識の結節点となる（或いは，言説を方向づける）キー・ワードは「変化」であり，物語の発展に伴ってとみにヒロインに顕在化してくる傾向は，感性の活発化と状況認識の深化である。ヒロインの心中，俄かに胎動してくる問題意識が例によって精妙な比喩の花云を咲かせる。研究書のなかによく言及される塔の比喩はその一例である。「或る奇妙な高い象牙の塔」又は，「或る不可思議な，美しい，しかし風変わりなパゴダ」(3) と呼ばれるこのものの特徴は，堅く，ぴかぴか光る装飾をほどこした表面を持ち，測り難く，峻厳な外観を呈し，人を寄せつけず，危険の感覚を伴うことである。逡巡ののちマギーが塔の表面を叩くと，中から微かに応じる音がするというように，比喩自体が物語的構造を持つ[51]。マギーの花園に立つこのパゴダ——花園も比喩（現実と区別された，しかしその現実を別のものに置換して表現する為の言語的装置）であるので，ここでは比喩のなかにもう一つの比喩が嵌め込まれていることになる——は，「彼女が過去と手を切ることなしに」結婚することができた，その現実対処を比喩的に表すと，注釈のような説明が付される (5)。父娘関係を損なわず（つまり，温存したまま），それを父と娘それぞれの配偶者関係と両立させていることに，友人たち大半の賛辞が与えられるが，今やマギーは，この「象牙の塔」の眺めを喜ばなくなる (6)。その理由は，「生まれて始めて虚偽の立場の，暗くなりまさる影の中を歩いていると感じた。」（同）からにほかなるまい。マギーの立場に潜む虚偽性の暗喩的表象として，池に落ちた犬，落ちる，事故に遭う，風邪を引く，はては私生児を生んだ母親 (6-7) といった，事物（名詞）や行為（動詞）によるイメージが畳みかけられる。「私の比喩をそれ程までに増やす（"so far multiply my metaphors"）ことを許していただけるなら，私は

---

[51] ジェイムズのこの作や，マーク・トウェインの『ハックルベリー・フィンの冒険』(*Adventures of Huckleberry Finn,* 1885) のような物語性豊かな小説において，主筋がそれに類似する幾つもの小型の物語を，サブプロットというよりは，ヴァリエーションのような形で生産してゆくことが認められる。

彼女を，怯えてはいるが，私生児の赤子を，それにしがみつくように抱いている若い母親に譬えることであろう。」(7) と，書き手が顔を覗かせる。これらの比喩的表象はいずれも，ネガティヴな意味内容を持つことは明らかで，下巻の視点人物マギーが，父との，又夫との自分の関係に，何か尋常でないところがある，というより，それら二つの関係の微妙な絡み合いが事態を紛糾させている原因らしいと，気づきつつあることを窺わせる。マギーが精神的脱皮を遂げ始めて，これまで疑うことなく受け容れてきた自分の幸福（花園に立つ塔）に満足できなくなるとき，彼女の状況を私生児に，その状況にしがみつく彼女を嬰児の母に，譬える表現が現れる。ここでもこの作家の比喩的言語の重層的な機能が知られるのである。

このあとに，マギーの夫公爵への感情（"any deep-seated passion" や "the feeling that bound her to her husband," 7） へと話頭が転じられ，問題の核心が抉出される。即ちマギーも，女性の一人として，妻としての感情の特権に与かることができる筈なのに，妻の能力も，役割も，十分に使用していないことに少しずつ気づき始めたと述べられ，昔好きだったダンスをやめた為に，ステップを忘れかけるという譬えが導入される (8)。第4部冒頭章の終りで，実際には口にされなかった，マギーの，夫への言葉が直接話法で伝えられる。最近あなたは不在がちです，私は，最初に変らず，いいえそれ以上にあなたを愛しています，という訴え，溢れる盃のイメージに表現された，「私はあなたを必要としています。」という気持がその内容である (18)。そのすぐ先には，マギーが「彼を熱愛し，彼の不在を寂しがり，彼を望んだ。」(19) と，今度はマギーを三人称にした客観的な記述が続く。このように直截的に述べられる願望が，彼女の精神のエネルギー源となっていることは言うまでもない。下巻のマギー的世界において募ってくる彼女の，悟性の人として，又マキャヴェリストとしての冷徹な思索を突き崩しかねない情念の力をジェイムズはそこに見ているのである。願望の向うところは所有や達成であり，下巻冒頭章は，待ち焦がれた夫の美しい姿に接することにより不安も鎮まり，

マギーが久方ぶりに訪れた「所有」の甘い感覚に酔いしれるところで結ばれる。

感性の活発化と問題意識の深まりを示すものとしては、「そのことは彼女の活気づいた感受性の結果であった。彼女は再び一つの問題に直面していることを知っていた。その解決を必要としているので、集中して努力しなければならなかった。」(31) というような記述を見つけ出すことができる。問題の自覚に伴って、ヒロインの精神が昂揚してくるのである。マギーの目覚めかけた意識——まだ認識にまで至っていないが——にとって現実は、「既に雲散霧消し始めている黄金色の霞を通してぼんやりと見えている。」("looming through the golden mist that had already begun to be scattered." 同) と書き表され、彼女が現実を見定めかけていることが読み取れる。「見かけの事実の背後に潜んでいる諸々の理由は、それらが揺らめいたり、動き回る為に、目には不確かなものに見え続けたが、恐らくは、現れ出ずにはいられないであろう。」(52) というディスクールは、事実とか理由といった不可触の抽象概念を物化し、視覚的行為の対象に変換してしまうこの作家独自の表現方法である。ここには、目に写る表面的な事実の把握 ("Her grasp of appearances," 同) により、背後に潜む原因の理解 ("her view of causes") に到達しようとするマギーがいる。それはジェイムズの小説——ひいてはアメリカ文学——における探究心の旺盛さを証するものであるが、その探究は、(1)空間と運動の感覚を基盤としている ("lurking behind them [the facts]")、又(2)見定める目を媒体としている ("for the eyes") ことも、定石通りである。

この時期のマギーを特徴づける今一つの変化は、判断の停止或いは遅延から思考と判断への移行である。ここでジェイムズに頻出する部屋——空間的イメージ群のなかの一つ——が使われる。

  They were there, these accumulations; they were like a roomful of confused objects, never as yet "sorted," which for some time now she had been passing and re-passing, along the corridor of her life. She

passed it when she could without opening the door; then, on occasion, she turned the key to throw in a fresh contribution. So it was that she had been getting things out of the way. (14)
（それらの物はそこにあった。この堆積物は。それらは部屋一杯に詰め込まれた雑然とした様々な物に似ており，まだ一度も「より分け」られたことがなかったが，暫く前から彼女は，彼女の生活の廊下を通って，その前を行ったり来たりしていたのだった。開けずにすむ時はドアも開けずにその前を行き過ぎた。それから，時折，新しい物を投げ加える為に，鍵を回した。このようにして彼女は，それまでいろいろな物を邪魔にならないように片づけていたのである。）

部屋に詰め込まれた種々のごたごたした物は，マギーが解答と判断を与えることを遅らせてきた物事（"her accumulations of the unanswered"）の比喩であり，物語的関連では，マギーは今，シャーロットの心の内という，いずれ考慮しなければならない問題をも棚上げしていることを仄めかす。

いつもと異なる心構えでアメリーゴの帰りを待つマギー，夫の帰宅，妻の態度と装いに何か意図的なものを感じ取り当惑するアメリーゴ，マギーの無言の愛の訴え，アメリーゴによる抱擁等を叙する冒頭章の末尾は，次のように括られる。

[S]he was to preserve, as I say, the memory of the smile with which he had opined that at that rate they wouldn't dine till ten o'clock and that he should go straighter and faster alone. Such things, as I say, were to come back to her ─ they played through her full after-sense like lights on the whole impression; the subsequent parts of the experience were not to have blurred their distinctness. One of these subsequent parts, the first, had been the not inconsiderable length, to her later and more analytic consciousness, of this second wait for her husband's appearance . . . . it must indeed be added that there was now in this much-thinking little person's state of mind no mere crudity of impatience. Something had happened, rapidly, with the beautiful sight of him and with the drop of her fear of having annoyed him by making him go to and fro. Subsidence of the fearsome, for Maggie's spirit, was

always at first positive emergence of the sweet, and it was long since anything had been so sweet to her as the particular quality suddenly given by her present emotion to the sense of possession. (20)
(彼女は，既に述べたように，この調子では，僕たちは十時まで食事にありつけないだろうから，僕は一人で上がったほうが真っすぐに，より速く行けるに違いないと，彼が意見を述べた時の微笑を記憶に留めることになった。何度も言うが，このようなことが，のちに彼女に甦ってくることになったのだ。それらは彼女の豊かな追憶を通して灯火のように，印象全体に働きかけた。つまり，経験の，それに続く部分が，それらのことの明瞭さをぼやけさせてしまうことにならなかった。これら後続する部分の一つ，つまりその中でも最初のものは，夫が姿を現すのを待つ，この二番目の時が，彼女の，のちの，より分析的な意識にとってみれば，かなり長かったということであった。(中略) 今このよくものを考える可愛い人の心の状態にあったのは，ただの低俗な苛立ちでなかったことをまことに書き添えておかなければならない。彼の美しい姿を見，右往左往させることで彼を苛立たせてしまったのではないかという恐れが鎮まるとともに，急激に，何かが起きていた。不安の種が鎮まるということは，マギーの精神にとって，常に最初は甘美なものが絶対的に出現することであり，彼女の現在の感情によって，突如所有の感覚に賦与された特別な質ほどに甘美なものを味わったのは久方振りのことであった。)

引用中の，"She was to preserve . . . the memory of . . . " 或いは少し前の，「二人の間に起きた或ることを彼女はあとになって思い出すことになった。」("She was to remember afterwards something that had passed between them," 19) という筆使いは，現前の事象を半ば過去の方へ押しやり，或いは今から記憶に託しつつ――つまり時間の流れに加担しつつ――，語っており，プルーストに近いと言えるであろう。"Such things, . . . were to come back to her . . ."の行文等もプルースト的であると思われる。"To her later and more analytic consciousness, . . ."では，記憶と意識と分析が結びつけられ，過去への遡及という，ジェイムズの重要な主題の一つが見られる。ヒロイン，マギー・ヴァーヴァーを，"this much-thinking little person" と言語的に定式化することによって ("much-thinking" という，ありふれた二つの単語を繋ぐことにより常套を回避した言い回しや，"this

. . . little person"の抽象的,迂言的語法がその定式化を助ける),下巻におけるマギーの,作品世界を包摂する思惟の焦点に位置する視点人物としての性格が決定される。

2. 生きる主題——行動へ

　続く第II章のマギーは,夫（やシャーロット）との関係において,劣者,無力な子供,傍観者の位置にいる。「これほど卑屈に,自分の運命の支配者を意識したことはなかった。彼は望みどおりに彼女を扱うことができる。」(21) というのが,夫に対して抱いた思いである。夫を熱愛し,盲従し,父ヴァーヴァー氏とともに,なすすべなく見守るのみのマギーは,「生きていず,どうしていいか分っていない。」という,アシンガム夫人の以前の自分たちについての評言を思い出すのだ (22)。夫（とその愛人——と言ってもマギーは,この局面ではまだ,アメリーゴとシャーロットの只ならぬ関係を朧ろに感じ始めているにすぎないが）に支配される無力なマギー（アダムの連合いならぬ子の,無垢・無知なイヴ）にとって,今後の途は,そういった支配をはねのける（物語の人物関係の点からは,力において凌駕する）ことをおいてない。即ち,我がヒロインは,夫とより深い関わりを持とうとする時,シャーロットとの関わりをも避けられないことを予感する。「もし私があの人たちを見捨ててしまっていたのだとしたら,どうなるのでしょう？　もし私が,私たちの奇妙な生活様式をあまりに受動的に受け入れてしまっていたのだとしたらどうでしょう？」(25) と彼女が自問する時,「あの人たち」とは,アメリーゴとシャーロットを指すのであり,マギーの反省は,父との優しい情愛に満ちた生活を捨てられないままにそのことが,自分たちの夫婦関係を歪めているという点に向けられる。ヴァーヴァー父娘の睦み合いは,上巻にエデンの園的至福のイメージをもって描かれた（ヴァーヴァー氏のファースト・ネームがアダムであることは暗示的である）が,それ自体社会的に認容されるべき肉親関

係がヒロインの心に満たぬ，その心が是としない——作者（と読者）の側から見れば，作品世界の理念的調和に背馳する——生き方に繋がるという皮肉な状況が出来した。

しかしながら，ジェイムズが父娘の親密な関係に対するのと同等の物語的真実をこめつつ，裏切り者たち，アメリーゴとシャーロット，そしてマートン・デンシャーとケイト・クロイ——を描いたことは改めて考慮する必要がある。つまり，『黄金の盃』という大海の中に浮かぶ，二つの島のように，並立する，親と子の，セックスレスな，無垢の領域と，愛人たちの，官能を知り，成熟した大人の生の領域とが今やマギーの変容（精神的成長）によって摩擦し始めるのである。骨肉の情愛と愛欲のもつれという，二つの関係が小説的真実を帯びて形成され，それぞれのカップル化が緊密度を増すに従って，肝要な第三の関係，マギーとアメリーゴとの関係は希薄化され実体を失ってゆく。この危険性は常に作中に存在し，そして書き手がそれを意識の中に保つことによって，物語世界の緊張が作り出されてきたのである。

こうして，アシンガム夫人に指摘されたとおり，真に生きていない，夫を十分に所有していないという認識に到達しかけたマギーの「計画」，花園の摘果に比される，夫の生活への参加の観念が導入される。「さてそれは，参加という花であった。そしてそのまま，即座に彼女はそれ［その花］を彼に差し出した。どのような喜び，興味，経験にもせよ，それを彼と，そしてその点では，シャーロットとも，共有するという，不必要に，愚かしくも，見えなくされていた考えを直接実行に移したのだった」(26)。ここには紛れもなくマギー・ヴァーヴァーの参加の意志，夫奪回の意図の初期的兆候が示され，夫との関係はシャーロットとのそれを引き摺っていて，いずれ彼女と対決しなければならない（"this left her Charlotte always to deal with," 29参照）ことをマギーは予感している。この関連でマギーには，厳密には行動とは言えないにしろ，決意や意志が現れ始めたことが注意を喚起する。「アメリーゴに，いつもと違うと思わせる何かを即刻行なおうと彼女は決心する」。又，それらの操作（"manoeuvres"）は，「明確な意図を感じてのことであった」(9)。

「彼女は彼の心中，より深いところで起こりつつある過程に立ち会っていると感じた。」，「彼は彼女が或る考えをもって，そこにいるのだと推測していた。」(28)，などの文が示すように，この辺りは，マギーとアメリーゴとの心の探り合い，露骨ならざる心理戦を活写するのであるが，その果てにアメリーゴは唯黙してじっとマギーを見つめ，抱擁することによって，彼女を支配下に置く。マギーが唯々としてアメリーゴに屈してしまうのは，ほかのところでも彼女の心語として提示されたように，あまりに深く夫を愛しているからである。ここでのマギーは弱い女であることを免れない。「これらのもの［至福としての彼の優しさと彼女の高度の感受性］がすべてのものを押し流してしまうのを感じている間にも彼女は，それらが自分の中に生み出した弱さへのある種の恐れを味わった」(29)。かくしてマギーは，アメリーゴを巡ってシャーロットと争うのみならず，アメリーゴその人とも勇を鼓して戦わなければならない羽目に陥る。夫の支配に対する抵抗については後述することになるであろう。

次に，少々見方を変え，国際主題的な観点から，行動を起こすことによって，殻を破り出ようとするマギーについて述べてみたい。第III章に入ると，アメリーゴ夫妻の主催になるポートランド邸の夕食会について，マギーの立案していた計画が実現する。それは，「マギーの最大限の社交的栄光の日」(69) となり，アシンガム夫妻，特にファニーの援助によって，「可愛い公爵夫人の輝き」(70) が増した。ひとつには夫人の助けにより，「マギーの中の小さな公爵夫人が引き出され，強調された。（中略）彼女は生涯始めて，そのような人物についての公的な，そしてよく知られた観念に従って行動していると感じたのである」(70-71)。ここで，同一人物がマギーと公爵夫人と書き分けられているのは，新大陸出の小娘（アメリカのイヴ）が旧文明世界の中で，個人を越えて，公的な人物になりかけていることを語る。アメリーゴは，個人としてのアメリーゴであるに留まらず，公爵という，旧文明体制が刻印した身分性を帯びている

ことが実は大きな意味を持つのだが，ここではマギーも，そのような状態へと半身を変貌させつつあると言えよう。「それが彼女の学びつつあることであった。彼女に定められた，彼女に期待された，彼女に課せられた性格を満たすことが」(71)。マギーのヨーロッパ順応の一階梯が示されるのである。旧体制の身分，位階などの衣を脱ぎ捨て，空漠たる土地の広がる新天地に我が身を解放し，自我を無際限に拡張させるというアメリカ人の原経験に逆行して，歴史の歩みの中で発達してきた複雑な社会機構の与える役割を果すことが，このアメリカ娘の直面する課題であり，作中人物としての発展，人間としての自己実現——旧文明の枠組み，土俵の中での目指された完成——である。公爵夫人になる修練を今こそ行ないつつあるマギーは，ヨーロッパ社交会の虚飾と頽廃を匂わせるようなキャッスルディーン夫人を守勢にまわらせることにより，アシンガム夫人を欣喜雀躍させる。のみならず，「彼女は同時にアメリーゴとシャーロットにもつけこんでいたのである。」(72)とあるように我が女主人公は，社交上手な二人（夫と義母）の領分にも見よう見真似で踏み込むことにより，徐々に行動の人としての資質をも身に帯びてゆく。

3．拮抗する力——マギーと愛人たち

欝勃として湧き上がる生活への意欲に揺り動かされたかのようにマギーは，行動への手始めとして第II章で，夫と継母二人だけの馬車の遠乗りについて，先ず夫，そして翌日，イートン・スクウェア邸へ出かけてシャーロットに，問いただす。「率直かつ陽気に，彼らの異様に長く引き伸ばされた運動［遠出のこと，"campaign" という語が当てられている。］において，二人がどんな収穫を得たのか尋きにやって来た」(32) マギーは，夫に対すると同様の遠慮のない質問をシャーロットに向けたのである。しかし，即興の科白をまくしたてる女優に擬らえられる (33) この段階のマギーは，まだ現実から手厳しい反逆を受けたことのないナイーヴ

さの域を出ない。ここでは，アメリーゴ・シャーロットを向こうにまわしての，主に心理戦において，守勢に，或いは攻勢に回るヒロインを素描してみる。

　アメリーゴとシャーロットに探りを入れてみたマギーは，両人の表情や態度に奇妙な符合や類似，又一致，協力の姿勢があり，彼らが，彼女同様，ある計画をもって自分（そして父）に対していることに気づく。それを思い出すと，「深い合意がじっと自分を見つめているように彼女には思え」(42)，マギーは，「彼女の仲間たちの間に，それ程に調和して作用している真剣な意図の大きさに気づかされた」(43)。（前の引用では，"a depth of unanimity" が擬人化された主語となり，ジェイムズ文体の特異性を印象づける）。彼らは，マッチャムの大宴会とその閉会後，馬車の遠乗りから帰宅のあと，マギーの態度に起きた変化に促されて，彼女の状況と，彼女がそれをどのように意識しているか（「それについて，彼女の意識が取るかも知れない，あり得る形」42）を見定めようとしており，マギーが自分たちに対して何やら無言の評を下していると気づきつつあることが，地の文に示される。「彼らが彼女を傷つけることがないようにと，彼女に対して立派に振る舞うようにと，よく練り上げた計画だった。その計画に対して，それぞれが，相手を引きつけるような形で，相手を説き勧めて貢献させたのだ。従ってこの計画は，その限りでは，彼女が彼らにとって詳細な観察の対象になったことを証明していた」(43)。『鳩の翼』におけるケイトとデンシャーの共謀したミリー・シールへの裏切りの構図がほぼそのままここに移されている。

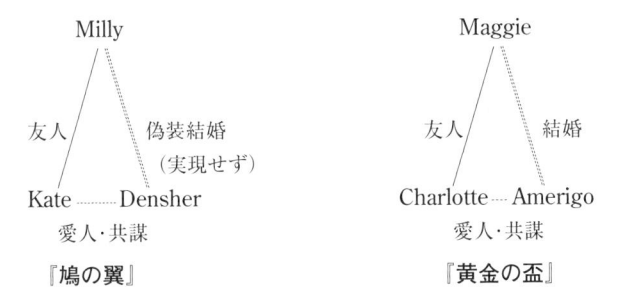

```
           Milly                              Maggie
         /      \                           /      \
     友人/       \偽装結婚               友人/       \結婚
       /         \(実現せず)              /         \
    Kate ──── Densher                Charlotte ── Amerigo
       愛人・共謀                         愛人・共謀
       『鳩の翼』                         『黄金の盃』
```

この個所から事実として掬い上げられるのは，マギーは，「自分の夫とその同僚が，自分の自由な動きを妨げることに直接的な関心を抱いていることを看て取った。」(45)，即ち，彼らは彼らの目的を以て「彼女を囲い込んだ。」(43-44) ということである。自由の拘束という観念が例によって様々な比喩に転換される。彼らがじわじわとマギーに課してくる束縛は，マギーの頭上に聳える丸天井や，望みもしないのに温浴に浸けられる暗喩の形を取る。金メッキをした鳥籠と，飛び立とうとして羽撃くイメージには，幽閉のモチーフが寓されている ("She had flapped her little wings as a symbol of desired flight." 44)。「彼らは彼女を湯に入らせた。そして，彼ら自身に対して首尾一貫性を——つまりお互いに対して首尾一貫性を——保つ為，彼女をそこに浸けておかなければならなかった。その状態にあれば，彼女はその方策を妨げることはないであろう。それは決定され，取り決められていたのだ。」(同) というように，マギーを微温的な状況の中で身動きできなくすることは，アメリーゴとシャーロットの理由なり，都合により，必然性を帯びているのである。共謀者たちも，彼らを搦め捕っている関係性の網目と運動モメントの中で，志操堅固でなければならないのだ。力学に言うところの惰性に似た力が人間関係にも作用しており，別の力がそれに加えられるまでは，それ自身を維持・継続させようとするであろう。今二人に働きかけようとしているマギーは，彼らの秘めたる愛欲の慣性的な力に対して，脅威となる力を及ぼし始めているのである。

　以上，マギーの「仲間たち」(より腕曲に「この人々」と表現されることもある，49) の胸の内を，秘密を探ろうとして，かえって彼らの好奇心 (或いは猜疑心) をかき立て，逆に探られ，果ては動きを封じられてしまうヒロインの姿を見た。ここでの主人公は明らかに守勢にある。しかし第III章に入り，一層積極的な気持になったマギーは，自分自身の秘密 (密かに二人の動向を見守っていること，又ヴァーヴァー氏に知られまいと腐心すること) を守る為に逆にこの人々を利用しようとする。彼らが感じている好奇心を，「邪まな二枚舌に隠れて」("under cover of an evil duplicity,"

50),食い物にしてやろうとさえ考えるマギーは,かつてのジェイムズの主人公たちが滅多に分け入ることのなかった経験の領域へ足を踏み込んでいると見ることができる。「彼らが彼女の経験にとって,[無視できない]或るものであったのと同様,彼女は彼らの奇妙な経験にとって,重要な人物であった。」,「彼らを逃すまいという,彼女の抱いた意図には際限がなかった。」(50) などの記述には,経験重視に傾いてゆくヒロインの姿勢を指摘することができる。

　マギー自身の策略は,計画されていた父娘の旅行をヴァーヴァー氏が中止した一件を巡る彼女の振舞に見られる。マギーは,父が寂しい思いをしないよう,私が父を放っておいたと見えないよう,あなたが気を配って下さったのですねと,夫を褒めちぎったあと,父の計画中止は,父があなたと離れて暮したくない気持にさせたあなたのお手柄なのです (59) と言って,問題の核心——アメリーゴ・シャーロットの関係——を故意に逸らしてしまう。マギーが夫の善良さ,躾の良さを滔々と流れ出す言葉で語り,言わば褒め殺しにする場面で,語り手はコメントする。「まさに彼の美徳をこのように,はっきりと言い立てたにも拘らずそれでも猶,彼女が彼に屈服することができないのが彼女自身にとっても,益々もって不可思議に思われた」(59)。夫にそなわる精神的,肉体的な美と力に盲従し,その中へ埋没してしまおうとする衝動と,情念への反発として,マギー自身の精神的成長に伴って深まる,真実を求める悟性との鬩ぎ合いをここに読み取ることができる。

　次に,愛し合う夫婦の戦いを,稍異なる角度から眺めてみたい。別のところでマギーは,父が例の計画を中止した原因をあなたはご存じないでしょうと切り出し,そして,奇妙なことに,この発言によって夫に対し,或る優位な立場を獲得し,それを放棄するなり,手中に収めておくなりすることは思いのままだと感じる (56)。これは先に,夫の人間性を称賛する方向へと問題の核心をずらしたのとは逆に,一歩肉薄しつつ,夫の出方を窺い,秘められた真相の深淵を覗きこんだのである。その優位な立場を放棄すれば,すべてを永久に放棄することになるに違いない

と分っていた。父ヴァーヴァー氏宅からの帰途、馬車の中での再度に亘るアメリーゴの抱擁の意味は、従って、彼女にそれを放棄させようとするものであり、アメリーゴは、その為に彼の不屈の魔力（身体的愛情の表現、通俗的に言えばマギーの身も心もとろけさせる力）に訴えたのであるとの記述に引き続き、アメリーゴの「惜しみなく愛情を与える人」("so munificent a lover," 56) としての側面とその由来する数々の美質、マギーが王侯に相応しいと思う資質が列挙される。曰く、「魅了する、交わる、表現する、生きる、為の彼の天才的な能力」("his genius for charm, for intercourse, for expression, for life," 57)。このような才能を、ヨーロッパの成熟した社会の中で育まれ、練磨された特質として、マギーはいとおしむのだ。それは、この小説の中で価値として前提されていると言っても過言ではない。同じくヨーロッパ的教養と洗練を身にまといながら、ギルバート・オズモンドがアメリーゴと截然と分たれるのは、まさにこの点においてであろう。なればこそ、「彼女の意識のあらゆる脈動」(57) が夫の魔力（支配力）に屈して、抵抗をやめるようにマギーを促す。しかし、「自分の本当の状況を知りたいという、より深い欲求の脈動」("the throb of her deeper need to know where she "really" was," 57) がそれを許さない。夫の肉体的支配に必死に抵抗し、目に涙を湛えつつも、理性を失うまいとする主人公は、情念と理性、肉体と知性との熾烈な葛藤に見舞われるのである。そしてこの際、知性（知ること）は、見ることによって助けられる。「それら［自分の目］によって彼女は、自分の求めるものを見失わないという、離れ業を達成したのだ」(57)。

　第III章が終りに近づくにつれ、抵抗と屈服の二つの観念が、夫婦の幸福の可能性を巡って対立し、緊張感を深める。それは、一方で「冷たい現実」("chill of reality," 60) や「奇妙な事実」("the queer actual," 同) と、マギーが（或いはアメリーゴも）幻視する幸福のヴィジョンとの葛藤とも言える。頑なな抵抗と、その放棄は夫婦間のみならず、マギーの中でも攻め合う。

[I]t hung by a hair that everything might crystallise for their recovered happiness at his touch. This possibility glowed at her however for fifty seconds only then to turn cold, and as it fell away from her she felt the chill of reality and knew again, all but pressed to his heart and with his breath upon her cheek, the slim rigour of her attitude.（60）
（彼のひと触りで，彼らの幸福が取り戻される為にすべてが結実するかどうかは，紙一重であった。しかしこの可能性は，彼女に向って五十秒だけ輝きかけてきたが，次に冷たくなってしまい，それが彼女から逃げ去ってゆくとき彼女は，現実の冷たさを感じ，殆ど彼の胸に押しつけられ，彼の息を頬に感じながらも，自分の態度がきゃしゃな身にも拘らず手厳しいことをもう一度知ったのである。）

夫との心理的な闘いにおいて一旦優位に立ったとマギーは思ったが，第III章終局は彼女の敗北を告げる。「最後の決定を下すことを計画していたのに，それを楽しんでいるのは，彼自身であるというような具合であった」（67）。夫の，理性をも溺れさせてしまおうとするかのような支配にあくまで抗し，情念に屈してしまうことなく，理知に訴えようとするマギーにアメリーゴは仕返ししたかのように，マギーには思える。真に夫を取り戻し，真に生き始めるまでにこの主人公は，猶困難な途を歩まなければならないのである。

4．関係の組み直しと均衡——鬩ぎあう力

下巻では，多くヒロインの意識の中において，人物たちの関係の再調整（"a readjustment of relations," 38）の動きが頁を追うにつれて活発化する。そして，「この状況の変化は，彼らを新たにカップルとグループに分断した。それはあたかも，均衡を求める感覚が彼ら全員の間で，最も執拗に力を揮ってでもいるような具合であった。」（39）とあるように，変化のヴェクトルと均衡を保とうとする力とが，それら自身，張り合っているのである。人物関係の変化が胎動してくる震源地は，マギーの，何

かがおかしいと見え始めているこの現実を改変しようとする行動（たとえそれが彼女の思念の中だけに生起するものであるにしても）である。関係の微妙な調整に関与するもう一人は，上巻の視点を担ったアメリーゴ公爵，即ちあの繊細な意識の所有者であり，「彼女の行動における微かな変化を見るだけで彼には十分であった。関係への彼の直感，考え得る限り最も精妙な直感が，直ちにその差異に対応し，それに合わせるようにと彼を促した。」(39) と説明される。『黄金の盃』は，繊細極まる感受性に恵まれた二つの心のぶつかり合いによって織りなされる世界であることを改めて思い起したい。

　もう少しあとの方で，「勿論彼らは配置されていた——四人ながらに。しかし，彼らの生活の基盤は，彼らが一緒に配置されているという，まさにそのことにあったのではないか。ああ，アメリーゴとシャーロットは一緒に配置されていたのに，彼女だけは，離れて配置されていた。」(45) と，マギーの意識の語りが記される。主要人物四人（或いは少なくとも三人）が四辺形（或いは三角形）をなして関係しており，その四（三）辺同士の力関係により，その形が変形し，いびつにもなり得る（現在なりかけている）ことが知られる。その変形をもたらす力の淵源は，直接的には前述した女主人公の現状改変の意志であるが，マギーとアメリーゴの志向や願望をも包摂しながら，それを越える理念が作品世界を貫く精神として働き，理想とされる人物関係の構築へ向って物語は進んでゆく。「彼女［マギー］からの警告は結局のところあまりに唐突に彼に，そしてシャーロットにやって来た。彼らがそれに直面して取繕っている（"rear-ranging"）こと，彼らは取繕わなければならないことが，再び彼女の前に見えていた。」(61-62) とあるように，当面の状況は，マギーが夫と継母との関係に不審を抱き始めたことと，又彼らがマギーの様子や素振りから，それを察したことである。"the warning from her" や "rearrange" は，いずれも対象が明示されていないが，その内容は容易に推測できる。こうしてこの小説は人間関係の「調整」と「再調整」（"arrange," "rearrange," "readjustment" 等の言葉が使われる）を巡る物語であることが

確認できる。再調整や修正の観念が繁く現れるのは、組立て直しの作業の先に理念的な形が見通されていることを示す。理想の人間（夫婦）関係を築こうとする主人公の孜々とした働きが、その結実を見据えつつ、作家による物語構築の過程の中へと不可分に組み入れられることにより、希望の黄金の光に満ちた世界が現出するのである。

　第Ⅳ章に入り一週間が過ぎるころマギーは、夫と継母［シャーロット］が、「彼女ら［ヴァーヴァー父子］の回りからじわじわと迫って来て、彼らみんなが四人のグループとして突然集団生活を始めてしまうという結果」(68) が齎されたことに気づく。「これまで二組のカップルを作ることがいともたやすかったのと同じくらいに今度は、一つのカルテットを作るのがたやすく見えた。」(69) と、マギーの意識がイメージを描く。「二組のカップル」は、倫理的、社会的に陽の目をみるものとして、マギーとアメリーゴ、ヴァーヴァー氏とシャーロットとの間に形成されているが、影に覆われた所にアメリーゴ・シャーロットの関係と父娘の親密過ぎる結合が位置する。繰り返し述べたとおり、あとの二つの関係は、相互に依存し助長し合いながら、前の二つの社会秩序に組み込まれた関係を弱体化させるのである。倫理的・社会的基準から稍ずらして眺め、仮に正常・異常といった基準を設定してみると、父娘のグルーピング行動は、この作の微妙に揺らぐ価値基準の或る局面においては、少しアブノーマルの域へ傾いていると見えるであろう。ともあれ、「カップル」なるものの構成メンバーが、その時々で目まぐるしく、変幻自在に入れ替わるような一種の滑稽さをも、この喜劇的大作にジェイムズは見ていると思われる。マギーの意識に映るカップルからカルテットへの移行は実は、彼女の夫と継母によって及ぼされる秘められた力の結果であり、その背後に彼らの不実の仲を隠蔽しようとする意図が潜んでいることは言うまでもない。マギーの動向に感づきだした彼らのマギー囲い込み、封じ込め策の閉鎖的イメージは、睡眠中に列車に乗せられ、運ばれてゆくという、ヴァーヴァー父娘について頻出する受動的イメージの新たな一つを喚起する (69)。「私は苦労もなく前進しているのです——あの人た

ちがすべて私たちの為にやってくれているのですわ。」(同)というマギーの観察では，件のカルテットが再びアブノーマルがかったカップルと，もうひとつの，陰画的な，マギーが未だその関係の真相に気づいていない，カップルに分けられた形で認識され，四人の均衡と調和が如何に脆いかを露呈するに至っている。列車が時折揺れて，マギーがヴァーヴァー氏を本能的に支えてやろうとするという比喩に，マギーの無意識の危機感が暗示され，一見達成されつつあるかに見える調和の底に何かしっくりこないものが潜んでいることが匂わされる。その何かは，この局面では，まだマギーが知らされていない裏切りの事実そのものであるよりも，自分たち父と娘の幼児的な固着が「ほかの人たち」の異常な密着と連動しているという，ヒロインの意識に関わると考えられる。「口をつぐんで，しかしかくも優しい目で見交わしながら，或る自由を求めて手探りしている。」(72)と，マギーが心に描く父娘のカップルは，先に見たカルテットへの動きに逆行しており，肉親間の親密さはマギーの危機感と裏腹に依然として深い。

　しかしながら，「彼らの場合を，もっともらしく説明するとすれば，長い間家族として，愉快に，妨げられることもなく，幸せであったあとに，彼らは猶，新たな至福を発見しなければならなかったのだ。」(72-73)という文は，女性主人公による変化の希求，人物関係の組み直しが彼女の，ひいてはヴァーヴァー氏の，エデンの園的無垢なる幸福を脱皮して，それに代わる新しい幸せを模索することを避けてはあり得ないことを——大局的見地から——語る。その点でこれは，この段階における建設的な方向を提示していると見ることができるのだが，問題はそう単純ではない。「彼らの全体としての［四人での］交わりの，このより活発な前進こそが，時折彼［ヴァーヴァー氏］の中に，物に摑まろうとする本能を決定づけるものであった。」(73)と，新局面での彼の戸惑いが暗示される。何もかも目覚ましく快適だが，自分たちは気球に乗って天空を旋回しているのか，それとも地底の金坑のぎらぎら光る坑道にいるのかという，ヴァーヴァー氏の実際には口に出されない（マギーの想像になる）皮肉な

思いが添えられる。「組み直しにも拘らず均衡が，貴重な状況が続いた。異なった重みの新たな配分が行なわれていたが，しかし，釣り合いが存続し，勝利した」(73)。ここに言う釣り合いや調和が不自然な，皮層的なものに過ぎないことは，自明である。重量の異なる船荷が積み替えられるとき均衡を保とうとする力が働くのは，転覆を回避する為である。この小説について言えば，底の方に見え隠れしている何かしこりのようなものを人物たちが意識しつつ猶，外面上人物関係を破綻させない表面張力のようなものが作用する過程を描写してゆく作者ジェイムズに，強靭な喜劇の精神を看て取ることができると思う。贋物の調和と均衡が，当面は，決定的な破綻と決裂を防ぐ力として働いているという，このアイロニーが喜劇を支える。そこには，ジェイムズという作家の（滅多に覗かせることのない）現実認識の鋭さと鷹揚な資質が感じられもして，不完全な状態の継続こそ人生の実相であるのかも知れないという観想を誘う。ともあれ，人物たちが奮う力とその反作用，支配と抵抗，均衡と不均衡といった関係性の力学こそ，戯曲に相応しい主題であり，ジェイムズがこの物語で渾身の力をこめて追究したのはそれではなかったか。

　第IV章の末尾近く，連綿として続く思惟の中でマギーは父親との対話を空想する。

　　"Yes, this is by every appearance the best time we've had yet; but don't you see all the same how they must be working together for it and how my very success, my success in shifting our beautiful harmony to a new basis, comes round to being their success, above all; their cleverness, their amiability, their power to hold out, their possession in short of our life?" (73-74)
　　（「ええ，どう見ても今は，私たちがこれまで経験したなかでも，最高の時ですわ。でも，お分りでしょう，あの人たちはその為に，一緒に努力しているに違いないのです。それに，私の成功自体，私たちの見事な調和を新しい基礎へ移すことに成功したことも，つまるところ，廻り廻って，とりわけ彼らの成功であるということに帰着するのです。彼らの賢こさ，彼らの愛想の良さ，彼らの持ちこたえる力，手短に言って彼らが私たちの人生を掌握していることに帰着するのです。」)

ヴァーヴァー父子がその人生を頭の切れる現実家のシャーロットとアメリーゴに握られているのは、芯に陰謀を宿したケイトとデンシャーのミリーに対する思いやりや優しさと同じ形である。ただしマギーは、深まってくる現実認識のなかで、親子と夫婦という二つの関係が矛盾を内包し、相克し始めているらしいことに気づきかけている。マギーの空想裡の父との対話は続く。「あの人たちは私たちの気に入ることなら何でもして下さるでしょう。ただ一つ、彼らを別れさせることになるような方針を打ち出すことだけは除いて。」、「別れるだって、お前？　お前は彼らに別れてほしいのかい？　じゃあお前は、私たち——お前と私——も別れさせたいのかね？　だって、一つの別れがあれば、必ずもう一つの別れがあるわけだろう？」(74)。このように、温存される親子関係の結果として、あの「ほかの人たち」の親密すぎる関係があり、それが問題の根幹であることをマギーは知っている。

　親子旅行の話が立ち消えになったあと、今度はヴァーヴァー氏とアメリーゴとの旅行の案が持ち上がり、第V章の冒頭でマギーは、シャーロットが夫に切り出したであろう提案を例によって空想する。「公爵［アメリーゴ］は私［シャーロット］に、あなた［ヴァーヴァー氏］が彼［アメリーゴ］とどこか外国へ旅行する計画をマギーが持っていると言いました。そして彼［アメリーゴ］は彼女［マギー］の望むことなら何でもしてやりたいので、私［シャーロット］がそのことについてあなた［ヴァーヴァー氏］に話すよう提案したのです」(87)。この短い科白には、四主要人物が出揃っており、又彼らの所謂「しっかりとした結束」("such compact formation," 74) が示されている。(この空想された科白はまた、ジェイムズの読者を常に悩ます代名詞の曖昧さと複雑さを語る)。しかし、この度もヴァーヴァー氏は、旅行話に乗り気でない由を述べ、氏は、「留守にして気詰まりを解消することを要すると仄めかすことができるほどに(中略) 彼女［シャーロット］といて不幸せなわけではない。」(89) と記述される。この文は、氏が妻との、あり得る不仲を、又娘と娘婿との関

係を知っていることを，娘に気取られまいと隠しているようにも推測させる。「彼はすべてを一身に我が身に引き受けた。」(同) と，その推測を助けるようにマギーの観察が挿まれるのである。ことの背後にシャーロットの企てを感じるマギーは，こちらから入れた探りがはぐらかされ，逆に自分の方が操られると感じる。第4部の中心的主題は，変化へ向う力と，それを阻止しようとする力の葛藤である。マギーと継母との間に早晩葛藤が生じるであろうことは，かく物語的必然性を帯びるのである。

5．父 と 子——誠実な人々

　もともと，アメリーゴとその舅との旅行について，シャーロットから話しを持ち出させようと提案したのはアメリーゴであった (66)。しかしながら，一月ほどの時が流れるうちに，その折の夫の口調について考えれば考えるほどマギーには，それが作為の結果であると思えてくる。しかも彼女にはこのことの底に威嚇が潜んでいると思えてしまう。彼女の継母を，自分たち自身の問題に立ち入らせることが何故に威嚇の精神で満ちていると思えるのかと訝かるとき，それは，迷える空想の戯れとしか思えなかった。努めて平静を装いながらも夫の弄する技巧 ("a conscious art of dealing with her [Charlotte]," 75; " his remembered ingenuity," " To be ingenious with her [Maggie]," などの句参照，76) を思い出す時心の痛みを覚えるのである。夫に自分を疑わせたり，恐れさせたりして，どのような形にもせよ，心してかからなければならない女だと思わせたことは，これっぽっちもないのに，私に対して技巧を使うのは何を意味するのかと思い悩むのだ。

　　The ingenuity had been in his simply speaking of their use of Charlotte as if it were common to them in an equal degree, and his triumph on the occasion had been just in the simplicity. She couldn't—and he knew it—say what was true: "Oh you 'use' her, and I use her, if you will, yes; but we use her ever so differently and separately —not at all in the same way or degree. There's nobody we really use together but ourselves, don't you see? — by which I mean that where our interests are the same I can so beautifully, so exquisitely serve you for everything, and you can so beautifully, so exquisitely serve me. The only person either of us needs is the other of us; so why as a matter of course in such a case as this drag in Charlotte?"（76）

（その巧妙さは、それがまるで二人にとって同じ程度にありふれたことででもあるかのように、彼らがシャーロットを利用することについて、彼がこともなげに言ったことにあった。そしてその折の彼の勝利は、そのこともなげな調子にあったのだ。彼女には——彼にも分っていたが——本当のことが言えなかった。つまり、「ああ、あなたは彼女を「利用」されるのですね。そして私も、お望みとあれば、ええ、彼女を利用します。でも私たちが彼女を利用するのは、とても違った、別々のやり方なのです——全く同じやり方とか程度ではありません。私たちが一緒に本当に利用するのは、私たち自身をおいてはないのです。お分りになりません？ つまり私が言いたいのは、私たちが同じ関心を持つ時には私は、どんなことでも、ものの見事に、申し分なくあなたのお役に立つことができる。そしてあなたも、ものの見事に、申し分なく私の役に立つことがおできになります。私たちのどちらかが必要とする唯一人の人は、もう一方なのです。だからこのような場合に、当たり前のことのように、どうしてシャーロットを引き込まなければならないのですか？」）

これは妻として至極もっともの言い分であり、平明そのものの論理と思われる。しかしマギーは、夫の耳にそれが嫉妬として解釈されてしまい、父の耳には「安らかな眠りのしじまをつんざく叫び声」（77）のように届いてしまうであろうと怖れて、口にすることができないのだ。平均的な家庭の妻の通俗的とさえ響くこの訴えはしかし、ジェイムズの晦渋な心理描写の間に挟まれて重要である。夫婦の相互信頼と堅い絆、最小の社会的単位として他人の干渉を排する独立、何にもまして、ごまかしや偽りのない交わりという、言わばアメリカ的価値が、マギーの真率な切々たる主張に籠められている。それでも、長い歴史の中で培われてきた社会と家系の産物としてのアメリーゴの、成熟した人間的魅力、彼のヴァ

ーヴァー父子に対する濃やかな気配りにも示される豊かな人間性は，僅かばかりも減ずるものではない。「私の訓練の為私は夫に多大の骨折をかけました。」(51) とのマギーの告白は，ヨーロッパ的教養の与え手としてアメリーゴを位置づける。この点でも彼はギルバート・オズモンドと異なり，ポジティヴに捉えられた人物であることが知られる。

　価値との関連で言えば，ヴァーヴァー父子，アダムとマギーの関係を幼児退行的な，克服されるべきものという立場からのみ眺めてきた見解は幾分の修正を加えなければならないであろう。夫や父の妻との関係について心を砕くマギーに訪れる，父との短い，安らぎに溢れる時について次のように記される。

　　　[T]he lifelong rhythm of their intercourse made against all cursory handling of deep things. They had never availed themselves of any given quarter of an hour to gossip about fundamentals; they moved slowly through large still space; they could be silent together, at any time, beautifully, with much more comfort than hurriedly expressive. It appeared indeed to have become true that their common appeal measured itself for vividness just by this economy of sound.（77）
　　（彼らの交わりの生涯に亘るリズムは，深遠な物事をお座なりに扱うことを一切嫌った。十五分の時間が与えられても，それを根本的なことについてお喋りをするのに使うことは決してなかった。彼らは広い，静かな空間をゆっくりと進んだ。彼らは何時でも，一緒にいて見事なほどに，黙していることができた。そのほうが，性急に述べたてるよりずっと楽だった。彼らの共通の訴えの強烈さは，まさにこの音の節約によって，測られるということが確かに真実のことになったように思われた。)

ここにジェイムズは，アメリカを最先端とする商業主義文明に対する間接的な批判を籠めたと考えることができる。腹蔵のない，率直でさっぱりとした人間関係がヴァーヴァー父娘とミリー・シールの共通の美点であると同時に，急より緩，動より静を好み，人生の問題を拙速に扱うことをよしとしない父子の生活態度は，「賑やかな街角」(1908) のヒロイン，アリス・ステイヴァトンの，俗世を避けた，慎ましやかな生き方に

反響していると見ることができる。

このように見ると，ヴァーヴァー父子が彼らの関係の中で培ってきた人生の価値が小説の中の一つの指標としてあることは否めない。今アメリーゴとシャーロットが二人だけで逢っているのではないかと疑心暗鬼に囚われたマギーと，自分たち父娘が二人きりで暮らしていた頃の自由を懐かしむマギーが同じ人の中に同居する。「新しい動きによって根本的なものが表面へと浮上して来たことを感じ取る」(78) マギーであるが，第V章に入っても，アメリーゴとシャーロットによって引かれて行くあの不思議な列車に仲間［父］と乗って，今度は自分の身を支えなければならないヒロイン (95) を私たちは見る。父への愛執に引き留められる一方で，自分の人生を「あの二人」に握られたまま彼女の苦闘が猶止むことなく続くのだ。

6．運動のエネルギー——物理的な力への暗喩的転換

ここからは，下巻（第24巻），第4部の残された五つの章（Book Fourth, VI から X まで）を考察する。

C.B.ブラウンやポゥら，アメリカ文学の黎明期から現今にいたる数多くの米国小説に主題的，題材的に充溢する暴力，つまり，自然の破壊的な力や人間の粗暴な肉体的行為の要素が希薄なのは，一般に「お上品なリアリズム」と呼ばれるジェイムズ作品の特徴であるが，この小説には，拮抗する力と運動の観念が見られないわけではない。つまり，ジャック・ロンドン（Jack London, 1786-1916）のような，躍動する肉体の世界と際立つ対照をなす物静かな心理小説の底に，力と運動の湧き立つ観念が生動しているのである。一見外的事件の少ない家庭小説のように見えるこの作に満ち溢れる心的エネルギーは，運動に転換されることによって表現され，さまざまな文学的イメージを生み出している。積み木の山を崩落させようとする，物の持つ本性（理法）と，それに逆らって一片，一片を

積み上げ，或る構造物（"structure," 102）を築く力（人的営為）との反発の如き，その一例である．換言すれば，その二つの力をそのような対立関係において，即ち，本来結合された一組の概念として捉えようとする書き手の意識が前景化されるということになろう．「積み木が崩れ落ちるとき，それらは唯積み木の性質に従って行動したに過ぎない．しかしそれらが高く聳え，その構造物に気づき，褒めてやらなければならないときが来るであろう．」(102) という，抽象的な措辞によって伝えられるこの表象は，作中人物マギーの営みや，幼な子のように無邪気な聞き手（"the artless child who hears his favourite story told," 128）の夫を前に長広舌を揮うアシンガム夫人——観察者，注解者——の，物語を組み立てる仕事の暗喩である．それを遡ってゆくと，この小説を組み立てようと苦心惨憺するジェイムズその人へ行き着くと見ることができる．

　作中人物の心的エネルギーや思考と感情の運動のほかにも，物語的，主題的モメンタムが働くことが認められる．裏切り，隠蔽へと働く力と，露見，暴露，認知へのそれとの縺れ合いを本作に見出すことはたやすい．『黄金の盃』は，『鳩の翼』や，『ある貴婦人の肖像』と同じく，裏切りを巡る劇であり，それを空間的，時間的な芯として，無知と知とが対比・対置されるという構造を持つ．

　夫と義母との間に一体何があったのかという，マギーを悩ます問題は，「私たちの若き婦人［マギー］が最近，その中を踏み分けて歩いて来たと感じた困惑と曖昧の総量を表していた．」(108) と，例によって韜晦気味に述べられる．平たく言えば，アメリーゴとシャーロットとの仲に関わる疑惑が，マギーを動揺させるすべてであった，ということであるが，ジェイムズの行文では，マギーの心的活動が歩行の物理的運動に転換され，彼女の感情的内容が量化される．第VI章で，心中に蟠まるこの疑念を，マギーは，盟友のアシンガム夫人に投げかける，つまり，意識化する，ことによって，それと向い合う契機を作ろうとする．まだその真相に辿り着いていない裏切りを淵源とする困惑と曖昧を意識化しようと試みる女主人公がここに見られる．それは，無知の眠りからの覚醒と言っ

てもよい。物語の最終段階に至るまで，夫人は，あの二人の間に，あなたの疑っているようなことはありませんと，マギーに嘘をつき，マギーの方はその嘘を見破る。マギーは恰も，暗黙の契約を夫人との間に結んでいるかに，夫人には見えるという。力の要素について上述したとおり，『黄金の盃』では，対立する二つの極——真と偽，覚醒と無知，露見と隠蔽，等々——の間には，常に牽引力が働き，あたかもその力によって二つは一まとまりとして作品世界内で有機的な働きをするかのようである。この，上・下巻，七百頁を遥かに超える大著において，一つの運動のモメンタムは，たゆたう大波の上を行く船のように前後への揺れを伴いつつ，目的へと進展してゆく。とまれここでは，惑乱と二面性（"perplexities and duplicities"）が両方とも，無知に由来することに注意の焦点が置かれていることを確認すれば十分であろう。

　裏切と露見の間に働く力は，マギーの心的世界の中で，知と無知，或いは，知的前進と，後退（恐ろしい事実を知ることからの逡巡）の間で力と反作用となる。それは夫，アメリーゴとの心理戦と絡まり合い，更に，シャーロットとの密やかな確執へと繋がってゆく。

　こうして，女主人公の内面に，そして物語世界に，心的エネルギーを充満させる核反応としての，力と反作用の現象は，言わば円周上に位置する夫アメリーゴ，父アダム・ヴァーヴァー，義母シャーロットと，中心を占めるマギーとの間に働き，それぞれの関係に影響を与える。『黄金の盃』は一言に，無垢なアメリカ人の典型であるマギーの勝利，国際主題的には，旧世界征服，物語自体に則して言えば，無知から知，隷属から対等な関係の獲得への軌跡を辿る物語である。その物語伝達の媒体として，上述したような力と運動の作用を認めることができる。

7．無明の闇から光明へ——悪の世界を知る

　第4部，第Ⅵ章で，「アメリーゴとシャーロットは，又しても一緒に

『週末の』訪問をしようとしていた、そして、それを、悪魔のように推し進めるのがマギーの計画であった。」(108) と描かれる女主人公は、不審の雲を晴らし、真相を知る為、夫と義母を「試す」という、策略めいた夢想に耽る。「公爵とヴァーヴァー夫人は、かくして、ありのままの姿を説明すること（"to describe them exactly as they were"）を、マギー自身でできるようにしてくれたのだ。」(同) と述べられる。件の二人は、今や、彼らの「ありのままの」姿、つまり、不義の関係を暴かれようとしている。そしてここで、"describe" という言葉が使われていることが注意を惹く。"describe them as they were" の語調が含意するものは、事実を客観的に把握せんとする姿勢であり、それによってマギーは、無知の闇を脱出しようとする。この点で『黄金の盃』は、『聖なる泉』などと対照的に、明晰な、光に照らされた世界を志向する小説である。即ちヒロインが、蒙昧と惑乱の暗闇を抜け出て、光明の世界に至ることに、物語の方向づけがなされるのである。

　大方婉曲で、抽象的な言葉を好むジェイムズの作品にしては、少々露骨とも言える表現がこの辺りで散見し始める。それは、筋組みの要請であると同時に、女主人公の無知からの脱却という主題が必然的に事実の直視を随伴する故である。「可哀そうにあなたは、あの哀れな人たちが恋していると想像していらっしゃるの?」(109)、「とどのつまり、あなたは、シャーロットに嫉妬しているの?」(110) という、アシンガム夫人の問、「私があのひと［シャーロット］を憎んでいるかどうか、という意味ですか?」(同) という、マギーの反問などに、嫉妬や憎しみ、苦悶など、不幸な感情が表白され、主人公の苦い経験、悪の認知といった、成熟の為の要素が物語の前景に配置される。少し胸襟を開くことのできる夫人を相手のマギーの対話を通して、作者が主人公の経験の深まりを語る呼吸は、巧みであり、緊張感を持って迫ってくる。「絶対的に善良で、気立てがよく、美しい」人で、「醜いものの外にいて、いかなる虚偽も、残酷も、俗悪も知らないので、そういったものに汚される必要も、それらに触れる必要もなかった。」(111) という、夫人のマギー評は、逆に、当のマギ

ーが，それらに触れることこそ，彼女の成長に必須の過程であることを物語る。マギーがそれに堪えうる資質を持つことは，同じ夫人の，「あなたの，一番深いところにある，黄金のような，人格上の性質」("the precious little innermost, ... golden personal nature of you," 112) との賛辞にも表されている。同じく，マギーが「しっかりとした性格を少なからず，そのどこかに隠してきたこと」("your having concealed about you somewhere no small amount of character," 同) を見抜いていたとも言う。これは，下巻の中心人物，マギーに発現してくる，性格の強さ，隠微な支配力を予告していると見ることができる。『黄金の盃』の小説的世界を築く中でジェイムズは，人間が時として，言語の網からすり抜けてしまう現実というものの，「表現」することの困難さを思い知らされるように，彼の小説言語による統括を超える「現実」としてマギーを実感し得たのではなかろうか。だとすれば，それは一重に，真個の文学者のみ持つ卓抜な想像力の賜物である。ヒロインを描出しようとして深まり，とぐろを巻くような筆は却って，把捉し難い対象を追究する絶望的な足掻きなのかも知れない。

　マギーが直面しようとしている醜悪な事実の核心へと更に筆が進められる。「あの人たちの間に，どのような恐ろしいことがあるのですか？　あなたは，何を信じ，何を知っているのですか?」(107) というマギーの問に対する，「私はどんな『恐ろしいこと』も見てはいません。私はそんなことは何も疑っていないのです。」("I see no 'awfulness'—I suspect none.")，「あなたの義理のお母さんと，邪まな関係にあると，あなたが見ていらっしゃるあなたの夫は，その賞賛すべき，愛すべき妻に真心をもって惹かれているのが私には分るのです。」(114) という，夫人の答えは，虚偽の皮の中に真実をくるみ込んでいる。がしかし，天使のようなマギーをこの世の汚濁に触れさせまいとする夫人の思いやりの皮膜を通して，「あなたの夫と，あなたのお父さんの奥さんが，愛人関係にあると，あなたは，思っているのですね？」(116)，或いは又，「あなたの考えの帰するところは，あなたの目の前だけでなく，あなたのお父さんの目の前で，

完全な信頼と共感のただ中で，日々犯罪的な陰謀が行なわれたというこ
とでしょう？」(119) といった平明な言葉に，事実の露骨な相貌が覗き，
物語展開の振り子運動は，核心――裏切りの事実――へと接近するので
ある。

　第VII章では，第3部，第X，XI章に続くかのように，マギーを話頭に
のぼせて会話するアシンガム夫妻についての記述と，彼らの対話がテキ
ストを構成する。裏切りと騙しの主題は，アシンガム夫人の語り（或いは，
観察，視点）を座標とし，四主要人物に夫人を加えた五人のグラフを描く
かのように展開される。マギーは，父ヴァーヴァー氏に，「彼の妻と彼女
の夫との間に以前存在した関係を（中略）私［夫人］が気づいていたと
知らせることだってできるのです。」(125) と，夫人は自虐的に語る。「公
爵とシャーロットに欺かれ，今も欺かれ続けているのは私です。」（同）
という夫人の言は，その私［夫人］自身は，マギーを欺いている，とい
う意味を込めた発言である。従って，騙しの方向は，アメリーゴ・シャ
ーロット→アシンガム夫人→マギー→アダム・ヴァーヴァーとなる。「あ
の人たち［父娘］は，私たちみんなを，虚偽で，残酷で，陰謀を働く輩
として，一緒くたにしてしまえる権利を持つのです。」（同）とあるとお
り，もっともイノセントなのは，ヴァーヴァー父娘であるが，マギーは
実は，最初父への労わりから，そしてやがては，シャーロットとの関わ
りにおいて，嘘をつかなければならなくなる。結局ヴァーヴァー氏だけ
が，唯一人無垢のままに留まると言えるかも知れない。彼は，文字通り
「堕落以前のアダム」（"Adam before the Fall"[52]）である。『黄金の盃』は，
アダムの連れ合いならぬ，子の，経験と幸福の獲得の為の――それへの
代償としての――，無垢の喪失の劇である。嘘をつくことをマギーは，
任務として自己に課さざるを得ない苦境に追い込まれるのであってみれ
ば，夫を相手に語るアシンガム夫人は，「私がお節介を焼いたかも知れ
ないこの件は，解釈を受けるのではありますまいか，つまり，ヴァーヴァ
ーさんとマギーの解釈を。」(126)，と危惧する。つまり，「虚偽で，残酷

---

[52] R.W.B. Lewis, op. cit., p.5 参照

で，陰謀を働く輩」として自分たちが，あの人たち（"the others,"不義の関係にあるアメリーゴとシャーロットを夫人は，こう名づける）の利益の為，父娘を犠牲にしたのだと，また，私（夫人）とアメリーゴとの間に，「いかがわしい，邪まな取引」があったと，父娘が解釈するのではなかろうかというのが，夫人の推測である。これは，ヴァーヴァー父子，特にマギーがそのように邪推するかも知れないという，夫人の憶測に過ぎないが，（つまり夫人の意識のフィルターを濾過してはいるが），マギーの創った，夫人を主役とする物語であると見ることができる。そしてその「物語」は，視点人物と語り手を兼ねるアシンガム夫人の語りの中に生起する。作者の視点，観察者の性格を持つ作中人物の視点と，幾つかの目と心を通して語られるとき，物語が増殖し，或いは，（想定された原型に対する）異形（ヴァリアント）が生まれる過程を認めることができる。（それらの所謂サブ・ストーリーは，言わば互いに照らし合いながら，どこかにあるかも知れない真実の物語を眼前に引き出そうとする，とも言えよう）。

　「恐ろしい発見によって深く揺り動かされ，不気味なものを見ることにおいて，始めからずっと冷めていた人々よりも，遥かに奥まで歩を進める善良で無垢な人々のことを，私たちは話しているのです。」(127)，「一度揺り動かされたとき，本当に動揺した子羊たちの想像力ほどに活発なものはありません。」(128) と，夫人は続ける。ここでは彼女自身が，（父娘を主人公とする）物語を創出している。それは，無垢な者による悪の世界の発見という，『黄金の盃』を始め多くのジェイムズ小説の主題を表現する物語の寓意的とも言える原型である。悪に具現される世界の発見というこの主題は，ジェイムズ小説を活性化する力の源であるが，それは，アメリカ初期の小説家，C.B.ブラウンやポウにより発掘された水脈であり，ジェイムズは，その先蹤に習ったように見える。この作にポウへの言及が見えるのも，そのことと無縁ではないであろう。マギーの驚愕と活性化された意識は，「穴と振り子」("The Pit and the Pendulum," 1843) や「大渦への降下」("The Descent into the Maelström," 1841) など，ポウの傑作短編小説の語り手のそれとどこか通じるものがあるように思

われる。破滅の淵に追いやられた人物たちの，眼前に起る驚異的な事実を，それでも猶，観察し，見極め，猶，その恐怖に震撼する自己の魂の危機をも見定めようとする，幾分自虐的な感情は，マギーの自己犠牲的な感覚と遠く通い合うのではなかろうか。

　前述したとおり，マギーの成長の為の小説的要件は，「知る」ことであるが，例によって，前進と後退のバランスを保とうとする力が働く。或る瞬間のマギーは，「知る」ことからひるむ。「彼らの間に何かがあることを彼女は，不可避的に知っている。しかし，彼女はそれに辿り着いていない。（中略）到達しないように，次第次第に離れ去る。沖へ出て，岩礁から離れているのである。」(131) という暗喩は，衝撃的な事実を知り，傷つくことを避ける，本能的自己防衛機構の発動を示すであろう。「彼女が知的に必要としたのは，自分がどこへ向っているかを知ることであった。知ること，知ること，それは，恐れであると同じく，魅力でもあった」(140)。（これは，正に前述したポゥの作中人物たちの精神に働く原理である）。アシンガム夫人に向っては，あの二人が潔白であるという夫人の言明 (119-120) を信じる振りをし——夫人の見るところ，この点で夫人とマギーは暗黙の契約を交わしている——，父アダムには，自分が二人の仲を疑っていることを気取られまいと心を砕くマギーは，かくして，孤立無縁のまま知る努力を続けなければならない。

　マギーは，ジェイムズ初期小説の幾人かの主人公のように，放棄と断念でなく，戦いを選ぶ。戦いの相手は，この作では，アメリーゴとシャーロットである。ヴァーヴァー夫妻の穏やかで，幸せそうな生活の中でシャーロットによって織られ，包み込む軽いヴェールのように彼女の伴侶の肩に投げかけられた安心という透明な布地の薄物を通してマギーは，父の視線が自分の上に注がれるのを感じる。その視線は，彼ら（あの二人）が，彼を驚かせたり，傷つけたりしないように，入念な気遣いをしていることに彼が感づいていることを示していた，とある (138)。無論これも，マギーの意識が紡ぎ出す小さな「物語」にすぎないのだが，「包み込むヴェール」が隠蔽のイメージであることは明らかであり，シャーロットの，

夫に対する「五十種類もの信頼と, 二十種類もの優しさ」は, ミルドレッド・シールを陥れようとする恋人たちの気遣いと同類である。こうして, 真相を知っているのか否か見当もつかない, 謎めいた父（"her unpenetrated parent," 137）アダムと, その妻に挟まれて, マギーの密かな物思いがつのる。それは, のちに顕在化してくるシャーロットとの戦いの前段階であると見做すことができる。

マギーは, アメリーゴが「彼のこの上ない身体的な力により彼女を魅惑し, くずおれさせ, 彼女に首尾一貫した態度を放棄させようとした, あの夜の馬車の遠出」(II,28-29; VIII,139) を思い出す。愛する夫の支配に抗し, 「首尾一貫した態度」を失うまいと必死のマギーの姿を私たちは再三見る。夫の攻撃を受ければ, 弱さの深みへはまってしまい, 彼のいいように扱われてしまうことを怖れるのである。夫のほうから「償い」をしてきたり, 「ああ, そうだよ。君の思っているとおりだったのだ。僕は道を踏み外していたのだ。」(マギーの空想になるアメリーゴの言葉, 140) などと告白されることにより, 体良くお茶を濁されることをマギーはよしとしない。夫に率直に訴えられ, 問題が表面化してしまえば, 自分は, 彼の条件に他愛もなく屈してしまうであろうと危惧するのだ。夫を赦すにしても, 事実を知り, 十分に吟味した根拠に立っての上でなければ, そうしたくないと思う。このように, 夫への盲愛に陥りがちなことを認めながらも, それに屈従することなく, 「知る」ことにより, 自分たち夫婦の関係を築き直そうとマギーは努力する。「彼女は冷静さを保っていた。(中略) そして, この超然とした態度を取る苦労が彼らを, 親密さの鋼の籠(たが)の中に結びつけていた。その親密さに比べれば, 芸のない情熱などは, 空を打つ無駄な足掻きに過ぎなかったであろう。」(141) という地の文は, ジェイムズ小説の世界の特質をよく示す。マギーの住む世界は, 英国の閨秀作家, ジェイン・オースティンの小説に似て, 理知的なところがある。その理詰めの奥には, 倫理と, 独特の美意識（"decency" を尊ぶ姿勢）が隠されており, 夫とシャーロットと自分の関係について, 真の問題を有耶無耶にした形で決着をつけることを避けようとするマギーは, 条理

を尊ぶ女である。ただし，オースティンの，例えば『高慢と偏見』（1813）と，ジェイムズのこの小説の世界の相違は歴然としている。論難も自己正当化も，つまり，鋭い戦闘的な論理と言葉の衝突も，あからさまな感情の対立も，ここには見当たらない。一歩退いて，純粋にテキスト（ディスクール）としてこの作を見てみても，教訓臭も理知の高らかな跳梁もなく，茫洋とした言葉の海に浮かぶ，人物の意識や思念や表象を見るのみである。穏やかに見える水面の下の力強い流れを起こすものは，マギーの力業である。たとえ背後に危険や裏切りを隠していても，マギー的世界の為に，その平穏な上辺が必須なのだ。艶やかな表面を保つパゴダのイメージも，父娘の緩慢な物腰さえも，マギー的世界の暗喩的コードにほかならない。

　夫アメリーゴとの心理戦は，マギーの内面世界を映すテキストの中に描出され，繰り広げられる。そこに彼女は，前述したとおり，夫の支配の観念を設定し，それを恐れる。（「彼からの只のひと触りが，彼女を，手足を縛りつけられた状態で，彼に引き渡すことになるであろう」142）。しかしこのようなネガティヴな観念とともに，マギーの成長を表す観念も出現する。彼女は，「砂粒を押してゆく微細な昆虫のように，彼女自身にとってさえ，妥当性（"validity"）を身につけつつある」（同）ことを知る。マギーの成長のもうひとつの側面は，「濃やかな陰影を見分ける達人でもある敵」（"an adversary who was a master of shades too," 142）と形容されたアメリーゴの薫陶を受けることにより，彼女も陰影を見分けることを学びつつあったことである。というのも，「親密さの可能性が多くあるときには，また，見る角度によって様々に変る色（"iridescence"）の可能性もあったからである」（同）。諸々の感情と思考の微妙なニュアンスを伴うこの種の物事において，彼との敵対関係を彼に気づかれることのないよう，周到に歩を進めなければならないとマギーは思う。戦いの中からも学ぶのである。

　ヒロインのこの慎重さ，或いは，そもそも彼女が夫の情事の事実を彼とその愛人に向って突きつけようとしないことは，卑俗な現実の露骨な

描写を避けるこの作家の傾向，また，ジェイムズ的な人物たちの一般的特性としての，控えめで ("You've been in general too modest," 112, アシンガム夫人のマギー評参照)，非行動的な性格，衝動的な感情からの本能的離反などによって説明されるであろう。このように，事態の打開を意識の片隅においたマギーの秘かな悶えとも言うべきものは，一面では，ただの「可愛いおばかさん」として，夫に隷従する妻の立場からの脱却の試みである。しかし，こういった幾分通俗的な解釈を超える意味づけを行ない，この間の状況に光明を投じてくれるのは，ジェイムズ研究の古典的名著，ドロシア・クルックの書物である。この書は，そもそもマギーが何故不義を犯した夫と昔の親友を正面切って弾劾しないのか，という疑問を批評的地平の前景に引き出した点からも，高い評価に値する。

　　She must effect it [her task] in such a way that the precious uniqueness of each of the three beloved persons concerned shall be unimpaired. The Prince must retain his adorable Roman 'charm'; Charlotte must retain her 'greatness' —her social gifts and high administrative abilities; and her father must retain his mysterious 'simplicity,' his beautiful 'innocence': he must never know what has happened—never know the shameful act of betrayal that has been perpetrated under his eyes.
　　There can accordingly be no question of exposing the Prince and Charlotte. There is to be nothing so crude and mortal as an exposure; nor is there to be anything that would be tantamount to it. For to expose them (she comes to see in a crucial scene later in the story) would be to reject them: to sever the connexion which (she discerns) is as precious to them as it is to her, and is the foundation of their common life together. To destroy this, the connexion and the common life, is what she cannot bring herself to do; and that is why the Prince and Charlotte are to be 'spared,' whatever the cost to herself.
　(Krook, op.cit., p.259)
　(三人の愛する関係者それぞれの個性が損なわれないようなやり方で彼女は，彼女に課せられた仕事を行なわなければならない。公爵はその愛すべきローマ的な魅力を保持しなければならない。シャーロットは，彼女の「偉大さ」——彼女の社交的才能と高い管理的な能力——を保持しなければなら

ない。そして彼女の父は，彼の謎めいた「単純さ」，彼の美しい「無垢」を保持しなければならない。彼は決して起きたことを知ってはならないし，——彼の目の前で行なわれた恥ずべき裏切りの行為を決して知ってはならないのである。

　従って，公爵とシャーロットを暴露することは問題外である。暴露といったような卑俗で致命的なことがあってはならない。又，結局はそれに等しいであろうようなことがあってはならないのだ。というのも，彼らを暴露するということは（彼女がのちに物語の決定的な場面で知ることになるのだが），彼らを拒絶することになるであろう。そしてそれは，（彼女は悟るのだ）自分にとってと同様に彼らにとっても，貴く，そして，彼らの共同の生活の基盤である関係を断ち切ることになるであろう。これを破壊する，関係と共同の生活を破壊する気には，彼女はどうしてもなれないのである。それ故に，公爵とシャーロットは，彼女自身に対する代償が何であれ，「赦して」やらなければならないのである。）

これは，マギーの心的必然であると同時に，物語世界内部に働く原理である。彼女にとって自分たち四人の「まとまり」こそ，始めであり終わりであり，それが破壊されればすべては無に帰するのだ。マギーの人間愛に発し，又そこへ還ってゆく「繋がり」こそ，彼女にとって死守しなければならないものである。マギーの内的要請としてのこの「まとまり」と「縁」——空間的図形としての「四辺形」——は同時に，作者の要請でもあることを特記したい。それこそがこの物語を支える基盤であり，その表現やイメージの発生源である。それを核として，この作独自の求心的な物語構造が維持されるのである。精神的成長に伴ってマギーは，環境に翻弄される状況を脱して，自分の世界を形成し，所有してゆく。この過程を別の角度から眺めると，作者の物語構築の姿と重なって見えてくる。

　　The high generality or 'universality' of *The Golden Bowl* is also intimately connected with the principles and method of James's later works, which are here supremely exemp1ifed. The principle of internal relations, for instance, is observed with an ideal completeness unparalleled in any previous work of James's maturity. Everything in the world of this novel is involved in everything else, everything is modified by

everything else, and this 'rich interpenetration' defines its very essence. (Ibid., pp.235-236)
(『黄金の盃』の高度の一般性，或いは「普遍性」は又，ジェイムズの後期作品の原理や手法と密接に関係する。そしてその原理と手法がここで，この上ない見事さで例証されている。例えば，内的関係の原理は，ジェイムズ円熟期の，先立つどの作品にも例を見ない理想的完璧さを以て守られている。この小説の世界の中のすべては，他のすべてと結びつき，すべては他のすべてによって修正を受け，そして，この「豊かな相互浸透性」がまさにその本質を決定するのである。）

クルックは更に，『螺子の捻り』の女性家庭教師とマギーを比較し，マイルズ少年を死に追いやる貪欲な知的好奇心と，夫をただ見守り，圧力をかけることをしない無私の愛を対置する（上掲書，262頁）。続けて「マギーの仕事は，夫公爵を強要せず，そっとしておく——彼の裏切り行為の破廉恥を自分で見極め，彼自身の努力によって，善悪の知識を手に入れるようにさせることにより，成し遂げられる。」と言う（同）。彼の人間的な才能と優雅さは，豪も損なわれてはならず，彼本来の美質をそっくり留めたまま「新人」として，人間の愛の贖う力の生き証人として，再生しなければならないと言うのである。

マギーの赦しは，彼女らしいおおらかな人間愛に発し，事を荒立て，「仲間」たちの非を打ち鳴らし，傷つけることで，彼らの美質を損ない，醜態を晒させたくないという気持の現れである。したがってそれは，作品に浸透している独特の美意識と結びついている。アメリーゴの生き方において一旦は批判された審美主義がマギーにおいて再び掬い上げられ，倫理と手を携える。この作に倫理と美の微妙な調和を見ることができるのは，この点においてである。

8．秩序と均衡へ——夫婦関係の建て直し

第4部，第VIII章は，象徴性を帯びた荘重な終わりを迎える。マギーの，

「完璧な，小さな，個人的営み」("her perfect little personal processes," 152)や，「秩序と均衡への小さな，静かな情熱」("her small still passion for order and symmetry," 同) は，人間関係修復の努力を要約する。マギーの視点に沿って言えば，彼女自身と，夫と，父と，父の後妻，相互の間に働く力により，自分たち夫婦の関係，また，自分と愛する父との関係が揺らぎかねないという自覚と，その淵源に思いを致すことから，彼女のこの小説における行為が出発する。(「彼らの釣り合いこそすべてであった。それは実際危なっかしい状態にあり，バランスを崩すのは，髪の毛一筋の問題であったのだ」17)。マギーのたゆまない営みは，その「アメリカ人としての血の中に流れる，掃除をし，磨くニュー・イングランドの老婆たちとの関係」(152)という語句に，彼女のアメリカ性として表現される。更に，「切迫した状況で，どのような奇跡を行ない得るかを示す為放置された或る聖なる像に彼女は見えた。」(153)と記され，また，「奇跡を行なうマドンナ」(同)と形容されるマギーは，聖母の像と重ねられ，象徴的な人物となる。この象徴化は，『鳩の翼』の女主人公にも起きる現象であり，物語に普遍的な特質を与える重要な因子となっている。かく，片言隻語に，飛び交うイメージに，小説全体の主題や精神を反映させるジェイムズ後期の特徴が，ここにも遺憾なく発揮されていると言うことができる。

　第4部，第IX章の大半は，マギーとアシンガム夫人との会話を内容とし，終りの方で夫人は，標題ともなっている盃を床に投げつけて壊す(179, 作中，アメリーゴのマギーへの愛撫に込められる肉体的支配に「暴力」の符帳を貼るのでなければ，唯一の，身体的暴力の例であろう)。この局面のマギーは，その盃を巡るふとした出来事を契機として，既に真実を知っている。(「結局のところ大事なのは，あの物が，殆ど奇跡的に私に知らせてくれたことなのです」167)。マギーが知った事実とは，言うまでもなく，以前，アメリーゴとシャーロットが逢瀬を重ねていたこと，今でもそうしているに違いないことである。盃が割られたあと，第IX章末で，帰宅したアメリーゴは，瞬時にして事の真相を悟る。夫人は退場し，第X章で，マギーとアメリーゴ，二人だけのシーンとなる。(因みに，このような場面

の操作には，戯曲的なものが感じられる。ドロシア・クルックの指摘のとおり（上掲書，232頁），人物の数が少ないこと，場所の統一，など，古典劇に類する性格をこの作は持つのである）。

　こうして第X章は，新たな局面を迎え，マギーは，夫に対して優位を占め始める。「彼女は今や，何事も取り繕ったり，変えたり，偽る必要はないであろう。首尾一貫して単純で，率直であればよいのだ」(186)。疑い，密かに探りを入れていることを気取られまいとしたこれまでと違い，少なくとも，夫に対するときは，真率であればよいというのは，事態の改善であり，それが彼女の強みとなる。「彼を助けること，つまり，彼が自らを助ける手伝いをすることにより，私［マギー］は，彼が私を助ける手伝いをすることになるのだという，貴重な真実」をマギーは垣間見る(187)。ここには，夫婦間で，相手を救うことが同時に，自分を救うことになるという，琴瑟相和した関係が築かれようとしている。慈しみと愛が湧き出し溢れるような掛け子状の互助の構造と言ってよいであろう。マギーは，彼と共に，彼の迷路の真っ只中（"its centre and core"）へ入り込み，そこから，彼女自身の直感により彼を導き出せるかも知れない。しかし，このような彼女の支えを信頼し，そこに裏心がない（"void of treachery"）と言える為，アメリーゴはしっかりと見ることが要求される。「そうよ，見て，見て，彼女がそう言っているのを，彼が聞いているように，彼女には思われた」(187)。マギーがこうも言うであろうと，アメリーゴが想像するであろうと，マギーが（更に）想像した言葉であり，元々マギーの心に生まれた思惟を，言ってみれば，アメリーゴの意識のフィルターに投げかけ，それをマギーの意識が抽出したということになろう。時として，入れ子状に組み合わされた意識や思念からできている『黄金の盃』の人物の内面世界のメカニズムを，水晶の外枠を通して時計の内部の機械仕掛けを覗くように，見る思いに駆られる，と言えば見当違いであろうか。ともあれ，『黄金の盃』の言説に働くこの入れ子状の構造は，誘引にしろ，反発にしろ，人物間に作用する緊密な力の言語的反映であると思われる。

マギーの心語に込められた訴えは，壊された盃の語る証拠をアメリーゴに見据えてほしいということ，そして，自分は彼（ら）が考えたような愚か者ではないということである。こういった思考は，マギーの意識の中に映し出されるが，それは根も葉もない空想ではなく，彼女が真実を摑んだことにしっかりと依拠している。("her glimpse of the precious truth," "look ... at the truth that still survives in that smashed evidence," 187)。マギーの「友［アシンガム夫人］の暴力」の結果として毀された盃は，芸術的価値を減じたが，その別の価値──「あなた［アメリーゴ］についてのそんなにも多くの真実を私に与えてくれた価値」("Its other value ... that of its having given me so much of the truth about you," 189) ──は変らないとのマギーの言明は，真実と美，つまり，知，知識と審美や官能とを切り離す心的姿勢を示している。前者が後者を凌駕する過程は，マギーが愛人たちに対して主導権を握ってゆく過程と重なる。彼女の達成感が，隘路を抜ける表象として表現される（"she had, by the time she had seen herself through this narrow pass, that she had really achieved something." 189)。マギーがこの段階で成し遂げたのは，夫が彼女と相対することができる基礎を，直感の命じるところに従って築くことであった。「彼ら二人の間にかつてなかった精神的交流が生じ，彼女のより優れた明晰さがそれを統括した。」(189) と，夫婦関係の変容が新たな局面を招来したことが示される。

　とは言え，両者の間にはまだ口に出せないもの（一方の父と他方の愛人についての言及）が立ちはだかり，それを前に身動きできない両者の張り詰めた心理が伝えられる。しかしここに至って，アメリーゴは明らかに劣勢に置かれている。「マギーが彼の前に置いた何かを取り上げたいという衝動が，彼の中に蠢いていた。しかし彼はそれにじかに触ることをまだ恐れていたのだ」(191)。「彼がいかに窮地に追い込まれ，呪縛されているかを感じると彼女は，ぞくぞくした」(192)。

　心理的な優位と劣位のほかにも，両者の間に決定的な相違がある。以前，ロンドンの骨董屋で，シャーロットがアメリーゴの結婚祝に買お

とし，彼が思いとどまらせた，その同じ品物を，マギーが目に留め，買うことになった不思議な経緯について，この若い夫婦の反応は，対照的である。「その偶然の一致が並外れていることは，君と同感なのだけど，僕には，その重要性というか，関連がわからないのだ。」──「あなたが［買い物を］なさらなかったところで，私が買い物をしたことの，ですか？　不思議なのは，私がそれを家に持ち帰ったあとで，私の買い物が私に何を意味することになったかということなのです。その価値は，私がそんな風変わりなお友だち［骨董店の主人］を見つけたことに由来するのですが」(195-196)。マギーのこの発言の示唆するところは，『黄金の盃』に働く「縁」の力と，マギーがそれをしっかり認識していることである。善良に由来する縁がヒロインに知識と，最終的に救いを齎す機縁となる。「それが彼［店主］に彼の縁を与え，私に私の縁を与えたのです。というのも，彼はすべてを想い出し，すべてを話してくれたのですから」(197)。(具体的には，客として接したマギーに興味を覚え，その善良さに打たれてアメリーゴ夫妻宅を訪れたブルームズベリーの骨董店主の打ち明け話がアメリーゴとシャーロットの関係の露見の端緒となったことを指す)。

　上，下巻，それぞれにおいて中心的役割を演じるアメリーゴとマギーの，この状況における反応の相違についていま少し検討してみよう。そこには，彼らの国民的出自に関わる思考様式や感受性の差異が見られるであろう。

(1)　アメリーゴが，「あの偶然の一致」を，小説か芝居の中でしか起りえない椿事と見做す (195) のと対照的にマギーは，「こんな偶然の出来事は，ロンドンでは簡単に起こるのではありませんか？」(同) と応じる。偶発事（驚異）への悦びとも称すべきこの感情は，一般にロマンス文学，ポウやR.L.スティーヴンスン (Robert Louis Stevenson, 1850-94) のような作家の物語世界の栄養源とでも言えるのであり，アメリカ人マギーの冒険好きを語る。(もう一人のアメリカ人，ミリー・シールにもこの特性が認められる)。しかしマギーは，単に，外面的，偶然的一致に不思議を見るのでなく，物事の持つ意味，そこに潜む関連の深さに動かされるのである。

事象の深層にある繋がりを読もうとするのだ。マギーは，「彼女の思考の秩序へともう一度降りていった。彼が何を言おうと，それにまだ執着していたのである」(195)。

(2) アメリーゴは，シャーロットと共にそれを見たときから，盃に対して，不信感を抱いていた。そのことは，よく言えば，彼の優れた——抜け目のない——現実感覚の証であると見ることもできるが，他方，マギーの反応は，「私はそれを信じたのです。幾分本能的にそれを信じたに違いありません。(中略) もっともそのとき，私は，その盃と一緒に，何を貰うことになるかは，全く知らなかったのですけど。」(同) というものである。ここにも，マギーの空想好きと探究心が覗いている。信―不信のこの対比は，古物商に対する二人の態度にも表れている。「彼女はゆっくりと首を横に振った。——まるで，いいえ，よく考えてみれば，その方向に，解決の道はないのです，と，言いた気に。」("not that way an issue," 197, 'that way' は，アメリーゴが店主を胡散臭い，ひどい奴に見えた，と言ったことを指す)。

(3) 縁——物事の繋がり——を理解できず，脈絡を失っているアメリーゴと，その網目のなかに自己を位置づけているマギーの差異は大きい。マギーは，無意味なままの現実に唯翻弄されるのでなく，自己の秩序ある世界 ("the order of her thoughts," 195, " her own order," 196) に遊んでいるのだ。

(4) 物語の進展と共にマギーは，ロマンス的世界を構築してゆく。ジェイムズの小説の世界は，ロマンス的エトスに浸されている。骨董屋が，マギーの人柄に惹かれたという理由が与えられているにせよ，マギーに売った品物に正当な値打ち以上の価格を付けたことで，マギーに詫びを入れ，返金しに来ることなど，到底現実の世界では起こりそうもない。現実の傍観者として一生を送ったと言われるジェイムズにとって，ロマンスこそ，正義であり，『黄金の盃』も，そのほかの多くの作も，ロマンスから現実へ叩きつけられた挑戦状ではなかったろうか。『盃』における夫婦——ヨーロッパ人とアメリカ人——の戦いにおいて，現実主義者の

夫アメリーゴが却って現実に足を掬われて自己の存在の意味を見失い，敗北を喫するとも言える。

マギーは，アメリーゴとシャーロットとの間の深い仲を今は知っていることを明かす。あからさまな言葉は，「あなたが，こんなに長い間，こんなにうまく私を騙しおおせたこと」（"the case of your having for so long so successfully deceived me," 199）くらいであるが，夫婦の間に介在してくるマギーの知（"her knowledge"）を巡って，心理的葛藤が生じる。「知る」ことの重みを，これほど，象徴的に，かつ力強く描き得た作品も稀ではなかろうか。「私は待ったであろうと思います。」—「私自身にとって，どのような変化を齎すかを見ることを。つまり，私が真の知識をとうとう所有したことが。」—「今，私にとって，唯一つ大切な点は，それがあなたに齎す変化なのです」。「私がそうでなくなったことを，あなたが知っていることが。」—「つまり，以前の私でなくなり，何も知らない私でなくなったことが。」（202）。知が如何なる変化を生じるか，見ようと己と伴侶の上に注がれるマギーの厳粛な眼差しは，断罪者のそれではない。恰も，全ての情熱，怒りも嫉みも，知識欲に吸収されて，純白の，浄化されかけた空間が延び広がっているかのようである。或いは又，ヒロインの知的欲求は聖なる情熱といったような具合である。マギーの「知」は，彼女と深く関わるアメリーゴをも，シャーロットをも動かさずにはおかない。マギーはもはや，これまでの無知な女ではなく，自己の置かれた状況を把握し，その上にしっかと足を踏みしめて立つ。アメリーゴに対して真に優位を占め始めるのもこの時からである。

　　Depth upon depth of her situation, as she met his face, surged and sank within her; but with the effect somehow once more that they rather lifted her than let her drop. She had her feet somewhere through it all—it was her companion absolutely who was at sea. And she kept her feet; she pressed them to what was beneath her. (203)
　（彼女の状況の深さが次々と，彼女の中で沸き上がり，沈んで行った。しかしそれらは，彼女を沈めるのでなく，浮かび上がらせるという効果を齎

したのだ。彼女はその状況を通して，どこかに足をつけていた。戸惑っていたのは，彼女の伴侶の方であった。そして彼女は，しっかと立っていた。自分の下にあるものを，足で踏まえていたのである。)

　マギーの継母の状況は，更に悪く，「彼らの一人として，シャーロットが，いつも知らないまま，知らないままに，手探りで，進まなければならない，姿」(202)と叙述されている。無明の闇を歩くのは，今度は，シャーロットである。ここで，「彼ら」("the two others")は，ヴァーヴァー夫妻を指すのだが，"the others" という，特別な響きを籠めた言い方が，これまでは，愛人たちを指していたことを考えると，その意味的推移が興味深い。カドリールを踊る四人——二組の夫婦でもあり，愛人であり，父娘でもある人々——のメンバーの，組換えが始められたのは，皮肉である。それが，マギーの意図する「正常な」関係への兆候を示すことは，今明白である。

9．罪と罰と赦し——マギーの心の営み

　第4部，第IX章のマギーは，物語を少し遡って大英博物館内に，アメリーゴ家代々の記録を保存した室を訪れ，ヨーロッパの古い歴史の中に位置づけられた人としてのアメリーゴへの愛情を確認する。その帰途，ブルームズベリー街の店々を覗き，父アダムへ贈る誕生日のプレゼントを探す。そして，例の盃に目を留め，それを買ったことを機に起きた奇妙な出来事をアシンガム夫人に語り始める。「とても不思議なことが起きたのです。あなたに是非それを知って頂きたいと思いまして。」(154)という，マギーの前口上でこの章が幕開きを迎えるのである。あの二人は昔から知り合いだった，私には何も言えないほど親密な仲だった，私は何と無知だったのでしょう，と言うマギーは，動揺し，苦悩している様子であるが，「それは，怒りの為挑みかかるのではなく，欺かれた魂の激情でもなく，過去の無知の完璧さを率直に曝け出しているに過ぎないこ

とを見て取ると，(中略)年上の夫人は始めて，奇妙な，殆ど信じられないような安堵を覚えた。」(160)とある。激情に溺れず，自制するマギーの姿勢は，ジェイムズのキャラクターに相応しいもので，そこにはおそらく価値観が含まれているであろう。書き手の筆は，夫人のマギー観察を更に進める。夫人は，「彼女が，率直に非を打ち鳴らす機会を見つめているのを見た。それを見つめ，それから，その前を素通りしていくのを見た。それからこの事実と共に，いかなる悲嘆によっても紛らわされることのない，いかなる発見――というのは，それは「発見」の事例であったから――によっても，その必要性を減じることのあり得ない，明晰な，より高い意図に対する畏怖の念で，声を呑む自分を感じたのであった」(162)。ここに言う「より高い意図」とは，罪の弾劾を超える赦しであろう。この小説の女主人公は，『鳩の翼』のそれほどには，神話化，伝説化されていないとしても，上述した聖母のイメージとも相俟って，赦しや免罪の，崇高な観念を漂わせるのであり，そこに，理想化され，ロマンス化された人間の典型像を見る。

　しかしマギーは，「彼を見逃してやりたいという願望」(185)にも拘らず，不実の夫を無条件に赦そうとするのではない。マギーの与える罰と赦しについていま少し考えてみよう。マギーの心語（アメリーゴに向けた，実際には発話されなかった思念）に言う。「苦しむことが一番少ないよう，また，歪まされ，姿を傷つけられることが最も少ないように，あなたご自身をととのえて下さい。」(184)と。これは，アメリーゴの精神的，身体的美を知悉し，それを愛し，崇敬さえするマギーの，哀訴である。私の行為によって，あなたの平静と優位に生じた恐ろしい翳り，不安と当惑の傷痕を私に見せないで下さいと言うマギーは，伴侶の非を打ち鳴らし，言葉（レトリック）によって，罪びとを追い詰めるのではなく，逆に彼を赦し，優しく見つめている。「ただ，見て下さい。私が見ているということを見て下さい。そして，このことを新しい基盤として，あなたの望むところに合うように（"at your convenience"），心を決めて下さい」(184)。これがマギーの与えた唯一の罰らしいものであろう。「時間がほ

しいという気持が介在してきた。——といっても，彼女が使う時間ではなく，彼の為の時間であった。というのも今や，彼女は，長い間，永遠と共に生きていたからであり，今後も，それと共に生き続けることであろう。」(同) と書かれているのは，文脈的関連で意味が曖昧であるが，『鳩の翼』で早世するミリーが，三百年前の肖像画の婦人と酷似することによって，神話的人物として永遠化する[53]という内包を持ったことが思い合わされる。

> There was even a minute, when her back was turned to him, during which she knew once more the strangeness of her desire to spare him, a strangeness that had already fifty times brushed her, in the depth of her trouble, as with the wild wing of some bird of the air who might blindly have swooped for an instant into the shaft of a well, darkening there by his momentary flutter the far-off round of sky. It was extraordinary, this quality in the taste of her wrong which made her completed sense of it seem rather to soften than to harden, and it was the more extraordinary the more she had to recognise it; for what it came to was that seeing herself finally sure, knowing everything, having the fact, in all its abomination, so utterly before her that there was nothing else to add—what it came to was that merely by being *with* him there in silence she felt within her the sudden split between conviction and action. They had begun to cease on the spot, surprisingly, to be connected; conviction, that budged no inch, only planting its feet the more firmly in the soil—but action began to hover like some lighter and larger but easier form, excited by its very power to keep above ground. It would be free, it would be independent, it would go in — wouldn't it ?—for some prodigious and superior adventure of its own.
> (X, 185-186)

(彼女の背中が彼に向けられていたとき，彼を見逃してやりたいという願望の不思議さを今一度知る一時さえあったのだ。一瞬の間，井戸の深い竪穴の中にやみくもに舞い込んできて，そこで，瞬間的に羽撃くことによって，遠くの丸い空を暗くしてしまう，何か空の鳥のようなものの荒々しい翼のように，彼女の苦悩の深みの中で既に五十回も，彼女を掠めていった

---

[53] Henry James, *The Wings of the Dove*, the New York Edition, vol.19, p.221

不思議な気持であった。彼女が受けた不当な扱いのあと味の，それが完璧だという感じを硬化させるのでなくむしろ，和らげるこの性質は，並外れたものであった。それを認めなければならないだけにいっそう並外れていた。というのも，結局それが意味するものは，自分が完全に確信し，すべてを知り，これ以上何も付け加える必要がないほど，その厭わしい事実を目の前に持ちながら，——結局それが意味するものは，そこに黙して彼と一緒にいるというそのことだけによって，彼女は自分の中で，確信と行為との突然の分裂を感じたということに帰着するからであった。それらは，たちまち，驚くべきことに，結びつくことを止めたのだった。つまり，確信は，一歩も動かず，地面にいっそうしっかと足を踏みしめるだけであった——しかし行為の方は，何か，より軽く，大きく，自由なものの姿のように，地面の上に浮かぶまさにそれ自身の力によって煽り立てられて，中空に漂い始めた。それは自由になるであろう，それは独立するであろう，それは行なうであろう——そうではないか？——或る，途方もない，より優れたそれ自身の冒険を。）

瀬出する井戸や水底（「賑やかな街角」，『自選集』第17巻，473頁参照）の比喩の一例である。この個所の物語的骨格は，或る貞節な妻が，ふとした出来事をきっかけに愛する夫の不実を発見する，しかし，不思議なことに，その心に，夫を赦してやりたい気持が萌してくる，というものである。「彼女の苦悩の深み」（"the depth of her trouble"）という表現からしても，井戸は，マギーの陥った精神的苦悶を象徴すると思われる。彼女の心の不思議な働きは，「空の鳥」に譬えられ，自分を裏切った者たちを最終的に赦し，包み込もうとさえする鳩，ミリーの，大きな神話的翼にも繋がるであろう。ここでは更に，それは，マギーがこれから取ろうとする行為の軽やかな比喩へと成長する。彼女は，裏切りの事実の確信を得た。しかし，その確信は，普通それに随伴するはずの行為——瞋恚に駆り立てられ，嫉妬の焰に身を妬き，復讐の挙に出るなど——，と手を切った。彼女の行為——と言っても，精神的な営みである——，は，鳥のように軽々と飛翔し，「或る，途方もない，より優れた冒険」へ向うのである。このように，確信（夫の不義を知ること）と，行為（夫，或いは，状況への，心的な対処），そして両者の乖離が，精妙な比喩の中に捉えられ

る。そして，マギーの「行為」を，自由に伴う責任へと縛りつけるものは，「夫が新たに自分を必要とするであろうという，過ぎゆく刻一刻と共に豊かになる可能性であった」(186)。アメリーゴは，「この状況によって，真に，絶対に，彼らの全体的な関係において始めて，彼女を必要とするであろう。」(同)と記される。夫への純粋愛に溢れ，恰も彼を育み慈しむ母のように，深い愛の精神的な営みに専念するマギーは，それによって夫をも，自己をも浄化し，豊かにするかのようである。ここにおいてこの主人公は，聖母の雰囲気を漂わせているように思う。

10．盃の象徴——隠れた罅と修復

　標題をなす金の盃は，筋組みと作品の主題の両方に関わる。それ自体歴史を持ち，旧世界の過去を閲してきたに違いない，この古物を機縁として，女主人公が，彼女の人生のある重大な「発見」に至ることこそ，象徴的である。その間の事情は，「あなたが今確かめたと思っていることが何なのか，私は，知りません。それにまた，あなたが，そんなにも呪わしいと断言するあの物［盃］との，そのことの関連も，知らないのです。」(165)という，ファニー・アシンガムの説明的な言葉に，盃がこの物語の中で持つ意味が反語的，暗示的に要約される。その製造の技法や工程が，過去のある時代に属し，今や知るべくもない（Book First, VI, vol.23, 113-114）という，シャーロットと骨董屋主人との会話の中で明かされる事実は，それがヨーロッパの深い過去——この作のヒロインや，同じくイタリア人と結婚する「ヴァレリオ家の最後の者」のアメリカ人女性，マーサにとっての，遥かなヨーロッパの過去の，不気味に淀んだ時空間の深淵——の中にルーツを持つことを語る。この美しい，しかし得体の知れない鉢は，その意味で，ヨーロッパそのものを象徴すると考えられる。

Her eyes rested on this odd acquisition and then quitted it, went back to it and again turned from it: it was inscrutable in its rather stupid elegance, and yet, from the moment one had thus appraised it, vivid and definite in its domination of the scene. Fanny could no more overlook it now than she could have overlooked a lighted Christmas-tree; but nervously and all in vain she dipped into her mind for some floating reminiscence of it. At the same time that this attempt left her blank she understood a good deal, she even not a little shared, the Prince's mystic apprehension. The golden bowl put on, under consideration, a sturdy, a conscious perversity; as a "document," somehow, it was ugly, though it might have a decorative grace. "... I must take time truly to understand what it means." (IX, 165)

(彼女［アシンガム夫人］の目は、この奇妙な獲得物の上に留まり、次いでそれを離れ、それへ戻ってゆき、そして再び、それから逸らされた。それは、そのむしろ愚かしい優美さにおいて、計り難かったがそれでも、人がこうしてそれを評価したその瞬間から、鮮烈に、決定的に、その場を支配した。ファニーは、灯りの点ったクリスマス・ツリーを無視することができなかったであろうように、今それを無視することはできなかった。しかし、上ずった気分で、何かその追憶が浮かんで来ないかと、心の中を探ってみたが全く無駄であった。この試みのあとぼんやりすると同時に、彼女は、公爵の不可思議な不安を大いに理解し、少なからず分け持ちさえした。その黄金の盃は、考えてみると、逞しい、意識を持つような片意地を帯びた。装飾的な優雅さは持つかも知れないが、「事実の記録」としては、どういうわけか、それは醜かった。「（中略）私は、時間をかけて、それが何を意味するかを理解しなければなりません。」）

アメリーゴ公爵が、四年前、始めてそれを見たとき、漠たる不安を感じたことも、今それが、「逞しい、意識をもつような片意地を帯びた。」のも、「計りがた」く、「その場を支配した。」のも、すべて、人間の観察者たちの意識がそこに投射されているからにほかならず、それは、意識（心）の働きを重視するアメリカのゴシック・ロマンスの定式に合致する。「この奇妙な獲得物」という抽象的な表現一つを取ってみても、格安の掘り出し物、といった、現実生活に密着した意味のレヴェルから、マギーがヨーロッパで掘り当てた宝物——つまり、彼女の幸福、具体的には、

ヨーロッパの歴史の咲かせた花と言うべき，貴族アメリーゴとの結婚――に至る意味の外延を持つ。とすると，金鍍金を被せたこのガラス，或いは，水晶の鉢が，罅を隠していることは，物語の主題的関連でも，由由しい意味を帯びずにはいない。アメリーゴの意識の視点から見れば，それは，彼が大いに望んだマギーとの結婚生活に潜む陥穽を暗示しているであろう。この鉢を前にして彼が不安になったことも，かく，故なしとしないのである。「知」の獲得という，この小説の主題に則して言えば，上述したとおり，盃がマギーに与えてくれた知識は，夫とシャーロットが，自分の知らない昔から関係していたという，苦渋を舐めさせる事実であるが，テキストのより高次元の意味・伝達のレヴェルでは，アメリカのイノセントなイヴ（「いとしいあなたが，天使でないなんて，私，一度だって思ったことはないのよ。」，169，アシンガム夫人の言葉）の，知識の獲得――悪を知ること――という，普遍的な経験であろう。盃は，この経験のシンボルでもある。「マギー自身が真実を見ていた。（中略）公爵夫人の態度には，彼女が知ったことの詳細など，二義的な問題にしてしまうような力が籠っていた。」(168) という言葉は，典型としての人物の普遍的経験として，マギーの状況を一般化するに十分である。かくしてジェイムズは，盃――物――に，旧世界自体の孕む，アンビヴァレントな意味を表出させ，それに極めて多義的な意味を付与することに成功した。

第Ⅸ章の終り方で，アシンガム夫人によって割られた鉢の欠片を拾い集めるマギーを見て，アメリーゴは，マギーが「知った」ことを悟る（第Ⅹ章）。

> The split determined by the latent crack was so sharp and so neat that if there had been anything to hold them the bowl might still quite beautifully, a few steps away, have passed for uninjured. As there was however nothing to hold them but Maggie's hands during the few moments the latter were so employed, she could only lay the almost equal parts of the vessel carefully beside their pedestal and leave them thus before her husband's eyes. She had proceeded without words, but quite as if with a sought effect—in spite of which it had all seemed to

her to take a far longer time than anything she had ever so quickly accomplished. (182-183)
　（隠れていた罅によって決められた亀裂は，非常に鋭く又，くっきりとしていたので，それら［の欠片］を合せるものがあれば，鉢は，二，三歩離れたところから，立派に，損なわれていないと見えたかも知れなかった。しかしながら，彼女の手をそうやって使っている僅かの間，マギーの手以外に，それを合せる物はなかったので，彼女はただ，その鉢の殆ど等しい破片を注意深く，その柄の脇に持ち，それらをこうして，夫の目の前に置くことしかできなかった。彼女は，言葉もなく，しかし，あたかも効果を求めるかのように，進めていった――それにも拘らず，彼女が短い間に成し遂げたどのようなことより長い時間を必要とするように，彼女には思えたのであった）。

　女主人公の，現実の行為の細部を写し――というのも，如何に観念的な小説といえども，最低限の具体描写なしには，あり得ないから――，それによって，物語の現在の時間を形成しながら，同時に彼女の人生のあり方の展望を行間に内包させるという，小説の営みをこれほど見事に行なった例は稀少ではなかろうか。ここに見る具体的描写は，『黄金の盃』の人間関係を，象徴的に語る。「隠れていた罅」は，一見幸せそのものの，アメリーゴ夫妻の危機（夫婦仲の決裂の可能性）を，また，一見美しい鉢は，表面上何もないかのように見える夫婦仲の外観を，示唆する。マギーは，実は破綻しかけている人間関係を，彼女の「手」，つまり，努力により，修復しなければならない。即ち，完璧な外観の下で危機に瀕している秩序の回復を要請されるのである。「彼女は，謙虚な態度を以て，秩序へのこの速やかな貢献を行なった。」("she paid, with humility of attitude, this prompt tribute to order," 182) という記述は，ダッシュを挟んでそれに続く，「しかし彼女は，破片のうちの二つしか，一時に運べないと分った。」("—only to find however that she could carry but two of the fragments at once.") という，平明で，具体的で，微かなユーモアの籠る叙述と結びつくことによって辛うじて，抽象へと舞い上がることを免れている。逆に言えば，手の込んだ文章構造と精密な比喩によって，晦渋な文章空間へと飛翔し

続けた作家はここに至って，悪びれたかのように，平明そのものの表現へと降りてくるのである。

　豊穣な意味を生産する，すぐれた詩句のようなイメージについて，最後にもう一つ解釈を施すとすれば，盃の等しい破片は，マギーがかくも苦心惨憺して纏(まと)め続けようとした，二つの家庭の四人の構成員を表すとも考えることができる。彼女が辛うじて運ぶことができた二つは，夫アメリーゴと彼女自身を暗示する。畢竟二つの家庭，そして父娘と愛人たちは，元々あった罅が顕在化することによって鉢が壊れたのと同じように，別れるしかなかった。鉢の美しい外観を永遠に保持することは叶わなかったのである。(ここにも，艶やかな美しい「表面」への，この作家に固有の拘りと，微妙な，つまり，アンビヴァレントな，態度が覗く。美しい表層——社会的な用語では，人間に強い力を及ぼす体裁や体面，見えと見栄——の儚さへの思いが彼の胸中に蟠っていたのではなかろうか)。ジェイムズの文体と観念の戯れ——具体と抽象，地と比喩，形式と内容との間での融通無碍の行き来——を再確認することで，本章を終えることとしたい。

参考文献

著作
本書で主として考察した作品

James, Henry. *The Princess Casamassima* (Penguin Modern Classics, 1977)〔邦訳：大津栄一郎訳『カサマシマ公爵夫人』(集英社「世界文学全集」57，1981年)〕
―――. *The Tragic Muse* (Penguin Modern Classics, 1978)
―――. *What Maisie Knew* (Penguin Modern Classics, 1973)〔邦訳：川西進訳『メイジーの知ったこと』(工藤好美監修「ヘンリー・ジェイムズ作品集」2，国書刊行会，昭和59年)〕
―――. *The Wings of the Dove*, vols. 19 and 20 of *The Novels and Tales of Henry James,* the New York Edition, 26 vols. (New York: Charles Scribner's Sons, 1907-1917)〔邦訳：青木次生訳『鳩の翼』(講談社「世界文学全集」54，1974年)〕
―――. *The Ambassadors*. A Norton Critical Edition (New York: W.W. Norton and Company, Inc., 1964)〔邦訳：大島仁訳『使者たち』(改訳新版)(八潮出版社「アメリカの文学」12，1984年)〕
―――. *The Golden Bowl*, vols. 22 and 23 of *The Novels and Tales of Henry James,* the New York Edition, 26 vols. (New York: Charles Scribner's Sons, 1907-1917)〔邦訳：工藤好美訳『黄金の盃』(工藤好美監修「ヘンリー・ジェイムズ作品集」5，国書刊行会，昭和58年)〕
―――. *The Golden Bowl*, ed. by L.L. Smith. The World's Classics (Oxford, 1983)

そのほか，本書でふれた作品を初版の刊行順に挙げておく。

James, Henry. "The Last of the Valerii," in *Selected Short Stories* ed. by Michael Swan (Penguin Modern Classics, 1975)
―――. *Roderick Hudson* (Penguin Modern Classics, 1981)
―――. *The American* (Signet Classics, 1963)
―――. *Daisy Miller* (行方昭夫編注，英光社，1994年)
―――. *The Europeans* (Penguin Modern Classics, 1975)
―――. *The Portrait of a Lady* (Penguin Modern Classics, 1978)〔邦訳：行方昭夫訳『ある婦人の肖像』(工藤好美監修「ヘンリー・ジェイムズ作品集」

1，国書刊行会，昭和60年；この翻訳は、『ニューヨーク版自選集』を底本としている。)]
―――. *The Bostonians* (Penguin Modern Classics, 1974) [邦訳：谷口陸男訳『ボストンの人々』(中央公論社「世界の文学」26, 昭和41年)]
―――. "Owen Wingrave," vol. 17 of *The Novels and Tales of Henry James,* the New York Edition, 26 vols. [邦訳：林節雄訳「オウエン・ウィングレイヴの悲劇」(工藤好美監修「ヘンリー・ジェイムズ作品集」7, 国書刊行会，昭和58年)]
―――. *The Spoils of Poynton* (Penguin Modern Classics, 1972) [邦訳：大西昭男・多田敏男訳『ポイントンの蒐集品』(工藤好美監修「ヘンリー・ジェイムズ作品集」2, 国書刊行会，昭和59年)]
―――. *The Turn of the Screw*, vol. 12 of *The Novels and Tales of Henry James,* the New York Edition, 26 vols. [邦訳：蕗沢忠枝訳『ねじの回転』(新潮文庫，昭和55年)]
―――. *The Sacred Fount* (Penguin Classics, 1994) [邦訳：青木次生『聖なる泉』(「ゴシック叢書」9, 国書刊行会，1984年)]
―――. "The Jolly Corner," vol. 17 of *The Novels and Tales of Henry James,* the New York Edition, 26 vols. [邦訳：大津栄一郎訳「にぎやかな街角」(『ヘンリー・ジェイムズ短篇集』，岩波文庫，1985年)]
―――. *The Sense of the Past*, vol. 26 of *The Novels and Tales of Henry James,* the New York Edition, 26 vols. [邦訳：岩瀬悉有・上島建吉訳『象牙の塔・過去の感覚』(工藤好美監修「ヘンリー・ジェイムズ作品集」6, 国書刊行会，昭和60年)]

そのほか、中・短編、旅行記や自伝、批評、書簡から収録したもの、又、作者自身の手になる創作ノートとして以下のものがある。

Zabel, M.D. (ed.) *The Portable Henry James* (Penguin, 1981)
F. O. Matthiessen and K. B. Murdock (eds.) *The Notebooks of Henry James* (Chicago: The University of Chicago Press, 1981)

研究・評伝・批評

Chase, Richard. *The American Novel and Its Tradition* (Baltimore: The Johns Hopkins University Press, 1980)
Edel, Leon. *Henry James, The Middle Years: 1882-1895* (New York: Avon Books, 1978)
―――. *Henry James, The Master: 1901-1916* (New York: Avon Books, 1978)

Fiedler, Leslie A. *Love and Death in the American Novel*. Revised edition (Penguin Books, 1984)

Hocks, Richard A. *Henry James and Pragmatic Thought A Study in the Relationship between the Philosophy of William James and the Literary Art of Henry James* (Chapel Hill: The University of North Carolina Press, 1974)

Hutchinson, Stuart. *Henry James: An American as Modernist* (London: Vision Press Limited, 1982)

Kaplan, Fred. *Henry James The Imagination of Genius A Biography* (New York: William Morrow and Company, Inc., 1992)

Krook, Dorothea. *The Ordeal of Consciousness in Henry James* (London: Cambridge University Press, 1967)

Levin, Harry. *The Power of Blackness Hawthorne Poe Melville* (Athens: Ohio University Press, 1980)

Lewis, R.W.B. *The American Adam Innocence, Tragedy, and Tradition in the Nineteenth Century* (Chicago: The University of Chicago Press, 1955)

Matthiessen, F. O. *Henry James: The Major Phase* (New York: Oxford University Press, 1944), *The Wings of the Dove* (A Norton Critical Edition) に所収

Przybylowicz, Donna. *Desire and Repression The Dialectic of Self and Other in the Late Works of Henry James* (Alabama: The University of Alabama Press, 1986)

Yeazell, Ruth Bernard. "Henry James," ed. by Emory Elliott, *Columbia Literary History of the United States* (New York: Columbia University Press, 1988)

ラーヴ, フィリップ　犬飼和雄訳『文学と直感』(研究社, 1972年)

　以下の二冊は直接ジェイムズを論じたものではないが, 内容的に関連が認められるので, ここに挙げた。

Fromm, Erich. *The Sane Society* (Greenwich: Fawcett Publications, Inc., 1955)
ユング, C.G.　野田倬訳『自我と無意識の関係』(人文書院, 1982年)

関連作品

　本文中に言及した作家・作品は, 以下のテキストを基にしている。

Austen, Jane. *Pride and Prejudice,* ed. with notes by Mitsu Okada and revised by Chise Ibuki (Tokyo: Kenkyusha, 1957)

Auster, Paul. *The New York Trilogy* (London: Faber and Faber, 1987)

Brontë, Charlotte. *Jane Eyre* (Penguin English Library, 1970)

Brown, Charles Brockden. *Edgar Huntly, or, the Memoirs of a Sleep-Walker*. Reprint of the 1799 edition printed by H.Maxwell (New York: AMS Press, 1976) 3 vols.

Bryant, William Cullen. "Thanatopsis," *American Romantic Poets*―Anthology―, ed. by Shunsuke Kamei, Kenkyusha Pocket English Series (Tokyo: Kenkyusha, 1982)

Capote, Truman. *Other Voices, Other Rooms*. Signet Classics (New York: New American Library, 1980)

Carroll, Lewis. *Through the Looking-Glass. The Complete Illustrated Works of Lewis Carroll* (London: Chancellor Press, 1982)

Cooper, James Fenimore. *The Pioneers* (Penguin Classics, 1988)

―――. *The Last of the Mohicans* (Penguin Classics, 1986)

Crane, Stephen. *The Red Badge of Courage*. Second edition. A Norton Critical Edition (New York: W.W. Norton and Company, Inc., 1976)

Eliot, George. *Adam Bede*. Signet Classics (New York: New American Library, 1961)

―――. *Silas Marner*. Signet Classics (New York: New American Library, 1960)

Faulkner, William. *The Sound and the Fury*. Eichosha-Penguin Books, 大橋健三郎編注（英潮社、昭和51年）

Fielding, Henry. *The History of Tom Jones*, 2 vols. An Everyman Paperback (London: J.M.Dent and Sons Ltd., 1963)

Hawthorne, Nathaniel. *The Scarlet Letter*. 小山敏三郎編注『詳注緋文字』（南雲堂、1973年）

Homer. *The Odyssey,* tr. by E.V. Riew (Penguin Classics, 1964)

Huxley, Aldous. *Crome Yellow (*Penguin Books, 1960)

Melville, Herman. *Moby Dick*. An Everyman Paperback (London: J.M. Dent and Sons Ltd., 1963)

Poe, Edgar Allan. *The Complete Tales and Poems of Edgar Allan Poe* (New York: Modern Library Books, 1965)

―――. *The Narrative of Arthur Gordon Pym, of Nantucket* (Penguin Classics, 1999)

Proust, Marcel. *In Search of Lost Time,* vol. I, *Swann's Way,* tr. by C.K. Scott Moncrieff and Terence Kilmartin, revised by D.J. Enright (New York: The Modern Library, 1992)［フランス語からの邦訳：井上究一郎訳『失われた時を求めて』（筑摩書房「世界文学大系」57　プルーストⅠ，昭和49年）］

Radcliffe, Ann. *The Mysteries of Udolpho* (Penguin Classics, 2001)

Stevenson, Robert Louis. *New Arabian Nights,* ed. with introduction and notes by Yoshisaburo Okakura, revised by Rintaro Fukuhara (Tokyo: Kenkyusha, 1961)

Twain, Mark. *Adventures of Huckleberry Finn,* edited and noted by Yorimasa Nasu (Tokyo: Kaibunsha, 1986)

Walpole, Horace. *The Castle of Otranto.* The World's Classics (Oxford: Oxford University Press, 1996)

Winthrop, John. *A Model of Christian Charity* in *The Norton Anthology of American Literature,* ed. by Baym, Nina et al, vol. 1. Second edition (New York: W.W. Norton and Company, Inc., 1979)

ゾラ, エミール　古賀照一訳『居酒屋』新潮文庫（新潮社, 昭和51年）

中野幸一訳注『伊勢物語』旺文社対訳古典シリーズ（旺文社, 1990）

夏目漱石『草枕　二百十日　野分』「漱石全集」第4巻（岩波書店, 昭和36年）

―――.『虞美人草』「漱石全集」第5巻（岩波書店, 昭和36年）

―――.『彼岸過迄』「漱石全集」第10巻（岩波書店, 昭和36年）

―――.『行人』「漱石全集」第11巻（岩波書店, 昭和31年）

―――.『心』「漱石全集」第12巻（岩波書店, 昭和36年）

紫式部　阿部秋生・秋山虔・今井源衛校注・訳『源氏物語』巻一――六「小学館日本古典文学全集」12－17（小学館, 1992－1995年）

ラファイエット夫人　二宮フサ訳『クレーヴの奥方』（「世界の文学セレクション」36, 中央公論社, 1994年）

あとがき

　僕のヘンリー・ジェイムズとの出会いは，丁度四半世紀前のことになる。最初に取り組んだのは，『ある貴婦人の肖像』（ペンギン版）であったが，僕の狭小な読書体験の中で，このようなタイプの小説と接したのは始めてのことで，五十頁も行くか行かないうちに投げ出してしまった。それから，今は，動機も忘れてしまったが，プルースト作，井上究一郎訳の『失われた時を求めて』（筑摩世界文学大系）の冒頭章「スワン家の方へ」を紐解いた。これも最初退屈な本であった。ところが，紅茶に浸したマドレーヌの中に忽然と甦る「私」の記憶を辿り，散策途次サンザシの花を見る辺りまで読んだとき，突如恍惚感に打たれたことを今も鮮やかに思い出す。この経験で多分僕は，心理小説というものの最初の関門を潜ったのかも知れない。そしてジェイムズへ帰り，今度は『肖像』を読み通すことができた。あの複雑極まる英文をどこまで読みこなすことができたか，心もとない限りであるが，その後この作家の小説に親しみ，その世界の中へ引き入れられていった。その作を中期，後期と読み進むにつれて，『肖像』の比較的輪郭のくっきりした文章も好いけれども，後期のあの難解で奥深い独特の文体に取り組む愉楽のようなものを知るようになったと思う。

　彼の文章から滲み出る旨味もさることながら，僕はジェイムズの根本的な人生への姿勢に感じいる。親子，夫婦，兄弟等様々な人間関係や，家や家族の問題の中にあって，自由と尊厳を追究する人物たちのひたむきな生き方，挫折しても，決して虚無に陥ることなく，自己の人生を建て直そうとする姿勢が共感を呼ぶ。高度な文学理論を駆使した文化研究的な読みが主流を占める今，このようなことを言うのは，時代遅れであろう。しかし僕は人生を背負って生きている。窮措大の寝言と言われようとも。

　父が他界した歳に近づいた昨今思い当たることがあった。山村の農家

の次男として生まれ，凡そ文芸などと何のゆかりもなく，高等教育と無縁の父であったが，漱石（ただし，『坊ちゃん』と『草枕』に限っていた。『行人』や『心』を理解することなく，暗い小説だと言って顔を顰めたことを思い出す。）と堀辰雄（『風立ちぬ』,『菜穂子』など）を愛読し，息子を相手に素朴な文学談義に耽って止まなかった。教養の高下に拘らず，多くの日本人が小説に親しんだ時代の風潮がまだ生きていたのだろう。ヘンリー・ジェイムズのような難しい作家を愛読するようになった遠い起源はあの父にあったのだと思う。親不孝者のせめてもの恩返しとして本書を父の霊前に捧げたい。本を出すようにと勧めた母や，実生活面で支えてくれた妻，応援してくれた子らに感謝したい。又，お名前は差し控えさせて頂くが，僕の紀要論文を本に纏めるようお勧め下さった英語・英米文学関係の同僚の先生方に深くお礼申し上げる。そして，拙著の出版の為快く具体的なお膳立てをして頂いた溪水社代表取締役の木村逸司さんと，僕の癖の強い文を辛抱強くお読み頂いた福本郷子さんに，心から感謝致します。浅学菲才，視野も狭い一文学愛好家による，何の芸とてない本書であるが，僕なりにこの作家を味読してきたことの証として，本書を世に送る。ジェイムズを愛読される方々に僅かばかりでもお役に立てれば幸いと思う。

　　平成16年6月30日
　　　　　　時鳥鳴く里，吉野町にて
　　　　　　　　　　　　　　　　　　甲　斐　二六生

初出一覧

ヘンリー・ジェイムズ研究（IV）―『カサマシマ公爵夫人』：ハイアシンスの運命をめぐって
　　鹿児島大学法文学部紀要『人文学科論集』第18号　1982年
ヘンリー・ジェイムズ研究（VII）―『悲劇の美神』：人生と芸術
　　鹿児島大学法文学部紀要『人文学科論集』第27号　1987年
ヘンリー・ジェイムズ研究（VIII）『メイジーの知ったこと』における夢と現実
　　鹿児島大学『英語英文学論集』第20号　1989年
ヘンリー・ジェイムズ研究（IX）『鳩の翼』(1)：人物素描
　　鹿児島大学法文学部紀要『人文学科論集』第31号　1990年
ヘンリー・ジェイムズ研究（X）『鳩の翼』(2)：デンシャーの内省
　　鹿児島大学法文学部紀要『人文学科論集』第33号　1991年
ヘンリー・ジェイムズ研究（XII）『使者たち』：ストレザーのヨーロッパ
　　鹿児島大学法文学部紀要『人文学科論集』第39号　1994年
ヘンリー・ジェイムズ研究（XIV）『黄金の盃』(1)：アメリーゴとアダム
　　鹿児島大学法文学部紀要『人文学科論集』第43号　1996年
ヘンリー・ジェイムズ研究（XV）『黄金の盃』(2)：愛人たちとコロス
　　鹿児島大学法文学部紀要『人文学科論集』第45号　1997年
ヘンリー・ジェイムズ研究（XVI）『黄金の盃』(3)：マギーの目醒め
　　鹿児島大学法文学部紀要『人文学科論集』第46号　1997年
ヘンリー・ジェイムズ研究（XVII）『黄金の盃』(4)：マギーの行動
　　鹿児島大学法文学部紀要『人文学科論集』第49号　1999年
ヘンリー・ジェイムズ研究（XIX）『黄金の盃』(5)：マギーの知ったこと
　　鹿児島大学法文学部紀要『人文学科論集』第53号　2001年

　本書で論考の対象とした六つの小説以外の作品への言及は，以下の論文に基づいている。併せてここに掲載する。

ヘンリー・ジェイムズ研究（I）『ある婦人の肖像』をめぐって
　　鹿児島大学法文学部紀要『人文学科論集』第16号　1981年
Studies in Henry James (II) On *The Spoils of Poynton*
　　鹿児島大学『英語英文学論集』第12号　1981年

ヘンリー・ジェイムズ研究（III）『ボストンの人々』の人物像
　　鹿児島大学法文学部紀要『人文学科論集』第17号　1981年
ヘンリー・ジェイムズ研究（V）『ロデリック・ハドソン』国際状況小説（1）
　　鹿児島大学法文学部紀要『人文学科論集』第21号　1985年
ヘンリー・ジェイムズ研究（VI）『ロデリック・ハドソン』国際状況小説（2）
　　鹿児島大学法文学部紀要『人文学科論集』第23号　1986年
ヘンリー・ジェイムズ研究（XI）「賑やかな街角」の分身について
　　鹿児島大学法文学部紀要『人文学科論集』第37号　1993年
Studies in Henry James(XIII) On 'The Last of the Valerii' : The Meaning of Europe
　　鹿児島大学法文学部紀要『人文学科論集』第41号　1995年
ヘンリー・ジェイムズ研究（XVIII）「賑やかな街角」再考：他作品との比較において
　　鹿児島大学法文学部紀要『人文学科論集』第51号　2000年
ヘンリー・ジェイムズ研究（XX）『螺子の捻り』：「私」の世界
　　鹿児島大学法文学部紀要『人文学科論集』第55号　2002年

索　引

ア

アーヴィング Washington Irving
　　リップ・ヴァン・ウィンクル Rip Van Winkle　139, 150
アメリカのアダム　71, 99, 108, 158, 172, 216, 249
アメリカのイヴ　57, 71 89, 98, 99, 109, 132, 216, 229, 269

イ

イェイゼル Ruth Bernard Yeazell
　　"Henry James"　210, 215
生きる主題　14, 15, 52, 143, 211, 227
『伊勢物語』　182
イノセンツ・アブロード Innocents abroad　100

ウ

ウィンスロップ, ジョン John Winthrop
　　『キリスト教慈善の規範』 A Model of Christian Charity　174
運動　74, 104, 224, 232, 244-246

エ

エデル Leon Edel
　　『ヘンリー・ジェイムズ 巨匠 1902-1916年』 Henry James. The Master: 1901-1916　107, 134, 144
エマソン Ralph Waldo Emerson　105
エリオット, ジョージ George Eliot
　　『アダム・ビード』 Adam Bede　81, 193
　　『サイラス・マーナー』 Silas Marner　81, 193

オ

オースター, ポール Paul Auster　194
オースティン, ジェイン Jane Austen
　　『高慢と偏見』 Pride and Prejudice　185, 252-253

カ

過去への憧憬　41, 164, 209
家庭（女性による支配）からの逃走　33, 37, 139
カフカ Franz Kafka　81
カポーティ, トルーマン Truman Capote　120
　　『遠い声, 遠い部屋』 Other Voices, Other Rooms　66, 120
　　「夜の木」 "A Tree of Night"　66
観察者（傍観者）であること spectatorship　68

キ

キーツ, ジョン John Keats
　　「はじめてチャプマン訳のホーマーをのぞいて」 "On First Looking into Chapman's Homer"　170
技法 the art　50, 59
キャロル, ルイス Lewis Carroll
　　『鏡の国のアリス』 Through the Looking-Glass　201
キャプラン, フレッド Fred Kaplan
　　『ヘンリー・ジェイムズ 天才の想像力』 Henry James The Imagination of Genius　215
金の盃の象徴　267-271

ク

空間の感覚　74, 137-138, 165, 176, 179-181, 224
クルック Dorothea Krook
　　『ヘンリー・ジェイムズにおける意識の試練』 The Ordeal of Consciousness in Henry James　92, 162, 200, 254-256, 258
クレイン, スティーヴン Steven Crane

『赤の武勲章』 *The Red Badge of Courage*　204

ケ

芸術と人生　59-60
『源氏物語』　182, 192

コ

ゴシック・ロマンス　22注, 268
古典劇との類似　162, 258
コメディ　52, 133, 191, 239
コロス　chorus　187, 203, 214

シ

シェイクスピア, ウィリアム　William Shakespeare
　King Lear　85注
ジェイムズ, ヘンリー　Henry James (1843-1916)
　「ヴァレリオ家の最後の者」"The Last of the Valerii"（1875）　164-165, 267
　『ロデリック・ハドソン』*Roderick Hudson*（1876）　3, 33-36, 40, 60, 63, 101, 103, 133, 158
　『アメリカ人』*The American*（1877）　3, 63, 133, 158, 191, 209
　『デイジー・ミラー』*Daisy Miller*（1878）　131, 133, 209
　『ヨーロッパの人々』*The Europeans*（1878）　133
　『ある貴婦人の肖像』*The Portrait of a Lady*（1881）　3, 54, 63, 104, 118, 157, 245
　『ボストンの人々』*The Bostonians*（1886）　3, 5, 15, 48, 63, 89
　『カサマシマ公爵夫人』*The Princess Casamassima*（1886）　3-29, 54, 63
　「偉大な形態」"The Great Form"（1889）　42
　『悲劇の美神』*The Tragic Muse*（1890）　31-60, 63
　「私的生活」"The Private Life"（1892）　66
　「オーウェン・ウィングレーヴ」"Owen Wingrave"（1893）　23
　「死者たちの祭壇」"The Altar of the Dead"（1895）　131
　『ポイントン邸の蒐集品』*The Spoils of Poynton*（1897）　10, 43, 47, 62, 64, 153, 193, 194
　『メイジーの知ったこと』*What Maisie Knew*（1897）　61-90
　『螺子の捻り』*The Turn of the Screw*（1898）　22, 23, 204, 256
　「モード・イーヴリン」"Maud-Evelyn"（1900）　131
　『聖なる泉』*The Sacred Fount*（1901）　196, 204, 217
　『鳩の翼』*The Wings of the Dove*（1902）　91-132, 133, 167, 170, 178, 179, 213, 216, 231, 233, 245, 257, 264, 265
　『使者たち』*The Ambassadors*（1903）　133-159, 176, 191
　『黄金の盃』*The Golden Bowl*（1904）　62, 77, 161-271
　「賑やかな街角」"The Jolly Corner"（1908）　137, 158, 165, 172, 217, 243, 266
　『過去の感覚』*The Sense of the Past*（1917）　22注, 131
　『創作ノート』*The Notebooks of Henry James*（1947）　136, 140

ジェイムズの父　Henry James, Sr　103, 158, 186
ジェーン・エア　Jane Ayre　62
死体嗜好症　necrophilia　131, 179, 194
死の願望　14, 29
四辺形, 四人　62, 82, 200, 236, 237, 238, 255, 263
植物の比喩　40, 142, 173, 228
自由　41-45, 89, 98, 188-190
ジョナサン・エドワーヅ　Jonathan Edwards　154-155

ス

スティーブンソン Robert Louis Stevenson 260

ソ

漱石，夏目
　『草枕』，『虞美人草』　196
　『彼岸過迄』，『行人』　103
　『心』　103，213
ゾラ，エミール　Emil Zola　29
　『居酒屋』L'Assomoir　25
ソロー　Henry David Thoreau　109

チ

チェイス　Richard Chase
　『アメリカ小説とその伝統』*The American Novel and Its Tradition*　132
力　power　185，192，221，232，235-236，239，244-246，251

ツ

通景　vista, perspective　130，137-138，197

ト

トウェイン，マーク　Mark Twain
　『ハックルベリー・フィンの冒険』*Adventures of Huckleberry Finn*　222注
道徳原理　77-80，82-83，88
塔のイメージ　109，179，222，253

ニ

肉体　59

ハ

ハクスリー，オールダス　Aldous Huxley
　『クローム・イェロウ』*Crome Yellow*　202
パーシビローヴィッツ　Donna Przybylowicz
　『欲望と抑圧　ヘンリー・ジェイムズ後期作品における自我と他者の弁証法』*Desire and Repression, The Dialectic of Self and Other in the Late Works of Henry James*　73注
バンポゥ　Natty Bumppo　99-100，108

ヒ

表現（する）represent(ation)　39-40，53
「表面」の表象　surface　55，145，156，222，253，271

フ

フィードラー　Leslie A. Fiedler
　『アメリカ小説における愛と死』*Love and Death in the American Novel*　131-132，194注
フィールディング　Henry Fielding
　『トム・ジョーンズ』*Tom Jones*　162
フォークナー，ウィリアム　William Faulkner　107，120，184，205，219
ブライアント　William Cullen Bryant
　『タナトプシス』*Thanatopsis*　131-132
ブラウン　Charles Brockden Brown　107，119，155，184，194，244，250
　『エドガー・ハントリー　或る夢遊病者の手記』*Edgar Huntly, or, Memoirs of a Sleep-Walker*　101，103，119-120，131
プラトン　Plato　205
プルースト，マルセル　Marcel Proust　205，219，226
フロム　Erich Fromm　21
分身　137注，141，165

ヘ

ペイター　Walter Pater　99，196
ヘミングウェイ　Ernest Hemingway　127

ホ

ホイットマン　Walt Whitman　108
ホーソーン，ナサニエル　Nathaniel Hawthorne　27，107，120，142，155，204
ポウ　Edgar Allan Poe　107，155，194，244，250，260

『ゴードン・ピムの物語』 *The Narrative of Arthur Gordon Pym, of Nantucket* 168
「アッシャー家の崩壊」 "The Fall of the House of Usher" 194
「ライジーア」 "Ligeia" 194
「大渦への降下」 "The Descent into the Maelström" 250
「穴と振子」 "The Pit and the Pendulum" 120, 146, 250
ホックス Richard A. Hocks
  『ヘンリー・ジェイムズとプラグマティズム思想 ウィリアム・ジェイムズの哲学とヘンリー・ジェイムズの文学的手法との関係の研究』 *Henry James and Pragmatic Thought A Study in the Relationship between the Philosophy of William James and the Literary Art of Henry James* 144
ポーター, キャサリン・アン Katherine Ann Porter
  「サーカス」 "The Circus" 66
ホーマー Homer
  『オデッセイ』 *The Odyssey* 56

マ

マシーセン F. O. Matthiessen
  『ヘンリー・ジェイムズ―大局面―』 *Henry James: The Major Phase* 132

ミ

水, 水底のイメージ 206, 209, 266

メ

メーテルリンク Count Maurice Maeterlinck 99
メルヴィル Melville, Herman 120, 146, 155
  『白鯨』 *Moby-Dick, or the Whale* 146
  「書記バートルビー」 "Bartleby, the Scrivener" 120, 146

ユ

『ユドルフォの謎』 *The Mysteries of Udolpho* 22注
ユング, カール C. G. Jung
  『自我と無意識の関係』 175-176

ラ

ラーヴ, フィリップ Philip Rahv
  『文学と直感』 13
ラファイエット夫人 Madame de Lafayette
  『クレーヴの奥方』 *La Princesse de Clève* 182

リ

リアリズム 13, 23, 24-29, 132

ル

ルイス R. W. B. Lewis
  『アメリカのアダム 十九世紀の無垢と悲劇と伝統』 *The American Adam Innocence, Tragedy and Tradition in the Nineteenth Century* 102, 116, 249注

レ

レヴィン, ハリー Harry Levin
  『闇の力』 *The Power of Blackness, Hawthorne Poe Melville* 168-169

ロ

ロマンス romance 24-29, 80, 108, 110, 130-131, 136, 142, 197, 213, 261
ロンドン Jack London 244

登場人物索引

アシンガム大佐 Colonel Bob Assingham 187, 203-206, 212, 219, 245
アシンガム夫人 Mrs. Fanny Assingham 178-179, 187, 203-207, 209, 219, 245, 249-251, 257, 263-264, 267-269
アダム・ヴァーヴァー Adam Verver 170-171, 173-178, 181-184, 243-244, 252
アマンダ・ピンセント Amanda Pynsent 6, 7
アメリーゴ公爵 Prince Amerigo 163-172, 188-195, 200-203, 268-269
アリス・ステイヴァトン Alice Staverton 243
イザベル・アーチャー Isabel Archer 13, 41, 42, 44, 54, 63, 70, 72, 81, 123, 157, 210-211
ヴァレリオ伯爵 Count Marco Valerio 164
ヴィオネ夫人 Madame de Vionnet 134, 136-137, 149-150
ウィックス夫人 Mrs. Wicks 67, 74-75, 78, 86, 88-89
ウェイマーシュ Waymarsh 152
ヴェッチ氏 Mr. Anastasius Vetch 5, 13
ヴェリーナ・タラント Verena Tarrant 5, 15, 16, 48, 63, 89-90
ヴォアザン嬢 Mademoiselle Voisin 55-57, 95, 104, 150
オーウェン・ウィングレーヴ Owen Wingrave 23
オリーヴ・チャンセラー Olive Chancellor 12, 15, 28, 89-90

カータレット氏 Mr. Carteret 37, 38, 42
カサマシマ公爵夫人 Princess Casamassima 5, 18, 19, 24, 26, 27, 28
ガステリー嬢 Miss Maria Gostrey 150, 152

カレ夫人 Madame Carré 50
キャッスルディーン夫人 Mrs. Castledean 203, 230
ギルバート・オズモンド Gilbert Osmond 234, 243
クリスティーナ・ライト Christina Light 48-49, 55, 80, 135, 150
クリストファ・ニューマン Christopher Newman 42, 63, 105, 171, 191, 211
クロード卿 Sir Claude 67, 74, 78-79, 88-89, 119
グローリアニ Gloriani 135, 141
ケイト・クロイ Kate Croy 91-98, 104-105, 109, 167, 228, 231, 240
ゲイブリエル・ナッシュ Gabriel Nash 39-42, 44, 45
ゲレス夫人 Mrs. Gereth 81
骨董品店主人 260, 261, 267

ジム・ポコック Jim Pocock 139
シャーロット・スタント Charlotte Stant 166-167, 192-200, 208, 217-220, 263
ジャンヌ・ド・ヴィオネ Jeanne de Vionnet 153
ジューリア・ダロウ Julia Dallow 31-33, 35, 37-39, 42-46, 60
女性家庭教師「私」 the governess, "I" 23, 33, 256
シンケル Schinkel 22
スーザン Susan Ash 71, 78
ストリンガム夫人 Mrs. Susan Shepherd Stringham 94, 99, 125, 130-131, 187
スペンサー・ブライドン Spencer Brydon 138, 141, 165, 202
セーラ・ポコック Sarah Pocock 138, 139

チャドウィック（チャド）・ニューサム Chadwick Newsome 134, 143, 144, 145, 146, 148, 149, 154, 157

デイジー・ミラー Daisy Miller 116
デンシャー Merton Densher 91-93,
　95-97, 110-111, 114-115, 117-125

ニコラス卿 Sir Nicholas 37
ニコラス（ニック）・ドーマー Nicholas
　Dormer 31-60
ニューサム夫人 Mrs. Newsome 138-140,
　145, 147, 191

ハイアシンス・ロビンソン
　Hyacinth Robinson 3-29, 33, 41, 49,
　54, 63, 70, 80, 109
ハイアシンス・ロビンソンの父
　Lord Frederick 4, 7, 8, 9, 13
ハイアシンス・ロビンソンの母
　Florentine Vivier 4, 6, 7, 8, 9, 13
バジル・ランサム Basil Ransom 17, 58,
　89-90
ピーター・シェリンガム
　Peter Sherringham 48-50, 53, 58-60
ビール夫人（オーヴァモア嬢）
　Mrs. Beale（Miss Overmore） 85-87
ビディ Biddy Dormer 59
ビルアム青年 little Bilham 141, 143, 154
ファランジ氏 Mr. Beal Farrange 61,
　69-71
ファランジ夫人（アイダ） Mrs. Ida
　Farrange 61, 69
プーパン Eustache Poupin 7
プーパン夫人 Madame Poupin 20-21
フリーダ・ヴェッチ Fleda Vetch 28, 44,
　46, 47, 62, 63, 64, 67, 81, 89-90, 93,
　119, 153, 177, 195
ベルギャルド家 Les Bellegardes 166
ヘンリエッタ・スタックポール Henrietta
　Stackpole 26
ポール・ミュニメント Paul Muniment
　11, 14
ホッフェンダール Diedrich Hoffendahl
　10-11, 16, 20-22

マーク卿 Lord Mark 106, 110, 118
マーサ Martha 164-165, 267
マートン・デンシャー Merton Densher
　91-93, 95-97, 117-127, 167, 195, 201,
　228, 231, 240
マール夫人 Madame Merle 54, 104, 118
マイルズ Miles 23, 256
マギー・ヴァーヴァー Maggie Verver
　181-186, 207-217, 221-271
ミリアム・ルース Miriam Rooth 36, 44,
　47-57, 59-60, 63
ミリセント・ヘニング Millicent Henning
　5, 25-26
ミルドレッド（ミリー）・シール
　Mildred（Milly）Theale 95-115, 133,
　134, 170, 171, 191, 211, 213, 231, 252,
　265, 266
メアリー・ガーランド Mary Garland 41,
　63, 70, 72, 123
メイジー・ファランジ Maisie Farrange
　61-89, 119
メイミー・ポコック Mamie Pocock 147,
　153

ユージェニオ Eugenio 121

ラウダー夫人 Mrs. Lowder 95, 104
ラッチ姉妹 Kitty Lutch, Dotty Lutch 181
ランバート・ストレザー Lambert Strether
　133-158, 176, 191, 195, 211
ルーク・ストレット卿 Sir Luke Strett
　95, 106-108, 121, 178
ルース夫人 Mrs. Rooth 47, 51
レイディ・アグネス（ドーマー夫人） Lady
　Agnes 34, 37, 39, 43, 54
レイディ・オーロラ Lady Aurora 26
ロゥランド・マレット Roland Mallet 63,
　119, 195
ロデリック・ハドソン Roderick Hudson
　37, 40, 42, 48, 55, 60, 63, 80, 105,
　106, 116, 135, 171

著者略歴

甲 斐 二六生（かい　ふむお）

1940年　宮崎県に生まれる。
九州大学文学部卒業。
京都大学大学院文学研究科修士課程修了。
米国ミネソタ大学（The University of Minnesota,
Linguistics Department, English as a Second
Language）修士課程修了。
現在　鹿児島大学教授。

ヘンリー・ジェイムズ小説研究

2004年11月1日　発行

著　者　甲　斐　二六生
発行所　株式会社　溪水社
　　　　広島市中区小町 1 - 4　（〒730 - 0041）
　　　　電　話　(082) 246 - 7909
　　　　F A X　(082) 246 - 7876
　　　　U R L　http://www.keisui.co.jp/

ISBN4-87440-840-0 C3097